沉醉不醒
夕阳看鱼 著
孔學堂書局

图书在版编目（CIP）数据

沉醉不醒 / 夕阳看鱼著．— 贵阳：孔学堂书局，2023.11

ISBN 978-7-80770-469-0

Ⅰ．①沉… Ⅱ．①夕… Ⅲ．①长篇小说—中国—当代 Ⅳ．①I247.5

中国国家版本馆 CIP 数据核字（2023）第 166290 号

沉醉不醒　　夕阳看鱼　著

CHEN ZUI BU XING

责任编辑：胡国浚

责任印制：张　莹

出　　品：贵州日报当代融媒体集团

出版发行：孔学堂书局

地　　址：贵阳市乌当区大坡路 27 号

贵阳市花溪区孔学堂中华文化国际研修园 1 号楼

印　　刷：长沙鸿发印务实业有限公司

开　　本：880 毫米 ×1230 毫米　1/32

印　　张：9.5　彩插 0.25

字　　数：306 千字

版　　次：2023 年 11 月第 1 版

印　　次：2023 年 11 月第 1 次印刷

书　　号：ISBN 978-7-80770-469-0

定　　价：54.80 元

目录

CONTENTS

不管苏墨爱不爱丁竞元，
丁竞元疯了一样爱着苏墨。这是事实。

丁竞元希望以后每一天都能有苏墨这样陪着，
都能吃到苏墨做的早餐、中餐，
还有晚餐。

你是我的
所有的一切都是我的。
——夕阳看旦

Chen Zui Bu Xing

第一章

久别重逢

苏墨从长江集团第二汽车厂二号门大步走出来的时候，正是中午十二点半。

烈日当空，对面马路上经常停着的一辆等私活的红色夏利此时也没了踪影。开发区的公交车半个小时才过来一辆，苏墨此时心里乱糟糟的，只往路的尽头看了一眼，便懒得等了，直接过了马路就沿着路牙子往前走了。

开发区这块全是直南直北的大路，很多大厂分布两边，正午的这个时间，路上半个人影也没有。苏墨一路沉着脸低头快走，越走越快，出了一身热汗，只两分钟的时间，上衣就汗湿了。天太热了，昨晚天气预报说今天三十八度，目前看来是有的。

最后苏墨还是忍不住往后看了一眼，公交车依旧没影儿，倒是一辆轿车从二号门开了出来。

苏墨心头一颤，预感那酒红色的车子里坐着的人，可能就是自己刚才从食堂出来时看见的那个人。

苏墨当时本来只是随意往上瞟了一眼，哪承想一下就愣住了——在对面工程部二楼往下盯着自己看的那个男人，单手插兜站在玻璃窗前一动不动，仿佛一座石像，不知道已经看了多长时间。

丁竞元为什么会出现在长江集团第二汽车厂？这个问题苏墨根本没来得及去想，这个好几年没有见过，久远到苏墨在日常生活里已不会再想起，夜里也不会再梦见的人，今天忽然就这样出现了。

“苏科长。”车子开到身边，车窗降下来，财务部高部长伸出了笑眯眯的一张脸，“你怎么这个时候回去啊？事情都办完了？我送你一段吧。”

苏墨睁大了眼，转头见是他，一时有点松口气地笑了笑，笑出了左边面颊上一个浅浅的小酒窝。

高权喊苏墨“苏科长”其实是抬举了，恒远就是长江集团第二汽车厂的一个小小的供应商罢了，苏墨这个所谓的科长连代步车都没有，真难为他一个财务部部长能这么客气。

“厂里面还有事，吃完饭这不就赶紧回去了嘛。”苏墨牵着嘴角回话。

“你们卢总也太不知道心疼人了，这大热天的，找你有事也不叫车过来接。”高部长挺热情，“快上来吧，看把你热得。”

“今天礼拜一，你这是去丰源路吧？不顺路啊。”苏墨仍是笑着，心里却擂鼓一样敲着，眼睛不由自主地往车里一瞥，看到了靠窗坐着的那个人。

从苏墨的角度只能看到两条被西裤包裹着的大长腿，一只骨节分明的手稳稳地搁在膝盖上。

没错，是他。有些人哪怕只看到他一个小小的指甲盖，也能立刻将他从万千人群中认出来。丁竞元之于苏墨就是这样的存在。

苏墨坚持没有上车。

第二汽车厂前身是海威汽车公司，后来海威被长江集团合并了，财务业务现在都在丰源路那边的财务大厦里处理，和去恒远确实不顺路，何况站台就在前面了。

苏墨笑得客客气气，高部长也不好再勉强，酒红色的豪车像风一样一溜烟地就开走了。

待车子真的开远了，苏墨站在烈日底下，望着远处，不知道是想到了什么，一站就是半晌。

丁竞元是长江集团董事长丁溪川的私生子，现在这件事在整个长江集团的高层已经不是秘密了。今年年初，丁溪川刚过而立之年的长子因车祸意外身亡，丁竞元如今作为丁溪川唯一的继承人，不得不认祖归宗，回国子承父业。

听说丁竞元是丁溪川求回来的，现在丁董事长很宝贝这个小儿子，想要从各个方面开始好好培养丁竞元。但是高权想不明白为什么丁竞元会选了二汽厂这个远离“长江集团权力中心”的地方来练手——长江集团的大本营可是在S城，且二汽厂现在只是个陪嫁的“丫鬟”，实在是有点无足轻重。

丁竞元让人想不明白的地方太多了——

他空降过来短短两个月，就给所有人立下了太多的规矩：开会的时候，有人手机没静音就完蛋了；在食堂里吃饭插队的领导素质太差——食堂是全玻璃墙，他站在对面工程部的二楼看得清清楚楚，开会时他一个不漏地点名批评，扣奖金；胆敢在车间里偷偷抽烟的员工，立即开除；工作拖延的，要是故意的，就一律扣奖金，下不为例，要是因为能力不够，那就可以收拾东西回家了；保洁阿姨因为老是动他办公桌上的东西，还不放回原位，第三天就被他开除了……

看见做得特别不如他意的，他也懒得废话，不管是部长还是保洁，很可能直接就让走人了。厂里的一些老员工在背后一起八卦，都说他不讲理得简直到了丧心病狂的地步。

今天的事明明一点也不急，但是丁竞元还没吃饭就说要去丰源路，立刻就要走，高权哪敢说个不字。

丁竞元让他坐自己的车，他不敢不坐——车上太干净了，干净得让人不自在，而且他也不大想坐。

一路上丁竞元就说了两句话——

刚出二号门的时候，看到前面的苏墨，他说：“你喊苏科长上车，我们带人家一段。”

第二句话是因为苏墨不愿意上车，车子开出一段距离后，他偏了偏脸，看着后视镜，声音带着点不悦的凉薄：“苏科长后背都汗透了，天可是真热啊。”

明明是苏墨坚持不愿意上车的，但是高权觉得丁竞元对他方才的表现不太满意，虽然丁竞元平时也总是一副欠揍的讨债脸，好像对他办事不力颇不满意的样子，但眼下丁竞元的不悦比平时明显得多。高权心想，他可真是够冤的，而且有冤没地儿说去。

苏墨走到站台等了没一会儿，公交车就来了，但其实这时候回公司也没有什么事了。

苏墨的工作不是很复杂，及时拿到负责的几个厂的订单，按时出货，准时进厂，准时收款，和对口的采购部门、财务部门、检验部门搞好关系，该吃饭的时候把人请出来吃饭，该联络感情的时候把礼物送到位，只要卢总肯批款，基本上没有什么人的关系是搞不好的。

搁几年前，苏墨可能很难想象自己会来干这么一份工作，要与人逢迎，陪人吃饭、喝酒、唱歌、塞红包。

苏墨将头靠在车窗前，无力地感叹了一句：人生啊，可真是世事难料。

公交车开了很久，从开发区到郊区，从新城的大南头开到最北面的金牛镇。镇上还有那种很老式的商店，广场上有补鞋的小摊，中午一点，菜市场早收了，只剩一地的青菜叶子。

恒远便坐落在小镇尽头，两座四层的办公楼，长长的上下两层的车间和大大的仓库房。离市区远是远了一点，但是地价便宜，且有班车接送，生产线上的职工也大多从附近招。只是像苏墨这样经常要出去办事的人，没有车接车送的话就有些不方便了。

苏墨下了车，在站台的小店里买了一瓶冷饮，一边喝一边慢慢地往公司走，走到公司门口正好喝完。苏墨到门卫钟师傅那儿登记出入时间，顺手把空塑料瓶子留在了窗口。

钟师傅伸手拿了过去，扔进一个小塑料框里，里面已经聚了好些。

钟师傅问："都这个点了，还回来干吗？在那边厂里混混不就下班了。"

苏墨太认真了，有点一板一眼的，钟师傅认为做销售的人完全没有必要这样。

苏墨一笑，笑得心不在焉的，抬腿进了门。

苏墨先到仓库看了一眼，又到生产线上看了一番，向生产部的人问了下产品进度，觉得没有问题了，才回办公室。

产品部里没人很正常，大家负责不同的产品和厂家，有的厂家还在外地，要经常出差，到厂家去沟通联络感情是业务人员最重要的一项任务。

苏墨在桌前坐了下来，打开电脑，浏览了一下常看的网站，开始玩游戏。

三点钟，后勤部的薛斐来统计人数，准备给各部门在岗人员发冷饮，这是恒远的消暑传统。

薛斐笑眯眯地走进来，问苏墨想吃什么样的。

"随便你挑，哈根达斯都没问题。"

薛斐喜欢给苏墨开后门，即使苏墨从来都是笑着回一句"随便吧，都行”。

吃完冰激凌，苏墨接着玩游戏，直着眼玩得很凶，一直玩到下班。

班车从金牛镇开到市中心要一小时，苏墨跟财务科的赵科长聊了一路的旧账问题。赵科长希望苏墨有空也要去丰源路多走动走动，虽然二汽厂以前的老账大多是江宇负责，但是换个人说不定能把账要回来。

“江宇跟我说，那边的两个会计都看他不顺眼，也不知道是真是假。既然二汽厂现在转到你手上了，你没事就过去看看，联络联络感情，请人吃饭或是送礼什么的，只要能把账要回来，折返十分之一也行。”

十分之一大概有二十来万的样子，苏墨想想倒也有些心动。

苏墨回到家，做饭、吃饭、洗漱，上线找陌生人聊天、玩游戏，忙忙碌碌地一直弄到十点才躺到了床上。

终于没有任何事情可做了。

闭上眼睛，苏墨脑子里不由自主地浮现那个人的样子——一双黑漆漆的眼睛在脑子里晃来晃去，射出的目光即使被玻璃过滤，也仍然让人忍不住心悸。

苏墨只得把眼睛睁开，在黑暗里环顾这个一居室的屋子。房子虽小，但也是个家，里面的一草一木都是自己一点一点从超市、家装市场等地方买回来的。这是真正属于自己的地方，虽然还有十年的房贷要还。

不知不觉中，苏墨就在这座城市生活五年了，对这个家也有了感情，苏墨实在是舍不得。

丁竞元真的很久很久没有出现在苏墨的梦里了。

梦的开始，依然是旧时的场景。斜阳洒了满窗，窗前的桌子上，一只小瓷瓶里插了一朵白色的栀子花。

苏墨本是坐在窗前安静看书的，看着看着突然周围光线一暗，人顺理成章地就焦急起来。苏墨开始在墙上四处找门，极力想要出去，因为这种梦过去做得太多，梦里的苏墨知道丁竞元肯定马上就要出现了。然而房间已经变成了一个没有门的大铁盒子，苏墨开始着急，急得大喘，又惊又怕，一颗心都要从嗓子里蹦出来了。

忽然，丁竞元就进来了，也不知道他是从哪里进来的。

今晚的丁竞元已经不再是五年前的样子，而是穿了深色的西装，几乎要和昏暗的空间融为一体，浑身散发着一种胜券在握的冷硬气场，完全变成了一个成熟的男人模样。不变的是他的眼神，苏墨一对上，顿时就被他似带着尖锐冷气的目光射了个对穿。

梦境开始混乱，苏墨在梦里拼命地奔跑，然而不管跑到哪儿，丁竞元都如影随形。

“丁竞元！”苏墨拼尽全力大喊了一声，并在这一声喊叫里陡然睁开了眼睛。

苏墨睁开眼睛，喘息着在黑暗里躺了一会儿，然后伸手拧开了床头灯。灯亮了，手臂却仍伸着没收回来，苏墨闭着眼睛，歪着身子就这么静静地躺着。

不知道过了多久，外面的门铃忽然响起来，一声接一声，在寂静的凌晨显得格外刺耳。

住在旁边楼的一位年轻妈妈在楼下大门那里挨个按门铃对讲器，她儿子半夜肚子疼，她想问问楼下的车是谁的，能不能送她儿子去医院。

“请问楼下的车是您的吗？我儿子肚子疼得厉害，又吐又泻，需要马上去医院……”女人的声音焦急里带着哭音，卑微地颤抖着说，“能不能求求您帮个忙？救个命……送我们去医院，我谢谢您了……”女人已经急得有些语无伦次，显然她因为半夜乱吵人已经被很多人骂了。

“车不是我的。你打过急救电话了吗？”苏墨好心地提醒，脑袋有些无力地顶在墙壁上，声音仍不疾不徐。

“打过了，说最快也要半个小时以后才能到。”见苏墨被吵醒了还能这么好声好气地讲话，本已急得有些六神无主的女人仿佛在暗夜里看见了指路的星光一样，忽然就放声大哭起来，“求求您帮帮我……救救孩子。”

她肯定十分疼爱自己的孩子，才会急成这样。女人哭得实在伤心，终于成功拨动了苏墨心底的一根神经。

十分钟以后，苏墨背着已经昏迷了的小男孩从隔壁五楼下来，直接往大门口奔去，身后跟着一个依旧哭个不停的小个子女人。

苏墨从医院离开的时候，已经是早上六点多，回家洗漱再赶班车肯定来不及，今天早上厂里是去不成了。

在住院部门口跟千恩万谢的女人告了别，苏墨拿上女人执意给自己买的早点，独自坐上公交车回家了。

公交车上这时候全是学生，在一块儿叽叽喳喳地聊天笑闹。苏墨便在这一片混乱里给科室的江宇打了电话，跟他说自己早上不去厂里了，直接去丰源路，问他老账现在在谁手上管着。

江宇只是把大概情况讲了一下，那边两个负责的会计他已经接触一段时间了，按理说了解得比较多了，但是他不高兴把自己知道的都告诉苏墨。

他比苏墨早进厂两年，业绩各方面做得都不差，但是卢总就是喜欢苏墨，说是喜欢苏墨做事认真，不偷奸耍滑。现在苏墨是科长，他不是，难免记恨，即便苏墨这个科长在各方面也没有实质的权利和好处。

他费了好大劲了解的情况为什么要告诉苏墨啊？到时候旧账要是真要回来了，算谁的功劳啊？能算他一份吗？

丰源路财务大厦的十八楼，苏墨上去之前还准备了几句客套话，结果到办公室门口一看，里面的几个会计已经被围得水泄不通，全是各个厂家来要账的。

年轻的女会计正有些不耐烦地跟不懂的人解释：每个月的钱款是固定的，这个月没你家的，下个月肯定能轮到，每家的账到时候都能清掉。请大家放心，现在海威已经背靠长江集团这棵大树了，大家还怕没钱拿吗？

苏墨站在门口听着，知道这话只不过是表面上说得漂亮，海威之前那么多供应商、那么多旧账，不来疏通关系的话，谁知道要轮到哪一年才能把旧款要回来。

等人走得差不多了，苏墨终于和负责的总会计说上了话。

“你是恒远的？”刘会计是一个四十多岁的中年男人，本来低着头爱搭不理，这时才把头抬了起来，仔细审视着这个“恒远”的人。

面前这人二十七八岁的模样，无论抿嘴还是微笑，左边面颊上都会显出一个酒窝，看着眉清目秀。

昨天下午，海威——现在应该叫“第二汽车厂”了，二汽厂的老总和财务部长过来和他们这边的负责人开会，会上就说到了旧账问题。他把每天都有各个厂家的人来催债的情况汇报了，结果年轻的老总神情严肃地翻了翻旧账的明细，把账本往他跟前一丢，很清晰地下了指令：恒远这家的钱不要给。

但刘会计也不确定恒远的人是不是得罪了老总，因为后来丁竞元又单独和他交代：这家的钱不用给，但是人来了你们别甩脸色。

要债的都是孙子，发钱的全是大爷。特别是他们旧账财务科的人，整天被要债的这些人烦死了，自然没好脸色，爱搭不理，这都是常态。

又不能给钱，态度还得好，这可真够难为人的。

十一点，苏墨终于从财务大厦出来了。楼上的办公室里，两个年轻的女会计伸着懒腰问上司这人是谁，怎么和这人聊这么长时间，还客客气气的，简直稀罕。

"恒远的负责人。"刘会计唉声叹气地道，"不聊不行啊。"

"咦？恒远换人了？之前不是一个姓江的吗？"

"我特烦那人，油嘴滑舌的，上来就套近乎请吃饭、看电影，也不看看自己那长相，他以为他是大明星啊。"

"哈哈，这个人挺乖的，看着真不像是个搞业务的。"

"咱们欠恒远多少账啊，老大要不先给恒远吧，给谁不是给啊。"

"就是，不过也不能一下给多了，要不然人家下次不来了。"

"哈哈……"

"行了，你们两个别乱扯，马上吃饭了，赶紧打电话订餐吧。"

十二点前回厂里的话，应该还能赶得上去吃食堂。

苏墨本来已经在站台准备上公交车了，结果口袋里的电话响了，是二汽厂工程部郭工打过来的，说恒远昨天送去的新型保险丝盒线路有问题，希望厂里的工程师能尽快过去看看，实验室下午等着用。

又要去二汽厂，苏墨挂了电话，眉头自然就皱起来了。

在人来人往的公交车站愣了一会儿，苏墨徐徐吐出一口气，从口袋里掏出了电话。

苏墨给公司采购部黄部长打电话，说了二汽厂的事，让她吃完饭回城的时候把工程部的梁工捎过来。

黄悦文问道："急不急？"

苏墨知道她问这话的意思，不急的话肯定半路就把人扔下，让梁工自己坐车过去。

其实倒也没什么急的，一个下午的时间，肯定怎么着都够用。但是天气着实太热，梁工又是个胖子，所以最后苏墨想了一下才回："听郭工口气是挺急的。"

"好，那我到时候直接给送到二汽厂吧。"

"谢谢黄部长。"

"应该的啊。"黄悦文说得干脆，话里带着点笑意。

其实黄部长年纪只比苏墨大个两三岁，但是在恒远已经工作十来年了。她学历平平，之所以能做到采购部长，最主要的原因是她是卢总的相好。苏墨跟她喝过酒，她真的是一个很能喝、很会应酬的女人。

苏墨对丰源路不熟，就在路边随便找了一家装修干净的面店吃午饭。

一顿饭磨磨蹭蹭地吃了半个多小时，加上等公交车的时间（到开发区的公交路线本来就少，中午这个点就更难等了），等苏墨到二汽厂的时候，已经快两点。

"到哪儿了？"苏墨刚下车，郭工电话就到了。

"已经在站台了，我们家工程师从厂里来的，也马上就到。"从站台到二号门还要走一段路，苏墨听着郭工的语气有点要催人的意思，不由得脚下步子就加快了。

"我们这边丁总刚给开了个会，就说到了这个新车型的进度问题。你们家保险丝盒装上去，现在不是雾灯和后尾灯都不亮吗？"结果明明没有什么好着急的事，丁总又开始抽风，把负责的几个工程师都训了。

"上面对新车型的问题很重视，下午务必要把问题排查清楚啊。"郭工的话里已经带了一点责怪的意思了。

其实没看到实物，问题真不一定是出在哪边。海威被合并以后，目前的状态其实从上到下都有些乱，实验室新车型的各部分图纸一直在频繁修改，加上苏墨又是刚从江宇手里接过二汽厂，前些时候这边的工程师还是和江宇联系，江宇又喜欢耍些心眼，有可能是这边的图纸更新了，"家里"的工程师却还是按照旧图纸做的。

"我现在马上联系一下，有车送他，也该到了，应该是从六号门那边进的，那我们就直接去实验楼。"即使不一定怪自己家工程师，苏墨也不好说什么。而且在听到郭乾明说了“丁总”两个字以后，苏墨条件反射地就有些焦躁起来，已经无心再说别的了。

海威被合并还不到半年，这边厂里中低层的一些领导还没有撤换，只有一些大领导被撤了。苏墨只知道先是来了一位刘总，后来又来了一位杨总，苏墨刚从江宇手里把二汽厂接过来的时候，杨总就被调走了，后来又调过来一位丁总……

这些老总级别的人物，苏墨并不关心，也根本接触不到，这些关系是需要卢总亲自去结交打点的。

后来的这位丁总就是丁竞元，早上和那位刘会计闲聊的时候，苏墨从他嘴里已经了解清楚了。

大学的时候，苏墨只知道丁竞元家里很有钱，现在看来，那时候对他还真是知之甚少。年纪轻轻就能在这边当老总，背景可见一斑。

当然，苏墨现在还不知道丁竞元和长江集团董事长丁溪川有什么关系，只是猜想并自我安慰，丁竞元出现在二汽厂其实只不过是个巧合罢了。这么多年了，不管他曾经对自己有过什么样的感情，也早就该淡了。

以前的很多事，如果不是刻意去触碰，苏墨根本就不会想起来，所以真的没必要那么草木皆兵，也许丁竞元早忘了自己姓甚名谁，就算见了面也没什么的。

苏墨从站台走到二号门，又从二号门大步疾行到实验楼。

现在早已过了午休时间，但是实验室里还没有人。屋子里停了几辆新车，地上堆满了工具和汽车零部件，空旷的大房子里散发着一股机油味。

梁工和郭工都还没到，苏墨将墙上安装的机械大电扇的插座插上，开了最大挡，对着猛吹。实在是热得不行了，苏墨知道自己后背肯定是湿透了。

这种大铁扇直径能有一米，开到最大档简直能把小孩吹跑，声音很响。

苏墨单手解开了衬衫最上面的纽扣，带着凉意的风瞬间就将衬衫吹透了。呼！好凉快！苏墨舒服得仰起脖子，闭着眼睛对着风口吹。

丁竞元和郭乾明在实验楼下车的时候，梁工也正好到了六号门。

梁工远远地喊了一声“郭工”。郭乾明站着等人，丁竞元则已经抬腿径直进了楼。

一进门，丁竞元就看见了站在那里正仰着头对着风扇猛吹的苏墨。

苏墨今天穿了一件短袖白衬衫，衬衫领口此时微微敞着，正被风吹得激烈地向后抖着。

苏墨听到脚步声的时候，人已经走到自己身后了，一转头只看见了来人的脖子。苏墨很自然地把视线往上移，立即就对上了丁竞元那双正盯着自己的幽深的眼睛。

不管之前苏墨是怎么安慰自己的，此时心口还是条件反射般狠狠抖了一下，连带着整个人都跟着缩了一下，这种感觉，比最后一次见丁竞元的时候还要坏。

“你好啊，我是丁竞元。”丁竞元伸出右手，眼神很放肆，声音却平淡，在电风扇的嗡鸣声里差点儿听不到。

苏墨哪里愿意和他对视，早把眼睛移开了。此时瞟着伸在半空的这只骨节分明的手，一时间脑子里有些空白。什么意思？姓丁的这是装不认识还是真不认识了？

郭乾明和梁工走了过来，老远郭乾明就大声地介绍：“小苏，见过吗？这位就是我们新来的丁总。”

“你好，我是恒远的苏墨。”苏墨微微抬起头，话说得很有礼貌。只是手刚伸出去，就被那只等待已久的大手紧紧握住了。

丁竞元力气之大，动作之快，顿时吓了苏墨一跳，立即又惊又怒地蹿上来一簇火。苏墨皱眉瞪过去，手上猛地用力一挣，丁竞元十分配合地把手松开了。

看他这架势，像是不认识吗？

而丁竞元已经若无其事地转过身去，对着身后的两位工程师发了话：“图纸带来了吧？”

胖乎乎的梁工赶紧应着点了个头。

“把东西拆下来拿到办公室研究，这屋里太乱了。”又乱又脏，味道还难闻，简直不能忍。丁竞元说完，直接抬腿走了。

实验室的人还没来，梁工已经卷起袖子找工具，自己去拆保险丝盒了。

苏墨把手在裤子上蹭干净，平息了一下心里刚才那簇火。不管丁竞元到底是想干什么，今天的工作总归得完成，只好跟在梁工后面帮忙。

只有郭乾明一头雾水，不知道丁总跟过来干吗，难道就是为了警告他们工程部把实验楼搞得太乱了吗？完了，看来以后实验室这边得紧抓卫生问题才行。

郭乾明四下看了一眼，满地的工具，嗯，确实是有些乱了。

工程部二楼会议室的门关着，里面的人在开会。外面大厅里办公的工程师们很好奇，里面究竟在研究什么呢？后来听送茶的秘书说是在讨论保险丝盒，于是之前挨了训的人都猜测——那家出错的供应商要倒霉了。一旦惊动他们的丁总，结局必然是悲催的，估计要出局了。

新品的问题果然出在图纸更新这个环节上。梁工把带来的图和工程部的图仔细对比，有两根线在位置上不吻合。

郭乾明立即打电话询问相关负责人，对方言之凿凿地说上个月已经跟恒远的人同步过了，图纸是某月某日传真过去的，说得有鼻子有眼。

苏墨心里有数，知道八成就是江宇搞的鬼，立即把错揽了下来，允诺下午一定给改好。

“跟你们说过了，你们还能弄错，这么简单的问题要浪费这么多时间来纠正，这让我怎么能不质疑你们家产品的质量？”丁竞元整个人完全放松地靠在转椅里，侧着身子，对着正坐得挺直的苏墨。

“办事效率差，说明你们恒远内部的管理肯定是有问题的。海威现在已经不存在，被长江集团合并了。到了年底，你们这些海威的老供应商肯定是要撤掉不少的。苏科长，你觉得连这么点小问题都解决不好的厂，二汽厂明年的合同我还敢放心地签给你们吗？”

丁竞元盯着对面的人的左颊，看得目不转睛，话却说得一点不留情面。

被对方的老总当面这么敲打，一旁的梁工早尴尬得都不知道说什么好了。

苏墨垂着眼紧抿着嘴唇，左边面颊上抿出了一个深深的酒窝。

丁竞元这分明就是在找碴，这次确实是恒远做得不好，但是远没有这么严重。实验室阶段的新产品本来就是一边改一边做，出了点问题也算是在正常允许范围内，怎么就跟明年的合同和产品质量问题牵扯起来了，实在是借题发挥。而且他一个大公司的老总，亲自盯着这么一个关于进度的小问题，还大做文章，明显是太闲了。

透过会议室的磨砂玻璃门，郭乾明能看到工程部吴部长的身影不时地在外面晃动。丁总跳过他们部长，亲自在会议室里和一个基层的科员以及供应商的业务人员研究一个出了差错的保险丝盒，让他们部长怎么能不心怀忐忑呢。

海威被合并这么长时间了，他们这些底下的工作人员倒不会有什么影响，吴部长这样的中层领导是留是撤还不就是丁竞元一句话的事。部长现在肯定在担心，丁总把他晾在一边，是不是就是对他不满意的一种表现。

丁竞元难听的话说完了，好整以暇地盯着对面的人。他表面上很不高兴的样子，其实现在的心情非常好。

五年了，终于可以面对面地这么看着苏墨了。

苏墨今年涨了工资，上个月又升了科长，在恒远工作了几年，肯定是有很深的感情了。虽然那套小房子的房贷还有得还，但是有了事业、有了家，丁竞元有把握这回苏墨是不会轻易就跑的，他知道苏墨舍不得。

当年的丁竞元是太性急了，吓傻了苏墨，彻底把好脾气的人逼急了。加上他母亲居中捣乱，害得苏墨老家也不敢回，躲到了新城这个无亲无故的地方。

丁竞元后来扶着伤口，坐在医院的病床上，从气疯了的状态里冷静下来的时候，他就想明白了，对苏墨，不能心急。否则就算苏墨本来对他有几分情义，被他那么一折腾，吓都给吓没了。

为了苏墨，丁竞元愿意等，心甘情愿忍耐。这一次，他一定要把人留住。

梁工是那种典型的搞技术的人，手巧嘴笨，现在这种情况根本就不知道该说什么才能应付局面。看到对面的郭乾明在一个劲地喝茶，他也掩饰地拿起茶来喝，同时在会议桌底下用脚踢旁边沉默的苏墨，意思是你作为业务人员，这时候还得靠你上，别不吱声啊，明年的合同，关系着几百号人的生计啊。

二汽厂的合同对于恒远来讲，算业务关系上的一个大头，每年少说也有上千万。这个丁总很明显就是个脾气不好的家伙，合同要是真就这么丢在咱俩的手上了，回去还不得被卢总给活剥了。

被丁竞元肆无忌惮的目光看着，苏墨脸上一个劲往外冒热气，这时候被踢得终于是动了动，深吸了一口气，抬起头来望向丁竞元。苏墨知道姓丁的是故意为难，但要是恒远真的因为自己和丁竞元的私人恩怨而错失了二汽厂的合同，那卢总也太冤了。

苏墨说话的时候只将目光定在丁竞元白色的衬衫领口上："丁总，这次确实是我们没有做好，不过事情也是有原因的。新品这几个月一直在出，按合同比例来讲，应该是两家各摊一半才对，但是另一家绿城在外地，我们家离得近，所以工程部这边的图纸就一直往我们家发。"

苏墨话说得低低的、缓缓的，像是被冤枉的人在无可奈何地为自己辩解："做一个新品就要占用一个工程师一到两天的时间，有时候这边图纸又有变化，还要及时跟着改。"

说到这里，苏墨停下来了。图纸变化频繁，而且新品以后会不会批量生产还是未知数，东西送过来了也没有即时付费用这些就不讲了，再往下说就要得罪这边工程部的人了。

郭、梁两个人都握着个杯子，转着眼珠子、支着耳朵听呢。苏墨没声了，丁竞元也半晌没发话，会议室里静得一时只有中央空调轻微的响声。

郭乾明以为事情要坏，转脸去看，他家丁总正垂着眼睛看着面前的水杯愣神呢，嘴角竟像噙着一丝笑意。

丁竞元是自行从苏墨的话音里解读出了一点委屈的味道来，心口一时痒得像有羽毛轻轻挠似的。

忽然会议室的门被人推开了，是一位四十来岁的戴眼镜的中年男人，他显然已经知道里面在开会，只探进来半个身子，和丁竞元打招呼的语气十分熟稔，喊的不是"丁总"，而是"竞元"两个字："忙完没有？要不要一起过去？晚上温家那位也去，介绍给你认识。"

"你那边都弄完了？"丁竞元问他。

"嗯。"

“好啊，过去看看。”丁竞元心情很好，扶着椅把站起来，皮鞋在会议室的木质地面上敲出轻响。走过苏墨背后的时候，看着苏墨正绷着的侧脸，他禁不住抬手按在了对方的椅背上，顿时就振得苏墨心头一动。

等人走出去，屋子里三个人便听到外面有个声音模糊着笑问：“会议很顺利？肯定没发火，看你心情不错。”

丁竞元没有回答，单手插兜，步伐潇洒地下了楼，到了二楼楼梯口的大玻璃窗那儿停了一下，往食堂那边看了一眼。

他想起了一个人，昨天中午跟苏墨一块儿吃饭的那个检验科的检验员——检验科的人看衣服就知道了，浅蓝色工作服，领口一边有条黄色的横杠。小伙子长得挺精神，排队的时候站在苏墨后面，两个人还有说有笑的。天气那么热，那人非得亲昵地紧挨着苏墨。打完饭，两个人坐一起，接着有说有笑，那小子还老夹苏墨盘子里的菜吃，把每个菜都夹了，手伸来伸去的，夹个没完。

“我昨天看了一下检验科人员的资料。”丁竞元跟身后的人闲话。

身后的男人根本就是个人精，听了一点话风，立即领会了自家领导的意思：“怎么，你想动检验科？我建议等撤掉了吴部长这批人，把这儿换成咱们的人以后再大动。现在人心已经慢慢稳了，你一动，下面准有骚动。”

前几次丁竞元裁人，下头人就有不少聚在一块儿议论，说是海威被合并，工人的工作要保不住了。

丁竞元在这些事情上确实没有太多经验，听了这话便什么也没说了。不过这口气他肯定是要出的，早晚的事。

那边办公室里，梁工问郭乾明刚才那位是谁。

“他姓郑，是我们丁总的高参。”郭乾明大松了一口气，其实刚才苏墨跟丁总说工程部老把图纸往恒远发，郭乾明心里是有点不舒服的。他长叹一声站了起来，也没有什么兴致去说丁总的八卦——年纪轻轻的太子爷，刚开始管理公司，半点经验没有，丁溪川这是把自己多年来顶得力的助手都让给自己这个宝贝儿子了。

“咱们赶紧的吧，把东西拿过去改好。”说不准丁总下班前还会抽风打电话来问进度呢，以前别人就有过这种经历，郭乾明可不敢打马虎眼。

梁工提着保险丝盒走到门外，回头一看，苏墨还在椅子上抿嘴坐着呢，有点气哼哼的样子。于是他又走回来，安慰道："别担心了，签合同还早呢，回去跟卢总把情况一汇报，有的是时间套关系。哪能说不给就不给了，供应商考核难不成都是摆设啊？他这根本就是小题大做、借题发挥嘛。"最后两句梁工说得很小声，怕被外面工程部的人听了去。

"嗯。"苏墨应他一声，想起那年丁竞元因为自己受伤，心里头非常不乐观。

在实验室忙活了两个多小时，总算弄好了。梁工之前还在会议室喝过一口水，苏墨是真的渴到不行了，给郭乾明打电话时声音都干巴巴的。

俩人终于能回家了。六号门近，但是那边根本打不着车，也没有公交线。两个人只能绕远去二号门，巧了，那辆经常等私活的夏利在路边的树荫下停着呢。

苏墨到家也才四点半，进门先开冰箱，拿起冰矿泉水咕咚咕咚灌下去半瓶，喝完水，立马进浴室去冲澡。

苏墨站在水流里，双手撑在白色的瓷砖上，微热的水立即带走了身上的黏腻感，沿着皮肤一路向下流到地上。苏墨垂着脑袋闭上眼睛，叹了一口气，一些多年不去想的画面又开始在脑海里闪现。

最后一次见丁竞元是在医院的病房里。当时，刚包扎好伤口的男人虚弱地躺在病床上，但是眼睛里射出来的目光却疯狂。

后来好长时间，苏墨老做梦，梦里不是那个离家时下着暴雨的清晨，就是那个疯狂的夜晚，还有他炽烈的眼神。

苏墨以为一切早就已经风平浪静，可是现在姓丁的又出现了，他是来报仇的还是有什么别的目的？

洗完澡，看看差不多是厂里下班的时间了，苏墨裹着大毛巾坐到沙发里给卢总打电话，把今天的事情完整汇报了。

就听卢总在那头说："好，我知道了。这位新来的丁总脾气确实不大好，我都听老战友他们说了。跟他这边的关系肯定要维系好啊，姓丁的说的是实情，长江集团到了年底肯定要撤一部分供应商的。"

苏墨嘴上应了两句，心里头想的却是：丁竞元铁定会找碴——看今天的情形以及自己对丁竞元性格的了解，除非丁竞元死心了，否则绝不会善罢甘休的。

吃完饭，七点多了，天还没黑下来，苏墨在自家的小阳台上一边出神，一边用蓝色的小水壶给仙人掌浇水。这两天没顾上这两盆东西，盆里土都干了。

楼下有两个六七岁的孩子在一块儿疯闹，不时地大笑着尖叫一声。

“你欺负人！你打着我脸了。”

“哈哈哈，我把你打瘦一点。”

“还敢跑！你让我揍一下，否则没完。”

“啦啦啦……哈哈哈……追不上呀追不上……小胖子追不上……”

欺负人的孩子年纪要大一点，个子也高，跑在前面还不时回头，扭腰摇脑袋地去逗身后慢腾腾的小胖墩，嘴里不停唱“小呀么小胖子呀，就是腿短追不上”，把后面的小个子气得够呛。

苏墨倚在窗台上，看着下面两个闹腾的小孩，由衷地笑了，很自然地想到了弟弟苏正，小时候两人也是这样在一起胡闹，自己没少欺负他。

有一礼拜没和弟弟联系了，也不知道他工作找得怎么样了。

“哎哟哎哟！别打啦。”

“我根本就没打着。你别跑，给我揍一下，快点！气死我了！呜——”

眼看着小胖子真要气哭了，那个大一点的孩子立即脚底下刹车调头回来，把脸探到他面前笑着哄他：“好好好，给你揍一下。别哭啊，羞羞。”

小胖子一把将人扯住，小拳头上去用劲就擂了好几下，打得对方龇牙咧嘴地叫唤。这下总算是解了气，立即就破涕为笑了。

“哎哟，你个小没良心的，使这么大劲，我胳膊都被你打折了。”

“……哼哼……我给你揉揉吧……”

“哎！那小野猫又来了。”

“哪儿呢……”

苏墨回屋揣上钱包，又到厨房找到了那个小饭盒，装了一点晚上剩的肉汁泡饭，从鞋柜上取了钥匙，趿着人字拖就下楼了。

小区的路灯已经亮起来了，暑气还没有完全下去，远处草地上有吃完饭带着狗下来遛弯的住户。

之前那俩孩子还在，挨着石子小路上的长木椅蹲着，一起看着椅腿边上的一只花斑小野猫。

苏墨将饭盒打开，走过去慢慢将食物推到小猫身边。

“我刚才给它糖了，它不吃。”大孩子抬头对苏墨说。

“因为猫喜欢吃肉。”苏墨笑着跟他解释。

小胖子眯着眼睛笑，将小爪子伸在半空，对着苏墨左颊指了指说道：“你这边有个小酒窝，嘿嘿。”

苏墨笑着捏了捏他的胖脸蛋。

野猫胆子倒挺大，闻到肉香，伸着鼻子就探了过来，抬起前爪对着饭盒轻轻地挠几下，见饭盒没什么反应，模样还有点眼熟，便大着胆子吃起来了。

苏墨晃到小区门口的二十四小时便利商超，买了牛奶和啤酒。再回来的时候，小猫和孩子都不见了，只有白色的塑料饭盒还搁在椅子腿边的草地上，里面的肉汁已经被舔干净了，就剩了点米饭。

苏墨靠坐在椅子上，抬头往上看去，二楼自家的窗口，灯光明亮又温暖。

恒远的班车站点离苏墨家最近的也要半个小时的车程。每天早上，有不少同事赶过来在鸿运广场这边等班车。这条街十分热闹，因为紧挨着一个服装批发市场，每天天没亮就已经是人来人往的了。

班车一般七点半过来，在这之前，采购部的黄部长黄悦文有时候会开车绕道走这边——她住在这附近，因为年轻，又是从基层升上去的，所以最没有领导架子，看到路边等车的下属还会招呼一声把人捎上。

不过有很多人并不喜欢坐领导的车，拘束不说，还是一个跟自己年纪差不了多少的领导。大家都不相信领导会为了下属坐车舒服而专门绕道、走这么一条比较堵的路。

今天赶巧了，苏墨刚下公交车，黄悦文的车就到了。等苏墨上了车，发现后座上还有一个人，是江宇，正拿着一杯酸奶吸呢。

“早。”苏墨打招呼。

江宇没看人，嘴里含糊应了一句。

车子上了立交桥以后，黄悦文有工夫说话了，问了两个人现在手里厂家的一些情况，又说了两件出差时的趣事，把江宇和苏墨都逗乐了。三个人一路上也算是有说有笑、气氛融洽。

进了厂区，到厂房的时候江宇先下车了，说是昨晚赶的一批货得先去看看。苏墨一直坐到了停车场，因为知道黄悦文估计是有话要说。

果然黄悦文从后视镜里对着苏墨笑：“昨天晚上卢总给我打电话说了，二汽新品的事肯定是有蹊跷。江宇这人就是心眼儿小了点，不过他业务能力还是非常强的，每跟一个厂，都能把上下关系理得妥妥的。”

黄悦文又笑了一下：“同事之间能怎么办呢，作为领导，你多包涵一下吧，卢总心里都有数。”

苏墨点头应她，对着前面镜子里的那双眼睛笑了一下。自己早就知道江宇的为人，难道还会为了他这种人生气不成。

接下来两三天都是风平浪静的，什么事都没有，苏墨心里反而开始不平静了，总觉得这不是那人做事的风格。

礼拜四，苏墨出了一趟差，到外地一家汽车厂联络业务，很顺利。

礼拜五下午，出二汽的货，事情终于来了——有一车 TG 型号的保险丝盒被检验科的检验人员在码头上拒收了，说是外观不合格。刚下的文件，要求保险丝盒外壳上的型号标签不能用贴码了，一律要用喷码。

苏墨接到司机电话的时候，正在二汽采购部打印单据，说了声“知道了”就把电话挂了，一声不响地站着等单据一点点从打印机里吐出来。

从采购部出来，苏墨正好迎头遇上了对口负责的采购员，随口问了一下，果然对方说检验科的事情采购这边也不是很清楚。苏墨跟他把事情说了，对方到电脑上查了一下库存，TG 型的保险丝盒还有二十箱。

二十箱就是两百只，看着挺多的，但要是周末两天都加班的话，很可能就不够用了。而现在临时要求改喷码，厂里还要采购喷码枪，就算马上把货拖回去返工，也是来不及的。要是供应不上二汽的生产线，产生的损失可是非同小可。

而事情就是哪儿坏往哪儿发展，哪儿急往哪儿去——二汽明后天产线不但加班，而且全部生产 TG 型号轿车。当初排生产的工程师脑子肯定是抽了。

苏墨给检验科关系比较好的小楚打电话，得知人已经调到单据科好几天了。

“啊？调到单据科了？”

“嗯，科长说让我过来支援。”小伙子在那头十分郁闷地叹气。

苏墨跟检验科的科长“理论”，就算改喷码也得通知一声，不能说改就改啊。这个每年都收恒远好几个红包的男人此时有些不好意思地跟苏墨小声说道：“早就告诉你们要改了，怎么能说是没通知你们呢？人家绿城早几批货就改喷码了，你们家就老拖着。今天上面一下子把文件直接批到我们科，我们难道还敢不执行吗？”

苏墨又去找了生产部长，把情况说了，当即就被狠狠训了一顿：“要是耽误了生产，谁来负这个责？你们家采购部连台喷码枪都舍不得买？生产计划是早报上去的，现在谁有权利改你找谁去。”

生产部长生气也是情理之中，他是海威的老员工，现在正是关键时刻，表现好或许还有机会，要是有点什么错，不就等着被长江集团撤职吗？

苏墨从生产部出来，看看时间已经快四点了，这件事自己是解决不了了，于是给恒远采购部的黄悦文打了电话，把事情的严重性说清楚了。

生产部长的办公室在三楼，再往上去就是几个老总的办公室。丁竞元也在上面，还没走，因为对面楼的阴影里，那辆豪车还停在下面。

苏墨前后跑了好几趟，衬衫后背早就汗透了。走廊里现在也热，苏墨站在二楼尽头的这个窗户边歇气，吹吹风。

这事看着挺紧急，也挺严重的，但是苏墨此刻心里不知为什么，并不真的着急，仿佛隐隐知道问题必然是会顺利解决的。

十分钟以后，卢总亲自来了电话，说是已经约到丁竞元晚上一块儿吃饭了。

“你也一起来，晚上把事情在饭桌上随意说说，还不就是姓丁的一句话的事。”

苏墨不想去，但也知道自己要是不去，这事恐怕不能善了。

“小苏，你让司机把货拖回来吧，我已经安排采购部的人晚上出差了。”黄悦文到底是个女人，目光短浅，该花的钱舍不得花，卢民意心里头这么想，这事就怪她。不过他也没想到丁竞元竟然这么好约，能答应得这么爽快，还问他“你们家负责人是哪个”。

明知故问，负责人可不就是苏墨吗。

晚上，丁竞元比约定的时间早到了，卢总和黄部长还在二十楼挑海鲜点菜呢，只能打电话给包厢里的苏墨，让苏墨先到外面等着，他们马上就下来。

兵来将挡，水来土掩，苏墨出包厢的时候这么想。

可能是晚上光线不好，也可能是苏墨心里不平静，注意力不集中，更多的原因可能是相遇以来，除了在实验室的那一眼，苏墨后来并没有直视过丁竞元，以致人已经走到自己跟前了，苏墨才回过神来，看清来人是丁竞元。

丁竞元以前是市击剑队的运动员，身材高大，喜欢穿各种宽松的运动装。但现在的丁竞元穿着衬衫、西裤，举手投足间已经完全是一个成熟的男人了。只是眼睛里的东西还是没怎么变，嘴角一旦垂着，便是有点阴沉沉的不高兴的一张脸。

“有这么好看吗？”丁竞元语有笑意，大步流星地直直走上来，离苏墨很近，近得简直要踩着苏墨的脚了。

这人浑身像带了一团气一样，顿时就把苏墨压得退了好几步。

苏墨退得有点猛，恰好撞上身边经过的一位女士。顾不上丁竞元，苏墨赶紧跟人道歉。

年轻的女人见苏墨也不是故意的，态度又好，摆摆手说了声“没事”就走了。

苏墨刚要转身，发现丁竞元已经又逼到跟前了。

苏墨今年已经二十七了，工作了好几年，比起前些年，自觉成熟稳重了很多，但是如今只要一对上丁竞元，苏墨心里就总是慌慌的。

为了不露怯，苏墨只有站着不动。大饭店门前的这个地方，各处都有灯光，一切事物的影子都很淡，苏墨很快就发现自己已经被丁竞元的影子完全笼罩了。

丁竞元那只骨节分明的大手伸到了苏墨面前，低沉的嗓音明显带了那么一点上扬的调子：“又见面了，苏墨。”后面两个字是徐徐从唇齿间吐出来的，轻且慢。

苏墨不着痕迹地往旁边挪了一步，想到今天吃饭的目的，只好配合地伸出右手，于是苏墨的手立即被丁竞元紧紧握住了。这回不像第一次那样没有心理准备，苏墨除了心跳快了一拍，并没有被惊到。

丁竞元的手心很热，手劲也特别大，苏墨试着挣了一下，根本挣不开。

两个人终于又面对面地互相看着了。丁竞元就是要这样，就是想要苏墨这么看着他，这一刻苏墨的注意力都在他这儿，即使是皱着眉在瞪他，他也觉得满意，他想要苏墨目之所及全是他。

“丁竞元，你把手放开！”

“你让我多握一会儿，我就答应把你们家喷码的事情摆平。”

酒店门口这会儿正好没别人，只有门童站在那儿好奇地看着眼前两个一直握着手的客人，其中一个好像实在是被另一个人看得受不了了，把脸撇到了一边去。

丁竞元并不是自己一个人来的，还有一位尹特助，但尹特助去地下停车场停车了。

丁竞元不喜欢应酬，今天之所以答应过来，自然是醉翁之意不在酒。

卢民意这边自然是客客气气，只拣无关紧要的场面话说，问丁竞元喜欢什么口味的菜，说着工作一天辛苦了还能赏脸之类的话，绝口不提保险丝盒的事。

尹特助年纪轻轻的，识情知趣，非常健谈，丁竞元话少，但是有尹特助在一边配合着，一点都不冷场。

菜上好了，大家便开始喝酒。

卢总今年已经五十来岁了，肝早喝出了许多小毛病。黄悦文虽是个女人，但确实挺能喝。她穿了件很漂亮的连衣裙，大波浪卷也放了下来，整个晚上一直笑眯眯的，本来长得就挺漂亮，今晚更是看着比平时在厂里头年轻了好几岁，真的是一位很有风情的女人。

苏墨在这一行也做了几年了，应酬算是寻常事。既然是自己这边请人吃饭，酒桌上的规矩总归要做到位，总不能等着丁竞元来找自己。

“丁总，我干了，您随意。”苏墨本是要站起来的，可丁竞元立即也要跟着站起来。

卢总在一边哈哈笑着，嘴里直说：“可不能让丁总站着，小苏你就坐着吧。”

于是苏墨便欠着身子一仰脖子，喝下去一杯白酒。

之前不管是卢民意还是黄悦文敬酒，丁竞元就真的是“随意”，只喝了一点。轮到苏墨了，他垂着眼睛喝下，立即一杯见了底。

“爽快。”卢总算是看出来了，丁竞元特别给苏墨面子。既然如此，那今晚喝酒的任务就落在苏墨头上了。

于是后来酒桌上就成了这样——

“小苏，你再陪丁总喝一个。”

“小苏，给丁总满上。”

两次以后，苏墨就不用卢总招呼了，自己主动给丁竞元敬酒。作为一个业务人员，老是要领导提点着才知道跟客人攀交情，那可就显得太不够格了。

只要是苏墨敬的酒，丁竞元全是一口闷，即使他知道苏墨后来是故意想灌他。故意就故意，想着刚才苏墨老老实实地敬他酒，还不高兴地叫他的大名，他心里就很舒服。

丁竞元真的是太给面子了，卢民意安心了，知道事情肯定没问题了。

后来不知道怎么就从并购案说到了海鲜，卢总笑着把话题往苏墨身上扯，说：“我们小苏就是江浙人，家门口全是海鲜，这个季节正是时候，丁总想吃新鲜的吗？我们小苏过两天正好要回老家，到时候给你带几箱过来。”

“好啊。”丁竞元本来对这个话题不感兴趣，有点爱听不听的，听到最后一句忽然就来了兴致。他全身放松地倚靠在座椅上，侧着身子开始和卢民意有一句没一句地聊起了他喜欢吃什么样的海鲜。

苏墨也没心思听他说了什么，想着真要回老家的话还能去看看苏正，也未尝不是一件好事。

“行啊，尽快。不过最近小苏手上的工作还挺棘手的。”卢总唱作俱佳地如是说。

“哦？”丁竞元垂着眼睛应了一声，脸上神情有些好奇。

苏墨这时候哪需要人使眼色，赶紧接上话茬把喷码的事说了，说得言简意赅，因为之前丁竞元已经答应帮这个忙了，在被迫做出一点妥协以后，苏墨也就没必要找什么借口了。

“行，情况我知道了。”丁竞元抬眼看着对面的苏墨，几个字说得意味深长。

“谢谢丁总。”苏墨当着自家领导的面，顶着挂了一晚上的笑脸，又给丁竞元敬了一杯。

苏墨的酒量是有的，虽然今晚喝了不少，但是远没到醉的程度，如果不是后来丁竞元说了自己在国外多年还是最喜欢红酒这样的话，苏墨又陪他喝了几杯红酒，苏墨是不会醉的——很多酒量很好的人，只要“红白黄”混着喝，就可能立马倒。

苏墨知道自己是醉了，坐着的时候还不觉得，一站起来头就开始发晕。

黄悦文结账去了，尹特助要先一步下去安排车。

苏墨觉得自己脸上一阵阵地发热，站起来说要上一下洗手间，然后进去就不出来了，坐在马桶盖上好一会儿，坐得都要睡着了。后来电话响了，黄悦文打来的。

苏墨跟她说自己没事，又道：“你们先走吧，我自己打车回去。”

黄悦文一再确认，苏墨也一再回答“没事”，坚持自己打车回去就行了。黄悦文又叮嘱两句，听苏墨说话很正常，这才挂了电话。

苏墨主要是不想出去再看见那个人。

又坐了十分钟，苏墨慢慢扶着隔间的墙站起来，感觉比刚才好了一点。到了外面洗脸台边上，苏墨抠了几下喉咙也没有吐出什么来。以前跟人喝酒，苏墨也不是没有喝多过，但是没一次像今天这么难受的。卢民意肯定是拣酒店里最好的红酒开的，这后劲儿太大了。

镜子里的脸此时就跟涂了腮红似的，红扑扑的。苏墨低声骂了一句脏话，那人非要喝什么红酒，莫非又是故意的？

苏墨喃喃骂道：“太坏了，丁竞元太坏了。”

出了酒店，夜风一吹，酒劲整个涌了上来，苏墨就连站都站不稳了，好在背后及时伸过来一只手扶住了苏墨。

“丁竞元？”苏墨声音里带着很纯粹的惊讶，嗓子已经有些哑了，回过头来看着身后之人的脸，“你怎么还没走啊？”

“等你。”丁竞元盯着苏墨看，从醉醺醺的眼睛到有些泛红的脸，现在连那个小酒窝都是红的了，非常可爱。

苏墨心里清楚这人不是个好东西，只是因为醉酒，胆子已经大到没边了，于是斜着眼不善地瞪他。

丁竞元被苏墨这样看着，心情顿时大好，情不自禁地低声笑起来，问道：“看够了？看够了就送你回去。”

尹特助也喝了酒，已经打车走了，现在开车的司机是酒店给临时安排的代驾。

上车后，苏墨闹酒似的乱挣了一会儿，反应过来自己是上了丁竞元的车后，偏过脑袋瞪着丁竞元，非常认真地骂他：“丁竞元，你太坏了。”

丁竞元把脸慢慢靠过来，视线从苏墨的眼睛移到因为醉酒而发红的脸颊上，几不可闻地问：“我怎么坏了？”

苏墨早皱着眉把脸偏到一边去了，往前看了一眼，正看到后视镜里的一双眼睛，于是猛然想到车上还有别人。

苏墨的脑袋虽然晕晕乎乎，但心里还是清明的，为了离丁竞元远一点，苏墨便把上半身往旁边竭力地歪出去。

刚才听到丁竞元跟司机报自己家的地址，便想着为什么丁竞元会知道？这个问题，以苏墨现在的神志是想不明白的。

就在苏墨竭力往旁边挪的时候，身后的男人也紧跟着靠了过来。

“你想干吗？”苏墨用胳膊肘往后顶他，说话声音很小，仿佛还带了些许的心慌和无可奈何。

丁竞元没有回应，觑着苏墨泛红的酒窝，直到苏墨把上半身收回车内，他才从鼻腔里叹出一口气来。

车子里安静下来。车窗外霓虹闪烁，昏黄的灯光似流水一样从车窗上滑过。苏墨强睁着眼睛，看着看着眼皮便想塌下来了。一方面，苏墨知道自己不应该睡；另一方面，迷糊之中又觉得这一切有些不真实，像是在梦中一样，梦里又出现了丁竞元。好在这次他没有发疯，于是苏墨终于安心闭上了眼睛。

到了楼下，丁竞元掏出皮夹，让代驾自行从里面取走了一张崭新的百元大钞。

转身去看苏墨，人已经整个歪倒在座椅上了。丁竞元将人在座椅上扳正，看着自己已经心心念念了一个晚上的酒窝。

丁竞元晚上也喝了不少酒，然而直至此刻，他才发觉自己醉了，心脏开始怦怦乱跳，呼吸都变得急促起来。

苏墨睁开眼睛看见车已经到小区楼下了，准备下车，却发现车门落了锁。

因为酒还没全醒，苏墨的脑袋还有些不好使，呆了两秒才彻底反应过来："丁竞元！你把门打开……"

苏墨刚发声，就被丁竞元打断："苏墨，我们谈谈。"

苏墨扭着脑袋，毫不留情地拒绝："没什么好谈的。"

"五年前，你明明也喜欢我的……苏墨……"

苏墨讥笑："鬼才喜欢你呢。"

"你喜欢的。"

"……"

"你去看我打比赛那天我就知道了，你喜欢我。"

"你这个浑蛋，我后悔以前对你那么好，呸！"

丁竞元不以为忤，在黑暗中盯着苏墨的眼睛，含糊着呢喃："你对我有感觉的……苏墨……你在自欺欺人……"

"浑蛋！自恋狂！"苏墨同样呢喃着骂他。

"我要下车。"苏墨望着汽车顶棚，喘息着以退为进，"我不喜欢这样，丁竞元。你再这样，我这一辈子都不会喜欢你。"

苏墨话音刚落，丁竞元立即将车门解了锁。

丁竞元坏笑着盯着苏墨的眼睛说道："当年你把我打伤的仇我还没报呢。"

"你害得我被我爸扫地出门的账，我也没跟你算呢。"苏墨向后紧靠在座椅上，斜着眼睛狠狠地瞪他。

"那不是我，是我妈。"

丁竞元说得苏墨一愣。

"真不是我。"丁竞元郑重其事地重复了一遍，说着又要凑上来。

苏墨赶紧将脸偏到一边去："丁竞元，你这样，我永远都不会喜欢你！”老调重弹，但是苏墨知道这就是丁竞元的死穴。

“再敢乱说，你试试看。”丁竞元一双眼睛紧紧盯着对方。

苏墨是他这辈子见过的最美好的人，他想拥有这个人，并想让对方爱上自己，一生一世……不，生生世世都要在一起。

苏墨被迫跟他对视，从对方的眼睛里看见了波涛汹涌的深情，满溢得泛滥成灾，简直令人难以负荷。

苏墨无奈地拉开车门下车，丁竞元追出来，苏墨为了甩开他，猛地用力一推，不知道怎么的，一向强壮的丁竞元就被苏墨推倒了，磕在了车标上。慢慢地，丁竞元的伤口流出了一道鲜红的血迹，昏暗的夜色里，苏墨稍微平静下来的心又开始狂跳起来。

午夜十二点，苏墨坐在医院灯火通明的走廊里发呆。

丁竞元的伤口很深，只能来医院紧急处理。

这个点，急诊室里只有一个伪装虚弱的丁竞元，急诊室外的走廊则只有一个正发呆的苏墨。

前后折腾了两三个小时，两个人的酒都醒透了。

历史仿佛在重演一样，又是苏墨送受伤的丁竞元来医院急诊，又是安静的午夜十二点。

“苏墨。”丁竞元冲外面喊了一声。

苏墨没有回应。

隔了几秒钟，丁竞元又喊一声，语气明显变得不耐烦。

苏墨只得挪了一下位置，挪到离门最近的一个座椅上，然后将一条腿往门口伸了过去。浅色的休闲裤上有一团暗红的血迹，也不知道是什么时候弄上去的。

丁竞元看见了，知道人还没走，安心了。

苏墨敢走，丁竞元就敢一直让伤口流血，两人对此皆是心知肚明。

就护士进去处理伤口的前后不到两分钟的时间，等丁竞元再出来，苏墨已经走了，车钥匙被放在了外面蓝色的塑料座椅上。

深夜一点半，急诊楼外面安静的停车场，脸色不佳的丁竞元刚打开车门，又一甩手砰的一声将车门关上了，掏出手机打电话。那头刚要接通，他又蹙着眉将电话利索地挂断了，转身重新将车门打开，长出一口气，然后一闭眼坐了进去。

车身沾了血迹，丁竞元将车子开到了常去的那家二十四小时营业的汽车生活馆。

老板请丁竞元到里面去坐，里面有咖啡、沙发，还开着电视，丁竞元摆了摆手拒绝了。

他双手插兜，面对着寂静的大马路一站就是一个多小时，一动不动地，在想苏墨。伤口这会儿已经肿起来了，疼得厉害。

苏墨你真的好狠心啊……想到这里，丁竞元弯起嘴角笑起来。不过好在，他终于又能见到“小酒窝”了。

与此同时，苏墨已经坐上出租车，一路回了小区。在二十四小时便利商超门口下车，苏墨进去买了瓶水，结账的时候，又随手从收银台的架子上取了一盒润喉糖。

刚出超市门，苏墨就迫不及待地打开矿泉水，大口灌了半瓶，仿佛如此，胸腔里的那些躁意便能平息。

凌晨的小区很安静，路灯昏黄，只能听到自己的脚步声。经过楼底下那条木头长椅的时候，苏墨忽然听见了一声猫叫，转身看去，正是附近的那只花斑小野猫。

“你是不是饿了？”苏墨停下来，站在那儿跟小家伙说话，声音很轻，“愿意来吗？”苏墨走了两步，又回头看它。小野猫只是躲在椅子后面喵喵叫唤。苏墨完全不勉强，转身进了楼道。

苏墨一直都很平静，进了家门换鞋，开易拉罐，一边喝一边进了浴室，准备洗澡，然后直接就愣在了镜子前面。

镜子里的人，皮肤比一般人要白一点，五官也只能算得上整齐清秀，最明显的标志是左边面颊上的一个酒窝，不管是微笑还是抿嘴都会显出来。

苏墨长久地看着镜子里的自己，不知道丁竞元到底爱自己哪一点，竟会爱到……发疯的地步。

因为丁竞元，苏墨一晚上没睡着。

第二天早上，苏墨本来打算请假，可电话还没有打过去，黄悦文的电话倒是先打了过来。尹特助早上已经和她联系过了，说是过两天他们丁总要在家里请客，话就只说到了这个份上。不过黄悦文哪有不明白的，不就是要海鲜嘛。但是这绝不是简单的要海鲜，丁竞元有的是钱，干吗非要让助理打电话来跟他们要啊？

黄悦文多精啊，和卢民意一分析，立马得出两个结论：一、这是一种态度，是对他们恒远的；二、是想吃苏墨家乡的海鲜——这个丁竞元好像特别待见苏墨。

苏墨听到这话，也不惊讶，动作这么快，的确符合丁竞元的行事风格。

“那我今天就不去厂里了。”倒不用请假了。

“下午走也行，要不要先来厂里找会计把款子批了？”

“回来再报销也一样，我先垫着吧，省得还要来回麻烦一趟。”

“行，都随你。回家了正好也可以在家休息两天，厂里最近也没什么要紧事。二汽那边万一临时有事，我让江宇替你先盯着。”黄悦文说话间不知不觉比以往更客气了一点，仿佛因为丁竞元的待见，苏墨一下子金贵了不少。

苏墨已经好久没回老家了。

苏墨的老家乌市是东部沿海的一个县级市，盛产海鲜。从新城到乌市也快，飞机半个小时，火车一个半小时，汽车也两三个小时就到了。

苏墨的爸妈都是老师，一辈子教书育人几十年，从他们手底下考上全国各个名牌大学的学生是一茬又一茬，当真可以说是桃李满天下。只是没有想到，教育来教育去，到最后自己的亲生孩子却没能教好。

五年了，苏墨给家里打电话，父亲苏泉丰从来没有接过，只要听到是苏墨的声音，全都是直接挂断。苏母到底心软一点，后面几年背着苏泉丰偷偷地跟苏墨联系，也不止一次流着眼泪问过苏墨跟那个姓丁的同学到底是真是假。苏墨每次都回答是假的——当时的苏墨害怕丁竞元把两人的事情闹得人尽皆知，到时候恐怕父亲真能被活活气死。苏墨知道，丁竞元什么疯事都做得出来。

时间过得真快。苏墨是在一个下着暴雨的清晨离开乌市的，一晃五年过去了。那天，只有苏正冒着大雨跑来送自己，苏正那年才十七岁，单薄的小身板淋透了，最后还哭哭啼啼地掉眼泪，撇着嘴说“你别走，我不让你走”。一转眼，苏正都大学毕业要找工作了。

后来苏墨在新城有了工作，也有了自己的家。这世上的一切都在随着时间的流逝而改变，许许多多的事情都变了。

可是……丁竞元对自己的感情竟还没有变。

丁竞元说“那不是我，是我妈”。

是真的吗？

“你来看我打比赛那天我就知道了，你喜欢我。”

那天发生了什么？丁竞元为什么会这么说啊？

苏墨抄手靠坐在座椅里，看着火车窗外一闪而逝的景色，很久以前的事情终于又都纷纷跑到眼前来了。

第二章
当时年少

大三暑假前，学院要搬校区，从郊区搬到市区。

同学们可以互相挑选室友，重新组合。有一些本地走读的学生还想要在寝室里占个位置，也有寝室没住满，跨班跨系凑一起的。加上老校区本身住宿条件相比较而言要差一点，住得可以说着实有些乱。

英文系有不少人单了出来，不得不和体育系的人挤在一起。苏墨的好友梁彬就被分去了那边，和三个大四生住在一起。可梁彬住进去一个月了也没有见着那三个男生长什么样，原本还以为是走读生，后来才知道原来是三个插班生，他们只是在交大的体育系挂个名，平时想来就来、想走就走。

梁彬倒是挺高兴的，单独住一个寝室实在太舒服了，又宽敞又清静。再加上苏墨就在隔壁楼，有时候梁彬犯懒了，抱上脏衣服跑到楼下找苏墨，贱兮兮地求上一求，苏墨多半就帮他把衣服洗了。

体育系的学生多是大大咧咧的，不到一个月，两个系的人就在一起混熟了。

第一次见到丁竞元的情景，苏墨至今记忆犹新。原因无他，他的脾气太坏了，想不深刻都难。

十月底的天气，早上还出大太阳，到了下午就阴云密布。上完专业课，苏墨紧赶慢赶地跑去梁彬宿舍帮他收被子，到底没来得及，还没到楼下呢，雨就下来了。

因为苏墨是学生会的人，平时查寝没少进这栋楼，所以宿管阿姨也没拦人。苏墨脚下没停，一口气跑上了三楼，开了门就往露天阳台冲。

手里的包随便往就近的书桌上一扔，手忙脚乱地开始收被子。

过了一会儿，苏墨听到房间里头有动静，以为是梁彬回来了，就头也没回地招呼了一句："回来了？你这回可麻烦了，好不容易晒一回被子还遇上下雨。”

等到苏墨抱着淋湿的被子转身进来时，看到站在屋子里的男生，一下就愣住了。

男生很高很壮，高鼻薄唇，蓄着一头短发，一身宽大的黑色运动服，袖口撸到手肘，露出结实的小臂，拉链敞了一大半，里头是结实的胸肌和白色的背心——这男生就是丁竞元。

苏墨第一眼见着丁竞元，其实还是挺有好感的，他看上去着实很帅。显然也淋了雨，头发正往下不停地滴水。

男生并不看人，面无表情，一只手握着一包抽纸，另一只手使劲往外抽。他脚边扔着一个大包和一个小包，包上面都是雨水——那小包正是苏墨的，很显然是被男生从桌子上扯下来丢到地上的。

“我刚才进来得急，包随手放的，不好意思，把你桌子弄脏了。”时间久了，桌子上落了一层浮灰，与包上的雨水搅和在一起，看着脏兮兮的。

苏墨还是很有礼貌的，虽然看到包被直接扯到地上心里有点不舒服。

丁竞元今天是和队友一起从队上回来的，教练让他们好歹回来上几天文化课，好应付最后一年的考试。结果一进门就发现屋子里不知道什么时候住人了，而且还把脏东西乱扔在他桌子上。

闻着屋子里的怪味，丁竞元洁癖发作，登时就不高兴了，说出来的话自然也不好听：“这屋子已经脏到不能住人的地步了。”

说完，他抽出一大堆雪白的纸巾站在那儿擦了桌子，然后快速走到了洗漱间，一眼就看见怪味的源头。丁竞元想都不想，把梁彬泡了好几天的衣服抓起来直接丢进了垃圾桶。

苏墨抱着被子站在那儿看着，还没来得及生气，直接就被他这一下给整愣了。

苏墨父母都是老师，家教一向严，以至于苏墨从来都是懂文明讲礼貌。调皮捣蛋、偷奸耍滑的人也不是没遇到过，但是像丁竞元这样的，还真是头一回见。

紧接着，淋成落汤鸡的梁彬就跑了回来。脾气暴躁的梁彬从洗漱间出来以后直接就和丁竞元骂上了。二十来岁的小伙子，年轻气盛，不高兴的梁彬和本来就阴沉着脸的丁竞元后来直接就动了手。

梁彬哪里是丁竞元的对手。

苏墨只是想要上去拉架，结果被丁竞元打在了鼻梁上，当场就流了血。然后，走廊里有人喊了一声：“302屋里打起来了！”

先是对门的男生奔了过来，后来涌进了一大帮子人，这些人整体上分成两大阵营，市击剑队、市田径队的算一头，交大的英文系、体育系的算一头，呼喝谩骂、拳脚相加，场面立时就乱成了一大锅粥，结果市队的五六个大个子就让体育系的十几个大长腿给揍了。

一帮小伙子后来被两位田径教练员带去了医务室——体育系的男生打起架来，保安来劝都没用，他们只听自家教练员的。

比起丁竞元、梁彬他们的鼻青脸肿，苏墨除了鼻子出了点血，别的地方倒没什么。

苏墨鼻孔塞了棉花，拿着碘伏棉签帮教练员给一溜的伤员上药。轮到丁竞元的时候，苏墨也没犹豫，看了他一眼，手上棉签蘸了药水就往他伤口上涂。

丁竞元嘴角被打得裂开了，眼窝也青了。想起他之前欠揍的行为，再看看他现在垂着眼睛、蹙眉、有些怕疼的模样，苏墨就觉得他挺活该的。

“你笑什么？”丁竞元声音沉沉的，简直不像是个二十出头的小伙子该有的声音。他抬眼，神色不善地盯着苏墨。

苏墨掩饰性地轻咳了一下，使劲抿了抿嘴，抿出了一个小酒窝，手上故意使了点小劲按在了他嘴角的伤口上，他立即蹙起了眉，嘴里“咝”了一声。

打架事件影响比较恶劣，据说还惊动了市击剑队的教练和学校的领导。

丁竞元他们有没有被罚不知道，但是体育系的几个哥们是一个也没跑掉，全都被教练员狠狠罚了一遍，每人都写了检讨，好在没有记大过。

一帮子大长腿事后非硬说就是为了苏墨才出手的，为此，苏墨给他们洗了整整一个礼拜的衣服。

打架事件以后，苏墨很长一段时间没有再见到丁竞元，直到几个月后的一个晚上，苏墨在学校南大门撞上他，并张嘴跟他借了一笔钱。

如果苏墨知道就因为这几百块钱的债务，自己的人生从此就招上了丁竞元这么一个大麻烦的话，苏墨打死也不会跟他张嘴的。

可惜这个世界上没有“如果”二字。

学期末的最后一周，很多同学已经考试完回家了，苏墨还有最后一门。

晚上苏墨在图书馆正看书呢，就接到一个电话，是高中的老同学刘岩打来的，为一件人命关天的大事借钱。

电话里刘岩气喘吁吁的，正从医院往出租车站点跑，这时候他也顾不得什么面子，三言两语就把事情说清楚了：考完试陪女朋友去做手术，去的不是很正规的医院，结果晚上回来人就出了问题，疼得哭天喊地的，现在送进急诊了。

因为之前他已经变着法子编理由跟母亲要过几千块钱了，现在就只能找老同学借。

苏墨二话不说，收拾好书，一口气从教学区跑到了南大门，把卡上还剩的两千多块钱全取了出来。

苏墨平时并不奢侈浪费，自己也会做家教，或者帮师兄们翻译点东西赚钱，因此攒了这两千多块钱。

苏墨刚把钱取出来，刘岩电话又打来了，说他在车上接到女朋友闺蜜的电话，后面要办住院，押金五千，现在几个人手上的钱再加上苏墨手里的，还差了八百多。

刘岩问苏墨能不能再给借点，话一出口，他立马又说：“哎，算了，我打电话问下老班长，不行的话我就再给我妈打电话吧，今天真谢谢你，帮了我大忙了。”说着他又连叹两口气，“真烦啊，一分钱能憋死英雄汉。”

刘岩无奈地靠在出租车后座上，悔不当初。

刘岩是单亲家庭，他母亲跟苏泉丰同是一个学校的老师。

苏墨自然是想帮忙借钱的，但是一时也不知道该找谁，手头宽裕的几个朋友都回家了，剩下的几个像梁彬这样的，还要整天跟苏墨借钱供着女朋友呢，现在既是月底又是学期末，哪里还有钱往外借。

苏墨想了一会儿，忽然想起刚才在图书馆见着的一个人，是同班的一个女生，平日里关系还不错。

苏墨皱着眉低头查电话簿，手上拨号的动作还有点迟疑——非常不想跟同学张嘴借钱。

但薄脸皮归薄脸皮，这钱还是要借的，苏墨利索地转身，抬脚就要往回走，结果这一下子就撞上了一个人，不是别人，正是丁竞元。

待苏墨看清了人，登时就像打通了关脉一样，眼前一亮。

在关系还不错的同学和不怎么熟的人之间，一般借钱会选哪个？苏墨选择了后者，反正不熟，试试呗，不成也没事。

苏墨张口的时候，一点也没有不好意思："我朋友住院，我手上钱不够，这会儿也找不着人，你身上有吗，能不能帮忙先借点？我明天就还你。"

"要多少？"丁竞元不动声色地打量苏墨，眸光在夜色里黑沉沉的，他顿了一下，才开口问。

"八百，有吗？"苏墨知道有戏了，没想到丁竞元看着脾气挺坏，为人倒挺仗义。

丁竞元好笑地从鼻腔里无声地哼了一声，因为苏墨那句话后面的两个字听着着实可笑。

他面无表情地拉开黑色的羽绒服拉链，动作潇洒地伸手从内侧的口袋里掏出一只很漂亮的大皮夹，打开来，露出里头整整齐齐的一叠崭新大红钞和一排反光的金卡。

苏墨收回刚才觉得丁竞元挺仗义的猜测——这人之所以愿意借钱，应该就是为了向自己炫富。

苏墨有点后悔跟他张嘴了。

"要多少自己拿。"丁竞元的洁癖也是分时候犯的，比如现在就没有。

"……哦，谢谢啊。"

"要多少自己拿"，丁竞元这句话太霸气了，苏墨顿时就听得一愣，慢半拍才凑上去，将崭新的一叠连号的大红钞抽出来一点，细细数了八张。

钱太新了，贴在一起，有点不好数。

丁竞元垂着眼睛，居高临下且悄无声息地打量面前正低着头的人，从眼睫毛看到鼻尖，从鼻尖看到嘴唇，又从嘴唇看到细长的手指，最后看向了苏墨的左颊。

他没记错的话，那里应该有一个小酒窝。

苏墨皮肤偏白，此时在灯光下更显得白白净净，整个人看上去让人觉得非常舒服，当然，这个觉得舒服的“人”特指丁竞元。

其实苏墨并不是丁竞元喜欢的类型，他喜欢长得漂亮的人。但是不知道为什么，从上次在医务室开始，他就记住了苏墨这张眉清目秀的脸。

“你给我留个电话吧？我明天还你钱。”

丁竞元利索地报了一串号码，抬脚走了。

苏墨第二天早上考完试，先去医院看了一下刘岩的女朋友。陪着刘岩在住院部的楼底下聊了几句，听他发了一通牢骚后，又一起吃了午饭才回来。在南门的取款机上查了一下，卡上已经有钱了——昨晚回去就跟苏正说好了的，借他的压岁钱用一下，条件是借零还整。

苏墨取了钱，转身出来就给丁竞元打电话，结果电话响了半天也没人接。

“陌生号码接一下怎么了，又不用钱。”苏墨一边嘟囔，一边发了消息过去：“你好，我是苏墨，还你钱。”

这下，丁竞元的电话倒是立即就打了过来，说他在邂逅时光。

邂逅时光是交大附近最有名的一家咖啡屋，苏墨赶到的时候，丁竞元正靠在大沙发里，桌子上开着笔记本电脑，腿上还摊着纸笔。

本来丁竞元是要查资料写论文的，但是他对写论文这档子事耐心有限，所以后来就变成喝咖啡、看电影了。

苏墨也不坐，把钱从钱包里抽出来，搁在丁竞元跟前：“这里是八百块钱。”

丁竞元看着那几张钱，巧了，最上面一张特别旧。他借出去的是崭新的连号的，被还回来的却是这么一堆脏东西。

“昨天真的谢谢你，帮了大忙了。”苏墨很客气地笑着跟他道谢。

“好啊。”丁竞元把目光从钱上移过来，难得地还了苏墨一个微乎其微的微笑。

“啊？”苏墨没听懂，什么好啊？

“谢吧，我接受。”

“嗯？”苏墨还是没反应过来他什么意思。

“别的没什么要你谢的，帮我找找这篇论文的参考文献就行了。”

丁竞元把笔记本转到苏墨那边，关了电影，点开文档，指给苏墨看，并用低沉的嗓音不紧不慢地解释道："我选的题目不难——论运动损伤的预防的重要性。"

苏墨从没见过像丁竞元这么不客气的人，以至于对他提出的要求一下子没反应过来。

直到和丁竞元一动不动地对视了十几秒，苏墨才从那双正望着自己的黑沉沉的眼睛里确认了他没有在开玩笑，并且非常认真。

昨晚丁竞元肯借钱，确实是帮了大忙，他们根本不熟，甚至还有点过节，自己都好意思张嘴借钱了，人家又干吗不好意思要回谢呢，反正不要白不要，谁让你求到人家头上，欠了好大一个人情呢。

所以说欠什么都不能欠人情，人情债最不好还。

考完试的隔天早上，苏墨就回家了。

寒假有一个月的时间，除了置办年货、到亲戚家拜年，跟刘岩和几个要好的朋友一块儿出去吃过几次饭，苏墨基本上哪儿都没去，就在家里待着，给苏正辅导功课、做饭、做家务、玩游戏，以及上网帮丁竞元查找论文资料。

苏墨是个比较认真的人，就算对要写的课题一无所知，也还是按照丁竞元的要求，认真找足了几十篇文献。

为了论文的事，苏墨还曾给丁竞元发过一条短信："三十篇文献行了吧？"

丁竞元没回，苏墨也没再问，就当是可以了。

第一次接到丁竞元电话的时候，苏墨正在厨房里准备午饭。

房间里手机响了，苏正在客厅喊了一句"你电话"，然后就拿着电话进了厨房，自作主张地帮忙给接通了，将手机举到正在炒菜的苏墨的耳边。

在这个过程中，苏正看到了手机屏幕上的来电显示，笑嘻嘻地问了一句："咦，这个钱多多是谁啊？"

苏墨一愣，那天晚上丁竞元报了号码就走了，自己那时还不知道他叫什么，就随手胡乱输了个名字进去。

苏正以为对方是苏墨的追求者，所以讲这句话的时候并没有刻意压低声音。

苏墨没谈过恋爱，从小就一直是品学兼优的好学生，加上初中时的班主任是家里的一个表姨，高中的班主任是苏泉丰，一直都是被长辈看在眼皮子底下的，因此苏墨从来没有动过什么歪心思。后来上了大学，苏墨也一直没对谁动过心，倒是有过一两个略有好感的，但是离喜欢还差得远。

即使有很响的炒菜的声音干扰，躺在安静的房间里的丁竞元也还是将“钱多多”三个字和苏墨那声紧急的“嘘”声听清楚了，接着是有人被踢到的“哎哟”声。

“你干吗踢人啊？”

“别讲话。”苏墨将声音压低。

“我给你拿着，你手上有油，你炒你的菜。”

“给我……快点……”

丁竞元在舒适的大床上翻了一个身，掀开被子，下了床，拉开窗帘，外面阳光明媚，已近中午。他靠在窗帘上，听着电话那头厨房里热闹的炒菜声，和某人刻意压低的命令，非但没有生气，反而觉得有点好笑。

“丁竞元？”苏墨把手机从弟弟手里要过来，一边炒菜一边说。

“是我。”丁竞元此时漫无目的地望着窗外，专心地在听那头苏墨炒菜的声音。

“有事？”

“文献……”

“文献已经找好了，三十篇，行吧？”

“谢了。”

“应该的。还有事？”言外之意——没事那我挂了。

“你在炒什么菜？”

“嗯？”苏墨手上顿了一下，还以为自己听错了，但还是照实回答，“牛肉蘑菇。”

丁竞元摸了摸自己瘪瘪的肚皮，半晌后说了一句：“饿了。”

挂了电话，丁竞元回到床边，在穿衣服出去吃和叫外卖这两个选项之间犹豫了一秒钟，然后进了更衣间，找出裤子套上，并随手挑了件外出穿的衣服。

因为要换衣服，要洗漱，要打车，等到了餐厅坐下点菜的时候，丁竞元已经觉得非常饿了，于是他一口气点了很多，其中包括牛肉蘑菇汤、蘑菇牛肉意大利面和黑胡椒蘑菇牛肉饼。

年三十晚上，丁竞元收到了苏墨发过来的新年祝福短信，很简单，就是新年快乐、身体健康、万事如意这类吉祥话，再加一个可爱的笑脸，但看得出来不是群发，因为前面带上了他的名字。

苏墨之所以想起来要单独给丁竞元发一条，是因为晚饭前刘岩专门来了一趟，把钱给送来了。刘岩这回没再说谢字，好朋友，大恩不言谢。苏墨当时就想起丁竞元了。

午夜刚过十二点，苏墨点上辞旧迎新的鞭炮，然后接到了丁竞元在寒假里打来的第二个电话。

“新年好啊！”苏墨疑惑他这个时候打来能有什么事，但还是先乐呵呵地道了一句好，并在鞭炮的大响声里提高了声音，以便对方能听清楚。

“新年快乐。”丁竞元的声音依旧是沉沉的，仿佛丝毫不受节日喜庆的干扰。

“我这边太吵了，你讲什么我都听不见。”苏墨进了楼道，一边往楼上跑，一边将手紧紧捂在嘴边说话，“你等下，我马上回房间。”说话时，有一个瞬间，只一到两秒的时间是周围的鞭炮声全部消失了的。

丁竞元本是放松地仰靠在沙发里的，忽然动了动耳朵，目光对着茶几上的某一点就不动了。

耳边有些痒，是那种很舒服的微微发麻的感觉——在那短暂的两秒钟里，在冷清的房间里，在电话那头热闹的鞭炮声骤然停止，听到对方带着呼呼喘气的清晰的呼吸声的时候。

苏墨一口气跑上了五楼，进了自己房间，门一关，外面的炮仗声便弱了。

“喂？呼——”苏墨往床上一歪，嘴里呼出一口长气，觉得丁竞元大约是想问论文资料的事，“文献我已经发你邮箱了，你看到了吧？”

“你们系什么时候开学？”

“嗯？”苏墨被问得一愣，发现跟丁竞元讲话就是这样，永远也搞不清他下一句要说什么。

“我们系啊，我们系过完年农历二十就要报到，不过我肯定要提前两天去的。”当天下午到，第二天收拾收拾屋子，把一些报到的杂事处理好。苏墨喜欢做什么事都不急不忙、有条不紊的。

“你是坐火车来吗？”

“是啊。”

“一般到哪个站？西站？”

“不，就主站。”

“好，到时候我去接你。”

“啊？”苏墨发现自己已经完全跟不上丁竞元的脑回路了。

“谢你帮我找论文资料，我请你吃饭。”

“不用了，真的不用。”苏墨说着从床上坐了起来。

“应该的，必须谢。”丁竞元声音低沉，语气非常强势，有一种此事已经是既定事实、无须再辩的气势。

“哎呀，不用的……”苏墨为难，不知道该怎么拒绝，又实在不想吃丁竞元的饭，觉得跟这种脾气坏坏的、思维有些奇怪的富家公子还是保持距离比较好。

这边丁竞元挂了电话，头也没回，冲身后的人冷声道：“你能改掉偷听别人打电话的嗜好吗？”

“新朋友啊？”对于儿子一贯不太友善的态度，江心眉丝毫不以为意，手上拢紧了粉白色的真丝睡袍，用有些讨好的口气建议道，“那天可以开我的车去。”

丁竞元想了一下，没车接人是不方便，于是便沉默着算是接受了。

“明天大年初一，给你爸爸也打个电话吧……”

江心眉话还没说完，丁竞元就已经站起来回屋了，关门之前，他说了一句：“放心吧，我会打的，会跟他要钱的。”

江心眉盯着关上的门看了一会儿，慢慢走到儿子刚才坐过的沙发上，叹息着坐了下去。儿子越大，母子俩越不能好好相处了。小时候自己没有陪过他一天，现在不亲近也是自己活该。现在她老了，儿子儿子不爱她，老子老子也早不爱她了。

丁溪川的那个大儿子要是什么时候死了就好了，死了他的原配就无话可说，那么她的竞元就什么都会有了，就能认祖归宗，就会每天开开心心的了。

回校这天一大早，苏墨刚起来正洗漱呢，丁竞元电话就打过来了。

“是不是今天回？”

“嗯。”

“嗯？你干吗呢？”

“刷牙。”苏墨有些口齿不清，正含着一嘴牙膏沫子呢。

“那我待会儿再打。”

“嗯。”苏墨也正有此意。

过了五分钟，苏墨刚从洗漱间出来，电话又来了。丁竞元问苏墨下午几点能到，有没有什么特别喜欢吃的菜，他早已经订好了位置。可苏墨一听说他郑重其事地订了餐厅，头就大了。

苏墨并没有去过多高级的餐厅，也不想去，费钱倒是其次，更怕自己会吃得消化不良。

“能不能改吃火锅？”苏墨用了好商好量的口吻，因为知道丁竞元是个不太好讲话的。

“……好，那我现在问问还能不能预约。”丁竞元想了一下，就同意换了，倒有点出乎苏墨的意料。

行李前两天就收拾得差不多了，乌市盛产海鲜，苏妈给苏墨准备了几袋子乌市的特产，鱿鱼丝、海鱼干。

苏墨往包里装的时候，就想着到时候给丁竞元两袋，当作是吃饭的回礼。

本来一个借钱，一个给找资料，就已经能两清了的，结果丁竞元非要请吃饭，害自己又欠了一点，现在关系搞得越来越复杂了，真要命。

苏墨正想着呢，丁竞元电话又来了，说是火锅已经预约上了。

火车到站的时候，苏墨给丁竞元发了一条消息：到了，马上下。结果手机又立即响了，丁竞元好像从来不发短信的样子，他说他在东南出口。

丁竞元穿了一身帅气的黑色夹克羽绒服，单手插兜，面无表情地支着两条大长腿杵在出口，来来往往的人不知道有多少都回头看他，连苏墨一眼见着他站那儿也在心底忍不住夸了一下：光看外表是挺帅的。

由于一天内已经连着接了丁竞元五六个电话了，所以这会儿见着了人，苏墨倒没了那种陌生感，两人视线一对上，苏墨就冲着丁竞元招了下手，抿嘴一笑。

丁竞元在一片嘈杂声里，视线穿过出口处攒动的人头，准确地捕捉到了苏墨面颊上那个可爱的小酒窝。他此时心中蓦然一动，嘴角自动就弯了起来，还了苏墨一个微笑。

苏墨知道丁竞元家里有钱，所以看到他开车也没觉得奇怪。

去的火锅城很漂亮，店名是苏墨没听过的。

一顿火锅吃下来，苏墨对丁竞元改观了不少。这人非常大方，点了很多好吃的，桌子都要摆不下了。关键是真的很好吃，苏墨最后都吃撑了，点那么多不吃不是浪费吗。

两个人有一句没一句地边吃边聊。原来丁竞元是市击剑队玩重剑的，怪不得身体这么壮。因为今年的全运会他要参加比赛，所以下半年就要回队训练了。

“你们只要论文写好了，就能顺利毕业？”苏墨边吸溜嘴边问他。

“也没这么容易。能拿到奖牌的人才行。”丁竞元自己不吃，把烫好的羊肉用公筷一片一片地捞到苏墨面前的小碗里。

“那你拿过奖牌吗？”

“当然。”

“你很厉害吗？”

丁竞元抬头瞟了苏墨一眼，很明显是不屑回答这个问题。

今年的全运会就在S城举办，丁竞元略沉吟了一下，跟对面的人说道：“比赛在九月份，说不定会用到我们学校的体育馆，到时候你来看我比赛。”

“九月份啊，行吧。”苏墨塞了一筷子羊肉到嘴里，吃人嘴软，想想到时候自己大四了，应该有的是时间，便当即点头答应了。

这一顿饭，两个人前前后后吃了足足两小时，回到车上的时候，苏墨坐着都觉得拗肚子了。

“吃太多，撑死了。”苏墨一边咕哝，一边从车后座上把自己的背包扯过来，拉链拉开，掏出来几包鱼干，搁在车前台子上，笑着说，“这是我们那儿的土特产，这几包是给你的。这个鱿鱼丝很好吃的，你回去尝尝看。”

苏墨专门给他带了土特产，可真有心。

丁竞元顿时就觉得此时坐在身边的这个人刚刚说出来的这几句话让人舒服至极，顺耳至极。

“你拆开，我现在就想尝尝。”丁竞元眼睛望着前面的路，也不看人，直接提要求。

“你还吃得下啊？”苏墨嘴上这么问着，手已经将包装撕开了。

丁竞元在开车，两手都没空，于是苏墨也没多想，捏了一条鱿鱼丝就侧身凑了上去。

丁竞元特别配合地往苏墨这边歪了下脑袋，一张嘴将东西叼走了——丁竞元的洁癖是分时候犯的，比如现在，苏墨的手会不会不干净这个问题，就完全不在他的考虑范围内了。

“好吃吗？”苏墨探着脑袋问他。

丁竞元毫不犹豫地点了点头，转脸问道：“要是吃完了怎么办？吃完了还想吃怎么办？吃上瘾了怎么办？”

最后的结果是苏墨自己就留了两包小黄鱼干，剩下的都给了丁竞元。

没办法，丁竞元后来的意图已经很明显了，就是想全部拿走。苏墨默默腹诽：真没见过像丁竞元这样的人。

到了寝室楼下，苏墨一个背包，一个行李箱，自己是完全能搞定的，结果丁竞元也跟着下了车，一路拎着行李箱，非给人送到寝室门口。

还没正式开学，宿管阿姨没有很严格。

“今天谢谢你了。”苏墨对着丁竞元由衷地笑了，今天不仅大吃了一顿，还有免费的车坐，至于丁竞元硬抢小鱼干的事，就忽略不计好了。

走廊里的灯光有些暗，丁竞元不动声色地看着对面的人，最后说了一句“我给你打电话”，转身就走了。

丁竞元那天晚上走的时候说了一句“我给你打电话”，当然不是随便说着玩的，没两天丁竞元的电话就打来了，说他也回学校了。

苏墨当时正在宿舍洗衣服，说两句就挂了。

谁知仅仅过了五分钟，丁竞元就来了，动作这么快，简直让人怀疑他是不是早在附近守着了。

苏墨在宿舍楼下的草坪里晾衣服，丁竞元就双手插兜地杵在旁边津津有味地看着。他是不洗衣服的，脏衣服全是拿到小区的干洗店里处理。

水一定很冷，很冻手，看着苏墨已经被冻得发红的手掌，丁竞元忍不住这么想。

“你们什么时候回队里？”苏墨说着话从盆里拿出一件毛衣，支到塑料衣架上。

晾衣服的铁杆子很高，为了防止湿衣服的水淋到身上，只能用撑衣杆挑住塑料衣架子往铁杆子上挂。

“下个月。训练场地离学校这边很远。”到时候就不能经常过来了。

“训练很辛苦吧？”

“刚开始的时候会觉得很累，现在习惯了。”

“你一开始怎么会去练击剑的？你爸妈怎么舍得？”苏墨之所以会这么问，是因为觉得丁竞元家庭条件这么好，完全没必要去吃这种苦。

“我的事我自己做主，我们都是被教练骗去的。”被问到爸妈，丁竞元眉头都不会皱一下。

“啊？”

“他告诉我们击剑是一项很绅士的运动，是格斗中的芭蕾，穿上击剑服能把人帅哭，能迷倒一大片，只要你能看上的，想追谁就追谁。还有高考能加分。当然，只有最后这条是真的。”

丁竞元一口气说了一串话，还故意说得一本正经，苏墨被逗得直乐。丁竞元就光明正大地盯着苏墨的笑脸看，在苏墨又一次差点没挑住衣架子的时候终于忍不住出手，上前接过衣服，一抬手给挂到了铁杆子上。

因为丁竞元帮着苏墨理了衣服，所以就顺理成章地要求苏墨请他吃饭了。

苏墨自然是很好讲话的，当即满口答应了。

当天晚上，苏墨请丁竞元吃了南门外头很出名的小马牛肉面。

从这天开始，丁竞元隔三岔五地就会给苏墨打电话，什么事都没有，就是朋友之间瞎聊两句。丁竞元本身不是话多的人，所以每次打电话的时间都不会很长，但是他来学校的频率明显见长，而且每次他都会顺便走到苏墨住的那栋楼，有时候仅仅站一会儿，打个招呼看一眼就走了；有时候和队友一起过来，他还会介绍人给苏墨认识；有时候梁彬也在，丁竞元就算对这个人印象极差，但是看在苏墨的面子勉强也会点个头，总之一切均在正常范围以内。

这样到了三月份，市队的运动员为了全运会，都要归队训练了，其实也可以白天上课、晚上训练，只是没有人愿意这么累。

丁竞元把衣服和一些日常用品收拾了一下，准备住到队里去。临走前，他想去找一趟苏墨，和“小酒窝”吃个饭，因为自己这一走，估计要好长时间见不着那张笑脸了。电话这时候响了，丁竞元把手机拿过来，一时竟有点怔了，是苏墨打来的。

“我刚在路上碰到你队友周转预了，他说你们今天就要回队里，你是不是已经走了？”苏墨那头的声音有些嘈杂，像是在超市里。

“这还是你第一次给我打电话。”丁竞元根本就是答非所问，声音轻得听起来像是从很远的地方传过来的。

“啊？我问你，你是不是已经走了？”苏墨这边有点吵，以为丁竞元没听清，慢慢地把话又问了一遍。

丁竞元愣了一下，苏墨专门打电话来，就是为了问他走没走。从小到大，除了教练有时候会打电话来催他归队，还没有哪个人真正关心过他还在不在、走没走的。丁竞元本是靠在沙发上的，此时慢慢地沿着沙发背躺倒了，闭上眼睛，半晌才回：“你说什么，没听清。再说一遍。”

于是苏墨只好又把手捂到嘴边，捂严实了，嘴巴凑在手机上，把话重复了一遍。

丁竞元的耳朵又痒痒的了，在安静的房间里，他弯起嘴角无声地笑了。

苏墨再次见到丁竞元的时候，已经是五月底，交大体育系毕业答辩，丁竞元不得不回学校。

丁竞元的答辩很快就结束了，刚出教室他就给苏墨打电话，想把人约出来吃饭，结果却被很干脆地拒绝了。系里的一帮子人这两天都在吃散伙饭，苏墨的午饭时间已经被几个朋友给预定了。

“你答辩还顺利吗？”

“嗯。”丁竞元垂着眼睛，仅从鼻端哼出一声作为回应。

苏墨听出来丁竞元好像是不大高兴了，又想到他本来就不住学校，答辩完了估计没什么事就不会再往这边来了，便道：“之前已经先答应他们了……要不我晚上请你吃饭？还是你这就要走了？五一的时候我从家里又带了一点鱿鱼丝来，你还要不要了？”

苏墨说到这儿，忽然听到那头有个声音在问“跟哪个宝贝打电话呢，一个人在这儿眉开眼笑的”，仔细听，能听出是周转预的声音。

“晚上我再打给你。”丁竞元斜了周转预一眼，“你请吃饭。”

“好。”苏墨安心地立即同意了。

“怎么样，晚上一起去玩？”周转预故意笑着调侃。

“不了，晚上约了人了。”丁竞元心情转好，不跟他计较。

“怎么？来真的了？”

丁竞元懒得理他。

中午丁竞元和周转预一起随便吃了点，吃完了打车回去睡觉。

一觉醒来，外面下雨了。丁竞元躺在舒服的大床上懒懒地翻了个身，闭着眼睛听着窗外的雨声，此时脑袋里想到了他的“小酒窝”。好长时间没见了，早已经开始想了。不知道苏墨哭的时候，那脸上的小酒窝还有没有。

快到两人见面的时间了，丁竞元从床上爬起来，在更衣室里挑了半个小时衣服，破了有史以来选衣服的时间纪录。换好衣服，对着镜子撸了撸头发，丁竞元觉得满意了，这才给苏墨打电话。

“六点，学校南门。”

“哦，好。”苏墨被丁竞元的电话吵醒，还没醒透呢，声音也有点哑。

“上次那个鱼干带了多少来？”

“干吗？你又想抢光啊？不带你这样的。”

苏墨在那头哼哼唧唧的，丁竞元此时听在耳里，不禁对着镜子里的自己咧开嘴，无声地笑了。

丁竞元穿的是价格不菲的衬衫和休闲裤，苏墨见到他就笑着调侃：“你穿这么正式，是要去相亲啊？”

“你这个相亲对象我很满意。”丁竞元别有深意地瞟了苏墨一眼。

苏墨“扑哧”一声笑了出来。

丁竞元想要吃小龙虾，苏墨主随客便没有意见。然而点了菜等龙虾上了桌，苏墨才发现丁竞元左手手指上有伤。

于是这天晚上，苏墨全程伺候丁竞元吃小龙虾。很好，丁竞元吃得很满意。

丁竞元手上的伤口过了半个月才好，好在他用右手执剑，对训练完全没有影响。

七月份，丁竞元去香港打友谊赛。

第一场开始的时候，毫无预警地，他在看台上看到了母亲和那个叫丁溪川的老男人，母亲还很开心地频频向他挥手。

结果丁竞元输了这场比赛，并且输得非常难看。

下场以后，丁竞元到休息室脱击剑服，教练气哼哼地走过来，皱着眉问他到底怎么回事，又搞什么鬼。

“我故意的。”丁竞元脱掉防护服随手丢在一边，很潇洒地撸了一把自己已经汗湿的短发。

“我有眼睛，能看出来。”文教练没好气地一屁股坐在丁竞元旁边。

“友谊赛输赢有什么关系，我这是隐藏实力，等全运会的时候，我准给你弄块金牌。”丁竞元说着还抬手拍了拍教练的肩膀，以示安慰。

文教练没有好脸色地瞪了他一眼，丁竞元太不听话了，要不是看他真有拿奖牌的实力，早让他有多远滚多远了。

当天晚上，丁竞元没有收到母亲江心眉打来约吃饭的电话。当然，就算她打来，自己也是绝不会去的。

周转预晚上出去玩之前，招呼了丁竞元一句，知道他现在有心上人了，已经好久不跟大家一起瞎混了，谁知这回丁竞元竟非常爽快地答应了。两个人收拾妥当，帅气逼人地出了门，打车直接去了酒吧林立的尖东广场。

有丁竞元一起，周转预完全不用担心钱的问题。他不知道丁竞元家里到底是干什么的，但是很清楚丁竞元皮夹子里全是连号的新钞和金卡。

两个人身高傲人，宽肩窄臀的，一进门就吸引了很多人的注意。

坐在丁竞元身边的那人皮肤白皙，眼睛很漂亮，可就在丁竞元想进一步了解对方时，忽然看到对方脸颊上现出了两个很好看的浅浅的酒窝。

他想到了远在乌市的“小酒窝”。坐了一会儿，便离开了。

回到酒店后，丁竞元给苏墨打了个电话。

“在干什么呢？”

“差点就睡着了，被你吵醒了。你呢？这么晚了还没睡？”

“我刚才在想你。”丁竞元淡淡地说着。

“啊……”忽然听到这么肉麻的话，苏墨一下子就有些尴尬了，赶紧把话岔开，“你不是说要去香港比赛吗？”

“嗯，已经在这儿了，今天我有比赛，输得很惨。”丁竞元听起来情绪很低落的样子。

“……有输就有赢嘛，不要灰心。你拿过奖牌，实力摆在那儿呢，下次好好发挥啊。”苏墨多少了解了丁竞元的性子，知道他骨子里是很骄傲的一个人，怕他受了打击，于是轻声安慰。

“我是因为看到我爸爸了，故意输给他看的。现在我很郁闷。”

“……”苏墨有些茫然，完全不理解了。

“其实……我是个私生子。”丁竞元的声音忽然变很轻。

“私生子怎么了？”半晌后，苏墨才轻声反驳，忽然很心疼电话那头的人。苏墨本来是随意躺着的，此时直接翻身坐了起来，极力想要给予对方一些安慰，“你很厉害啊，拿过很多奖牌，长得也特别帅……”

“你觉得我帅吗？”

“帅啊。”

“你喜欢我这样的吗？”

“……喜欢啊。”苏墨被问得眼睛眨了好几下，这个问题怪怪的，但是看在丁竞元那么需要安慰的份上，苏墨还是给了肯定的回答。

“谢谢你苏墨。”丁竞元闭着眼睛喃喃道，在这陌生的异地的酒店里仿佛带着一点脆弱，“很想你。”

丁竞元声音很小，但是苏墨听得很清楚。

苏墨心头一跳，赶紧含糊着“嗯”了一声。

电话里安静了半响，丁竞元忽然说道：“我给你买了一件礼物。”

十分钟以后，丁竞元打车到附近的珠宝行逛了一圈，什么也没买，因为东西都很贵，他怕买了苏墨到时候不愿意收。

八月初，苏墨收到了丁竞元寄到家里来的礼物——一个智能手环，可以进行睡眠监测、运动状况提醒和智能无声唤醒，并能将数据自动上传到相关联的网盘。手环是蓝色的，戴在手腕上挺漂亮。

丁竞元当时买了一对，他自己戴了黑色的。

九月初，全运会在S城举行了开幕式。交大老校区这边的体育馆用是用到了，但是击剑的比赛不在这边举办。

丁竞元老早就把自己的比赛日程告诉了苏墨，可是前两场苏墨都没有来。因为比赛场馆所在的学校离交大实在是太远了，还要过江，苏墨当天有课，赶过去肯定是来不及了。

苏墨后来发短信给丁竞元，说自己不能去了。苏墨本以为丁竞元会生气地打电话过来骂几句，毕竟是老早就约定好了的事，没想到对方一点动静都没有。苏墨再打过去，丁竞元不接电话了。

很明显，丁竞元很生气，苏墨连个假都不愿意为他请，他竟比不上苏墨的两节专业课。进十六强的那头一场比赛，他老早就把击剑服穿好，站到了赛场边上，结果等到最后也没等着人。丁竞元吃苏墨的专业课的醋。当天那场比赛，丁竞元超厉害，将对手打了个落花流水。文教练在场边上看得直拍手。

第一场没来，第二场竟然还敢不来。不但不来，居然连电话费都想省，一条短信就把他给打发了，丁竞元气坏了。

四分之一决赛是在礼拜六早上。丁竞元八点到的体育馆，刚下车，就看到了站在馆场入口处的苏墨，手里还提了一个袋子。丁竞元瞄一眼包装就知道是什么了，是一套击剑服。最重要的是，那提着袋子的左手手腕上正戴着他送的蓝色手环。

苏墨正抿嘴冲他笑。干什么，想一笑泯“恩仇”啊？可没那么容易，就算抿出了可爱的小酒窝也不行。

从体育馆门口到指定的休息室，丁竞元一路上都是一副“我现在在生你气”的模样，而边上的周转预一个劲地引苏墨说话，就算被丁竞元瞪也完全装作没看见，于是丁竞元的脸色更臭了。

“这手环真漂亮。”周转预夸苏墨的手环。

“丁竞元送的。”苏墨笑着回答，看了一眼还在不高兴的丁竞元。

“和丁竞元手上的是一对吗？”周转预不怀好意却还要装无辜地说道。

不知怎么的，苏墨被这话问得心里一跳，疑惑地往丁竞元手腕上一看，果然他也有一个，也是戴在左手，黑色的。

“这个牌子的击剑服可不便宜。”周转预立即岔开了话题，故意咳了一声，咳给丁竞元听的。

“这个牌子的防护效果好。”苏墨赶紧解释。

丁竞元送自己手环，所以自己就回送他一套训练服。那个手环贵多了，苏墨上网查过了，没想到丁竞元会无缘无故送这么贵的东西。当天晚上苏墨就躺在床上翻来覆去地想了很长时间，想着一定要回送点什么才行，可是丁竞元又好像什么都不缺的样子。

其实昨天下午苏墨逃了一堂公共课，就是为了去给丁竞元买这个礼物。

“这个牌子的防护效果好”，某个绷着脸的人听了这句，心里总算是舒坦一点了，算苏墨还有点良心。

丁竞元的臭脸堪堪维持到换好击剑服从休息室出来的瞬间。因为重剑有效攻击区域是全身，所以对下身的防护服有一点额外的要求，而丁竞元本身就是个宽肩窄臀的衣服架子，就特别显出了那一双遒劲有力的大长腿来，又是穿了一身的白，面罩则是帅气地夹在一边胳膊底下。他知道苏墨人就在外面，所以那步伐就别提多潇洒了。

苏墨看到丁竞元以后果然是一脸的呆样，明显是被他帅气的样子震惊到了。

丁竞元瞟了苏墨一眼，还装着有点余气未消的样子。

苏墨就憨憨地对着他一笑，心想，是自己食言在先，丁竞元生气也是应该的。自从那天晚上丁竞元有些脆弱地对苏墨吐露了心声以后，不知怎么的，苏墨就有点心疼丁竞元。

“这是什么？”苏墨指着他身后的线问。

“这是手线，这头接到剑上，”丁竞元又拖了一下身后的那根，“后面这根接到拖线盘的线上。”

“那比赛规则是什么？”苏墨怕待会儿自己看不懂，才多问几句。

丁竞元幽幽地瞟了苏墨一眼，有点委屈地想，这人对自己是有多不上心，明明这些都是网上随便搜一下就能查到的东西。

尽管丁竞元心里头不怎么痛快，但是往比赛场地去的一路上，他还是耐心十足地给苏墨讲了比赛规则。笑话，他今天是一定要赢的，他最重要的观众怎么可以全程糊里糊涂地看他表演呢?

比赛开始之前，苏墨站在丁竞元特别安排的离场内最近的观众席上，对着剑道上的丁竞元用口型又说了一遍“加油”。

丁竞元玉树临风地站在蓝色的剑道上，先是对着苏墨撇了一下嘴，然后暗自勾着嘴角笑了，全程无视了苏墨旁边的文教练关注的目光。

在这之前，就算在电视上，苏墨也从来没有专门看过一场击剑比赛，更不用说现场了。所以当比赛开始，观众席的灯光暗下来，两位着白色防护服的运动员跳动起来，两柄剑击在一起发出清晰的吭吭声的时候，苏墨立即就看得出神了。场上的丁竞元在灯光下好像会发光一样，简直就像完全换了个人似的，平日里的那种慵懒劲已经消失得无影无踪了，现在的他仿佛充满了无限的活力和激情。

到这时，苏墨才了解了丁竞元之前说的那句话的意思：击剑是一项很绅士的运动，是格斗中的芭蕾。

丁竞元进攻的时候虽然是咄咄逼人，能一路将对方逼到大后方，但是弓步标准，动作不失优雅。躲闪的时候又异常灵活，出剑速度很快，有点像电影里的决斗，有时候一招就能定输赢。眼看着对方的剑已经刺了过来，丁竞元轻盈地一斜身体，飞快地反手一挡，“吭”的一声有力地将对方格挡开了。

苏墨还没看清两个人中到底是谁击中了谁，丁竞元的红灯已经亮了，得分。

下面响起了掌声。苏墨不懂，但是知道丁竞元刚才这一动作肯定做得十分精彩。

一分钟休息时间，丁竞元非常熟练地单手将面罩取了下来。他额前的碎发此时已经有点汗湿了，在灯光下显出一点细碎的反光。文教练走到前面去，站在黑乎乎的暗影里对着他不知道说了什么，他垂眼听着。

苏墨和丁竞元认识了这么长的时间，还是第一次在他的脸上看到如此严肃的表情，比赛中的丁竞元好认真。

可能是受到了文教练的提点，接下来的三分钟，丁竞元出剑时机都找得很准，攻势变得很猛，击中的有效点也有些刁钻，连连得分。

在苏墨这个外行看来，丁竞元的战姿简直优美到极致，连文教练都不由得频频拍手，转过头来跟苏墨说："丁竞元控制剑的能力很强，就是太不听话，自己想怎么干就怎么干。"

文教练是知道丁竞元家里情况的，江心眉一直联系他了解儿子的情况。他见丁竞元这么重视苏墨，还专门给苏墨安排了位置，这在丁竞元这里是绝无仅有的，今天只是四分之一决赛，丁竞元却把拼决赛的劲头都拿出来了，势必是想赢的，而且是想在苏墨面前赢得漂亮。所以他觉得苏墨不是不相干的人，而是和丁竞元说得着话的人。

文教练这句话刚说完，场上忽然出了状况，对方的剑在刺中丁竞元腰腹的时候，变换路线错误，剑身竟然弯了！

苏墨立即心头猛地一跳，眉头皱了起来。苏墨对击剑真的不了解，对击剑用的剑自然也搞不清楚，只觉得连剑都折了，那得使多大的劲啊，不知道丁竞元有没有受伤。

苏墨以前看过奥运会的一个新闻，有击剑运动员被对方击中喉部立时就倒地不起。想到这儿，苏墨慌了，整个人趴到了面前的挡栏上，紧紧地盯着丁竞元看，想知道他是不是在强忍着继续在比赛。

"教练，他没事吧？"苏墨头也不回地问，有些着急。

"嗯，应该没事。"防护服好好的，文教练并不担心这个问题。

什么叫应该啊？苏墨蹙着眉看着底下的那人，心都要揪起来了。

很快又到了一分钟休息时间，丁竞元走到角落里喝水，苏墨不放心地跑了过去，想说句话。

"丁竞元你刚才没事吧？"苏墨站在剑道下面的黑影里抬头问他。

此时苏墨那对眼睛里散发出来的担心的目光，即使是隐在了黑暗里，丁竞元也看得清清楚楚。

丁竞元背着光，因此那脸上的表情苏墨看不清，只见他右手执剑，毫无预警地忽然一抬手将剑对着自己的左边胸口就刺了过来。

"啊？你干吗啊？"苏墨小声抱怨，被吓了一跳，顿时往后退了半步，然后立即就知道问题的答案了——这剑打起来听着是吭吭响，实际上挺轻的，只要不是刺在像喉部那种脆弱的地方，都没事的。

"这么担心我啊？"

丁竞元声音很轻，苏墨看不太清他的表情，似乎是嘴角翘起来的模样，但是听清了他从鼻腔里发出的笑声。

苏墨被他笑得心口一紧，“嘁”一声立即转身回看台了。

丁竞元心情大好，注意力稍微开了点小差，结果接下来就开始频频失误了。好在前面得了高分，后来又及时调整，最后仍是以大比分优势赢了比赛，顺利进了半决赛。

比赛结束，场内灯光大亮，丁竞元收拾好剑包，转头往看台看去找苏墨，只见苏墨站在那儿竖着拇指正对着自己笑呢，笑出了半边可爱的小酒窝。

下场之后，丁竞元直接带着苏墨就走了。等到出了校门，都已经上了出租车，丁竞元这才给教练打电话请假，说想好好休息一下。文教练自然又是一番吹胡子瞪眼，丁竞元又开始自作主张了，后天还有比赛呢，个人赛以后还有团体赛呢，请假也得说个具体时间吧。

“文教练是不是生气了？你下午不训练了？”电话里声音那么大，苏墨在旁边都能听到。

“不管他，我到时候给他拿个奖牌就是了。这个时候了还训练，纯属临时抱佛脚，能有什么用。”丁竞元挂了电话，仰靠到座椅上，偏着脑袋看苏墨，脸上神情似笑非笑的，心情很好的样子，“饿了吗？”

此时才刚到十点，苏墨摇摇头，不知道他怎么忽然问这个，不过苏墨已经习惯了丁竞元说话的时候爱东一棒槌西一榔头的，所以只静静地看着他，等他的下文。

丁竞元对着苏墨慢慢弯起嘴角，笑了。

丁竞元住的公寓在一个高档小区里，离交大其实还有点远。他当初嫌跑来跑去的有些麻烦，也在寝室里住过几晚，可后来梁彬住了进去，把寝室弄得“脏得没办法住人了”，于是他再没在寝室住过，后来过去看队友自然也是醉翁之意不在酒。

两个人到附近的市场买了几大包的菜，搞得像是要准备宴会一样，提了满满的两手。一进门，苏墨就小声“哇”了一声，先不管屋子里装修得怎么样，首先两个字——干净。

客厅很大，一眼能看到有着透明玻璃墙挡隔的餐厅，沙发上、茶几上、地板上，没有任何一样多余的东西，到处是一尘不染的模样。厨房里就更是如此了，因为丁竞元从来不开火。

丁竞元完全不用装可怜，只简单地下了一个套，说自己从来都是吃外面的，好想吃温馨的家常菜，苏墨就心甘情愿地自动往里钻了。

苏墨觉得丁竞元有点可怜，一个人住这么大的房子，干净是干净，就是冷冷清清的，还整天吃外卖，怪让人心疼的。

于是这天中午，苏墨变身厨房小能手，又是炒又是红烧的，忙得不亦乐乎。丁竞元就单手插兜地一会儿站在边上，一会儿站在苏墨身后，一会儿再力所能及地打个下手，看苏墨忙活，偶尔听指挥地伸手到上面的碗柜里帮忙拿个碟子，递个碗。丁竞元的橱柜都装得很高，他自己都要抬头的那种，苏墨用起来颇为吃力。

丁竞元的厨房里也终于发出了那种特有的炒菜的声音了，并且那时那个电话里的人现在就在他的厨房里忙碌着，正在给他做他一直很想吃的牛肉蘑菇。

九月份的天气还是挺热的，苏墨此时额上、脖子根里出汗了，丁竞元站在苏墨身后一步远的地方，垂着眼睛盯着苏墨看了看，然后拍了苏墨一下。

"什么？"苏墨以为丁竞元是有话说，一边翻着铲子，一边头也不回地问他。

"你能喝酒吗？"

"能喝一点，但是不能混着喝，准醉。你呢？"

"肯定比你好。那中午喝红酒吧，我这儿有瓶好的。"丁竞元说着话就出了厨房去找酒了。

苏墨做了一桌子的好菜，不用说，丁竞元非常赏脸地吃了很多。比起第一回两人一块儿吃火锅的时候有一句没一句的，如今两个人不管是说什么，都能随意胡扯瞎聊一气。

丁竞元后来还把笔记本电脑拿到餐桌上来，打开了，把自己网盘上手环的数据图打开给苏墨看。苏墨自然也没少喝酒，喝到最后，等到红酒的后劲上来了，脸上也飘红了，苏墨才知道丁竞元开的绝对是瓶好酒。

苏墨在浴室里洗了一把脸以后，很快就在客厅的沙发上迷糊上了。

丁竞元从洗手间出来，看到的就是苏墨已经睡着了，脸蛋上红红的模样。

丁竞元站在沙发边居高临下地看着，心底忽然一动。

今天赛场上，苏墨跑过来问他有没有受伤的时候，他就明确地感觉到了那种紧张和在乎。那是哪一种感觉来着？只可意会不可言传，似乎是只有喜欢对方时才会散发出来的一种引力磁场。苏墨自己有没有感觉到呢？即使感觉到了也不见得就愿意承认吧。

不如现在就把人叫醒，说明自己的心意。想是这么想的，但是明显还不是好时机。苏墨很好，既温暖又善良，小酒窝可爱到爆，和这个人在一起不管是说话还是做事都很舒服，丁竞元很喜欢。他想拥有这个人，同时也想被对方拥有，他要小心翼翼地把这个可爱的人一步一步带到自己的世界。

丁竞元盯着睡着的苏墨，盯着那绯红的小酒窝，目光幽深，嘴边扬起一个势在必得的微笑。

他进更衣室找出一套睡衣套上，再回到沙发边，虔诚地看着苏墨脸蛋上那颗滚烫的小酒窝，看了好久才满足地去睡觉。

因为喝了酒，这一觉两人都睡得非常沉，一直到下午四点多才醒。晚上自然又是一起吃晚饭，吃完饭一块儿出去看电影。

看完电影，丁竞元还想安排一点活动，苏墨笑着拒绝了。他也没有进一步勉强，一路把人送到了宿舍楼下。

“后天半决赛记得来。”丁竞元临走之前再次重申了一遍。

“……”礼拜一有课的，苏墨也没说不去，就是稍微有点犹豫。

“你不来，我一定会输得很惨。”

丁竞元说得挺严肃的，苏墨看他的眼睛就知道他什么意思了，拿故意输掉比赛这种事来威胁人，大概也只有丁竞元能干得出来。

丁竞元练剑十来年，参加过无数大大小小的比赛，从来没有哪一次像这次这样无比想赢的，而且不单单是想拿奖牌给教练一个交代。他想赢，不但要击败对手，还想要赢得漂亮，只因为他知道台下有个人正在看他。

后来的半决赛和决赛，苏墨自然是都去了现场，而丁竞元则是拿出了自己最高的竞技水平、最严肃认真的竞技态度。

决赛最关键的紧张时刻，每得一分，随着掌声响起，丁竞元都会左手成拳在空中狠狠一握。苏墨在台下看着，仿佛能感受到他那一刻的澎湃激情，能听到他心中掷地有声的呼喝呐喊。他是那样自信、那样英姿飒爽。

这年的全运会，击剑项目男子重剑个人赛丁竞元得了金牌。最后一剑击中对手，灯亮得分以后，苏墨的那句“丁竞元好棒”混在一片掌声里传来，丁竞元听在耳里，顿觉通体舒爽。然后他不慌不忙地收起了笑脸，单手取下了面罩，无比潇洒地撸一把已经汗湿的头发，颠着步子走下了剑道。

灯光此时已经亮起来，丁竞元特别稳重地走到文教练这边，胳膊夹着面罩，单手搂着教练抱了一下以示庆贺。抱完了教练，他将面罩随手就丢到了地上，又顺势和苏墨拥抱了一下。

队上的几位队友也来看这最后一场决赛了，领奖之前，就在比赛场边上，周转预给现场的几位都拍了照。丁竞元跟队友的，跟教练的，自然还有跟苏墨的。他把胳膊整个搭在苏墨肩膀上，和苏墨拍了一张。照片上，苏墨被他压得有点歪到一边了，脸上笑眯眯的，笑出了左边面颊上那个可爱的小酒窝。

后来的很多年，这张照片出现在了丁竞元各种各样的钱夹里，又被丁竞元扫描了存在他用过的每一部手机里、电脑里。

领奖的时候，丁竞元表情很平静，仿佛对于自己得没得奖都很随意。只有台下的文教练知道他到底有多在意这一次的输赢——决赛前两天，从不临时抱佛脚的丁竞元，在训练室里独自练到凌晨，浑身被汗水湿透。

文教练想到了丁竞元第一次输掉比赛那次，也是这样，一个人窝在训练室里没日没夜地练，让他去休息，他说不，问他为什么，他说他不想以后一直都输。那时候他还小，十几岁的样子，整日里不言不语的，有点不太好相处。没想到，后来越长大，就越不听话，越不好相处。唉，文教练此时高兴之余也不免叹了一口气。

大四这年的十一长假，苏墨没有回家。老乡会的时候，苏墨认识了一个旅游管理专业的校友，校友学的小语种，后来毕业了在一家旅行社做外导。这次校友带了一个比较杂的团，有日本游客，刚好苏墨二外学的就是日语。所以这次假期，苏墨打算帮这个校友带团去九寨沟。

来回正好七天。

导游其实真的很不容易，受气是在所难免的，遇到极品游客，被投诉、被骂几句都是家常便饭。苏墨本就是那种很贴心的人，一路上任劳任怨，并且从没有提过报酬两个字。于是一趟九寨沟回来，这个叫袁源的校友对苏墨好感倍增。

因为工作，袁源长年在外地，平时也没有空，而且越是假期就越忙，所以就算对苏墨有意思，也只能打电话或在网络上联系。

袁源本就是一个活泼大方的人，又做了一年多的外导，在这些事情上面也并不扭扭捏捏，相反还觉得最好是要先下手为强。于是在半个月以后的一个晚上，袁源躺在秦皇岛酒店的床上，在聊天软件上想和苏墨摊牌——

袁来如此：问你个事，你现在有对象吗？

墨墨无闻：孤家寡人一个，你们那儿有合适的吗，给我介绍一个啊。

两个人蛮熟了，苏墨这话自然是开玩笑的。

袁来如此：不知道你的标准啊，你喜欢什么样的？

苏墨发了个笑脸过去，然后打字：我啊，我喜欢比较有个性的啊，不要很黏人的那种。

袁来如此：那外表呢？

墨墨无闻：外表倒没什么要求，我注重的是内涵好嘛。

袁来如此：那我这里有个合适的，发照片给你看看啊。

苏墨只是开玩笑的，没想到对方来真的，于是只能把文件接收了。打开一看，一时笑出来，这不就是袁源自己吗，苏墨立即发了一个大笑的表情过去。

袁来如此：没开玩笑。

苏墨眼睛一眨，呲！一时不知道该怎么回了。

见苏墨没回，袁源后来也没有再发消息过来。

这事就先这么被放下了。

全运会结束以后，丁竞元接着便开始备战全国锦标赛和全国巡回赛，一直快到年底才有了几天假期。上次打电话的时候，他就知道了苏墨下学期要实习，实习的单位都已经找好了。

丁竞元回了母亲江心眉那里，开口就是要钱，还不是小数目。

“你跟妈妈说说，是用来做什么的？”江心眉也只是问问，钱肯定是会给的。

“我想在闸南买套公寓。”丁竞元垂着眼睛看着自己的手指，并不因为自己是求人的一方而软语温言，“你要是不想给，那我打电话给丁溪川，他肯定会给的。不过大哥要是知道我老打电话要钱，说不定又会跑来骂我一顿就是了。”

这“大哥”两个字，丁竞元说出口的时候，脸上似笑非笑的，是一种绝对讽刺的表情。他的大哥丁季严当然不是因为他要了几个钱就要骂他，丁溪川有的是钱，丁季严是怕他老跟丁溪川联系，当真认祖归宗了要分家产。长江集团，年利润按百亿计的那么大的企业，分家产是什么概念，用脚趾头都能想出来。

江心眉被儿子这一句话噎了半晌，没有再说什么。

过完年，丁竞元在闸南买了一套复式公寓。站在装修一新的客厅里，他满意地点点头，很好，就等着“小酒窝”住进来了。

苏墨的实习单位是闸南的一家贸易公司，如果住在学校宿舍，每天早上要坐二十分钟公交车，然后转轻轨，下来再坐半个小时公交车才能到，加上等车的时间，来回大概要两小时。也有纯公交路线，只用转一趟，但是绕了路，来回更不得了，要近四小时。

想到这家单位实习，是因为他们公司规模比较大，且实习工资和各方面待遇在整个行业里算是不错的。

当初面试的时候，主管说收五个人，结果那天去了五十人不止，且有不少名校生，竞争可以说是相当激烈了。最后苏墨凭借着流利的英语口语过关斩将，顺利通过了面试，就冲着这个，哪怕远一点，苏墨也是很愿意过去实习的，毕竟是自己用实力换来的第一次工作机会。

“你这样跑来跑去太累了，我正好在那边有套房子，你实习这段时间就给你住好了。”电话里丁竞元这么说，轻描淡写的口气，仿佛这种小事根本不需要放在心上。

“哎呀，这怎么好意思？”两个人现在虽然已经是很熟了，但苏墨自认为还没有熟到可以毫无顾忌地住到人家家里的程度。不过苏墨挺动心的，毕竟每天早上六点就要起来赶车，想想就觉得很要命。

“房子不大，就在闸南路后面，到你那个实习公司走路估计也要不了二十分钟。”丁竞元进一步把已经有些动心的猎物往自己的陷阱里引，“你不是还想复习考专八吗？你时间都花在路上了，每天累个半死，还怎么考啊？”

“嗯……”提到专八，苏墨就彻底屈服了，笑着哼唧了一声，“那太打扰你了吧。”

“什么啊，我根本不住那儿，那房子空着也是白白空着。我现在整天忙训练，还有一轮全国巡回赛呢，估计下半年都要在外头过了。等我闲下来，估计你实习都结束了。”

原来是这样啊，苏墨安心地咧嘴一笑，最后恭敬不如从命地说了声：“那真谢谢你了丁竞元。”

这头的丁竞元见目的达成，心情大好，收拾好剑包，单手插兜吹着口哨，转身就出了训练室。刚出训练馆大门，迎面就撞上了文教练，丁竞元笑着跟教练挥手打招呼。

“今天怎么这会儿就走了？”文教练在台阶上站定了蹙眉问他。

“我右手手腕有些疼。”丁竞元随口一说，人已经走下去了。

文教练当时也没怎么把这个放心上，以为他又是借故偷懒。

哪知道一个月以后，春暖花开的时节，在某个英文专业的大四生已经在“新家”安定下来，投入了实习单位的怀抱的时候，丁竞元在一次训练中因为用力过度，忽然腕三角软骨撕裂——击剑的整套技术对持剑手的腕部要求是非常高的，腕关节在快速伸屈和旋转过程中一直处于紧张状态，腕部软组织在运动员的互相冲撞中损伤也属于比较常见的事。

丁竞元受伤真不算稀奇事，他练剑练了十几年，全身上下哪哪儿都劳损受过伤，稀奇的是这回丁竞元的母亲江心眉竟然知道了。她立即就心疼得不得了，坚持跟文教练说儿子手腕伤了，不能再比赛了，要求儿子回S城养伤。

文教练跟她解释软组织劳损伤养一段时间就好，不影响比赛。然而不管教练怎么解释，江心眉在这件事上无比坚持，在电话里几乎就是疾言厉色了：“软骨撕裂还怎么比赛？要是有了什么闪失，以后留下后遗症怎么办？现在没有哪一件事能比我儿子的手腕还重要。你们要是担心比赛损失，多少钱我赔就是了。”

文教练被如此“霸气”的江心眉问到无话可答，于是丁竞元便在母亲的强势要求下，在四月份的时候从巡回赛的昆明站回了S城，开始了所谓的“养伤”。

闸南路那套房子的钥匙是快递到苏墨学校的，于是在早起了一个星期以后，苏墨带着自己的两箱行李搬进了丁竞元的房子。

房子是复式的，上面是主、次卧，下面是厨房餐厅卫生间书房，餐厅、厨房都是开放式的，装修走的是那种简约时尚风，和丁竞元之前的住处一样，目光所及之处干净整洁，看不到任何一样多余的东西。

苏墨每天早上可以睡到七点，起来不急不忙地洗漱、做早点。吃完早饭，如果时间还早，天气晴朗，那么苏墨可以沿着闸南北路步行十五分钟，再穿过一道天桥，十分钟以后到达公司，开始一天的实习工作。如果天气不好，苏墨会坐两站公交车，十来分钟就能到公司。

午饭可以在公司附近和新同事一块儿吃，也可以自己带饭。苏墨虽然有条件带午饭，但是从来没有带过。苏墨觉得和新同事们一起吃饭聊天、打成一片，比自己一个人留在办公室吃便当要有利于融入新集体，也就没有带饭。

晚上五点下班，不过外贸公司很忙，经常会加班。带苏墨的这个师傅是个三十出头的年轻妈妈，性格爽利，第一天听她和顾客打电话，苏墨就被她那流利的口语镇住了。她教东西的时候也认真仔细，一来就告诉苏墨要想以后做这一行，需要考哪些证书。

像苏墨这种实习生，做得好的以后会被公司留下来。

晚上即使加班，十点之前也是一定能到家的。苏墨洗完澡，还可以舒服地躺到床上看一会儿专业书。有时候丁竞元会打电话过来，不像以前说两句就挂了，现在两个人能聊上好一会儿。苏墨刚到一个新环境，有很多事情分享，丁竞元有时候在那头能半天不出声，就听苏墨一个人讲。

只是苏墨这种充实的舒心的独居日子过了才一个多月，便彻底宣告结束了，原因自然是丁竞元回来了。

苏墨当天晚上接到丁竞元的电话，匆忙从公司赶回来，出了电梯在门口见到的就是这样的丁竞元——穿着宽松的黑色运动外套，敞着怀，支着两条大长腿站在那儿，左手托着右手，明显还是带着伤的，手腕上绑着固定用的绑带。前天晚上还在电话里说自己很好的丁竞元，现在已经成了个生活不能自理的伤员了。

丁竞元说他饿到现在还没有吃饭，于是苏墨赶紧卷袖子，打算给他下一碗面。苏墨把冰箱里的储备食材翻了一点出来，切了土豆丁、胡萝卜丁、香肠丁，煸炒熟做浇头，又给卧了两个荷包蛋。

丁竞元就全程坐在餐桌上盯着苏墨忙碌的背影，一段时间不见，他的“小酒窝”成熟了不少。

“那你比赛怎么办啊？你的手没事吧？”苏墨将面给丁竞元端了过来，一脸关心地问道。

“今年的巡回赛肯定要错过了。”丁竞元说着就用左手拿筷子卷面往嘴里送，是卷十下也吃不着一下的节奏。

于是苏墨也不用人请了，自动地就接过手：“还是我来帮你吧。”

丁竞元抬起头，对着苏墨微微一笑。

很多年以后，苏墨才真正懂得了当丁竞元露出这种笑的时候代表了什么——奸计得逞。

丁竞元的伤手搁在餐桌上，悠闲地坐着，苏墨站在他跟前，一边端着碗用筷子夹了面喂他，一边听他说受伤的事。

吃完了面，苏墨还要帮丁竞元铺床叠被，丁竞元就别有用心地一直歪靠在主卧的门框上看着。至此苏墨已经被丁竞元的手伤吸引了全部的注意力，完全没有想过，为什么受伤了、生活不能自理的丁竞元不回家，反而非要跑过来折腾自己。

这当然还不算完，还有最重要的一件事情——洗澡。

“我没有新的衣服换……算了，明天买吧……你怎么还不进来帮忙？”丁竞元在浴室里面中气十足地高声喊人。

苏墨动作有些迟疑地走到浴室门口，看到丁竞元低头自行掀起一边的T恤，想将衣服从头上脱掉。然而此时的丁竞元就一只好手可用，动起来非常困难，于是他就着这个已经将衣服掀到一半的动作，有些不耐烦地半转了身体扭头要把苏墨喊进来。

苏墨一进来，看到丁竞元健壮的身材，一下愣住了，心想不愧是击剑运动员。

“愣着干吗呢？还不过来帮忙。”丁竞元喊了好几声。

“……唔。”苏墨眨了眨眼睛，含糊着应一声，赶紧过去帮他脱衣服。自己住在丁竞元这里就够不好意思了，现在丁竞元受了伤，于情于理自己都该照顾一下他。

丁竞元比苏墨高出很多，T 恤脱到脖子那儿卡住了，苏墨只好温声道：“你头低下来一点啊。”

丁竞元二话不说，立即弯腰垂下了脖子。

苏墨红着脸迅速地将他的 T 恤扒了下来，用劲之大差点把丁竞元挺直的鼻子给拉掉了。

“我说你对我就不能温柔一点吗？”丁竞元的话里带有一丝调侃。丁竞元在阅人这方面和苏墨根本不在一个级别，他早看出来苏墨这会儿对着他明显不好意思了，眼睛完全不敢跟他对视，特别是刚才那一下，苏墨连呼吸都有点乱了。

苏墨听出了他话里的笑意，明知道他是在开玩笑，却还是不由自主地越发不自在了，于是赶紧转身去给丁竞元放洗澡水，只想快点完成任务，好回房间看书去。

此时，苏墨的心里隐隐约约地已经觉察出来，有些事情恐怕是要不一样了。

那天晚上，因为丁竞元，苏墨焦躁地在床上翻来覆去地烙了无数煎饼。上一次类似的情况还是出现在收到丁竞元送的手环的那个晚上，两者的不同只在于烙的煎饼的数量多少。

苏墨半个晚上想了很多，罪魁祸首就是那个晚上跟自己吐露心声的脆弱的丁竞元，跟自己说“很想你”的丁竞元，自己没去看比赛跟自己置气不接电话的丁竞元，赛场上英姿飒爽的丁竞元，赢了比赛把自己紧紧抱进怀里的丁竞元。

本来以为睡一觉起来之后就会像上次一样，两人之间还是那种好朋友的关系，没想到，第二天早上，在楼下餐厅刚见到人，苏墨的心立即又开始不规则地蹦起来，当时苏墨就知道自己的心乱了。

苏墨有些别扭地跟丁竞元吃了早饭，就急匆匆地出门上班去了。整个白天苏墨都心神不宁，午饭也没有跟同事出去吃，谎称有些不舒服，没胃口。

中午的办公室很安静，不同的格子间里发出电脑的微光。苏墨坐在位置上，内心一阵烦闷，想不明白自己这是怎么了，总是不由自主地想起丁竞元。

再说这头的丁竞元，一整天都是心情很不错的样子，吃了早饭，换上衣服，出门去了。他穿的还是昨天那套——他从队里单枪匹马直接就回来了，行李都没带。不是受伤严重吗，怎么着也得把戏演全套啊。

丁竞元在大街上晃了一上午，穿梭在各个商场里，买了几套衣服几双鞋。

晚上，苏墨加班回来，进门发现客厅没开灯，想着丁竞元应该是在房间里，苏墨顿时松了一口气，然后又觉得自己有点好笑。

丁竞元的房间也没开灯，他已经洗了澡，此时正交叠着两腿，姿态悠闲地靠坐在床头计划着什么。

过了一会儿，丁竞元一抬腿下了床，翻开了床头柜，找出崭新的绑带和新买的护腕，把右手腕重新保护起来。刚把护腕戴好，丁竞元的电话就响了，是母亲江心眉打来的。

“怎么一直不接电话？说好的今天下午过来怎么没来？”江心眉的语气中带了一丝强忍的怒意，“你知道这位老中医有多难请吗？软骨撕裂是小事吗？你这么不上心……”

丁竞元与江心眉向来不算亲近，此时被她一通教训，他便更不耐烦了。

“我昨天不是跟你说了我今天不会过去。”丁竞元也不听母亲说完，直接插话，“伤得不严重，我自己清楚得很。你别瞎操心了。”

江心眉顿时被儿子这不咸不淡的一句话堵得没了声音。

自从知道儿子手腕受伤了，江心眉就开始心焦。本来是要直接飞过去接他回来的，可是却被丁竞元冷冷地拒绝了，后来是在机场等到的人。当时她已经约好了那位老中医，丁竞元本着不能卸磨杀驴的节操——没有母亲他也不能回来养伤，还是跟着母亲乖乖地去了，结果就是被那位神医各种点穴按摩，最后还烤了什么散，弄得一鼻子怪味。

江心眉叹了一口气，道：“你爸爸也知道你受伤了，他很担心你，周末他想和你一起吃个饭。”

丁竞元想也没想立刻回了三个字：“不想去。”

丁溪川会有空来担心他？还要邀请他一起吃饭？肯定又是母亲在中间调解。

“你喜欢的那个人，叫苏墨是吧？”江心眉压着嗓子缓缓开口了，终于再次被儿子冰冷的态度激得要冒火了。

丁竞元以前也谈过恋爱，她也一直很清楚，但从不会过多干涉。以前丁竞元也从不在乎她，没什么，那是她应得的，不过以前的丁竞元不在意任何人，所以她可以自我安慰，平心静气地忍受。可是现在不一样了，这个苏墨跟以前在丁竞元身边的所有人都是不一样的，丁竞元会为了这个人专门买房子，为了要回去见这个人，而义无反顾地拒绝她的照顾。以前她可以默默忍受的冷淡和不在意，现在一下子都变得不能接受了。

电话两端一时都没了声音。丁竞元站在黑暗里，眼睛盯着窗外，一副若有所思的样子。江心眉找人调查丁竞元也不是一回两回的事情了，这也是丁竞元后来对她态度冷淡的其中一个原因。

“我的伤绝对没有问题，我不想再去熏那个什么散，很难闻。”为了苏墨，丁竞元退了半步。

“可以，周末一起吃饭。”江心眉也立即见好就收。

挂了电话，她慢慢向后仰靠到沙发里，端过边上的红酒，一口喝光。至此，她已经想通了，儿子的手受伤大抵是故意的，就是为了那个苏墨。而自己的担心和着急就显得很可笑了，这个在她看来简直不能忍！

“心眉？”浴室传来丁溪川的喊声，是喊她进去伺候擦背。

江心眉阴沉着脸站起来，话音却温柔无比：“亲爱的，来了。”

而这头的丁竞元穿好衣服，听到隔壁有动静，于是打开房门，站在房门口大声地喊苏墨：“过来帮我脱衣服。”

房间里的苏墨听到这一声喊，有些心慌地冒出了一个念头：搬走，必须尽快。

苏墨在躲丁竞元，倒也不是说苏墨不想给伤员做早餐，不想照顾伤员，而是丁竞元的意图实在太明显了，两人之间的气氛尴尬无比。

这种别扭的气氛从第一天晚上丁竞元叫苏墨帮忙的时候就已经显现了，到后来就已经明显到两个人都已经心知肚明了。

苏墨越是知道就越别扭，而丁竞元则正好相反。

两个人之前是很好的朋友，苏墨不想破坏了这份情谊，这两天都在烦怎么开口讲搬走的事。

苏墨在网上看了，附近的房子都很贵，但凡租金便宜点的又能离地铁站方便一点的都超级远。但是哪怕要再搬回学校宿舍呢，苏墨都不想再在这里住下去了。

即使是周末要跟丁溪川吃饭这种糟心事，也影响不了丁竞元的好心情，他觉得苏墨喜欢他，他这两天都在想着要怎么才能把这份感情挑明。他在心里已经把苏墨当成是自己的了，差别只在于自己何时表白。

这种自信止步于礼拜五早上，丁竞元不经意间看到苏墨在房间里收拾行李。所有的东西，收拾了两大箱子。

收拾完行李后，苏墨给丁竞元做了丰盛的早餐，有煎荷包蛋、香肠、白粥、葱油花卷，还有超市里买的两碟小菜。

丁竞元靠坐在椅子里，伤手搁在餐桌上，盯着对面低头吃早饭的人，肆无忌惮地看，目光带着火星。

苏墨被他看得一阵心慌，忍不住微微抬起脸，问他："你怎么不吃？"

"气饱了。"丁竞元话音里带了一点赌气的味道。

"气什么啊？"苏墨弱弱地问了一句。

丁竞元自然没说。

结果本来是想在早餐桌上跟丁竞元当面提周末要搬走的苏墨，因为丁竞元莫名其妙的火气，就什么都没说，转而改成了午休时候的一条短信："丁竞元，我想搬回宿舍去住。"

苏墨发之前编辑了很多条，想来想去最后发了条言简意赅的，什么也没解释。苏墨想着丁竞元应该也知道是什么原因。两个人这样太怪了，或者说是苏墨自己觉得别扭。

丁竞元收到短信的时候，还在苏墨的房间里，将苏墨两大箱子的衣物一件件地放回柜子里。

丁竞元看了短信，立即将电话拨了过去，接通了上来就是一句："不许走！"

苏墨的小心肝被他这斩钉截铁的一句吓得立即就不规则地蹦了起来。

“我不许你走！”丁竞元几乎是恶狠狠地接上这一句，就利索地把电话挂了，剩下苏墨一个人坐在黑乎乎的格子间里发呆。

苏墨浑浑噩噩地过了一下午，快下班的时候接到了袁源的电话，说是请客吃饭。苏墨正好不想太早回去，便满口答应了。

与此同时，丁竞元跟在母亲后面进了酒店的包厢。父亲丁溪川，大哥丁季严早已就坐。看在那些花不完的钱的份上，丁竞元勉强恭敬地喊了声：“爸，哥。”

丁溪川一副慈父的模样，招呼他过去坐在身边：“听说你手伤到了，你大哥也想过来看看你。”

“谢谢大哥，我没事。”丁竞元抬眼看去，在丁季严带着笑意的眼中看到了一丝不屑隐藏的蔑视。

这一顿饭虽然各种山珍海味，但是吃得丁竞元胃里犯堵。母亲一直在照顾丁溪川用餐，而大哥丁季严只一味地和丁溪川说公司的事情，眼里完全没有丁竞元母子。

吃完饭，丁季严非常热情地邀请丁竞元去桑拿。丁溪川看到两个儿子如此融洽，心里便很欣慰：“去吧，好好放松放松。”

丁竞元不置可否，沉默着答应了。

等到上了车，只剩下兄弟俩的时候，丁季严便迅速恢复了本色。他讥诮地冷笑，两手拢了一下西装，一路上交叠着两条大长腿靠在椅背上闭目养神，只和丁竞元说了一句话：“听说你妈一张嘴就是两千万，怎么，你们俩以为我们丁家的钱都是大风刮来的？”

丁竞元当时看着窗外没有接话，他无话可接，他不是丁家的人，他只是伸手要钱的私生子。

两人一起去了一个叫金汤的高级会所，一看就知道丁季严是常客，漂亮的服务员小姐都直接喊的“丁先生”。

进去后，兄弟俩互相都不搭理，自己蒸自己的，蒸完出来淋浴，再进去。到最后要结束的时候，丁竞元忽然睁开了眼睛，偏头对旁边的人说道：“渴不渴？我去拿点喝的来。”

“嗯。”丁季严眼都没睁，敷衍地“嗯”了一声。

丁竞元出去了，找服务人员点了两杯清凉的冰糖雪梨，浅黄色的液体，一看就让人有想喝的冲动。他也没劳烦服务人员，自己接了过来，亲自端到桑拿房门口。推门之前，他热得没忍住，把盘子搁在拐角的木架子上，端起来喝了半杯，然后心思一动，去了趟洗手间。

没多久，丁竞元从洗手间走了出来，那杯饮料已经变成满的了。他再把杯子放回盘子里，面无表情地端着盘子，推开了桑拿室那个非常好看的木头门。

丁竞元进门以后，发现屋子里多了个人，正和丁季严并排靠着。来人眼角狭长，身材精瘦，看起来和丁季严年纪相仿。丁竞元从他看自己的眼神推断，这人应该是丁季严的好友——明显知道自己是什么身份，看来是对丁家的情况比较了解的。

丁竞元猜得没错，来人是丁季严的一个发小孟健非，家里头做房地产的。

丁季严是这里的常客，之前经常和各类好友、商业上的小伙伴们一块儿过来放松。今天开的这个房间是贵宾房，是他以前包下来用的。巧了，孟健非今天晚上也过来了，前台服务员知道他俩是好友，顺嘴就告诉他丁先生已经来了。于是在丁竞元出去的这一会儿，他就主动找了过来。

“这不是你们家老爷子流落在外面的那颗沧海遗珠吗？”孟健非的语气带了一点温和的笑意，把一句挖苦讽刺的话说得像聊天气一样寻常。

丁季严忍不住笑出了声，丁竞元面无表情地听着，将装有两杯饮料的拖盘搁到了丁季严身边的木架子上：“这里有两杯饮料，你们俩随便……谁喝都行……我刚才在外面喝过了。”丁竞元这话说得轻描淡写，又别有深意。

丁季严不管丁竞元是不是在外面真的喝过了，他跟他可犯不上客气。他端起那杯加了“料”的饮料直接递给了边上的孟健非。

孟健非接过去，看也没看，一仰脖喝下去半杯。然后，他立即就觉出不对劲，但是嘴里还有些温热的液体已经顺着刚才仰脖那一股劲整个咽下去了。孟健非立即皱着脸大声“嗞”了一声：“这味道怎么这么怪？”

他将剩下的半杯搁在鼻子底下闻，一股怪味直冲脑门。孟健非的脸色立即变了，先是发红，然后发白，最后整个脸都黑了。

边上的丁季严关切地直问他怎么回事。

丁竞元此时十分淡定地坐在对面的木椅子上欣赏这难得一见的场景，嘴巴一撇，对着向自己瞪过来的孟健非露出一个和刚才一样的温和无害的笑。

“是你？”

“是啊。”丁竞元大方承认。

“贱人生的就是下贱，会做出这么下作的事来。”

“……”

“你妈不是什么好人，你也……”

孟健非已经被气到眼角发抖口不择言了，可还没等他说完，丁竞元就一拳挥了上去。

两人在桑拿房里打了起来，即使丁竞元右手受伤，孟健非也依然不是他的对手。

丁季严没有帮着发小揍自己弟弟，只是一直在拉架。后来，和孟健非一块儿过来的、正在另外房间里的几个小伙伴们听到动静都一齐冲了过来，几个人很快就斗成了一团。

丁竞元从上了丁季严的车开始，心里便憋着这一口气了，如今痛快地打上一架，心里头憋闷的那一块儿这才总算是舒服多了。谁想让他不痛快，那他就要谁不好过。

苏墨和袁源就约在了离公司不远的一个餐厅吃晚饭。袁源难得有两天的假期，正好又赶上周末，想约苏墨一块儿出去看电影。至此，袁源想追苏墨的意图已经很明显了。

看电影？苏墨刚犹豫了一下，电话就响了，是父亲苏泉丰打过来的。

苏墨这一礼拜都心事重重的，没给家里打电话过去。苏泉丰在那头用严肃惯了的声音不急不忙地问苏墨最近工作如何，身体如何，新公司怎么样，苏墨一五一十地都答了。

然后电话那头又换成了苏母，将刚才苏泉丰的问题又问了一遍，末了还叮嘱苏墨“自己要注意身体，不要太累了，有合适的人也留个心”。

苏母以前是怕苏墨早恋，现在则希望苏墨能处个合适的对象。在什么年纪就该做什么事，现在年纪到了，该做的事一直没动静，这也是个大问题啊。

苏墨从小到大都没喜欢过别人，想着自己真的应该试着处一个对象了。

对丁竞元，苏墨有一些莫名的情愫，但他的脾气性格不一定适合自己，两个人的家境也有些差距。这些日子，两个人的相处已经有些越界了。

搬走了就好了，苏墨想。

“礼拜天吧，有部电影挺好看的……我明天要搬家。”苏墨笑着答应了。

“好啊……你要搬到哪边去？这边上班多方便啊，离得这么近。”

“暂时还是想回学校。”原因苏墨自然就不说了。

“要不要我帮忙？”袁源自然也就不再问了。

“没什么东西的，我自己就行。”

这餐是苏墨买的单。虽然之前在学校里都是袁源在照顾苏墨，但是这时候，袁源没有和苏墨争。因为苏墨答应了约会，就是同意要试着交往了，袁源不想在交往之初就违逆苏墨的意思。

两个人吃完饭，从餐厅出来，中间隔着半步的距离，慢慢沿着马路散步，聊一些各自在工作中的趣事。两人平日就蛮熟悉的，现在虽然关系进了一步，但是因为一个活泼大方，一个没有走心，所以相处起来还是好朋友模式，并没有什么尴尬。

不知不觉地就上了天桥，是平日苏墨回家的路线。路遇一个乞丐，苏墨习惯性地掏出了一个硬币扔了过去。

“说不定他是假的呢，现在这种报道太多了，做乞丐的都巨有钱，每天收摊回去都开豪车。”袁源说话的时候，眼睛眯眯的，看起来心情很不错的样子。

苏墨道：“以前有一个人跟我奶奶说，只要见到一个乞丐都行一次善，慢慢地积福德，她的病就能好。后来奶奶躺在床上不能动了，我和弟弟就整天在放学路上到处找乞丐替奶奶积福。”

“后来呢？”

“后来就成习惯了，奶奶现在在天上了。”

“你和你弟都很孝顺。”

两个人一路下了天桥，沿着闸南北路往前走，一路走一路聊，不知不觉就走到了丁竞元家的小区门口。在这期间，苏墨的电话响过几次，是丁竞元打过来的。

小区门口就是公交站台，有车直达袁源的员工宿舍，但是袁源有些舍不得走。

丁竞元一脸伤，靠坐在出租车里，左手扶着正发疼的右手腕，扭着脸直着眼，望着车窗外。手机丢在腿边的座椅上，一直在闪。江心眉已经打了十几个电话来，烦得丁竞元不想再听她啰唆，无非又是丁季严到他母亲那里编排了自己一顿，然后母亲就来责怪自己。

出租车即将要拐进小区的时候，他在大门口看到了正在谈笑的两人。

可能是直着眼睛久了，目光一下子收不回来，等车子进了门过了减速带，丁竞元才眨了下眼睛，沉沉地说了一句："停车。"

丁竞元下了车，沿着树枝斑驳的阴影往回走。

"嗯……那……我走了。"袁源犹犹豫豫的，到底还是得说走，"后天约在哪儿见啊？"

"就在电影院吧，这样我们两个都近。"

"哦，对，你明天就搬回学校了。好吧。晚上有空线上再聊。"

"好。"

两个人说到这终于各自抬头，相视一笑，两个笑容，一个很甜蜜，一个很尽力。

然后袁源摇着手，笑眯眯地走了。

苏墨默默看着公交车开走的方向，站了一会儿，可这在此时站在旁边阴影里阴沉着脸的丁竞元看来，已经成了依依不舍的大罪了。

苏墨发了会儿呆才往回走，丁竞元中午那句恶狠狠的"我不许你走"又开始在脑海中回荡。苏墨想，反正今晚是住在这儿的最后一个晚上了，一定要将那些不合理的情绪通通扼杀在萌芽状态里。

客厅没有开灯，苏墨松了一口气，直接上了楼，房间的门竟是开的。苏墨觉得有些奇怪，虽然是住在丁竞元家里，但是隐私权还是有的，丁竞元是从来不会乱开别人房间门的。

苏墨走到门边，就着走廊里的灯光，看到正对门的单人沙发上坐着一个人，是嘴角瘀青的丁竞元，正一脸冷漠地盯着门口看。

苏墨明显感觉出来眼前的气氛很不对劲，迟疑着将手摸到门边的墙壁上，按了开关，丁竟元受伤的脸便立即清晰地暴露在了灯光下。

“你的脸怎么了？”苏墨顿时吃了一惊，顾不上其他，快步走到了丁竟元跟前，微微弯腰，担心地问道：“谁打的？”手抬起来明明是想摸一下的，伸到半路到底又垂了下去。

对于苏墨的担心，丁竟元完全不为所动，声音直接沉到了地底下，答非所问：“为什么不接电话？”

苏墨一接触到丁竟元有些凶狠的目光，便垂下眼，像是反应过来了似的，退了一步，同样是答非所问：“你跟人打架了？你手伤还没好呢……我下楼拿急救箱给你处理一下。”

待转身看见墙角边自己的行李箱不见了，苏墨又是一愣：“咦，我的箱子呢？”

丁竟元听了这话，心里头因为之前打架，因为被母亲责骂，因为苏墨“劈腿”所堆积压抑出来的火山瞬间就喷了——苏墨就是铁了心地想走。明明苏墨也喜欢他的，却不愿和他在一起，不接电话，还和别人约会，脉脉含情，依依不舍。

丁竟元一下就从沙发上站了起来，说：“我说过不许你走。”

苏墨此时看到丁竟元那一双幽深的眼睛里，展现出来的是自己从没见过的一种偏执，加上他此时脸上青紫的外伤，看着着实让人心慌。

丁竟元现在周身散发出来的气息是如此陌生，像完全换了一个人似的，他怎么突然就变成这个模样了？

苏墨此时还认为一切都是可控的，只是心口处莫名发紧，强自镇定地又退了一步，缓缓地开了口：“丁竟元，我是一定要搬走的，这个咱们明天再说，好不好？我先下去帮……”这个“你”字，说得音小得几乎没了声，因为苏墨眼看着丁竟元的脸色越发难看。

接下来，不管苏墨怎么说，要丁竟元把箱子还给自己，丁竟元都无动于衷。

苏墨因为说累了，终于放弃。丁竟元细语呢喃：“不许走。”

苏墨瑟缩地看着眼前这个陌生的丁竟元，涩着嗓子终于开了口：“你……放开吧。”

“还走不走了？”丁竟元带着一脸伤偏执地问。

苏墨此刻只想赶紧从这间屋子里出去，从这个陌生的丁竟元身边逃开。

苏墨摇了摇头，丁竞元似乎是满意了，终于往后退开了一步。

如果接下来苏墨不走的话，也许事情会往另一个方向发展。

看着瞬间就窜出门外的苏墨，丁竞元刚平息下去的火一下子又全喷了上来。夹着满肚子的怒气，丁竞元拦住苏墨，至此苏墨彻底慌了："丁竞元你要干什么……"

在之后的很长一段时间里，苏墨只要一闭上眼，脑子里就是那个晚上的画面，于是辗转反侧，彻夜难眠。

"丁竞元,我恨你。"苏墨咬牙切齿地把话说完,然后闭上了眼睛,不愿再看他一眼。

苏墨在自己完全没有意识到的情况下戳到了丁竞元的死穴——永远也不会喜欢他了，恨他。

"不准恨！"丁竞元盯着苏墨的鼻尖，蛮横地命令。

苏墨无力地低语："你别抓着我了，丁竞元，我的手真的疼。"

丁竞元顺着苏墨的手臂看去，发现苏墨握着行李的手腕上被他抓着的地方已经发红了。丁竞元二话不说就将手放开了。双手得到解放的苏墨用自己这辈子最快的速度，随手拿起身边的东西朝丁竞元的脸上砸了过去，丁竞元的眼皮一痛，眼泪立即飙了出来。

丁竞元还没来得及睁开眼睛，苏墨已经快速转过了身子，苏墨这猛一动，连带着床头边的铁艺台灯也倒了，台灯狠狠砸到了丁竞元头上，台灯的线还连在插座上，把电火花都扯出来了，丁竞元倒在床上当场受伤。

苏墨被吓蒙了，也不管行李了，下了楼一路奔过客、门厅，终于触到了锁球，用尽全力一拧，大门开了，慌张地逃出，在小区里一路狂奔。

奔到大门口，望着夜色里霓虹闪烁的热闹的大街，苏墨喘着，腿软地跌在地上。身无分文，苏墨忽然不知道自己要往哪儿去，钱包和手机都在上面……丁竞元受伤了……要不要紧啊……不会出什么事吧……

苏墨在大门口站了五分钟，冷风一吹，清醒了很多，慢慢镇静下来……

苏墨沿着原路小跑着返回了，一路贴着楼道墙上了四楼。大门依旧敞开着，屋子里静悄悄的。苏墨小心翼翼地上了楼。

房间里还是刚才自己出去时的样子，灯光大亮、一片狼藉。丁竞元倒在床上，伤势很重的样子，看到丁竞元这样，苏墨眼泪又流出来了：“我真的不是故意的……”

苏墨哭着找到了自己的手机，打了急救电话，然后为了止血，用绷带把丁竞元的头整个胡乱地包了起来。随即又想到等医护人员来了，看到现场要怎么解释，是不是最后要进派出所，到时候这些事通通都要公之于众了。

苏墨跑回自己的房间找来了一床干净的被子，把丁竞元拖上去，包好，一路从房间里拖出来，顺着楼梯，费了很大的力气，终于把人给拖到了楼下。

很多年后，苏墨回忆起这一晚的时候，已经完全想不起自己在往回跑的路上到底想了些什么，自己坐在灯火通明大门敞开的客厅里陪着晕厥的丁竞元时，脑子里又想过些什么。

后来，救护车到的时候，丁竞元也醒了。即使当着几位医护人员的面，他也照样不依不饶。苏墨不愿跟着去医院，丁竞元就不上救护车，不让医护人员实施止血措施。

“你敢走！”丁竞元当时满脑袋的血，一脸青紫，咬牙切齿的语气裹挟在狂怒的眼神里，吓得当时的苏墨瑟瑟发抖。

再后来，苏墨在医护人员的劝说下妥协了。

苏墨送丁竞元去的那家医院，江心眉有旧识，半个小时不到她就急匆匆地赶到了，看到满身伤的丁竞元，她心疼到泪流满面。

那也是苏墨第一次见江心眉，当场就被她甩了两巴掌。

不久后，在乌市的家里，父亲苏泉丰也狠狠地甩了苏墨两巴掌。江心眉把所有的事都告诉了苏墨的父母，并甩下了两人同居的证据——为了防贼，客厅是装了摄像头的，所以两人在客厅的画面都被记录了下来。

不仅如此，江心眉还一口咬定是苏墨勾引的丁竞元，苏父被气个半死。而苏墨心里有鬼，在父亲的质问下，苏墨无言以对。

再后来呢，父母失望至极……听梁彬说丁竞元每天都会到学校去找自己……苏墨害怕不已，担心丁竞元又会做出什么混账事，毕竟那个“疯子”什么事都干得出来。

午后的阳光照在火车窗户上，是暖洋洋的安全的味道。苏墨本是倚在座位里眯着了的，忽然脑袋晃了一下，人就醒了，缓缓睁开眼睛，看看外面，原来乌市已经快到了。

第三章

兑现诺言

苏墨下午一点多到的乌市。因为上车前给弟弟打过电话，知道今天中午苏泉丰和苏正要请人吃饭，所以到站后并没有人来接——苏正不来自然就不会再有别人了。

苏墨直接找了家酒店住下，安顿好自己的行李后，出门去逛附近的商场，想着给父母买点什么。

苏墨从来都是自己买菜开火做饭的，对商场的格局非常熟悉。直奔出口处的营养品专柜，挑来挑去最后买了几瓶品牌口碑很好的营养品。就算到时候老人家知道了这些东西是自己买的，因为价格不便宜，肯定也舍不得糟蹋，至少苏母肯定是会吃的。

海鲜肯定是要等到明天一大早到海鲜市场去买最新鲜的，所以买好了营养品，苏墨便没事了，又转回了商场，到厨房用具那一块儿去溜达。沿着一排排各式各样的精致厨具一样一样地看，这些厨具都很漂亮，看着厚实精致，质量自然也不用说，但是价格真的太贵了。苏墨买过一套漂亮的刀具，其中一把菜刀，是不是削铁如泥没有试过，但是切土豆真的跟切纸片一样，很锋利。

什么时候能把自家厨房里的各式东西都换成那个牌子的厨具就好了，做起饭来一定也是一种无上的享受。

百无聊赖地又逛了半个小时，苏正电话打了过来。电话里，弟弟兴高采烈地跟自己说了一件高兴事：他的工作已经落实了。

苏正笑道："中午就是请银行的领导吃饭的。"

"三月份的考试，你不是说考得不好没有希望吗？"苏墨话虽这么说，但心里还是非常高兴的。苏泉丰从来就只是希望他们两个将来能找个安稳的工作，再找个称心如意的对象，生两个可爱的小娃娃，一家人平平安安健健康康的。至于其他的读博啊升官发财啊，苏父苏母对孩子从来没有这方面的期待和要求。现在好了，苏正进了银行，父亲肯定很高兴。

“我没骗你，当时确实是觉得考得不好。”苏正是物理专业，当时为了准备考试，把从没接触过的金融知识看了一遍又一遍。可对考卷后面的两道会计大题他还是没有很大把握。

“你笔试成绩不是很好的话，那是怎么被录取的呢？”苏墨疑惑地问道。

“银行既然通知我面试了，那肯定是我考得也不差，他们银行这个录取成绩还要看面试的，我面试分数特高。就是今天这领导给面的，他可喜欢我了。”苏正跟苏墨解释道。

不管怎么说，这确实是一件值得高兴的事。

晚上，苏墨带着弟弟去吃海鲜庆祝。两人坐在路边热闹的大排档，围着一个红色的小塑料桌子，一边吃一边聊。苏正问苏墨脸上怎么紫了一块儿，巧得很，就紫在酒窝那一片，苏墨含糊地找了个借口给搪塞过去了。两人聊父母聊工作，后来苏正跟苏墨讲自己的女朋友，是满脸都兜不住的小甜蜜。

一顿饭两人吃了好长时间，到最后，苏正微红着脸，亲热地挨着苏墨坐着，把脑袋伏在塑料桌子上看着苏墨问：“你怎么还不找对象？”

“……”

“这都多少年了……”

“……”

“爸最近身体怎么样？”苏墨转开了话题。

“挺好的，就有时候还是腿疼，整天站着累的，吃点鱼肝油就好了，我就说那些是我买的。”

“好，就这么说。”

“我问你……”

“嗯？”苏墨垂着眼睛，低低应一声。

“你是不是还喜欢那人呢？”

“……”苏墨坐着，盯着手底下杯子上正往下滑落的一道水珠子看，半晌没吱声，最后说了一句，“是不是喝多了？行了，别喝了，明天早上起来又要头疼了。”

第二天一大早，苏墨退了房，从酒店直接打车去了乌市最有名的海鲜批发市场。

给丁竞元这种级别的人送礼，自然要挑最好的、最贵的买。苏墨从小在海边长大，对海鲜不敢说特别懂行，但也绝不会被人糊弄。

苏墨在热闹的海鲜市场逛了两圈，买了四大箱海鲜，泡沫盒子里加冰，外面用胶带把盖封好了，就直接用车运到了S城。虽然天气炎热，但路上只用了两三个小时，海鲜是绝对不会有任何问题的。

车子刚上高速，苏墨就给黄悦文打了电话，跟她说东西买好了，现在就回去，十点之前就能到。

“那我把尹特助的电话号码发你，你直接跟他联系。”

“好。”

一个“好”字，苏墨说得勉强。直觉就是没那么简单。苏墨按着发来的号码打过去，尹特助先是客客气气地让苏墨等一下，另一手抄起桌子上的座机，去请示丁竞元了。

“我们丁总这两天身体不舒服，人在家，丁总让你直接将东西送他家去。”

苏墨看着手机上发过来的地址，慢慢向后仰靠到座椅里，闭上眼睛无力地叹了一口气。苏墨不知道要怎么办，面对这么强势的丁竞元，自己真的是无计可施。

苏墨打心眼里怵那个人，以前的丁竞元就很有钱，现在更不用说了，住豪华别墅，上下四层，外观是那种繁复的欧式风格。院子里头大片大片的草坪，远远看着简直就像个缩小版的高尔夫球场。

苏墨推开车门，脚刚沾地，谁知道雕花大门就自动开了。门上一定是装了监控，里面的人能看到。

苏墨深吸了一口气，一缩身子又立即退回到了车上。

车子开过一段水泥夹道，一路开到别墅门口。还没下车，苏墨就看到了朱红色的大门开着，丁竞元穿着一身休闲的居家服支着大长腿站在那儿，嘴角微扬，眼眯着，又是那种丁竞元式的微笑，代表着他的奸计再次得逞了。

丁竞元只是站在台阶那儿，并不下来，看着苏墨付了钱，颇有些吃力地把几箱海鲜搬下来。

两个人一个站在台阶上，一个站在台阶下，互相看着不说话。

别墅前那一排梧桐树上的蝉声一阵紧接着一阵，叫得人莫名烦躁。苏墨站在斑驳的树影里，没一会儿就出汗了。

“你要的海鲜。”苏墨被丁竞元看得心慌。

“搬进来吧。”丁竞元口齿不清，一只控制欲十足的大手冲苏墨潇洒地做了个往里进的手势。

别墅里肯定有帮佣的人，但是此刻没有人出来帮忙。

苏墨费力地将一箱连水带冰的海鲜抱了起来，在丁竞元的指挥下，一路上了台阶、进了门，沿着一尘不染的走廊，将东西搬进了厨房后面的小仓库。然后再回来搬第二箱。

来来回回搬了四趟，到最后苏墨累得满头大汗、气都要喘不匀了，而丁竞元一直迈着长腿悠闲地跟在离苏墨身后一步远的地方，就看着。

最后一箱海鲜放下，苏墨喘息着刚要直起腰，丁竞元就把人拦住了。

厨房后面的这个小仓库本身空间不大，冷气开着所以温度偏低，里面放着几排铁架子，架子上面按一定顺序摆放着各种餐具和食材，靠墙的角落则并排放着两个冷柜机，里面码着各种饮料酒水。

苏墨被丁竞元跟进跟出的，本来心里就一直不能平静——每次丁竞元跟在后面进来，堵在没有人的小仓库门口的时候，苏墨就担心他会突然做点什么。一次两次三次，丁竞元什么动静都没有，就在身后沉默地看着，苏墨反而是越来越紧张了。现在突然被拦住，苏墨直接被吓蒙了。

“丁竞元，你到底想干什么？”苏墨知道这人一定不会轻易放过自己。

丁竞元弯下身子，只含糊不清地说了一句话：“苏正进银行工作了吧，你陪我待一会儿，我不找他麻烦。”

丁竞元的话立即让苏墨惊了，没想到这个“疯子”不仅时刻关注着自己，连自己的家人也不放过。苏墨相信，没什么是他丁竞元干不出来的。

抱着五六十斤一箱的海鲜进进出出地跑了好几趟，苏墨本就累得气喘吁吁了，此时和丁竞元共处一室，即使是在冷气房里，汗也止不住地一直往外冒。

想着昨天晚上弟弟跟自己说有了这份工作，以后就能有更好的发展，自己能赚钱买房买车，还能给爸妈换套大房子住。想起苏正对未来美好生活憧憬的样子，苏墨内心的挣扎立即就泄了劲。如果这时候丁竞元去找麻烦，让弟弟丢了工作，那自己可真是罪大恶极了。

小仓库里此时没有开灯，光线有些暗淡，苏墨的心跳得很厉害。丁竞元心满意足地看着苏墨，小心翼翼地控制自己，不敢动，好不容易又能见着了，可不能再把人吓跑了。

“时间到了，我要走了。”苏墨十分无奈地把脸别到一边去。

“我刚才只说待一会儿，又没规定是多长时间。”丁竞元嘴角勾着一点坏笑，开始跟苏墨耍无赖。

苏墨听了这话脸都气红了，嘴里骂了句“无赖”。

“再过五分钟。”丁竞元哪里肯轻易放苏墨走，自然是能多和苏墨多相处一会儿是一会儿，“再过五分钟就让你走。”

“苏墨。”丁竞元低声呢喃一句，“苏墨，我没有一天不想你……对不起，我以前错了，我当时是看到你和别人约会所以才吃醋到要疯了……我那天刚被人揍了一顿，心里憋着气……我受不了你离开我，我以为你已经是我的了。我错了，对不起……我知道你也是喜欢我的，是不是……你答应我吧……我愿意为你做任何事……”

和那天喝醉酒的态度不同，丁竞元现在低沉着嗓音低声说话的样子完全就是来软的。

在这个光线昏暗的小仓库里，苏墨无力地垂着眼睛，耳里听着那些关于陈年旧事的解释，那些深情的表白，听到后面面颊发热，身体止不住地打战——是忍不住的愤怒和连自己都说不清的从心底泛上来的一点委屈。

恶事都让他做完了，还粉饰什么？真的想说对不起，从今以后离自己远点就行了。

后来，也不知道有没有超过五分钟，厨房里的大师傅过来拿食材准备午餐，丁竞元这才心有不甘地让苏墨离开。

苏墨得了解脱，头也不回地连走带跑地出了小仓库，一路紧着脚步出了气派的大门。走了好长一段，苏墨脚底下也没慢下来。此刻丁竞元一定在某个房间的窗户口看着自己，苏墨想一定是的。

二发喷码的事情顺利解决了，这自然算是苏墨的功劳。礼拜一的例会上，卢总当着所有科室职工的面，点名表扬了苏墨。黄悦文带头鼓掌，只有江宇暗地里有些不服气地撇了撇嘴。

会后，卢总又单独跟苏墨谈了话，先是一套“跟着我好好干一定有前途”做例行开场白，然后谈到了销售科的工作问题、海威旧账问题和即将到来的供应商能力审核——这个很重要，直接关系明年能不能拿到二汽的合同。

苏墨表面上是在认真听，实际上脑子里已经在开小差了，说到二汽怎么能不想到丁竞元，一想到丁竞元，苏墨心里就静不下来。

开完会，苏墨到会计那儿去报账，把之前垫付海鲜的钱报了，顺便又开了一笔活动经费。

刚才在楼上办公室苏墨已经跟卢总汇报过了，之前接触过丰源路那边管旧账的刘会计，对方态度非常好，目测是可以“活动”开的一个人，可以进一步沟通交流一下。

卢总听苏墨这么说，十分满意，当场就批了三万块钱的经费条子。

吃完午饭，到生产线上查看了一下产品进度，苏墨就坐着黄悦文的车回市区，去丰源路了。

黄悦文把苏墨送到了一个非常便利的公交站点，并客气地嘱咐了一句：“事情办完了就早点回去休息。”

卢民意和黄悦文现在对苏墨明显更器重了。

上次苏墨跟刘会计相谈甚欢，要到了刘会计的电话。苏墨人还没到，先打了一个电话过去，上来就是客气寒暄，然后单刀直入约晚上吃饭，至于这个“吃饭”自然不用讲得太直白，而是含糊其词，只要对方是那种可以被“活动”的，自然就知道所说的“吃饭”有哪些深意。

刘会计因为被丁总特别吩咐过，不能给钱，但是更不能给苏墨脸色看，所以此时就有些痛苦了，不敢不客客气气地聊天，更不敢去吃苏墨的这顿饭，要知道拿人钱财可是要替人消灾的。

苏墨打完电话，直接上了十八楼。即使刚才已经寒暄过，见了面，还是像多日没联系一样，假装热情地客气了一下。

刘会计也算是老江湖了，眼看着苏墨的架势，不明说肯定是打发不了的，办公室里这会儿也没别人，于是他干脆打开天窗说亮话，全程一脸诚恳地把事情给捋清楚：你们家的这个钱，不是我不愿意给，是我们丁总特别交代了不能给；是丁总的意思和我无关；咱们给人打工的都不容易，我这给你说了实话，你可不能卖了我。

苏墨靠在电梯墙上，抬眼看着红色的数字一路往下跳动，脑袋里一时空空的，什么都没想。电梯到达一楼，“叮”一声，门开了，苏墨却仍靠着墙没有动，无可奈何地深深地叹了一口气。

丁竞元简直是无处不在，一点一点地在往自己的生活里渗，自己还逃不开。亲情、工作，他总是出现在每个令自己意想不到的地方。

丁竞元在慢慢地把苏墨往角落里逼，要一直逼到苏墨没有反抗能力，乖乖投降。

三万块的活动经费已经领在手里了，本来以为至少有九成把握，现在却成了板上钉钉完不成的任务，甚至完不成任务的原因都没有办法去和卢总明说。

当初刘会计的态度非常之好，这给苏墨造成了一种错觉，认为事情应该是没有多大问题的，就算不能一下子把旧账都结清，但分两三个月结算总可以的吧。所以卢总问起来的时候，苏墨基本说的都是实话——余地也留了，留得比较小，表的基本上就是不出意外季度内旧账能解决的这么一个态度。

苏墨为这个事心里一直闷着，活动经费像烫手山芋一样就在手里搁着，卢总那边还没有问进度，苏墨自然不会主动去汇报情况，根本就无从汇报。

丁竞元真不是个东西，一边跟自己说喜欢，一边暗地里使坏；一边强势地逼着，一边又装可怜地赖着求着。

苏墨坐在自己的位置上，越想越气。半晌，苏墨抬起眼，在已经黑屏了的电脑屏幕上看到了一张愁眉不展的脸。

中午在食堂正吃着饭呢，苏正就打电话过来了，说是入职体检结果已经下来了，一切正常。而且他的那位伯乐已经暗地里跟他透露了，他头两年不用一直到处去轮岗，可以直接进信贷部。

苏正在电话里兴高采烈的，简直高兴坏了：“我一定会好好干的！”那口气，带着初出茅庐的年轻人特有的热情和豪情。

苏墨听着，真心为弟弟高兴。后勤部的薛斐坐在旁边的位置上看见了，笑着调侃说：“苏科长跟谁打电话呢，笑得这么甜？”

薛斐这么一说，同桌的两个检验科的同事对视一眼别有深意地笑了。

薛斐闲下来的时候喜欢跑检验科划水摸鱼，几个同事间关系比较近，有自己小圈子里的秘密：知道薛斐一直对苏墨有那种意思。

苏墨只是转过身来对着薛斐礼貌地笑了一下，并没有回答问题。苏墨现在已经完全接受了自己对别人真的不会动心的事实，不管什么样的人，电视上还是现实里，好像真的从来没有对谁心动过。在丁竞元那件事情过去很久以后，苏墨也尝试着去谈恋爱，但是都没有那种心动的感觉。

既然不会喜欢，那还是保持距离好了。

月底结账之前，苏墨还要去一趟二汽厂，去把自家的账对了。因为丁竞元，现在苏墨是能不去二汽厂就不去了，虽然去了也不见得会遇上——其实如果不是丁竞元刻意找碴的话，那么大一个厂，老总那么多事情要忙，想遇上还真不是那么容易的一件事。

苏墨进了单据科，一眼就看见了小楚，上回他说是被他们科长调到这边来帮忙的，怎么这么长时间还在呢？

月底来打单据的人很多，几百家供应商从二十号开始就源源不断地过来对账了，单据科这会儿站了七八个人，几个打印机一起“唧唧唧”地不停乱叫，一式好几连的白色账单从打印机里吐出来，长长地拖了满屋子。

小楚被一群人围着，心情无比烦躁，明目张胆地就要给苏墨走后门。旁边厂家的业务经理立马就不乐意了，凭什么不排队啊？他们可不怕得罪单据科的人，毕竟他们不会不给自己家发订单传真，也没权利把他们的货拆开了晾在码头上。

苏墨其实不急的，反正今天已经来了，按以往也都是弄到下午，然后就可以直接回家睡觉了。这就是做业务的好处，比较灵活，只要你业绩好，领导都懒得管你是不是在出勤。

果然是等到了中午，苏墨又和小楚一块儿到食堂去吃饭。

二汽厂有前后两个大食堂，前面一个就在工程部旁边，因为挨着领导楼，所以菜色和环境上相对来说比后一个要好很多，缺点是人均消费偏贵，再一个是离码头这边太远了。

小楚自然是要去前面那个食堂吃，他用自己的电动车载着苏墨过去。一路上，他跟苏墨大吐苦水：他们科长把他调过去就不调回来了，当初明明说好只是过去帮一下忙。现在他整天对着一堆打印机和两个四五十岁的阿姨，他都烦躁死了。

“没意思，太没前途了，晚上做梦都是打印机的声音。”小楚嘴里抱怨着将车子锁好，连跑带跳地率先冲进食堂排队，他忙了一早上，早饿了。

苏墨低头跟了进去，走到大门的角柱旁边，装作不经意地抬头看了一眼对面的二楼，看到窗户那儿没有人，这才安下心来。

苏墨直接去拿筷子、盛汤，找好位置，不一会儿，小楚左右手各端了个菜盘过来。两份菜都不一样，两个人可以互相吃对方的。本来是一顿再平常不过的工作餐，一个人不满地抱怨，另一个人真心地安慰几句。两个人算是工作上比较熟的朋友，以前小楚在检验科的时候帮了苏墨不少忙。他刚出来工作，还没有被社会的大染缸染黑，热情认真，和苏正一样，还带着一点年轻人的不知天高地厚的无知和豪情。检验科那么多人，苏墨从来没有给他塞过红包。

但是说着说着，小楚苦着脸声音小了下去，说了一个隐秘的消息，让苏墨立即就不淡定了。

“其实我跟你讲吧，我们科长后来实在是被我缠得没办法了，跟我说了实话，说没开了我算好的。把我调到单据科是上面的意思，是老总办公室的特助直接打的电话，我也不知道是哪里做错了，我压根就没在老总眼皮子底下出现过啊……”

“哪个老总啊？”苏墨忽然抬起头。

“就是新来的那个丧心病狂的丁总啊，他总是无缘无故地开人。”没想到自己竟然也中枪了，他都不知道自己到底错在哪儿了，“哎，我在这边肯定是没前途了……本来还以为……”

“……你是什么时候被调走的？”苏墨心里忽然隐隐生出了一股不安的情绪。

小楚想了想，说出了一个具体的时间。

苏墨因为心里已经生出了疑虑，所以皱着眉头非常仔细地想了一下，正是上次他们俩在这边吃完饭的第二天。

上次两个人坐在这里吃饭，丁竞元不就站在对面二楼看着吗？所以他说他没有在丁竞元眼皮子底下出现过是根本不成立的。那天两个人干吗了？苏墨没印象了，但是应该是和今天差不多吧。那天两个人打饭的时候一起排队，说笑聊天。

苏墨的这种不安只是一种没有任何依据的直觉，此时的苏墨还没有彻底了解丁竞元，只知道他对自己有一种近乎偏执的感情，哪里能想到他的占有欲已经强到了如此地步。

苏墨当着小楚的面当即给尹特助打了一个电话。先是扯了两句关于前两天那个海鲜的闲话，尹特助对苏墨始终都是客客气气的。他的客气自然是有原因的，老板待见的人他怎么敢不待见？而且他知道，就上次吃饭，不仅是饭桌上，饭后丁总专门等过苏墨，不仅等过，还送苏墨回家。他当天喝了酒是打车先走的，但是在出租站台那边等了很久也没打着车，然后他看到了苏墨从酒店大门出来，再然后他们丁总和苏墨一起离开了。看他们家老板当时那架势，可不仅仅就只是待见那么简单。

“你是不是有什么事啊？”尹特助很客气，“有话就直说吧。”

“确实是有事。”苏墨也觉得自己问得有些冒昧了，毕竟自己和尹特助实在算不上熟，但是不问的话心里面就别想安宁了，“就是检验科的张楚调职的事……他挺苦恼的，不知道自己错哪儿了，我和您这不是能说得上话吗，想问问是不是弄错了，不是我要替他说话……”

“这个肯定没弄错，丁总亲自交代的。至于为什么，我只是按指示办事。”尹特助笑着打断了苏墨。

一句“丁总亲自交代的”让苏墨心里的疑惑和不安更大了。不过用不着苏墨想出什么头绪来，坐在小楚的电瓶车后座上，还没到财务部，丁竞元的电话就已经到了，是尹特助一转脸就有些讨好地把苏墨打电话过来问张楚的事跟老板交代了。

陌生号码，这是相遇以来，丁竞元第一次打电话过来。

“苏墨。”低沉的嗓音听得苏墨心里顿时一跳，然后一下就把电话给挂了。

丁竞元立即给苏墨发来一条短信：“你现在给我打过来，我就立马把张楚调回检验科。”

丁竞元这句话看着好像是个选择题，苏墨可以打，也可以不打，其实后面没有说出来的部分，威胁意味已经很明显了——不打的话张楚就会一直很没前途地在单据科跟一堆打印机待着。

丁竞元这个浑蛋，苏墨猜想张楚调职的事十有八九和自己有关，张楚实在是很无辜，如果他蛮有前途的一份工作就因为自己而被毁掉，那苏墨真的太愧疚了。

这会儿中午休息，还没到上班时间，没有人办公，苏墨怕待会儿再过来有点麻烦就没跟张楚回办公室，直接在财务楼下车了。

上了二楼，苏墨找了一间没有人的小会议室，坐下来，掏出手机，心不甘情不愿地给丁竞元回了电话。本来心里是憋着一股火的，但是接通以后，丁竞元只一句话就让苏墨无话可说了，只能说跟丁竞元这个无赖比起来，苏墨实在不是对手。

“电话我打了，你现在可以实现承诺了。”苏墨上来就是这么一句，话音里夹着怒气，因为不用面对面而只是隔着电话，所以苏墨此时并不怵他。

丁竞元此时整个人全然放松地仰靠在宽敞的办公椅里，座椅轻轻一旋，转向了身后的大玻璃窗。窗外正对着厂区的主干道，中午的太阳明晃晃的，很烈。丁竞元因为苏墨能主动打电话过来而心情愉悦，此时从鼻腔里轻笑出声：“我刚才说的是让你立即打来，你搁这么久才打过来，黄花菜都凉了。”

苏墨没想到丁竞元这么无赖，当场就被他的这句话怔住了。因为之前丁竞元这种“只要你……我就……”的伎俩已经用过两次了，每次只要苏墨沉默着妥协了，事情就是能立即解决的。

虽然是被胁迫的，但是潜意识里苏墨已经不自觉地就这么认为：只要自己愿意打这个电话，那么丁竞元肯定又是会立即心花怒放地兑现诺言。所以此时面对这种意料之外的情况，苏墨竟立即从心底生出了一种连自己都说不上来的羞臊——因为丁竞元的拒绝，因为自己理所当然的以为。

“你现在在哪个部门？”丁竞元低沉着嗓子问，带着一股不自觉的威胁意味。

“我们俩之间的事，你能不能不要牵扯到不相干的人？”泥人还有三分土性子呢，苏墨脾气再好，此时也要奓毛了。

苏墨不知道，自己的这句话立即取悦了丁竞元。

“可以，你想要我做什么都可以。”丁竞元立即放柔了声音。

“我要你立马把人调回去。”苏墨皱着眉，一句话说得斩钉截铁。

“遵命，还有吗？”丁竞元心情大好，苏墨跟他这么大声地说话，弄得他心里头痒痒的，他不要苏墨老是躲他。

“我要你给我滚远一点。”

“除了这条，苏墨，我这五年来滚得还不够远吗？我在国外，没有一天不想你，想你都要想出病来了。你想我吗？”丁竞元越说声音越小，到最后几乎成了叹息。

不知羞耻的丁竞元，这样的话随便张口就来。但是此时这些耳边上的窃窃私语，苏墨听了脸上又不争气地发热了，这让苏墨想起了很多年前的那个晚上，那个躺在异地酒店房间里脆弱的丁竞元在电话里说着“苏墨，我想你”。

苏墨握着手机直着眼看着会议桌上的虚空一点，屋子里没有空调，坐了一会儿已经有些热了。那头的丁竞元也没了声音。

“我不想你，我只恨你。”苏墨亦轻轻地回他一句。恨他让自己在无数个夜晚从心惊胆战的噩梦中醒来；恨他那一晚让自己从此陷入痛苦；恨他那时候所做的一切——在自己全心全意地待他，当他是好朋友的时候。

当年的苏墨也不是对丁竞元完全没有感觉，这个两个人似乎也都心知肚明。后来丁竞元如果没有发疯，如果他是那种温柔体贴的男人，又能多一些耐心去追求，那么不用别的，就凭着他身上那种男人味，现在的两人会是什么样的关系还真的说不准。

苏墨挂了电话，换丁竞元坐着独自愣神了。两分钟后，他转身按了桌上的内线，用一贯冷冰冰的声音吩咐：“给检验科打电话，把张楚调回来吧。”然后顿了一下，又加了一句，“以后重点培养提拔。”

丁竞元又给自己的高参郑成忠打了一个电话，交代了一些事情，然后吩咐司机把车开到楼下来等他。

这边苏墨在没有空调的会议室里独自坐到了一点钟，过了午休时间以后，直接上三楼找财务人员对账。可想而知，这会儿财务室里已经有不少人在等着办事了。

苏墨刚上三楼就听到了财务室里有人大声吵架，门外还站了不少看热闹的人。

原来是有人在骂财务科的那个袁会计。袁会计今年四十几岁，最让人诟病的是态度不好，爱给来办事的人甩脸色。

如今天气炎热，有不少业务人员都是刚从外面赶过来的，特别是男性身上，难免会带着一股汗味，味道自然不好闻。袁会计嫌弃人家身上有味，又不好直接让人滚远点，不高兴就拿账目说事，到处摆脸色找碴。

结果把一个刚做业务没多久的小伙子惹急了，当场就翻脸了，骂得非常难听："上个月刚收了我两千块的红包……做人也要有点底线吧……没人教你怎么说人话啊……欠抽……"小伙子一身时尚潮流的装扮，隔着两张桌子，骂得十分张狂。

别的科室的人围过来看，暗笑袁会计这回踢到铁板了。被人当面这么骂的，在整个海威还真是独一份。袁会计那张老脸这下真丢人丢到太平洋了，实在是尴尬到了极点。

最后是苏墨拉着劝着把骂人的年轻人给拉了出去，这才算平息了风波。

袁会计受了这等打击，一声不吭地立即就把业务办完了。半个小时以后，苏墨的账就全部对完了，看看时间，回去睡午觉都来得及。

苏墨沿着大楼的阴影往二号门走去，离得老远就看到了那辆非常显眼的酒红色豪车正停在大门外的树荫里。

车门打开，一个穿着衬衫西裤的高大男人潇洒地抬腿站了出来。因为以前是运动员，所以丁竞元从来都是站得笔直。

烈日下他眯着眼睛往苏墨的方向看，伸手从衬衫口袋里掏出墨镜戴上。肩宽腿长，自信潇洒，衣着不凡，光看外表的话确实是个俊逸非凡的帅男人。

"我送你"三个字，丁竞元说得没有波澜，脸上卡着大墨镜，考虑到苏墨的身高，说话的时候还微微往前探了探身体。

苏墨根本没看人，直接从他身边走了过去，上了旁边那台等私活的小车。这情形完全在丁竞元的意料之中。

于是在二汽厂外面的这条直南直北的大路上，一台红色的私家车在前面开，一台酒红色的豪车在后面紧紧跟着。

苏墨坐在后座上，面无表情地透过前面的后视镜看后面的那台车。其实苏墨心里清楚得很，丁竞元作为一个公司的老总哪里会这么闲，闲到巴巴地等在大门口，就是为了要送一个不知道什么时候会出来的人。

先是苏墨的手机响，苏墨看了一眼没接。紧跟着前头车主的手机又响了，他接起来，“哦”了一声，直接把电话往后递了过来，说：“找你的。”

“嗯？”苏墨转过脸来，一时都愣住了。

“后面车上的那个男人找你。”年轻的胖司机耐心十足地重复了一遍，手上抬了一下，示意苏墨接电话。

苏墨意外到完全没反应过来，伸手将电话接过来，搁在耳边验证，于是熟悉的嗓音立即通过电波传了过来。

“我送你。”丁竞元还是这样一句话，带着势在必得的气势。

苏墨紧蹙眉头不出声，仅从鼻腔里无声地呼出一口气来。丁竞元到底是怎么做到的？他竟然还能打到人家车主的手机上来。

苏墨叹了一口气，这么躲着确实也不是办法，说白了，现在自己的工作完全受制于丁竞元，只要他想，随时都能找碴。除非是辞职不干，把房子也卖了，离开这个生活了好多年的城市，再重新开始，即使那样也不能保证丁竞元不再出现。

“前面站台到了。”司机头也不回地提醒了一句。

“谢谢。”苏墨把电话还给司机，掏出钱包准备付钱，忍不住问了一句，“那人是怎么知道你电话号码的？”

“就直接上来问呗。”私家车本身就是想揽生意的，如果有固定客户那最好不过了，有人来问号码当然是求之不得赶紧就发名片了。

郊区的这个公交站台等车的人虽然不是很多，但十来个还是有的，此时都一齐看向苏墨。很显眼的豪车就卡在面前的公交车位上，冲苏墨这边的车门开着，外面站着的人都能感觉得到车里冷气吹在身上的爽意。丁竞元交叠着大长腿仰靠在后车座上沉默着不说话。司机恭敬地将车门开好后，又绕过车头钻进了驾驶座。

苏墨听到了站在身边的两个年轻姑娘的低笑声。这种情形的确很容易让人误会，像极了情侣之间的斗气。

苏墨蹙着眉往后瞄了一眼，公交车还没来，一溜排的路人全盯着这边看。苏墨只好低着头迅速弯腰钻进了车里。

车里冷气开得很足，非常凉快。本以为丁竞元又会耍什么花样，没想到一路上他都老老实实的，也没怎么说话。

两个人相安无事地坐着，不约而同地都想起了上次就在这车后座上的事。苏墨不自在地侧了身子歪着坐，别过脸望向车窗外。

车子很快驶进了热闹的市区，司机问往哪里去。苏墨还没张嘴，丁竞元已经接上话把地址报了出来。

“还有一件事。”苏墨看着车窗外忽然开口。

“嗯？”丁竞元转过头来立即应了一声。

“海威的旧账……”苏墨偏了偏脸，用眼角瞥了一下，目光扫到了丁竞元的两条大长腿，“又是你……”

这个问题苏墨不提，丁竞元都要忘到脑后面去了，他应道：“这个我没有牵扯到不相干的人吧。”就是在为难你啊。

苏墨垂着眼睛不说话了，丁竞元语气之无辜让人气到没脾气。

“要不要我打个电话给丰源路的会计吩咐一声？”丁竞元一只手撑到了苏墨手边上，把身体也倾了过来，绝对好商好量的口吻。

苏墨顿时被气得用眼睛狠狠瞪他，瞪得他心痒难耐，很想立即倾身上去吻苏墨的酒窝。

丁竞元专门送苏墨回来，他觉得出于礼貌，苏墨应该请他上去坐坐，顺便喝杯果汁什么的。另外，他也非常想上去看看苏墨的家到底是什么样子。苏墨自然不愿意，尽管丁竞元那个要吩咐刘会计的电话还没有着落，但是引狼入室这种事情苏墨知道更不会有什么好下场。

虽然苏墨已经说了“我家不欢迎你”，但是丁竞元既然那么想进，自然不会轻易离开。

苏墨进了家门，站在玄关就把衬衫长裤脱了，直接进浴室冲澡。时间还早，洗完澡准备补个午觉。从窗户往下看了一眼，丁竞元的车子已经开走了。

即使是在大夏天，苏墨也习惯用热一点的水洗澡。浴室的窗户是那种从里往外推的样式，苏墨洗完澡就把窗半开着了，出出屋子里的热气。然后穿着浴袍回了卧室，开了空调，换上棉格子睡衣睡裤，再出来准备到厨房给自己弄杯喝的。

苏墨开了冰箱，拿出半个西瓜，把西瓜切成小块倒进榨汁机，再榨好倒进杯子里后，门铃响了。

所以当苏墨端着杯冰凉的西瓜汁边喝边打开大门时，忽然看到不知道从哪里冒出来的人时，吓得打了个激灵，嘴里的西瓜汁一下就呛进了鼻管里，立即就是一阵抑制不住的狂咳，最后整张脸都憋红了。

“喀喀喀……”苏墨咳得要喘不过气，鼻管里都流出西瓜汁了，疼得要命，眼泪都下来了。

丁竞元把人扶进客厅，一只手给苏墨拍后背，一只手抽了纸巾给苏墨擦鼻子和眼泪，语气担忧中带着一丝急切：“好点没有？胆子够小的，这就给吓成这样了？”

苏墨一扬手就把他的手打掉了，眼睛瞪着他，嘴里骂了一个字“滚”。

丁竞元好不容易进来了，哪里肯滚，重新抽了纸巾追着苏墨乱躲的脑袋给人擦鼻涕擦眼泪，苏墨挣扎着将脸偏到一边去。

“苏墨，我觉得咱俩应该好好谈谈。”丁竞元说这句时一脸的诚恳。

“好。”苏墨也正有此意。

异常诚恳地说要好好谈谈的人，现在正自作主张地使用主人的浴室冲澡，浴室门口的地板上丢着做工精细的衬衫和西裤，上面沾着不少红色的西瓜汁。

水声停了，里面传来丁竞元的喊声：“苏墨，要不要给我找件衣服？”

苏墨不得不乖乖进卧室去给丁竞元找衣服，否则什么也不穿直接就从浴室走出来这种事，苏墨相信丁竞元干得出来。

苏墨在衣柜里翻了半天，终于找着了苏正一套旧年的学校运动服，米色的，裤子很肥，以前苏正来这边玩了几天，后面走得急，落下这套衣服在这里，后面也一直忘了拿回去，便一直收在衣柜里了。

一分钟后，丁竞元穿着苏正的运动裤出来了。

苏墨早坐在沙发上等他了，一副准备要好好跟他谈谈的模样，结果一抬眼就看见他没穿上衣，苏墨立即就把目光移开了。

丁竞元径直进了厨房，开冰箱找喝的。看到还有西瓜，于是很有兴致地拿了出来，刚才苏墨的那杯都被他的衬衫“喝”了，现在他来亲自榨一杯。

看厨房里的装修和摆设，明显能感受出来苏墨平时把做饭当成一种乐趣。墙上的一个小木架子上挂着各种处理食材的小工具，什么不锈钢的小筛子、打蛋器、去核器、切丝刀、小镊子、取盘器等，基本上都是丁竞元就算见过也不会用的一些工具，但是他觉得它们像苏墨一样，都非常可爱。

苏墨听到榨汁机的“嗡嗡”声响，起身过来打算一探究竟的时候，丁竞元已经把西瓜汁倒进玻璃杯子里品尝了。可真不把自己当外人啊。

“味道不错，要不要来一点，刚才的你都喝到鼻子里去了。”丁竞元心情很好地又开始调侃苏墨。

丁竞元话音刚落，苏墨迅速走上前来，对准正喝着西瓜汁的人，猛一出手，上去就是一拳，打在了他的腰上。

“咳咳咳……”

丁竞元立即咳了出来，红色的液体直接从鼻管里流了出来，和苏墨之前一样也咳得泪流满面。

丁竞元在厨房里扶着料理台咳弯了腰，苏墨早跑出来，把防盗门都打开了，准备随时跑路。这个丁竞元不仅追到家里来欺负人，不经过同意就乱吃东西，还消遣自己，难道自己是软柿子，随便他丁竞元想怎么捏就怎么捏。

苏墨在大门口站了好长一会儿，脑门上都热得冒汗了，屋里早没了动静，不知道丁竞元怎么样了，总不会咳出个好歹来吧。

丁竞元后来在苏墨的床上睡着了。

他咳够了，从厨房里爬出来，到浴室洗了把脸，直接就去了卧室，往苏墨的床上一倒，舒服得不得了。他冲外面喊了好几声苏墨，苏墨也不答应。不答应就不答应，反正不怕人跑了。

丁竞元心满意足地翻了个身，抱住了苏墨的被子。被子是那种很素的颜色，软软的，味道很好闻。他真的很久都没有这么舒心过了，人就在身边，而自己就在苏墨的床上。

房间里温度怡人，安安静静，加上丁竞元昨天刚从丁溪川那边连夜赶回来，正累着呢，躺久了，全身放松，后来也就真的睡着了。

等到他醒过来，也不知道是几点，房间里没有一点响声。

阳台的推拉门开着，丁竞元看见自己的衬衫西裤洗好了正晾在架子上，午后的热风吹来，衣服轻轻摆动。他的衣服都是拿到店里干洗的，像苏墨这种洗法，很可能直接就洗报废了。不过丁竞元此时心情好，哪里还会在意这些。

苏墨这时歪在客厅的沙发上，还在睡着，棉睡裤的一条裤腿蹭了上去，露出了半截白白的小腿。丁竞元盘腿挨着沙发在地板上坐下来，将脸探到苏墨跟前，无声无息地盯着人看。

苏墨长得好看，鼻头有点圆圆的，怎么看怎么美。因为睡着了，那个可爱的小酒窝被藏起来了。

客厅里没有空调，只有沙发旁边那台半新不旧的空调扇在吹，茶几底下还放着两盆小小的文竹。这个家虽然很小但是很温馨，和丁竞元想象中的那种感觉一模一样，就是一种干净的苏墨式的温暖。

苏墨刚睁开眼就看到丁竞元正杵在自己眼前，整个人吓得立即哆嗦了一下，一翻身腾一下就坐了起来。

一个盘腿坐在地上，一个屈膝抱着腿靠在沙发里，两个人互相看着。

“你不是要谈谈？”苏墨先开了口。

“你知道我想谈什么。”之前说要谈谈其实只是丁竞元想留下来的一个借口。

苏墨把脸撇到一边去了。丁竞元盯着人目不转睛地看，往前趴在沙发上。

“你干吗？”苏墨抬脚要把他踢开。

“老实点。”丁竞元说出的是威胁的话，但绝对是宠爱的语气。

其实没什么好谈的，因为谈不出结果，他们俩一个千方百计地要进，一个用尽全力地想躲。

“你做出来的事没有一件是讲理的。”苏墨不看人，偏着头望向阳台，声音很冷淡。温柔惯了，即使心中有气，话也仍能说得委婉，其实丁竞元实实在在的就是个无赖。

“我以前做错了。”丁竞元居然会主动认错，这出乎苏墨的意料。

“你现在也没做对过。”苏墨的语气中带有一丝怨恨，“你把我的工作、生活搅得一团糟。”

“我以后都讲理，行不行？”丁竞元声音很轻，继续示好。

“……”苏墨不回应，在想丁竞元怎么转变了。

“我马上打电话给丰源路那边把你们家所有的旧账一次付清好不好？”

“……”

“马上就要供应商考核了，我吩咐一声，让下面直接给你们过，好不好？”

“……”

“以后保险丝盒只签你们一家，百分百供货行不行？”

“……”

“行不行？答应我吧……宝贝……”丁竞元说一句近一点，最后把脸探到苏墨面前盯住了问。

被丁竞元喃喃细语地求着，苏墨的脸不争气地又开始发热了，最后那一声“宝贝”喊得更是让苏墨的心都揪紧了。

苏墨是真的搞不懂丁竞元了，发起疯来那么吓人，低声细语的时候又完全是另一种模样，像精神分裂一样，真的是让人又怕又气又难为情。

苏墨当然没有答应丁竞元，只对他说了一句：“没有人会喜欢被人强迫。”

丁竞元用非同一般的思维方式将这句话解读成了一种变相的答应——如果不强迫了那就喜欢了。

于是，那天下午等阳台上的衣服干了，心花怒放的丁竞元换上以后就乖乖地按着苏墨的意愿离开了。

临走的时候，丁竞元用习惯性的语气说了一句：“我给你打电话，不许再挂我电话。”说完才察觉自己话里强迫的意味已经很浓了。

第二天早上，苏墨前脚刚进办公室，花店送花员抱着超大一捧代表道歉的黄玫瑰后脚就到了厂区门口。门卫钟师傅一听说是苏科长的花，登时就瞪大了一双圆眼：我天，追人居然都追到公司来了，苏墨可真有本事。

事情以迅雷不及掩耳之势传开了，于是苏墨整整一天都没有安宁过。从早会开始，各个科室的同事，不管年纪大小，包括卢总，见面都要打趣一番，当然，后勤的薛斐除外。

苏墨被一群人打趣兼问东问西得实在是不好意思，心里真是要恨死丁竞元了，一把将那张写着“对不起”三个字的精致便签直接扔进了垃圾桶。

人事后勤的几个年轻小姑娘更是专门跑到销售科这边来看花，临走的时候，苏墨每人给她们发了十几朵。

到了下午，“黄玫瑰事件”已经传得厂里人尽皆知了：说是有一个富二代看上了苏科长，殷勤追求，就这苏墨都不怎么乐意的样子。

一般人咱们苏科长哪能看得上啊，江宇不无羡慕妒忌恨地说。

事情还没完，第三天早上，苏墨坐在办公室接到钟师傅的电话，眉头都拧到一块儿去了，昨天晚上自己犹豫再三要不要给丁竞元打电话，最后还是没打，结果今天果然不出所料。

“苏科长，你的九十九朵红玫瑰。”

“你帮我签了吧，我忙着呢。”

尽管苏墨一直把花搁在传达室里没去取，但是挡不住钟师傅大喇叭一样到处跟人宣传：“今天换红玫瑰了……还是九十九朵……这是烧钱啊……苏科长的魅力挡不住……哈哈……”

于是苏墨没逃掉被到处调侃的命运，整整一天，热闹程度比前一天有过之而无不及。

晚上，苏墨洗完澡坐在床边考虑了半晌，终于再次主动拨通了丁竞元的电话。

“丁竞元，明天不要再送花来了。”苏墨在电话里跟丁竞元说道。

“你终于肯给我打电话了。”丁竞元以为还要再等两天呢。

“听到没有？”

“听到了，亲爱的。”丁竞元乖乖听话，兑现自己不会强迫人的诺言。

丁竞元真是什么话都能张嘴就来，苏墨被他一句“亲爱的”喊得脸都要烧起来了。挂了电话后苏墨就坐在床边发呆，盯着窗外看了许久才躺下睡觉。

第四天，终于没花了，苏墨松了一口气，心里感叹了一下：丁竞元好像是变得讲理一点了。

然而苏墨这种放松的心情只维持到了中午，十一点刚过，有酒店的外卖送到门卫。钟师傅打电话过来说道：“我就说呢，今天怎么没花了，原来改大餐了，苏科长你赶紧过来签收吧。”

饭菜是用带盖的那种白瓷碗装着的，放在酒红色的红漆木头匣子里，上下一共四个大匣子摞在一起，一看就是从大酒店里送来的东西。

饭菜多到一个科室的人都吃不完，这天中午和苏墨关系近一点的同事都到销售科来蹭饭吃，连采购部长黄悦文也跑过来凑热闹。一群人围着苏墨吃得兴高采烈，纷纷表示以后这事要是成了，一定要把这送菜的人介绍给大家认识。

晚上苏墨气呼呼地给丁竞元打电话："丁竞元，不要再送吃的过来了。"

"我明天本来就没打算再送。"丁竞元一句话堵得苏墨顿时就尴尬到不行，自己还烦闷不已，结果人家根本就没打算接着送。

丁竞元在那头坏笑出声，苏墨气得将电话挂了。

第五天，没有花也没有大酒店的饭菜，苏墨总算消停了一天。结果下午下班，班车刚从镇上开出来没多久，苏墨就在班车后面发现了一辆酒红色的豪车。

"丁竞元你又想干吗？"苏墨想都没想，立即掏出手机打了过去。

"怎么了？"丁竞元完全不知道是什么状况。

"嗯？"丁竞元的一句反问，苏墨立即愣了，酒红色的豪车多得是，后面那辆不见得就是丁竞元的，这是自己先入为主了。苏墨对车不敏感，车牌什么的也从来不会刻意去记。苏墨咬着牙，立即又尴尬了，直接把电话给挂了。

苏墨什么都没说清楚就挂了电话，而丁竞元竟然也没再打过来，这情况显然非常不合理。

等到苏墨下了班车，准备转公交车回家的时候，后面那辆一直跟着的豪车终于直直开到了苏墨跟前，卡在公交车位上。冲这边的车门一开，驾驶座上的人就是丁竞元，正一脸坏笑地看着苏墨。

此时正是下班高峰期，站台那儿一大堆人都盯着苏墨看。苏墨已经气到没脾气了，赶紧上了车。

"我订了餐厅。"丁竞元一边开车一边逗沉着脸的苏墨说话。

"我要回家。"苏墨看着窗外，话说得言简意赅。

"滴水之恩当涌泉相报，你收了我的花又吃了我的外卖，难道不应该小小地回报一下？"

"……歪理，没有人要你送。"

"那你就说你吃没吃吧？"

"……"吃一口也是吃，苏墨无言以对。

丁竞元将人带到一家漂亮的西餐厅，车子还没进停车场，苏墨就忍不住说话了："能不能不吃这个？"

"你想吃什么？"丁竞元立即将车停到路边，转过脸来看着苏墨的眼睛认真询问，“要不去吃火锅怎么样？”只可惜新城没有以前两人在S城第一次吃火锅的那家店。

“唔。”苏墨含糊着应了一声，丁竞元笑得一脸深意，苏墨赶紧把脸转了回来。这个样子的丁竞元，总会让人不禁想起以前的事情。

两个人最后去了海底捞，和和气气地吃了一顿饭。吃完饭，丁竞元送苏墨到楼下，看着苏墨下车上楼，没有要任何花招。

很快到了月底，丁竞元言出必行，海威那边的旧账全付清了。不用说，卢民意高兴得不得了，又在全厂例会上点名将苏墨表扬了一番。这一次，连最不服气的江宇也没话说了——他之前跑了那么多趟，没有丝毫起色，而苏墨竟然能一下就把所有旧账要了回来。

三万块的活动经费还一分没动地在手里放着，这钱厂里肯定是不会再问了，就等于是苏墨自己的了。这么说起来，还得谢谢丁竞元。

不过苏墨不是那种贪心的人，平白无故拿了一笔钱，心里多少有些不安。

九月一号，二汽厂通知下面所有供应商代表召开供应商质量审核会议。质量审核分两部分，文件审核和现场考察，分别由二汽的质量部和工程部派出工程师到各个厂家进行。文件审核在本次会议结束后就会立即开始，不合格的厂家在这一轮就会被直接刷掉。

会议是在职工礼堂开的，苏墨到的时候，里面已经坐满了人。质量部和工程部的几个工程师都被团团围住了，自然都是套近乎的。

看那一群说笑的人，苏墨最终没有上前，只找了个靠边的位置坐下，心里某个隐秘的角落，有个小小的声音在回放这样的两句话。

“马上就要供应商考核了，我吩咐一声，让下面直接给你们过，好不好？”

“以后保险丝盒只签你们一家，百分百供货行不行？”

苏墨十分清楚就算丁竞元会从中捣乱，最后肯定也不会真的为难自己，不会真不让他们恒远过的。

位置坐满了人，最前面主席台上坐着两位副总和直接参与审核的各位工程师，最边上还空了一个位置，桌上的名牌写着尹特助的名字。大家又等了两分钟，尹特助从二楼楼梯下来了。他手里拿着两瓶矿泉水，从中间的通道插过来，经过苏墨身边的时候，随手将一瓶搁在了苏墨面前的台板上，身边的人都转头往苏墨那边看。

苏墨抬头看向二楼，一扇玻璃窗后面站着的是丁竞元和郑成忠。丁竞元今天穿了一件细格纹的亮色短袖衬衫，看上去丰神俊朗，即使隔着一层玻璃，隔了这么远的距离，也能感受到他那目光里的热度，灼得人脸上发烫。

苏墨不知道丁竞元在那站了多长时间，后面自己也没再抬头看过。

到恒远进行质量审核的两位工程师都非常客气。

中午吃饭的时候，苏墨作为销售科的科长自然是要陪着的，本以为又要大喝一场，没想到，两位工程师都纷纷表示肝不好，不能喝酒。

实际情况是，来恒远之前，丁总亲自打电话交代了：恒远是几十年的老供应商，没问题的话是内定要留着的，一定给过。另外，他们销售科的苏科长是我家里人，肝不好，你们不要和人喝酒。

两位工程师临走的时候，专门有车给送回家，车上早预备了礼物。车都开出去好远了，其中一位工程师深觉不妥，还是给苏墨打来一通电话，一再表示不好意思，让苏科长破费了。

两位工程师的态度着实耐人寻味，不合理得由不得苏墨不多想。

本以为丁竞元定会立刻打电话过来邀功，没想到，一连两三个礼拜，丁竞元竟是一点动静都没有。苏墨安心之余，竟平白生出了一点淡淡的失落。

礼拜五下班后苏墨去逛了大商场，买了很多好吃的犒劳自己是其次，主要是为了买自己心仪已久的那个进口牌子的厨具。挑来挑去，最后花两千多买了一个漂亮的汤锅。

苏墨提着一大包东西刚下公交车，丁竞元的电话就打了过来，苏墨犹豫了一下还是接了。

“是不是该谢谢我？”丁竞元明显心情很好。

“谢你什么？”苏墨当然知道他说的是什么，明知故问。

“请我吃饭好不好？”丁竞元声音低沉，带着一点讨好的商量语气。

“……”苏墨沉默着不回话，转过了一栋楼，一抬眼，就看见了丁竞元，他站在黄色的路灯底下，手里也正举着手机望过来。

“好想吃蘑菇牛肉。”丁竞元一边讲电话，一边大步走了过来。人走到苏墨跟前，微微往前倾了身子，两个人离得很近，丁竞元盯着苏墨的眼睛，手里还举着手机，“我想了好多年了。”

苏墨低下头绕过他就要走，他一抬手就把苏墨手里的一包东西夺了过去。苏墨头也不回，径直走了。

丁竞元拎着东西跟在苏墨身后上了楼，进门之前，苏墨脚抵着门：“丁竞元你要是敢耍花招……”后面半句没说了，意思也不难猜：以后就别再想我会接你电话，别再想我会跟你好好说话，别再想我有可能会喜欢你。

苏墨其实早已经摸清了丁竞元的死穴，只不过自己心里头还怵着丁竞元，还控制不了他。

丁竞元从进门开始就老老实实的，完全没有动手动脚的倾向。把购物袋里的东西装进冰箱里，还主动要帮苏墨准备晚饭。两个人竟像回到了五年前刚认识那会儿，如同朋友一样相处。

苏墨多少安了点心，还是这样的丁竞元让人觉得比较安全。于是就十分大胆地给丁竞元安排了一个很危险的活——削藕皮。

丁竞元从小木架子上挑了一件称手的“兵器”，上去头一下就把手指头给划破了，红色的血珠子淌得水槽里到处都是，当场把苏墨吓了一跳，着急地要他赶紧按住，自己跑回卧室找碘伏和创可贴来给他处理伤口。

吃饭的时候，丁竞元要苏墨伺候他，尽管已经给丁竞元找了勺子，但是像鱼这种必须用筷子吃的菜，苏墨还是得帮他。

丁竞元一顿饭就尽吃鱼了，苏墨不但要帮忙把鱼肉夹到他勺子里，还得帮他把刺给剔了，就差直接喂了。

红烧鲈鱼、糖醋莲藕、木须肉，一碗鸡蛋汤，最后基本全吃光了。丁竞元吃到撑，苏墨做的菜他好不容易又能吃到嘴里了，自然是要全部吃光的。

吃完饭，苏墨到厨房收拾，丁竞元跟在后面掏出手机对着忙碌的苏墨偷偷摄像。

有好长时间，厨房里只有“哗啦哗啦”的水声，太过沉默的气氛让苏墨有些不自在了。

“你可以走了。”苏墨知道他人就在自己身后。今天晚上丁竞元总算是老老实实，没有再耍花招，但苏墨就怕他最后会赖着不走。

身后半晌没有动静，苏墨手上动作停了，疑惑地转了脸，一愣，身后哪里还有人影，丁竞元已经走了。

苏墨有点不相信，丁竞元哪会这么好打发？于是湿着两手跑出来看，客厅没人，防盗门开了一条缝，是人走了锁没有扣上。

苏墨走过去把门关好，脑袋抵在门上，直着眼愣站着，不知道在想些什么。

“啊——”苏墨转过身立即吓得大叫了一声，丁竞元好好地就在身后站着，也不知道是站了多久，苏墨无声地咽了一下口水，恼火骂道，“你干什么不出声，吓人啊？”

“刚才站着在想什么？”玄关处没有开灯，丁竞元的表情看不清。

“你可以走了。”苏墨答非所问，直接绕过他就要回厨房。

“在想我是不是？以为我走了？舍不得？”丁竞元一伸胳膊把人拦在玄关处不让过。苏墨连忙往后退，将要撞到门上时，丁竞元先一步扶住了苏墨的腰。

“我没有！”苏墨双手抵在丁竞元胸口上底气不足地说道。

“你撒谎。”丁竞元声音低得几乎听不见了，眼睛死死盯住苏墨，不放过苏墨的任何一个表情。

丁竞元怎么会感觉不出来苏墨的变化，见苏墨不抗拒了，一时高兴极了。

“你是喜欢我的。你刚才对我这么好，帮我处理伤口，还帮我剔鱼刺，还敢说不喜欢？”

“我就靠一会儿……我什么都不做……好不好？我保证……”丁竞元用额头抵着苏墨的额头，细语呢喃，温柔至极，“你知道的，我最怕你恨我了……我要你爱我……我要你离不开我……”

这个时候丁竞元的保证起了作用，苏墨手上还在推着，却完全没了一点力道，最终闭上了眼睛。

等到靠够了，丁竞元就抱着人，不敢有任何过分的举动。

“你放开。”苏墨声音很小地下命令。丁竞元二话不说，搂着苏墨的腰直接就把人抱了起来，抱进卧室，往床边上一放，也不用人出声赶，自己转身就出来了。

房间里的苏墨扯过一边的薄被把自己全身包了起来，起身把门从里面锁上，然后就坐回床沿上愣神了。

今天的事情之所以会发展到这一步，苏墨很清楚是怎么回事。

自己一碰到丁竞元就会止不住地心软。而自己的挣扎，看起来简直就是在装样子，之前明明是恨的……

过了十来分钟，响起敲门声。

“苏墨？”

“你走吧。”苏墨抬起头看门，话说得有点软。

“那我走了。”丁竞元实在是干脆。这样的丁竞元让苏墨有点意外。

很快外面响起了脚步声和防盗门的声音。苏墨听着，还在想，丁竞元会不会没走，其实是想骗自己出去。

苏墨摸着自己还在发热的脸，又坐了一会儿，听着外面确实是没了动静，这才起身去开房门，小心翼翼地往客厅厨房那儿扫了一眼，这才确认人是真的走了。

丁竞元连着两个礼拜没有任何动静，没有花，也没有电话。

月底对账的时候，本来脾气很好的苏墨跟袁会计拌了口角。原因是财务这边的账单和苏墨从单据科打印出来的账对不上——单据科那边是采购部的数据，采购部有时候会替工程部下单子，一般都是新品数量不多、新品费用不及时产生的。

这样的事情以前也有过，但是袁会计正在更年期，脾气时好时坏，今天正赶上她心情不好。巧了，苏墨最近几天心情也不好，但苏墨不擅长和人吵架，而且以后都是会继续合作的，上次那个骂袁会计的同事，现在不还照样要每月过来对账吗。苏墨也没说什么，只是脸色拉了下来。

“你又不是头一天做这个，怎么还问起我来了？”袁会计脸色更是不好看。

“不是那意思，我是想你能不能直接查系统看一下，这样我不就省得再跑一趟了吗？”厂区太大了，财务楼不管是到后面码头还是到前面的采购部，都挺远的。

“我看是能看，可我这么多工作，我今天给你看，明天给他看的，我自己工作不做了吗？”袁会计不乐意得就差翻白眼了。

“你忙就算了，当我没说。”苏墨暗自呼一口气，这个会计是出了名的难搞，不必生气。

“你也别不高兴，我从来都是一视同仁。”

“谢谢了。”苏墨说完拿着单子转身就走了。刚走到门口就听到袁会计坐在位置上咕哝：“做销售的全一个德行。”她其实是在骂那个潮男，连带着把所有业务员全骂了。

苏墨心情本来就不好，听到这一句，更是怔住了。如果当年能好好地实习完，怎么会跑来做业务？当年差点连学位证书都没能拿到。新城那时还没有什么大的公司，恒远的销售部给的工资算是相当好了，还有额外的提成。后来苏墨买了房子，更是需要一个长期稳定的工作，如今也住出了感情，便再没想过要换了。

新城，这是苏墨重新开始的地方。当苏墨在火车站看到这个地方的时候，义无反顾地就来了。本来是想让一切都重新开始，没想到又遇上了丁竞元。

丁竞元，坏透了的丁竞元。苏墨这么想着，听到身后的楼梯口有杂乱的脚步声，侧过脸，看见了那个两个礼拜都没有出现过的男人。

丁竞元看到苏墨，心中一喜，立马把身后的几个人丢下，往苏墨这边走过来。他身后跟着的是财务部的新部长、副部长、高参郑成忠和精明能干的尹特助。二汽厂最近在做大调整，原先的高权高部长和一批中层领导都已经被撤走了。

丁竞元眼珠子黑沉沉的，在人前他面上是有些冷的：“在这儿愣什么？”

苏墨抬眼看丁竞元，今天的丁竞元穿着一身三件套的深色西装，整个人看起来有点冷冰冰的，像重遇时的那个丁竞元。那边的几个人都还在等着，一齐都往这边看。

在那天自己半推半就以后，丁竞元就又变回了这种冷冰冰的模样。苏墨心里懊恼，自己就不该半推半就。

“在财务这边对账，对不上。”苏墨眼睛不看人，只望向楼梯口，顿了一下，“会计太忙，要去单据科再跑一趟。”不但不帮忙，还说非常难听的话。

“哪一个会计？”苏墨此时脸上的表情，一看就是受了委屈，丁竞元心疼了。

苏墨不想理他，转身就要走。丁竞元一把抓住苏墨的胳膊，把人往回拽，直接进了财务室的门。

屋子里的人很快都反应过来，有人立即站起来跟老总打招呼。

袁会计看见丁竞元拉着苏墨进来，眼都睁圆了。

丁竞元刚把苏墨手里的单子拿过来，新的财务部部长已经非常有眼力见地跟进来了。

“这个是他们厂家每个月的对账单。”姜部长探着身子到丁竞元手上看了一眼，怕自己这个年轻的新老板对下面这些单据不熟悉，连忙给解释了一句，同时不动声色地将站在一边的苏墨打量了一番。

“对账是哪个会计在负责？”丁竞元抬眼问他，想起来姜部长刚来不到一星期，肯定也不清楚。于是，他又把眼光转移到屋内众人身上，望向了坐在最后面的科长的位置，科长人不在。

袁会计硬着头皮应了一声：“丁总，对账一直是我在负责。”一对上大老板的目光，她心里顿时就咯噔了一下，以她多年的职场经验来看，事情要坏！丁竞元的丧心病狂在员工的心里面还是深入人心的，袁会计知道自己这回惨了，看丁总和苏墨之间熟稔的样子，这个恒远的业务员是大有来头啊。

袁会计脑子里的应对之策还没有具体想好，人已经站了起来，一点也不勉强地露出了一个和蔼的笑容说道：“小苏，你们家账不是有点问题吗？拿来我给你看看，省得你还要再跑一趟。”

说实话，苏墨不怎么喜欢现在这种情况，所有人都因为怕得罪丁竞元，那么明显地在讨好自己，丁竞元要为自己出头的意图过于明显，这让苏墨产生了一种排斥心理。但是看到袁会计那张忽然变得这么谄媚的脸，不可否认，苏墨心里头是真的舒坦了不少。

丁竞元亲自把单据递到袁会计手中，然后就站在她座位后面要看着她操作：“这方面的知识我不懂，来学习学习。”

丁竞元的客气话说得异常冰冷，当场把袁会计的冷汗都吓出来了，她忙扯出一个笑脸说“不敢当”。

这天下午，财务科的气氛颇有些诡异——他们二汽的丁总和财务部新来的姜部长都站在袁会计的电脑旁边“观摩学习”，高参郑成忠和尹特助站在财务部的门外耐心等待。

袁会计被两个大人物围着，其中丁总明显浑身散发着一种“不怀好意”的气场，所以她全程是小心翼翼的。后来赶到的财务科长更是如临大敌，立即围了上去，恨不得亲自上阵立马把恒远的所有账目都给对了。而最相干的那个业务员苏墨却站在边上，一直沉默着不说话。

“晚上有空吗？我请你吃饭。”丁竞元小声地和苏墨聊天，他本站得笔直，说话的时候为了就着苏墨的身高，身体微微往一边倾了一点，说话的调子有些冷，但是内容却让屋内所有人的耳朵都立即竖起来了。丁竞元是故意的。

苏墨不想理他，但是当着这么多人，驳他面子又实在有些不忍心，何况他这还是在为自己出头呢。可想而知，以后再来财务这边，袁会计肯定不会再冲自己甩脸色了。

“我晚上有事，厂里聚餐。”苏墨声音小得恨不能只有丁竞元一个人能听见，偏过脸来对着丁竞元还有点迟疑，“改天吧……改天我请你。”

丁竞元听了这话，顿时心花怒放，面上却一点不显，只暗暗用灼热的视线盯着苏墨看：“好，我可记住了。晚上是什么聚会？中秋？”

“嗯。”苏墨被他看得微微垂了眼，眼皮子底下的袁会计正在兢兢业业地对账，本来是双方的工作，此时她却一力承担，完全没有任何怨言。

“待会儿我让司机开车送你。”

“不用那么麻烦，我自己打车走。”

“不麻烦。”

“不用！”苏墨烦躁得升高音量，瞪他一眼，都说不用了还啰唆。丁竞元被嫌弃了，眼里还全是笑。

一星期以后，袁会计的调令直接从丁总办公室发出来了，丁竞元把人调到丰源路去了。袁会计是老会计了，粗暴处理会影响“军心”的。现在不用郑成忠在一边指点，丁竞元对这一套已经玩得很娴熟了，把她调过去给一帮子年轻漂亮的女会计打下手，是对她这种人最大的惩罚。

袁会计调职的时候很不甘心，认为丁总实在是不讲道理，她在海威做了这么多年，没有功劳也有苦劳，现在却是这样的结果，实在是冤枉。

不要试图跟丁竞元讲什么道理和公平，如果可以，苏墨肯定会这么心平气和地告诉她，你见过“疯子”讲道理吗？

在二汽厂这么一个已经建厂几十年了的老厂里面，很多岗位上的员工都是干了好多年的，彼此都熟悉，在各种场合——餐厅、聚会、班车上，最不缺的就是小道消息和各种八卦。

丁总把最难搞的袁会计给下放了，大概是为了恒远的那个业务员这件事，如今传得沸沸扬扬，连供应商那边的业务员们也很少有人不知道了。那个曾经骂过袁会计的潮男听说了这件事，直呼大快人心。袁会计是罪有应得，这事丁总干得漂亮。

苏墨这下算是在二汽出了名，即使是没见过苏墨的人，也已经对苏墨的八卦有所耳闻了。

中秋聚餐的时候，苏墨和卢总坐一桌，吃饭喝酒，顺便汇报工作。卢总高兴，当场给销售科批了几万块钱的业务奖金。

分下来的钱不算多，买两个汤锅绰绰有余。

之前说了要请丁竞元吃饭的，正好可以把这钱花在他身上。

苏墨没有等到丁竞元硬逼着自己请客，却等到了一个从S城寄来的包裹，打开来，苏墨立即怔住了——正是当年江心眉给到苏泉丰手里的那份苏墨勾引丁竞元的证据，连外面的包装都是一个样。这东西苏墨当年看过一眼，一辈子也不会忘记。

碟片是放在一个蓝色的塑料小包装里的，为了检验里面的内容，苏墨还是看了一下。没错，内容还是那些，是五年前自己和丁竞元“同居”的视频。

苏墨抱着腿靠在客厅的沙发里，安静地看着那段视频。那时候的丁竞元很年轻，身材健壮，帅气逼人，难怪……难怪自己会有些动心。而丁竞元的眼神，在自己看不到的地方，原来是那么的放肆，眼里的占有欲更是一览无余。

当年要逃开的想法是对的，只可惜逃得晚了。那时候担心的事情后来一件没少地全发生了——再也没对别人动过心，随着年龄的增长和心态的成熟，自己也慢慢接受了这一点；父母亲还是知道了，果然是前所未有地大发雷霆。即使并不是“证据”里展示的那样两情相悦，却也不容苏墨辩解，是自己让父母失望透顶了。毕竟对于有着传统思想的父母辈来说，自己的孩子不仅和人婚前同居，还被对方家长指责“勾引”，这的确不太光彩。

离家的清晨，大雨倾盆。二十二岁的苏墨湿润着眼睛，告别站台上哭着让自己别走的弟弟的时候，心里是多么恨丁竞元啊。

如今五年过去了，苏墨有了自己的家，有了稳定的工作，生活平淡而有规律，那些恨也渐渐淡了。

本以为一切都过去了，可如今丁竞元又无孔不入地将自己的生活逼得一团乱，原本平静的心也乱得连自己都要搞不懂了。苏墨其实只是想安安稳稳地过平凡人的生活，哪怕要一个人过一辈子也没有什么不可以。

丁竞元说当年这个证据是他母亲搞的鬼，那么现在呢？这是谁寄来的？为什么寄来？如此看来，这寄东西的人必是十分厌恶自己的。如果这个东西出现在别的地方，比如恒远的传达室，那么，事情将演变成什么样也可想而知。

苏墨叹了一口气，愁苦地在沙发上仰面躺了很久。卧室里的手机在响，不想去接，任它在安静的房间里长久地响着。

已经是晚上七点钟了，客厅里仍没有开灯，唯有屏幕上的一片蓝光打在苏墨脸上。视频早看完了，苏墨仰靠在沙发里，双脚搭在茶几上发呆。搁在一边的手机又响了，是丁竞元打来的。苏墨看过了，之前打过来的也是他。丁竞元还发了两条短信过来，问苏墨为什么不接他电话。苏墨知道丁竞元就是个不肯善罢甘休的性子，早已经回复了一条：有事。

五分钟以后，门铃响了，苏墨没有理会，反正屋子里没有开灯，丁竞元以为家里没有人说不定过一会儿就会离开。

门铃把对面的房门都吵开了，苏墨隐约听到对面那位年轻的老师问了句“你找谁啊”，门外的丁竞元转过脸阴阴沉沉地看了对方一眼，并没有回答。

防盗门一声响，又关上了，然后门铃接着长响。丁竞元心里头其实早已经火了，他从S城心急火燎地赶回来，就是想赶晚饭的点，要过来吃苏墨欠他的那顿饭。

他之前一方面很忙，一方面也确实是故意不联系苏墨的。但是他不主动联系是为了让苏墨想他，欲擒故纵。任谁被疯狂爱着自己的人忽然间冷落了，心里肯定都会有点想法吧，何况苏墨现在对他岂止是动了心了。结果现在却是这种情况，电话不接，门也不开，装死，感觉两个人又回到原位了。这让丁竞元怎么能不怒火中烧，之前小心翼翼忍了那么久，结果全白费了。

“苏墨，开门还是接电话你自己选一个。”丁竞元的声音从门外传进来。

苏墨突如其来的反常，让丁竞元刚刚蛰伏了不到两个月的霸道又全跑了出来。他骨子里的那种霸道劲，是愿意为了苏墨乖乖收敛没错，但是到底是本性难改。

里面还是没有动静，但是丁竞元知道人肯定在，有时间回短信，却没时间接电话，明显是在撒谎。没有什么情况是不能接电话的，只有想接和不想接、重要和不重要的区别。

丁竞元转身下了楼，将西装脱掉，随手往草地上一扔，伸手拽住一楼的防护栏，双脚蹬上去，开始往上爬。

一脚踩在一楼的防护栏上，一脚踩在旁边的水管管节上，两手扒在二楼浴室的窗台上，丁竞元这是把自己身高腿长手臂有力的体能优势发挥到了极致。

浴室窗户玻璃忽然被砸得砰砰直响，吓了苏墨一大跳，一下就从沙发上坐了起来。

“苏墨！”丁竞元的声音带着些不耐烦的语气，他真想进去的话可有的是办法。他只是舍不得逼得太狠，怕适得其反。

苏墨先是吃惊，接着直接就怒了，丁竞元这又是要变回以前的样子。

“丁竞元，你再这样我再也不会理你！”苏墨气得实在是忍不住出声了。

果然在家。

“接电话还是开门，你选一个。”丁竞元完全不把苏墨的威胁放在眼里。

浴室窗台比较窄，任丁竞元手臂力量再强，也没办法一直这么费劲地悬着半截跟苏墨说话。

“我选你滚远一点。”

“为什么忽然又这样？你之前明明已经答应我了。”

“谁答应你什么了？你少自说自话了。”

“那天晚上愿意让我抱在怀里的人是谁？”

“……”苏墨背靠在浴室的门板上，紧紧盯着窗户上的黑影，被丁竞元张嘴就来的这句话堵得无言以对，恼羞成怒，“那还不是你……”反对的话苏墨没能理直气壮地说出口，但是丁竞元哪里能听不出来苏墨话里的意思。

丁竞元一迭声地说了三个“好”字，他气得咬牙，喘着气回头看了一眼下面。

丁竞元话刚说完，苏墨就见窗户上的黑影迅速消失了，然后“砰”的一声响，是东西撞到坚硬的铁板的声音。

苏墨全身汗毛立即全竖了起来，脑子里直接就嗡了一下，虽然是二楼，但是以丁竞元那个姿势摔下去不死恐怕也要成残废。

苏墨飞快地奔到窗口，嘴巴在脑子和双手前面已经喊出声了：“丁竞元！”

丁竞元此时正四肢展开躺在车前玻璃上，睁大了眼睛看着那个惊慌失措从窗户探出头来的人，吓得声音都变了还敢说不喜欢，把他气到肝疼，看他将来怎么收拾这个人。

虚惊一场，苏墨惊出一身冷汗，探出半个身体，和下面的丁竞元四目相对看了半晌，先是庆幸，继而是恼怒。

司机是位四十来岁的大叔，从自己老板开始爬墙那会儿他就开始提心吊胆，吓得赶紧把车开到窗底下，万一人从上面摔下来还能缓冲一下。刚把车停好，他才把车里的靠背垫子拆下来，还没拿到外头，老板就砰的一声砸在车头上了。

丁竞元看着缩回去的苏墨微微一笑，在车头上坐起来掏出手机拨苏墨电话。果然，只响一声就接了。

“为什么不接电话？”

“不是接了吗？”

“少贫嘴，我问的是之前。”

“不想理你。”

“为什么？”

“……”

“不说是不是？不说我……”

苏墨心里气到不行，手都有些抖了。丁竞元太欺负人了，被欺负了的苏墨还没地儿去说，以前是有家不能回，现在是躲在自己小窝里也不行。从以前到现在，丁竞元一直欺负人，本来就难受了一晚上，如今被丁竞元这么一惊一气，又想到自己这么多年孤孤单单的一个人，苏墨鼻尖猛地一酸，硬是被气得哭鼻子了："丁竞元……你别欺人太甚了。"

苏墨嗓子眼堵着，声音哑哑的，带着点颤音，一句话把丁竞元的心都听疼了。他听出来了，苏墨好像是被自己给气哭了。

苏墨红着眼睛坐在沙发里，一时想了很多，又好像什么都没想明白。

苏墨深吸了一口气，轻咳了一下，竭力用正常的声音说话："好，我告诉你。今天下班的时候我收到了一个快递，是以前送到我爸手里的那个证据，一模一样的，里面有什么你应该也很清楚。上一次因为这个我爸把我从家里赶出来了，这一次还不知道会怎么样。我爸那个人性格耿直，也很好面子，是一个非常传统的人，他这样做，我一点都不怪他。但是，现在……"说到父亲，苏墨深吸了一口气，可眼泪还是不争气地滑了一串下来。

"对不起，苏墨，别哭了，给我开门吧。"丁竞元此时已经到了门外，一手拍在门上，心里急得火烧一样，无计可施。

寄东西的人除了母亲江心眉不会再有旁人。她动作可真够快的，她人还在S城，东西就已经寄到苏墨这儿了。

"本来一切都好好的，晚上也不会再梦见你了，房子也买了，自己一个人，就想有一个自己的家。你知道吗，我装修的时候什么都是自己弄的。每天下班跑家装市场，很累但是很高兴。可是现在……"苏墨越说越伤心，直接抽起鼻子了，"现在你又来了，你也太欺负人了，你以前那样对我，我都已经不恨你了，我以前就算是对你动过心，那又怎样？我现在对你还有感觉那又怎么样？我只想过正常人的生活，你为什么总把我逼得一团乱？我害怕我爸一辈子都不会原谅我了，我不想这样，他不要我了，我心里很难过，你知道吗？"

"嘘——"丁竞元出声安慰，心疼得百爪挠心。听到苏墨承认是喜欢他的，又几乎要欣喜若狂了，他现在只想先把门骗开，"苏墨，我错了，我道歉，你开门吧，我说一句话就走。我说话算话，我再骗你，你以后都不要再看我一眼……我知道寄东西的人是谁，你开门我告诉你……我会把事情处理好的，你放心……开门吧……"

苏墨抹了一把眼泪，吸吸鼻子，一口气讲了好多话，听着电话那头的声音，忽然觉得自己傻，这些藏在心里的话干吗要跟丁竞元这个“疯子”说，平白让他听了去，大概实在是没有人可以倾诉了。听到丁竞元说知道寄东西的人是谁，苏墨就有了点精神。

“你先告诉我寄东西的人是谁？”

“我说了你就不开门了。”

“你以为人人都像你一样无赖吗？”

“说了就开门？”

“你说过开了门就走的。”

“当然，我保证。”

“好，说吧。”

苏墨太好骗，而丁竞元太无赖，事情就是这么简单。

“寄东西的是我妈江心眉。”

“真是她？为什么？”苏墨之前也猜测过，以前还可以说是有原因的，可现在这么多年过去了，她这样做究竟是为什么？

“是谁我说了，开门吧，开门我告诉你为什么，说完我就走。”丁竞元从猫眼里看玄关的灯已经亮了，是苏墨过来开门了。

等到苏墨意识到丁竞元的真正目的，想把门关上的时候，已经晚了，门刚开一条缝，丁竞元整个人就挤了进来，将苏墨圈在自己的怀里。

“你无赖！无赖！”苏墨气得大叫，丁竞元口口声声保证的话全是狗屁。

丁竞元本是想亲下去的，但是看到苏墨此时已经被气到泛红的眼睛，眼看着又要被自己给气哭了，终于良心发现地温柔起来，嘴里哄孩子似的低声呢喃：“对不起，别哭，我要心疼死了……我是无赖……谁让我喜欢你……我想要你想得要疯了……你终于承认喜欢我了……”

“无赖！谁喜欢你了？”苏墨胸口起伏，气得大喊，吸了一下鼻子。丁竞元又开始犯规了，既然是“疯子”就从头到尾好好贯彻到底，可他偏不，非要又疯又温柔地说那些话。苏墨就怕这个，心尖会不由自主地打战。

“你刚才不是说对我有感觉的吗？”丁竞元贴在苏墨耳边轻声问道。

“有感觉不代表喜欢。”苏墨仰着脑袋瞪他。

“……你就是说的喜欢。”

苏墨又气又悔，为什么要给这个人开门。丁竞元无赖，一直欺负人，想着想着，苏墨的鼻尖又泛酸了。

“别哭。”丁竞元怜爱地把苏墨眼角那星星点点的湿意拭掉，“你一哭，我就特别心疼……”丁竞元哄着。

后来，苏墨哭累了，直接就睡着了。

苏墨醒过来的时候，也不知道是几点，屋子里只有床头的台灯开着。

丁竞元站在窗前一只手举着手机在打电话，声音不大，但是语气冰冷。

“我现在就和苏墨在一起，你以前做过什么我都可以不计较，但是以后我希望不会再有了。”谁让苏墨不好过，他也不会让谁开心的。

那头的江心眉听了儿子这话，顿时就没声了。半晌才缓缓轻笑一声：“你忘了苏墨五年前把你……”

丁竞元根本没心情听完她要说什么：“只要我没死，就会想尽一切办法跟苏墨在一起。”

苏墨听到这句话，顿时心里一动，一时什么滋味都有。

“你现在翅膀硬了，可以这么跟我说话了，为了个外人连亲妈都不要了。”

“我们之间何必说这种话。”从来就没好过，哪来的过去现在，江心眉这是要把对丁溪川的占有欲转嫁到他身上来。丁竞元一声冷笑，从小没有看过自己一眼、没有陪过自己一天的人，在对丁溪川彻底死心以后又妄想从自己这里找寻亲情的慰藉，可惜对象是他丁竞元，江心眉注定要失望了。

“如果说我以前对你还存有一点幻想，那么五年的时间已经把这一点感情也全部消耗殆尽了。你不要妄想再插手我的任何事，也别想再试图以苏墨的一切来威胁我，包括苏墨的父母。倘若你再要什么让苏墨不高兴的花招，我可不保证自己能做出什么事情来。有些事情我们还是放在心里比较好。”

丁竞元这话一说，那头的江心眉立即哑了。

丁溪川让她心如死灰，儿子也让她失望透顶。她喃喃低语：“好，不愧是我儿子。”

“所以别再惹我了，你自己生出了一个什么样的儿子，你应该比谁都清楚。”丁竞元说完这句，利索地挂了电话，随手将手机丢在了床头柜子上。然后不知道在想什么，半天没动静。

丁竞元看着怀里梦寐以求的人，无限满足地喟叹一声。

被丁竞元盯着，苏墨不敢睁眼睛，心中思绪万千。

我真的喜欢他吗？苏墨在心里问自己。

苏墨对丁竞元的感觉太复杂了，动心过，恨过，怕过，无可奈何，恼羞成怒，被气哭……

苏墨这么想着，慢慢睡着了。

苏墨再次醒来的时候天已经大亮了。丁竞元不在房里，苏墨便歪着身子慢慢坐起来。

外面响起了防盗门的声音，苏墨立即把被子给盖上，有些紧张地盯着房门。很快，脚步声传过来了，卧室门被从外面推开，丁竞元神清气爽地出现了。他显然是早就起床了，身上的西装也不是昨天那套。

丁竞元直接走过来往苏墨身边一坐。

“眼睛还疼吗？”丁竞元心疼地问。

苏墨偏着脸完全不理他。

“我专门让司机开车到餐厅给你买了粥，起来吃点。”

“不吃！你滚！”苏墨恼羞成怒地推他，抓起枕头拍他、砸他、吼他，“你给我滚！”

丁竞元被狠狠砸了几下以后从善如流地起身，并不是要出去，而是转到衣柜那里给苏墨找衣服。

苏墨无奈至极地坐在床上，丁竞元这种无赖式的行为真的让人很无力。苏墨咳了两声，刚才那一声吼使得自己喉咙都有些疼了。

“我已经配好了大门钥匙。”丁竞元头也不回地跟身后床上的人说话。他打量着苏墨的衣柜，都是简单舒适的风格，很普通的牌子，数量也只是刚刚好能换着穿的样子。

丁竞元决定最近两天一定要抽出时间亲自去给苏墨购置衣服，他要把苏墨的衣柜整个填满。

苏墨立即被他这一句话给狠狠气到了，气得鼻尖一个劲发酸，呆呆地坐在床上眼圈发红。

“眼睛肿得还没消呢，别哭。跟我在一起，就这么委屈？这么难？明明也是喜欢的，啊嗞——”丁竞元把头探到苏墨跟前，嘴唇凑上去想吻苏墨那有点肿的眼皮，可还没亲到就猝不及防地大叫了一声——是兔子急了又开始咬人了。

丁竞元嘴里嗞嗞叫，一边用双手把苏墨搂在怀里。哪知道苏墨咬了一口，立即换了个地方又咬了一口狠的，一连咬了数口，直把丁竞元咬得皱着眉头疼得直叫唤。

苏墨最后累得扑在了丁竞元怀里。

不管自己爱不爱丁竞元，丁竞元疯了一样爱着自己。这是事实。

第四章

敞开心扉

苏墨请了假，还好明后天就是周末，不用上班。

苏墨不用上班，但是丁竞元作为老总，昨天本就是刚从S城回来，已经积压了一堆的工作，今天早上还有个重要的会要开，因而必须要去公司。

丁竞元临走的时候弯下腰来，两只胳膊撑在苏墨两边，歪着脑袋开口道："身上不舒服就乖乖躺着，不要乱跑，有事给我打电话，粥在保温桶里，起来记得吃一点。"

丁竞元开完会会早早回来，但是他并不打算提前告诉苏墨，仿佛是怕苏墨会跑了似的。最后又加了一句："对了，七点你弟弟打了电话过来，我看你睡得香就替你接了。"

苏墨本是偏着脸不愿意理人的，听了这句立马把眉毛竖起来了："谁准你接我的电话了？"一大早有男人在家里，而且替接电话，苏正十有八九要误会的。

丁竞元咧开嘴，一脸笑意地盯着冲他发火的苏墨看，又垂下眼睛，把视线从苏墨还有点肿的眼皮上移到同样肿得很可爱的嘴唇上，答非所问："他明天会和女朋友一起过来，我跟他说到时候我会开车载你到火车站去接他。"

"什么？"苏墨震惊，"你凭什么……"

"他问我是谁。"苏墨还没说完丁竞元立即插话。

苏墨睁着眼睛紧皱眉头看着他，等着答案。

"我跟他说你猜。"

丁竞元心情大好，说完没有耽搁，迅速凑上去亲了一下苏墨的嘴唇，然后转身就出去了，把气到半死的苏墨独自丢在了身后的大床上。

厨房的餐桌上摆着鸡肉粥和下饭的精致小菜，银白色的保温桶打开盖子，里面的粥还冒着热气。苏墨昨天晚上就没吃，现在闻到香味立即就饿了。丁竞元坏是坏，但是自己没有必要跟吃的过不去。

于是苏墨就站在餐桌边上，就着脆皮小黄瓜丁，把一保温桶的鸡肉粥都吃了。

吃完饭，苏墨习惯性地把厨房收拾了，慢慢挪到客厅的沙发上，欠着身子歪着坐下，给弟弟发短信。

——明天要来新城？

苏正这时候正是上班时间，过了好几分钟才回消息。

——陪周惠过去面试，就明天下午，她妈给找的工作。

苏墨一看内容就皱了眉头，本来想跟弟弟解释一下丁竞元的事情，此时却完全没了心情。透过短信里的这一行字，苏墨已经能体会到弟弟此时的心情了，不开心是肯定的。如果要分隔两地做异地恋人，那么将来买房结婚什么的可就会变得十分遥远了。

周惠父母离异，母亲在新城这边，父亲在乌市老家。周惠和苏正是大学同学，一起毕业，十月份的时候参加的公务员考试，成绩很快就要下来了。

——周惠想过来工作吗？

——她妈费心给找了，她不忍心拒绝。反正做两手准备咯。

——你现在工作怎么样，还顺利吗？

——你不要担心我，我们组长真的很照顾我，师傅对我也很好，学了好多东西。我这边有事了，明天去了跟你聊，替我跟那位丁哥问好。

什么丁哥，不要脸的丁竞元，不知道到底跟弟弟说了些什么。

会议室里的丁竞元正顶着脖子上很明显的几个泛紫的牙印给一帮下属开会，心情好得非常明显。他自然是不怕被背地里议论的，说到底不相干的人说什么他根本不在意。会上对各部门有些让人不满意的地方也并没有严厉批评，只说希望尽快改进，下不为例。

这个长会一直开到十一点才结束。结束以后，几个部长坐在位子上并没有走。会计部的姜部长和采购部的刘部长都是从集团总部一起调过来的，彼此熟稔，此时便心照不宣地笑着看了对方一眼。丁竞元那脖子上的伤一看就知道是怎么回事。被人咬了，顶着满脖子的牙印子，不但不尴尬，还很开心，他们长江集团的这个小少爷可真是够我行我素的。

丁竞元好不容易熬到会开完，办公室也没回，立即吩咐司机回去。打电话估计苏墨也不会接，这会儿肯定还生气呢，干脆不打。

半道上又绕到酒店拿了午饭，是早上他打电话订好的。

半个小时以后，丁竞元已经提着两个漂亮的外卖盒子站在了二楼的门口，从身上掏出了钥匙开门。这种可以自由出入苏墨家的感觉真的非常好。

客厅里，苏墨听到门响，吓了一跳，没想到丁竞元竟回来得这么早，便立即抱着电脑进了卧室，把门从里面锁上了。

苏墨趴到床上接着玩游戏。

过了一会儿，客厅里传来丁竞元的声音："这个黄悦文是不是就是上回我们一起吃饭的那个女的，她是你们采购部的部长？"

嗯？苏墨一惊，立即四处看了一眼，坏了，手机丢在客厅了。

"这个李明先是谁？这个月二十号半夜一点还给你打电话？"丁竞元随手翻到了未接来电里面，这个电话打的时间有问题，且肯定不是打错了，因为一连打了六遍。

丁竞元立即闻到了一丝不寻常的味道，然后开始翻电话簿。李明先是个联通号，这个号码底下标记的是朋友。接着在收信箱里也翻到了这个名字，丁竞元还没来得及点进去，苏墨已经从屋子里面冲出来了，上来就夺手机，被丁竞元一把连人带胳膊整个抱住。

"啊！"苏墨被压得顿时疼得叫了一声。

丁竞元立即挪了挪身体。

"谁准你看我手机的？你知不知道什么叫隐私权？拿来！"苏墨气喘吁吁地瞪他，有些着急。因为手机里面好像有李明先的短信还没有删，丁竞元要是看见了，指不定会做出什么事来。

丁竞元单手重新滑开手机，翻开短消息。

二十号夜里一点半第一条：苏墨，为什么不接电话？

第二条：你不是说过可以做朋友的吗？

翻到这第二条，丁竞元眼神立即就变了，苏墨也立即感觉出来了，是五年前那个晚上发疯的丁竞元才会发出的那种气息。

丁竞元继续往前看，十月份有一条：长假放几天假？我给你的留言看到没有？

再往前，就是过年时候的一条祝贺短信了。

并且丁竞元发现，苏墨的收件箱里只有两个人的短信，苏正和李明先。自己发过的三条竟然全被删除了！

“这个李明先是谁？”丁竞元把手机丢到一边，俯下身去，用鼻尖顶着苏墨的鼻尖，轻声问。

苏墨被丁竞元问得屏住了呼吸，心脏忍不住地又开始乱跳起来。丁竞元的眼睛里又发出了那种吓人的光，一种偏执狂热的光。

和李明先认识，是苏墨进恒远第三年下半年发生的事。起因是中秋聚餐，销售科和人事科坐一桌。吃到最后，不知道是谁扯到了恋爱结婚的这个话题上，于是桌上的领导就一个个地关心起在座的几个小年轻的个人问题来。

当时人事科的廖敏说要给自己介绍一个对象，苏墨没有推辞，一方面是想相处试试，一方面是这时候是一定要给廖姐面子的——因为坐在隔壁桌的黄悦文刚插话进来说她要给江宇介绍一个。

廖敏是个四十多岁的风韵犹存的中年女人，年轻时因为卢民意耽误了，一辈子没有结婚。她和黄悦文是情敌。

廖敏果然言出必行，半个月以后，她就给苏墨介绍了一个，是她家大侄女的同学，叫李云，长得还不错。据廖敏说家庭条件还是挺不错的，父母都是公务员，关键她觉得性格和苏墨也能合得来。

相亲那天是周六，大好的晴天，两个人拿到了对方的电话，约在了公园见面。一切都还算顺利，两个人逛了公园，聊了工作、天气，甚至明星和时事，然后到附近的饭庄吃了晚饭。不知道李云对自己是什么感觉，反正苏墨除了有些拘谨外，其他的真的没了。

苏墨不知道的是，李云来相亲的时候还带了一个朋友，吃饭的时候就坐在他们隔壁桌。这个人就是李明先，李云的表哥，三十出头，是个楼盘设计师。跟在苏墨身后观察了半天以后，他对苏墨产生了一种莫名的好感。像苏墨这种气质干净、长得又好看的确实比较容易吸引人。

在随后的两三天里，苏墨在不知情的情况下和网上的“李云”——实际上是李明先，聊了很长时间，什么都聊。苏墨真没有想到，在现实里有些腼腆的李云，一到网上完全就跟变了个人似的，对很多事情不但见解独到，而且机智又幽默、思想成熟，有时候苏墨不知不觉能跟对方聊到很晚。

后来两个人聊到了房子，苏墨这时候已经工作两三年了，手头省吃俭用地存了一笔钱，周末也开始四处去看房了。以当时新城的房价，这钱已经够付首付了。苏墨很想有一个自己的家，小一点都没有关系。

“李云”对新城的各个楼盘是如数家珍，每一个都分析得头头是道，直把苏墨听得茅塞顿开，俨然把对方当成专家了——实际上也确实是专家。最后，两个人约了周末一起去看房子。本来已经这么说好了的，结果那天很晚的时候，突然有一个陌生号码打进来，苏墨接起来，对方说他叫李明先，是李云的表哥。

“呃……请问表哥你有什么事吗？”

“不是李云，我才是一直和你在线上聊天的人。”

“……”苏墨一脸惊诧。

“想来想去觉得还是要在见面之前告诉你，对不起，之前一直都没说清楚。你们那天约会我也去了，李云那次是第一次相亲，我是跟着去把关的。”

“那你一开始为什么不讲清楚？”

“我……”那头的李明先犹豫着轻笑了一声，还是决定直接说出口，“你给我的印象很好，我挺喜欢你的。”

苏墨除了吃惊，立即懂了他话里的深意，难怪对方在线上的第一句就是问自己为什么相亲。

苏墨那天晚上很晚才睡，关于周末的时候要不要见面这个问题，想了很长时间。出于礼貌还是按照之前约好的时间准时去了。

后来两个人不但见了面，还一起吃了饭。李明先是挺绅士的一个人，并且算得上英俊。苏墨对他的第一印象还不错，唯一不好的地方是那天晚上回去又梦见了丁竞元。

再后来李明先经常给苏墨打电话、约吃饭，俨然一副追人的架势。只是苏墨一直都是保守的态度，李明先约四五回，苏墨都不见得愿意和他出去一回，一方面是那段时间厂里头很忙，一方面是对他没那种感觉。虽然跟他在一起是有些不自在的，但这种不自在是因为很明显地感觉对方在追求讨好自己，而不是因为喜欢对方。

喜欢一个人是心慌意乱、患得患失，见之前心跳加快，离开以后长久地想念，甚至梦里都是他。这样的人苏墨只能想到一个。

搬新家的时候，苏墨请李明先吃饭。他在买房这件事上面给了苏墨很多专业的意见，确实帮了不小的忙。那天晚上，在苏墨新家的楼底下，李明先站在昏黄的路灯底下提出了交往的请求。苏墨只沉默了两秒钟便拒绝了，李明先失望地问苏墨是不是心里面有别人，苏墨这次沉默了很久说“不是”。

苏墨斜着靠在沙发上，蹙着眉瞪着要凑上来的丁竞元，自己都已经讲清楚了，丁竞元却还是散发着一种随时要发疯的气息。

“为什么收件箱里只有苏正和他的消息？”这当然还不是最重要的点，“为什么把我的消息全删掉？嗯？”

苏墨气哼哼地瞪他：“你讲点理行不行？事情我都说清楚了，我跟他真的什么都没有。”

苏墨不回答问题，丁竞元冷着脸作势又要欺上来咬人。

苏墨立即伸出两手，交叠着捂到他嘴上，两张嘴于是隔着掌心亲着。

“我的信箱里明明还有很多别的消息啊。”

“系统消息不算。”

“……本来就没什么人给我发消息，不删是因为没有必要专门去删掉啊。”

“删我的是因为我对于你是特别的存在？要专门对待？”苏墨无心的一句话，丁竞元立即听进去了。

丁竞元够不要脸的，立即就顺杆子爬了。

苏墨把脸摆到一边去不回答，丁竞元紧追着贴上去，逼问：“是不是？回答。”

“不错，删你是因为我讨厌你，不想让你的消息躺在我的手机里。”

“……”

“我也不想让你坐在我家里，我想让你滚！蛋！”

“……”

两个人大眼瞪小眼地互相看着，然后苏墨狠狠地用头撞了一下丁竞元的头。

丁竞元也不生气，顺势松开了苏墨，还十分贴心地要给苏墨弄饭吃。茶几上的饭早就凉了，丁竞元只得把饭拿到厨房去加热。

“怎么用？”丁竞元在厨房里问。

“下面那个圈往右设置两分钟。”苏墨歪在外面的沙发上，声音冷淡地指挥他怎么用家里的微波炉。

热好了饭，丁竞元过来也不打招呼，一把把苏墨从沙发上拦腰抱了起来，手指头还顺带夹了一个小软靠，把苏墨抱到了餐桌那儿，垫好了软靠，把苏墨放在上面坐好。

苏墨的饭仍是粥，鲍鱼粥配小菜。

苏墨早饿了，觉得李明先这件事应该是说清了，丁竞元火也发完了，所以比较放心地吃了起来。事实证明是苏墨想得太美了，丁竞元的脑回路苏墨此时还完全没有搞懂。

因为昨晚太累了，又没有睡好，所以苏墨午觉一直睡到了下午三点多，翻了个身听外面没有一点动静。

苏墨翻身起来，走到门边听了一会儿，慢慢拧开了锁，确实是没有人，丁竞元中午走了就没回来了。

苏墨慢慢挪到厨房给自己倒水，发现午饭时的垃圾已经被清理干净了，碗、筷子也都刷干净了，难道是丁竞元做的？苏墨捧了一杯热水，又慢慢踱到阳台上。早已经入冬了，穿着睡衣出来感觉还有点冷。小区里的草坪很多地方都黄了，有老人家推着小车子带孙子出来晒太阳。

苏墨在阳台上站了很久，站得冷了，就回房间把门反锁上，开始玩游戏。出来上厕所、洗手、到厨房倒水，接着又回房间将门反锁上玩游戏。

天很快黑下来了，丁竞元还是没有回来，也没有电话。屋子里没有开灯，苏墨趴在床上渐渐地就玩得有些心不在焉了。

苏墨玩到肚子饿了才停手，再次将反锁的门打开，客厅里一片黑，已经是晚上六点多钟了，莫非丁竞元不来了……那个“疯子”……怎么可能……真不来了？那真是……真是太好了！

苏墨慢慢挪到厨房想给自己煮点吃的，但为了方便就简单煮了点白粥。中午的小菜很好吃，本来还剩不少正好能配白粥吃，可惜已经被丁竞元直接倒掉了，真是浪费。

吃完饭，在厨房刷碗的时候，苏墨听到楼下有久违的猫叫声。

换上外套，苏墨拿上钥匙下楼。躺了一天了，下来遛遛。在长椅后边的灌木丛里看到了那只小野猫，真是长大了不少，身上的花斑都长开了，皮毛有点脏兮兮的。可惜今天家里只有白粥。苏墨站住了，和它对视了几秒。

苏墨慢慢晃到超市，买了一些必需品，又额外买了一个小盒鱼罐头，临结账的时候，照例从收银台旁边的架子上拿了一盒喉糖。

从超市出来，路边的站台牌子底下有两个小年轻在闹分手。女孩子站在阴影里看不见表情，只听到嘤嘤的哭声。男生很高大，穿着黑色宽松的运动服，留着利落的短发。苏墨一眼望过去，在昏黄的路灯底下，一时竟觉得那背影特别像一个人，仿佛是在哪里见过。只是一闪而逝的念头，苏墨脚下没停，一转身进了小区大门。

小野猫吃得很香，显然是饿得狠了。苏墨站在长椅边上看着，忽然从头顶传来了丁竞元的声音，当即心里一跳，抬头望去，二楼的阳台上，丁竞元穿着黑色的大衣正居高临下地看着自己。

这个男人现在有了钥匙，可以自由出入了。

还是来了，哼，他怎么可能不来？丁竞元除非是死心了，否则是不会放过自己的。而现在要他死心，根本就是不可能完成的任务。

苏墨这么想着的时候抬头，看到远处的路灯底下，闹分手的那个男孩子单手插兜在独自走着，他很高、很壮，黑色的运动服袖口此时已经捋到了手肘上。他走到树的阴影里去了，不久又出现在了路灯下，很快又走到了树影里。苏墨的眼睛跟着去看，脑袋里此时自动就跑出了刚才那个问题的答案——这个穿着运动服的高大男生的背影那么熟悉，原来是像多年前的丁竞元啊。他们第一次见面的那一天，下着大雨，丁竞元就是穿着那样宽松黑色的运动服，身材高大，袖口捋到肘部，露出了结实的小臂。

苏墨还清楚地记得当时丁竞元脸上那副超级不爽的表情，淋湿的头发在往下滴水，甚至他脚边上那两只包的颜色都还记得一清二楚。

苏墨回过头去看阳台上的那个男人，一时忘了该如何动作。

“上来。”丁竞元出声喊人，苏墨不理他，转身看猫。很快楼上响起了防盗门的开关声，丁竞元的脚步声立马就到了身后。

丁竞元也不管这是在外面，直接从后面把苏墨搂到了怀里。

苏墨竟也难得不挣扎，随他抱着，只是蔫蔫地翻了一个白眼。

而丁竞元被苏墨瞪得通体舒服，恨不得立即将自己的所有都给苏墨，他喜欢苏墨这样跟他亲昵地发脾气。

“苏墨。”丁竞元低下头来，低声唤着苏墨的名字。

“放开。”苏墨头也不回地将身体往后一撞，轻松地就把人撞开了。

丁竞元在楼道里把人追上了，从后面一把抱住，歪着脑袋就想亲。

“你别疯行不行？被人看到了怎么办？”苏墨气得扭着身子两手往边上使劲推他的脑袋。

话刚说完，丁竞元抱小孩一样，在苏墨的一声惊呼里立即将人抱得双脚离地，三步并两步地上了二楼……

苏墨早上不到七点钟就被弟弟的电话吵醒了，苏正已经和女朋友汇合往火车站去了。两人简单说了两句就挂了。本来是准备出来上洗手间的，结果半道上被客厅地板上的一大堆东西绊住了脚。

丁竞元昨天消失了一下午，回来的时候买了很多衣服，包括衬衫、大衣，甚至还有围巾和棉袜，都是大牌，苏墨好多都叫不上名来。

看到袋子里面有一张机打的白色小单据，苏墨呆呆地将单子拿起来，看见单子上的总金额——14356元，苏墨整个人就呆住了，连洗手间都不用去了。丁竞元这个“疯子”，竟然一口气买了这么多……

门外此时响起钥匙进锁的声响，是丁竞元回来了。丁竞元一进门，就看到苏墨穿着格子睡衣站在沙发跟前，手里拿着一张纸，正转头看过来，脸上的表情还带着点傻傻的不可置信。

“我去给你买粥了。”丁竞元提着保温桶走过来，低头就是一吻亲在苏墨唇上，轻声问，“睡得好吗？”

“这是什么？”苏墨后知后觉地一把将人推开，把单子甩到他面前，慢慢把眉头竖了起来。

丁竞元直直地盯着苏墨，没有说话，眼底却有一抹促狭。

苏墨被他盯得脸上迅速滚烫起来，但还是竭力绷住了脸质问：“你买的东西为什么要放我家里？拿回去！”

丁竞元看着这么可爱的苏墨，顿时心痒难耐，即刻倾身上去想亲一口，却被苏墨一巴掌糊了一脸。

苏正是早上十点的火车，丁竞元各种厚脸皮最终获得苏墨的同意，得以亲自开车载着苏墨去车站接人。

苏墨因为早上的事情生了一肚子气，不愿意坐他的车。丁竞元就开着新买的车跟在苏墨后面一路龟速出了小区，还故意把车窗降下来，一边开一边和苏墨讲话，“冷不冷”“新买的大衣为什么不愿意穿”“亲爱的，你穿肯定好看”“上车吧”“我错了还不行吗”，引得一路上的人都回头看这两人。苏墨被他缠得没办法，还没到站台就妥协上车了。

苏墨的嘴唇虽然已经消肿了，但是破皮的地方还是很明显。而丁竞元脖子上的紫牙印还在，即使把大衣领子竖起来也是挡不全的。两人这样站在一块儿，着实是挺容易让人往歪的地方想，苏正就是。何况苏正知道的，苏墨这么多年都不找对象，不就是心里头一直想着这个姓丁的吗？现在终于在一起了，他都替苏墨高兴。

这也是苏墨第一次见弟弟女朋友。周惠中等个子，皮肤白白的，脸上还带着点婴儿肥，扎一个马尾，性格很开朗，见面就随苏正的辈分冲苏墨打招呼，一路和苏正坐在车后座上也一直都牵着手。从他们之间不经意的眼神和小动作就能看出来，两个人的感情非常好。

回去的时候路过菜市场，苏墨要下去买菜，丁竞元二话不说开了车门就跟着下去了，留苏正和周惠在车上等着。

“这个丁竞元好高啊。”周惠歪着脑袋透过车窗，看着两个往菜市场去的人。

“他以前是击剑的。”苏正也转过来，抱着周惠的腰，趴在她身上往外看，“他们俩好多年了，我那时候才高二。”

“六年了？”

“嗯。”

“他是干什么的？我觉得这个车应该不便宜吧。”

“不知道他干什么的，苏苏从来不跟我讲他。”

“看他对你家苏苏挺好的。”

“嗯。”

传统的菜市场是什么样的，自然就不用多说了，各种鱼腥味，烂菜叶子味。而丁竞元这个大洁癖竟然都忍住了，始终跟在离苏墨不远的地方，随时准备帮忙拎东西。

“他们晚上住哪儿？”苏墨那儿是一室一厅的房子，肯定是住不下四个人的。

“要你管。”苏墨头也不回，拿着袋子挑蘑菇。

丁竞元穿着黑色的羊毛大衣，两手提满了袋子。地上太脏，他便一动不动地站在苏墨身后：“要不把房子让给他们住吧。”

苏墨一心二用，手上没闲着，耳朵里一时没弄明白丁竞元这句话的意图。

“你暂时到我那儿去住好了……要不让他们一起来，咱们四个人晚上还能一块儿打麻将。”其实丁竞元就是想把苏墨哄到自己家去。

“我不会打麻将。”

“我教你啊。”

“没兴趣。”苏墨付了钱，转身对着丁竞元翻了一个白眼，“我警告你啊，你不要在我弟面前胡说八道。”丁竞元就是受不了苏墨这么勾人地瞪他，被瞪得心里立即又是一阵荡漾，也不回话，只用想吃人一样的目光盯着苏墨看，看得苏墨转身就走。

中午，苏墨下厨做了一桌子好菜。吃饭的时候自然就聊到了周惠的工作，丁竞元这才知道原来苏正是陪女朋友来面试的。

丁竞元问道：“真在这边了，你们俩不就要分开了吗？”

周惠回道：“我妈给找了工作就来试试呗，就当是来玩儿了。”

苏正在旁附和道：“公务员考试成绩还没下来，而且在乌市想找个满意的好工作也确实是不容易。”

丁竞元说道：“你的工作就挺不错。”

苏正笑了：“我可能运气好一点，当时真的没想到会这么顺利。”

丁竞元继续道：“政府职能部门录取公务员和银行招人其实也都差不多，面试那一关都是至关重要的。”

苏墨听了丁竞元这话便抬起头来，看了他一眼。丁竞元对着苏墨眨了一下眼，一边嘴角弯起来露出了一个得意的坏笑，那意思是——你求我，求我我就告诉你弟妹一点面试技巧。

周惠面试的是一家生产电子通信设备的外资大企业，面试时间是下午两点半。这种企业的产线基本是二十四小时连轴转，各部门周末加班都是常态。

苏正本来想自己陪着周惠过去。但苏墨觉得弟弟难得来一次，人生地不熟的，于是就把和丁竞元的恩怨先放一边，想着怎么着也要把弟弟弟妹照顾好。还在饭桌上呢，苏墨就说了，想让丁竞元下午送周惠过去。

苏墨都张嘴了，丁竞元哪里还会不同意？二话不说当即就面无表情地点头答应了。苏墨早发现了，丁竞元在人前总是喜欢保持一副严肃正经的有些冷冷的样子，没有人的时候才会恢复“疯子”的本色。

面试的公司在开发区，路还比较远，所以吃完饭几个人在客厅坐了一会儿，苏墨就催着丁竞元出门了。

“面试半个小时差不多了，撑死一小时。”苏墨看了一眼坐在对面，眼里含笑正盯着自己的丁竞元，放软了口气，“郊区不好坐车，你反正下午也没有事，就在外面等等他俩吧。”

苏正才刚想说送到就行了，不用丁哥等着，丁竞元就已经从沙发上站起来了，说道：“好，我进去换件衣服，待会儿就走吧，过去也要一小时呢，万一再堵个车也就差不多了。”

丁竞元昨天也给他自己买了衣服没错，但是根本就没有放在卧室里，一大堆东西都被苏墨收进了两个大储物箱，堆到阳台上了。

丁竞元嘴里说得正儿八经的，特有“丁哥”的范儿，他这大半天的，不管是开车买菜还是坐在客厅里陪着小两口聊天，全都是这样一派严肃认真的模样，加上他高大的外在形象，很能迷惑人，让人有种莫名的可以放心依靠的安全感。

苏正和周惠此时就已经完全被他的表象迷惑了。其实丁竞元的歪心思全都显露在眼睛里，随时随地地拿眼神戏弄苏墨，隐秘地别有深意地到处盯着人看。

丁竞元已经进卧室两分钟了，里面没有任何动静。

三分钟……

五分钟……

这家伙的耐心可不是一般的好。苏墨暗自叹了一口气，无可奈何地站了起来，让小两口坐着，自己进去看看。结果，前脚刚踏进卧室，就被一直等在墙边的丁竞元一把拽进了怀里。

“你又要干吗？”苏墨瞪他。

“你求我。”丁竞元搂紧了苏墨的腰，几乎将人抱得脚抵地面，坏笑道，“我一个公司大老板，你让我像小弟一样开车在人家厂区大门口傻等一小时，你凭什么？嗯？凭什么敢理直气壮地跟我提这个要求？”

“你爱等不等，滚开！”苏墨被他后面两句话问得脸上立即臊了，是啊，自己凭什么使得动他一个有钱有势的大老板。

“求我！快！”看着苏墨臊得耳朵尖又泛红了，丁竞元笑出了声，脸上的表情那真是坏到家了。

苏墨偏着脸把眉头皱成了死疙瘩，使唤丁竞元当然是因为知道他喜欢自己，疯了一样喜欢。丁竞元虽然厚脸皮，各种手段可恶至极，但是至少态度明确，无耻得坦荡，明晃晃地将一切目的摆在那儿亮出来给你看。而自己呢，一边哭着一边享受着，一边骂着一边利用着，态度模糊，暧昧不清。这样算什么？活该被丁竞元这么臊到脸上来。

“你说得对，我凭什么使唤你，你放开吧。”苏墨说完就抿紧了嘴唇开始使劲挣，连那面颊上此时抿出的小酒窝里都盛满了疏离的气息。

丁竞元看情况不对立即就不笑了，紧紧把人搂住，可他越搂，苏墨越是挣，自己跟自己较劲，两手推着就是要挣开。

“嘘——我错了，宝贝我错了，错了还不行吗？别挣了，别累着自己。”丁竞元连人带胳膊搂得死紧，坚决不放手，各种低声下气地赔礼道歉，“我愿意等，等一天都愿意。我愿意给你做牛做马，心甘情愿。我求你使唤我，使唤我，求你了苏墨宝贝。”

“谁是你宝贝，少恶心。”

“你就是我的心肝，我的宝贝。”

丁竞元哪里肯放手，苏墨挣出了一身汗，到底也没能挣开。耳里听着丁竞元的那些疯话，心里一时又羞又气。

丁竞元求了半天，最后，客厅的苏正喊了一声，才终止了屋子里两个人的这一场关于谁“求”谁的较量。

这一回合，苏墨胜。

两个人前后脚地从房间里走出来，对于之前丁竞元说的要换衣服，可出来还是穿的先前的一套，也没有任何人公开表示质疑。丁竞元像没事人一样，带着小两口出门了。临走的时候，故意落在后面，讨好地捏了一下苏墨的手，这才出门。

苏墨在家先是坐在客厅的沙发上面无表情地发了半个小时的呆，然后起身把厨房收拾干净。忙完了厨房才回房间上网，查附近的宾馆，准备给苏正他们两个预订房间。

这边，丁竞元开车一路将人送到了面试地点。厂区很大，进出管制得也严，周惠进去了，苏正就和丁竞元两个人一前一后地坐在车里头一边聊天一边等。

两个人先聊了信贷市场，又聊了一阵就业形势，苏正本身就是把他当成苏墨的男朋友看待的，已经算是自己人了，而丁竞元更有想笼络小舅子的心思，所以两人很快便聊开了，后来自然而然地就聊到了苏墨。

“苏墨做饭非常好吃。”丁竞元说这句话的时候，脸上都是笑意。

“那是打小练出来的，我爸我妈都是班主任，还带毕业班，一直都很忙，寒暑假都有好多学生到家里来补课，所以我打小就是吃苏苏做的饭长大的。”苏正躺在车后座上，一脸骄傲，连“苏苏”都叫出来了，平时苏墨可不准他这样叫的。

丁竞元听了这话，便条件反射地在脑袋里自行想象出了一副小苏墨扎着绲边围裙，站在灶台边做饭的画面——圆圆的小鼻尖上都是汗，小脸蛋热得红红的，胳膊腿都还是小小的。

“苏墨小时候胖吗？”

“一直都挺胖，外头看着瘦，其实身上全是肉。”苏正故意说得夸张。

“不错。”丁竞元笑着轻声附和。

“丁哥，我想跟你说个事。”

“说啊。”

“嗯……”苏正还有点犹豫，“其实苏苏这么多年都没找对象，就是一直在等你。”

丁竞元听到这话简直犹如五雷轰了顶，难以置信，苏墨一直在等他？强行压抑住自己那颗猛烈跳动的心，小心求证，不敢高兴得太早，害怕自己到最后是空欢喜一场：“你怎么知道的？”

“我问过苏苏这么多年不找朋友是不是因为心里一直想着你。”

“苏墨……怎么说的？”丁竞元背贴着舒服的座椅，一时竟觉得口干、紧张。

“苏苏当时愣了半天也没有回答，但是我听见了。”

“什么？”

“苏苏说恨死你了。”苏正问的时候虽然喝多了，但是人没醉，苏墨脸上那种愣怔的表情一览无余，“我是了解苏苏的，脾气看着好，可一旦犟起来就特别固执，而且从小就不会撒谎。不知道多少回了，我妈流着眼泪求苏苏，让苏苏去跟爸认个错，说跟你是假的，说那些视频是假的，但是苏苏始终不答应。我不知道你们俩当初是怎么回事，但是这么多年了，苏苏心里有多难受我很清楚。丁哥你一定要好好对苏苏。”

“嗯。”虽然没有听到自己最想听的，但是听到这些丁竞元也很满足了。他当然会好好待苏墨，从今以后他不会让自己的宝贝再受一点苦，他要把最好的东西都捧到苏墨面前，包括自己的一颗真心。

苏墨订了一家口碑很好的连锁酒店。吃过晚饭坐到八点多，丁竞元开车又把小两口送到了酒店，并且已经安排好了司机，明天下午开车把两人送回乌市，真可谓是不辞辛苦、细心周到。

丁竞元安顿好了小舅子，出了酒店，并没有马上开车回去，而是用导航搜索了附近的点心店，准备买点给苏墨吃。虽然今天苏墨做了很多好吃的菜，但是除了早上那顿粥，自己并没有吃多少，现在吃点蛋糕还能垫垫肚子。

苏墨本来想打电话赶丁竞元走，但是人家刚出过力，还给弟弟安排了司机专车专送，这么快就过河拆桥，这种事苏墨有点做不出来。

这一夜，又是丁竞元抱着苏墨，而苏墨醒了以后将他推开、踹开、蹬开，各种循环。

凌晨五点多，苏墨再次被丁竞元的大腿压醒，自己被他整个搂在怀里。苏墨一抬腿把丁竞元的大腿顶到一边去，自己被压得腰都麻了，又把丁竞元的手也拿开。丁竞元被苏墨弄这两下子也有些醒了，在被子里摸着抓到了苏墨的手，握着苏墨的手按在自己的腰上。苏墨无奈，只得放弃挣扎，最后就这样睡着了。

礼拜天，苏正跟着女朋友去看丈母娘。他们直接从宾馆出发的，去陪丈母娘吃饭聊天。

下午，丁竞元安排的司机开了一辆漂亮的银色城市越野车到小区楼下等着接人。周母下楼送女儿自然是看到了，装作随意的样子问准女婿这是谁的车，听说是苏墨好朋友的，便点了点头。那车一看就知道绝对不是便宜货，周母便对这个苏墨的朋友有了点好奇——苏墨有这种朋友，是不是发财了？自己的准女婿苏正会不会跟着沾光啊。到了晚上给女儿打电话的时候，说来说去最后从苏正说到了苏墨的这个好朋友身上。

周惠说："是关系很好的一个朋友。"

周母附和着："我猜也是，要不然也不会派车了，还开过来专门等着。"

周惠又说："嗯，他姓丁，和苏墨感情特好，家里面是做生意的，很有钱，昨天接我们开的那辆车更贵。"

周母问："是吗？"

周惠答："丁哥说了以后钱都存到苏正的银行，算苏正的业务。"

周母欣喜道："哎呀，那感情好……"

周惠自己在电话这边窃笑，接着胡诌："他还说要把他朋友也介绍给苏正呢，有了大客户就有业绩，有业绩加薪升职这些都不成问题。妈，你放心吧，将来苏正肯定有前途，他们银行里有配车制度，以后苏正晋升了连车都不用买了。"

周母大喜："哎呀，那可就太好了。"

周惠见母亲高兴了，便趁机又说道："其实下午我面试的时候表现得不好，我都没好意思跟你讲……"

周母安慰道："没事，工作再慢慢找吧，不着急。"

周惠了解自己母亲，母亲一直对苏正不是特别满意，嫌他父母小气，不愿意拿钱出来给自己儿子买新房。他们俩恋爱谈好多年了，毕业了也该将结婚事宜提上日程了，可苏家一点动静也没有。她自己离过婚，认定了男人都是靠不住的，经常和女儿说的一句话就是"夜长梦多"，一心想让周惠到乌市去，以后可以陪在她身边。周惠此时便咧嘴一笑，甜甜地答应了一声。

周惠这是缓兵之计，先稳住自己老妈。至于几年以后苏正升职不升职的，反正到时候他们已经结婚了，老妈也就无可奈何了。不过幸运的是，好运很快就来了。一月份的时候考试成绩出来了，她刚刚好踩着线过了。

本次乌市招录二十个人，有一百多人面试竞争。周惠当天面试成绩优异，后来进了专业对口的教育局财务处，这是当年那一批里最好的部门了。

苏墨知道弟弟早上不过来，会直接从宾馆去看丈母娘，就放心地睡到了早上八点，也实在是因为昨天夜里被丁竞元缠得没有睡好。

背后的人紧紧贴着，单手搂着自己，也还在睡，丁竞元身上火力旺，苏墨就觉得被子里热乎乎的，暖得人发懒，眯着眼醒了也不想起，但是现在有一件必须要去做的事——上厕所。

苏墨翻身下床，进了浴室。

十分钟以后，苏墨从洗手间回到卧室，丁竞元已经抱着被子坐了起来。两个人你看我我看你。

"我带你出去吃早点怎么样？"丁竞元大方地把被子一掀，抬腿下了床，然后不急不慢地穿衣服。

苏墨早把脸撇到一边去了，心想不要脸的丁竞元。

丁竞元一边穿衣服一边在筹划着要带苏墨到哪家酒店去吃早餐，还没想好呢，手机就响了，拿起来一看，是父亲丁溪川。

"爸。"丁竞元声音低沉平淡，几乎不带什么感情色彩。

"我和你妈现在在宁城呢，晚上你也过来吧，温家老爷子宴客，你过来跟他们这边年轻一辈的都熟悉熟悉。"丁溪川说话是征求意见的口气，他这个小儿子在公司里的一举一动，他都十分清楚，跟在丁竞元身边的高参都会如实向他汇报。丁溪川知道丁竞元不是那种好相处的孩子，他们父子俩的感情要慢慢培养。谁让他当初娶了别人，没能让丁竞元早点认祖归宗呢，谁让大儿子歹命去了呢？谁让他欠了丁竞元二十几年的父爱呢？

"哦，好，知道了。"丁竞元犹豫了一下，有点不乐意。

跟父亲说完了，丁竞元立马给自己司机打了个电话，要他吃了午饭就过来等着。

厨房里，苏墨已经开始做早饭了，不知道在做什么东西，满屋子都香得不得了，丁竞元顺着香气一路闻着进了厨房。

"不是说了今天带你出去吃的吗？"丁竞元从后面一把搂住了

苏墨的腰，偏了脸探下去就要亲。

“你给我放开！滚边儿上去！”苏墨锅里煎的是小黄鱼，此时非常不耐烦地用胳膊肘往后给了丁竞元一下子。

“真香。”丁竞元冲苏墨脸颊上硬是亲了一口，一语带双关，不知道说的是人还是鱼。

“没你的份，你现在就可以滚了。”苏墨绷着脸，绝对是生气的模样。

丁竞元搂紧了手里的腰身，一抬眼瞟见了边上奶锅里的四个白水煮蛋，心里顿时就是一阵甜蜜，明明就是做了他的份的，嘴硬的人。

“我可舍不得滚。”丁竞元笑着答。

煎成金黄色的喷香可口的小鱼干、软糯的小米粥、白水煮蛋，还呛了一小盘土豆丝，加上一屉子葱油花卷，最简单不过的一顿早点，丁竞元吃得无比满足。他的苏墨真能干，做出来的饭真香，丁竞元把餐桌上所有吃的都扫到肚子里了。

希望以后的每一天他都能有苏墨这样陪着，都能吃到苏墨做的早餐、中餐，还有晚餐。

九点钟，苏墨在浴室里洗衣服，屋子里是洗衣机嗡嗡的振动声，丁竞元在卧室里铺新床单、换新被罩。

九点半，苏墨收拾了阳台上的那两个大储物箱，丁竞元躺在客厅的沙发上玩苏墨的电脑。

十一点，苏墨在阳台上晾衣服，丁竞元已经看完了李明先和苏墨所有的聊天记录，包括两个人一年前各种关于房子、关于生活、关于爱情等的对话。

苏墨晾好了衣服，经过客厅看都不看丁竞元一眼，直接进了卧室，把床上的两件大衣挂到衣柜里。丁竞元买了太多，衣柜真的要装不下了。

“你以后不要再给我买这些东西了。”苏墨知道丁竞元跟进来了，头也不回地跟他说。身后的人没搭腔。苏墨转过身来，“听见没有”几个字还未出口，瞬间就被丁竞元搂住了。

“我下午去宁城，你和我一块儿去吧。”丁竞元把头歪在苏墨耳边说。

“你去干什么？”半晌苏墨才问出来，这算是主动关心丁竞元了。

"凌江一汽的温老爷子给自家孙媳妇办生日宴会。"如今汽配这个圈子里的人，就算不知道凌江一汽温长庆的大名，但是现董事长温邢远的名字绝对是如雷贯耳的。

苏墨有点吃惊："他们邀请你了？"

"长江集团的丁溪川，"丁竞元把头抬起来，眼睛在黑暗里奇亮无比，对准了苏墨的眼睛，"我是他小儿子。"

苏墨听了这话一愣，想到曾经丁竞元说过自己是私生子的事情，原来竟是丁溪川的私生子，怪不得年纪轻轻就可以做二汽的老总。

早料到了丁竞元背景不一般，但是怎么也没有想到会是这么个不一般法。丁家的长子已经没了，也就是说，以后整个长江集团都是他的。

苏墨忽然觉得自己和丁竞元的距离有点远。

"我不是有意要瞒你的，我是他的私生子这件事，没什么值得说的。"

"你跟我去吧，介绍你跟温邢远的林宝贝认识，人长得很漂亮。"丁竞元继续说道，"但是在我眼里没人比得过你。"

苏墨当然没有跟着丁竞元去。

丁竞元午饭以后就离开了，先回了别墅，然后一路赶去了宁城。

晚上的宴会就设在温家的老宅里，请的自然都是相熟的人。丁竞元去的时候，各种豪车已经停满了院子。

丁竞元在父亲身边见到了打扮得优雅得体的母亲江心眉，她正笑得一脸春风。丁竞元最清楚，母亲在人前永远是这样一副笑容满面的样子，就像他在人前永远一副严肃冷静的模样一样。他们俩不愧是母子。正因为了解彼此，丁竞元知道，关于苏墨，母亲是不会轻易善罢甘休的。

温邢远那个漂亮的小心肝今天穿了一身白，扶在温长庆身边，和一帮子人挨个打招呼。

林宝扶着爷爷的胳膊道："爷爷，累了吧，咱们去坐会儿吧。"

温长庆问道："阿远呢？"

林宝回道："在楼上，马上就下来。"

话音刚落，温邢远就从楼上下来了，他看到丁竞元，便快步走上来打招呼。丁竞元跟着温邢远过去跟温家老爷子问好。只见温邢远走过去很自然地把手搭在了心上人的肩膀上，林宝立即抬手握住了那只大手，很短暂地接触了一下，然后马上松开了。林宝脸上带着甜笑，也并没有看温邢远，但是丁竞元完全能感受到他们两人之间涌动的那种爱和幸福，那种自然而然散发出来的对彼此的信任。丁竞元此时想到了苏墨，口是心非的东西，什么时候苏墨要是能对他说一句“我爱你”，估计他也能死而无憾了。

在宴会即将开始的时候，丁竞元终于搞明白了母亲在走什么棋。江心眉笑着给他介绍了一位钟小姐，慧海集团的千金，留学刚回国不到半年的硕士，目前正在帮父亲打理公司。

钟董事长和丁溪川相谈甚欢，丁竞元也勾唇一笑和钟小姐握手问好。旁边的江心眉笑里藏刀，夸赞钟小姐才貌双全，“不知道有没有男朋友”“我们竞元也没有女朋友”“你们现在的年轻人都不知道着急”“我们做父母的都替你们急”。

第二天的娱乐版上有这样的照片——丁竞元和钟小姐手握手，相视一笑。还有这样暧昧不清的标题——郎才女貌的集团二代。

下午，苏墨在家睡觉，被丁竞元的电话吵醒了，就为了要告诉自己他已经安全抵宁了。

“我到了，你在干什么呢？”丁竞元语气温柔。

“睡觉被你吵醒了。”苏墨声音含糊不清，眼都没睁开。

“晚上可能没办法回去了。”

“……嗯。”巴不得他不回来。

“想你了，宝贝。”

顿了一会儿，丁竞元接着说道：“接着睡吧。”

这算什么？跟自己报备吗？

打完电话后苏墨彻底醒了，醒了也不起来，赖在被窝里抱着笔记本电脑看电影。一直看到外面天黑，看得累了，苏墨就把笔记本电脑搁到一边，睁着眼睛躺着，开始胡思乱想。

如果丁竞元的父亲是丁溪川的话，苏墨觉得他母亲江心眉五年前给自己家里送的那些“证据”，五年后又再次寄给自己似乎都可以说通了，他母亲讨厌自己也可以理解了——丁竞元身份特殊，如今好不容易认祖归宗了，继承家业指日可待，老是跟一个没有背景的普通人纠缠不清，这对于丁竞元来说是百害而无一利的。

他母亲很讨厌自己……

苏墨在被子里翻了个身，叹了一口气，为什么要这么在乎他母亲？讨厌就讨厌好了，反正……反正丁竞元喜欢……可他们两个在一起能长久吗……真的和他在一起了，父亲可能永远都不会原谅自己……心里还是有怨恨，恨他以前那样对自己，有些伤害是不可能会忘记的。如果那时候丁竞元像现在这样低声下气地求着哄着，也许自己早和他在一起了……

苏墨伸手摸上了旁边的枕头，才被那人枕了两天，上面已经有他的味道了。苏墨挪过去正想仔细闻一下，电话又响了，还以为又是丁竞元，拿过来一看，没想到竟然是好久没有联系的李明先。苏墨犹豫了一下，接了。

“还以为你不会接我电话了。”那头的李明先语气明显很低落。

“你之前半夜三更打过来，我都睡了。”苏墨慢慢往上挪了挪，从被子里钻了出来，靠在床头上。

李明先沉默了一会儿，才说：“你在聊天软件上说的……你有老公了是真的吗？”

“？”苏墨听了这话立即将眉头拧成了川字，什么意思？然后苏墨马上想到了早上丁竞元在沙发上玩过自己的电脑，还玩了好长时间。是丁竞元？可他是怎么知道密码的？老公？不要脸的东西。

苏墨不说话，李明先以为苏墨是默认了，无奈至极地苦笑了一声：“我以前问你心里是不是有人了，你其实没有说实话对吗？”

犹豫了一下，苏墨还是“嗯”了一声，不管怎么回事，既然他已经知道了就顺水推舟承认了，也省得他还在自己身上浪费时间。

那头的李明先长叹了一口气，说道：“我就知道……我可能马上就要离开新城了。”

“出差吗？”

“不是，我现在这个工作可能很快就不做了。”

“为什么？”

“有并购企业要收购我们公司，下午已经放出消息想谈判了。”

“对方是很厉害的公司吗？”

“据说对方出的价钱很可观，一旦并购过去我们这些后妈的孩子肯定没好日子过，不如趁早谋出路。”

不可能是丁竞元搞的吧？苏墨不敢多想，虽然这种大公司并购小公司是很正常的商业行为，但是丁竞元实在是前科累累。不过就因为李明先曾经追求过自己，就去并购人家的公司？逼迫人家离职？这种事就算丁竞元真干得出来，苏墨都不好意思如此自恋地去这么想。

李明先打电话来只是想听苏墨亲口承认有男朋友这件事，如今听到了他也就可以彻底死心了。苏墨很好，他自认自己也不差，只是他们遇到的时间不对，他来得晚了。

挂了电话，苏墨握着手机抱着被子长久地愣在了床上，脑子里空空的，只想着：丁竞元是疯魔了，自己注定要被他缠一辈子。

第二天早上，丁竞元跟着父亲一起从宁城返回。

“你觉得钟怡怎么样？”丁溪川稍稍探过来一点身子，拍着儿子的手背。自己年纪委实不小了，特别是大儿子没了以后，老得更快了，皱纹已经爬了满脸，和旁边的江心眉一比照，尤其显老。

丁竞元还没有回答，江心眉已经笑着转过身来，看着儿子道：“我觉得钟怡不错，有才有貌。”

“她不是我喜欢的类型。”丁竞元看着母亲的眼睛回答。

“那你喜欢什么样的？”丁溪川接着话问。

“她说她不会做饭，也不会做家务。”

丁溪川顿时笑了：“你妈也不会啊。”

“我的老婆要每天做饭给我吃，给我洗衣服，能让我感觉到温暖，两个人在一起要有家的感觉，心里能有一种归属感。”丁竞元看着窗外的风景说得非常认真。

江心眉听到这些话，不吱声了，丁竞元渴望的这些，正是他从小到大一直缺少的。

“好吧，这些事情你自己拿主意，爸爸只是提醒一下，你也不小了，可以考虑这些事情了。早点结婚早点要孩子，多生几个。”不要像他一样，到了最后就剩下这么一根独苗，“你到了二汽厂也很长时间了，企业并购初期的情况应该已经了解得差不多了吧？”

丁溪川觉得江心眉说得对，让儿子尽快回到自己身边来，由自己亲自调教两年，差不多了自己也就可以退休了。年轻的时候为了打拼事业耽误了婚姻，也因为事业娶了不爱的女人，婚姻名存实亡。

忙了一辈子，现在老了，也该歇歇了。

“基本上都已经稳定了,还有一些遗留下来的恶习有待慢慢修正。”

“回来吧，从你两个副总里面挑一个负责你那块。”丁溪川从商量的语气变成了祈使句。

丁竞元蹙眉顿了一下，瞟了一眼在闭目养神的母亲，才开口道：“等到三月份签了合同我再走吧，替他们把把关。”

“嗯……”丁溪川似乎是有点不高兴，作为上位者，这么多年来他早已经习惯了下命令，不过最后还是点了头，“好吧。”

丁溪川是往S城去，丁竞元是去新城，在一个高速出口的地方，他下了父亲的车，上了后面自己的车。

司机立即将买的两份报纸往后递了过去，丁竞元随手翻了翻，把关于集团二代的报道都看了,图片拍的角度不一样,但是都很高清。下面的报道虽然没有明着写两个人有什么，但是却将两方的身家都列了出来，对称得不得了，明显就是要人浮想联翩的。

“先送我回公司，然后你把这东西送到家里去，丢在二楼的信箱里。”

司机听了前半句本来还想问是哪个家里，听到二楼就知道了，是那个苏家。他知道自己家老板和苏墨的关系，报道他也看了，实在是搞不懂自家老板这又是搞什么名堂。

丁竞元知道丁溪川现在就想要自己回集团总部去，这一定是母亲在大吹枕边风。另外，隐性地给自己相亲，并让人登报，以及在一些商业网站上发布照片和相关报道。不用说，这都是母亲一手安排的。确实如她所说的，表面上她没有再去找苏墨的麻烦。

与其等着苏墨不知道哪天自己看到了伤心、生气——丁竞元以己度人认定了苏墨是一定会吃醋的，不如自己把报道送到人眼皮子底下，就算气，也在自己怀里气。

丁竞元九点钟到了新城，立马给苏墨打电话报备。

“亲爱的，我回来了。”

“哦。”苏墨现在对什么宝贝啊亲爱的啊这些几乎都要麻木了。

“晚上我早点回去。”丁竞元的话里温柔中带着些迫不及待。

苏墨垂着眼睛举着电话又含糊地“哦”了一声。

过了两小时，丁竞元开完会，回到办公室又给苏墨打电话。

“在干什么呢？这么吵。”

“我在车间，马上就去吃中饭。嗯……你呢？”

“刚开完会，一直想你。”

“……哦。”

又过了一小时，苏墨刚吃完饭，丁竞元电话又来了。

“宝贝中午吃什么了？”

“你能不能别老这么肉麻呀？”

“你就是我的心肝宝贝啊。”

“够了，我不要听这个。”

一整个下午，丁竞元只要得空就会给苏墨打电话，无外乎都是些废话，问苏墨在干什么，告诉苏墨晚上自己想吃什么。

丁竞元现在就是热恋中的人，随时随地都想给苏墨打电话，想知道苏墨现在在干什么。只是苏墨对于这种情况一下还有些难以适应。每次电话响起来，心里都是一跳。丁竞元电话里变得黏黏糊糊的，真让人难为情，接个电话都要找个没人的地方。

他这叫什么？一日不见如隔三秋吗？

下班后，苏墨专门绕到卖场去买菜。其实冰箱里还有不少储备，但是没有丁竞元想吃的蘑菇牛肉。苏墨发现，丁竞元好像特别喜欢吃这道菜，口味和苏正倒是不谋而合。

买了菜回来，进门之前顺手将邮箱里的东西带了进去。苏墨先把菜放进厨房，然后回卧室换了衣服出来，才把那两份随手丢到沙发上的报纸拿过来翻了一下。经常有发广告传单的往邮箱里塞东西，塞报纸的倒是头一回。报纸有内页单独被人折了一块儿，随手把折处一打开就看到了丁竞元和钟怡的高清图片。

照片上的两个人面带微笑，彼此望着对方，钟小姐优雅端庄，气质不凡。下面文字部分将两人的身家背景、留学经历一一对应着都列了出来。苏墨站着看完了，原来长江集团除了轿车，还涉足了很多其他领域，原来丁竞元除了管理二汽厂还同时兼任房产公司的董事。

照片的背景是温家的大宅，只看一角就知道富丽堂皇。苏墨由此想到了自己曾去过一次丁竞元的豪宅，干净整洁的走廊，厨房比自己的一居室还大，更不用说大得像高尔夫球场一样的院子……所谓门当户对，自己和丁竞元怎么看各方面都不太配，这放报纸的人可真是费心了。

苏墨这是想多了，以为送报纸和送“证据”的是同一个人，此时完全没有意识到自己已经想到了“般配”“门当户对”这些词，到底意味着什么。

防盗门响的时候，苏墨心里也跟着动了一下，是丁竞元回来了，脚步声很快就到了厨房门口。苏墨刚停下手里的刀，丁竞元就已经站到了身后，并立即用有力的双臂把自己勒进了怀里，勒得苏墨心里也跟着立即一紧。

“想死我了。”丁竞元声音带点喘，想必刚才是一路从楼梯跑上来的。他大衣上还带着外面空气的冷意，猛一下冰得苏墨手臂上起了一点鸡皮疙瘩。

“你回来……”苏墨刚要转过脸去，话都没说完嘴巴就被丁竞元给堵住了。

苏墨被堵住了嘴，立即就从鼻腔里哼出细小的声音来，一只手还搁在案板上握着刀柄，一只手慢慢地向上摸在了丁竞元结实的手腕上，只是轻轻地摸着，很显然并不是要把人扯开。

苏墨哼哼着命令他放开，他还是乖乖听话了。

苏墨绑着半截绲边围裙在厨房里做饭，丁竞元在外面把卧室、客厅、阳台到处都找了个遍，终于在卧室床头柜最下面的抽屉里找到了那两份报纸，被苏墨压在了几本翻译专业书的下面。两份破报纸而已，竟收在这么隐秘的地方，除了说明苏墨已经看过了之外，还很明显十分在意，心里在意但是又不想让自己知道。真是嘴硬的人，简直可爱至极。

丁竞元也不嫌弃厨房里有油烟味，就围在苏墨身边打转，各种盯着看，苏墨简直是不堪其扰。

丁竞元等着苏墨开口问杂志的事，但是苏墨先是有条不紊地做饭，然后不紧不慢地吃饭，最后是不声不响地收拾碗筷。看样子苏墨是不会问了，明明都已经是一副委屈得不得了的样子，为什么不冲自己发火呢？

吃完饭，苏墨拿换洗衣服去洗澡，丁竞元也要跟着进去，被苏墨转身一把推了出来。

“为什么生气了？”丁竞元立即握住了苏墨的手腕把脸探到苏墨鼻尖前问。

“没有。”苏墨垂着眼睛不看人。

“骗我！”丁竞元斩钉截铁地否定。

“……”苏墨不吱声，扭着手腕想把手抽回来，“我洗澡了。”

“我也要洗。”

“你等我洗完。”苏墨终于又开始用眼睛瞪他，得寸进尺的家伙，现在不撵他出门就已经是好事了，还敢提要求。

“生气是因为在意那个姓钟的是不是？吃醋了是不是？”丁竞元眼里带着点得意的笑，“你知道我有多喜欢你，那些报道都是在乱写。”等不到苏墨开口，丁竞元就自己解释好了，反正知道苏墨是吃醋了。

苏墨听了这话立即一愣，丁竞元怎么知道自己已经看到了？

“你们看起来很般配。”苏墨抬眼直视他。

苏墨的语气听起来简直酸溜溜的，丁竞元正欢喜着，没想到苏墨接下来又说了一句，声音变成冷冷清清的：“送报纸的人费心了。”

丁竞元立即不笑了，什么叫搬石头砸脚？丁竞元自己不按常理出牌，没想到，苏墨也是个不按常理接招的。

丁竞元捏紧了苏墨的手，俯下身去试探，将额头顶到了苏墨额上，苏墨抬眼看他，一副不开心的样子，但是并没有躲闪。两人贴得很近，丁竞元盯着苏墨的眼睛，认真解释：“东西确实是我让人送来的，我是怕你以后哪天要是看到了自己生闷气，我不想你在我看不见的地方受委屈。”

丁竞元全然坦白自己的内心，苏墨刚才是生气了，但是现在听了这些疼爱贴心的话，不知道怎么的心里反而委屈了起来，就直着眼睛看他不说话。

“是不是以为我故意炫耀要来气你的？”丁竞元温温柔柔地试探着要把人搂进怀里，苏墨挣了一下但是没用多大劲，就被丁竞元拉进怀里，两手抱住。

“我怎么舍得。”丁竞元贴着苏墨的耳边低声叹息，“我错了还不行吗？”

苏墨将脸靠在丁竞元的肩膀上，丁竞元的毛衣很软，他的体温透过衣服传出来，是一种温热的感觉。苏墨当然能感觉得出来，丁竞元所有的小心翼翼都是因为他爱着自己。这么多年来，时光流转，很多事情都变了，但是这份爱没有变。

“我不是气这个。”半晌后苏墨才出声。

“那气什么？”

“……”苏墨撇撇嘴不想说，“我想先洗澡，你听话不要捣乱好吗？”

苏墨即使生气了，也肯这么乖乖地被自己抱在怀里好商好量地让他听话别捣乱，丁竞元哪里还有不遵命的。

浴室里响起了哗哗的水声，丁竞元盘腿坐在沙发上又把报纸拿过来看，这次是认真仔细地把下面的文字也都看了，他想把惹苏墨不高兴的地方找出来。

物资、金钱、地位、背景这些不值得一提的东西，丁竞元从未将它们放在眼里，所以苏墨通过报道看到的这些东西，丁竞元根本就不在意。因而研究了两遍以后，他并没有找到让苏墨不高兴的东西到底是什么。

两个人都洗完澡后，苏墨微微侧身背靠在丁竞元怀里，和支着脑袋紧搂着自己的人有一句没一句地说话。

“李明先只是个普通朋友，你别为难他了，好不好？”苏墨在黑暗里半睁着眼睛看着丁竞元，“他以前还帮过我呢，我当初在这里没有亲近的人，买房子也是外行，多亏了他，带我看房子、办手续，所以搬新家才会请他吃饭。在家里吃多便宜，当时我手里哪还有钱，还不是能省就省点。你现在这样逼人家你把我往哪里放啊？”

苏墨话说得不紧不慢，轻言细语，听得丁竞元心疼不已。丁竞元翻身压上来亲苏墨，又把苏墨的手抓到自己脖子上搂着。

“再咬明天就真的不能见人了。”苏墨乖乖地躺着，含糊抗议，手上松松地搂着他的脖子实在也是没劲了，心里知道丁竞元这应该就是已经答应不为难李明先了。

“不能见人就别去了。”

“我这么大一个人不工作怎么行？”

“苏墨。”丁竞元支着手肘罩在苏墨身上，语气变得有些严肃起来。

“嗯？”

“过了三月份，等供应商签完明年的合同，我就要回S城去了。”

苏墨一时有些愣，丁竞元的意思是他要走了？

“我要你跟我一块儿走。”说完，丁竞元低头在苏墨的唇上轻轻亲了一口，“好不好？”

苏墨听完这句又是一愣。如果是今晚之前丁竞元问出这句话来，苏墨想自己估计是毫不犹豫地就会拒绝的，不过在今晚之前丁竞元应该也不会用这种商量的口气跟自己说这种话，其中明显还带了一些笃定的意味。

跟他一起走就意味着要放弃自己做了好几年的工作，离开这个一砖一瓦都是自己亲手装修出来的小窝，离开这个生活了好多年已经有了感情的城市。丁竞元他值得吗？他这样一个一旦发起疯来就能让人吓破胆的真“疯子”。

和他一起走，就是真正地放开一切要和他在一起了。在一起了，就意味着以后父亲可能真的没有原谅自己的可能了，丁竞元他值得吗？这个曾经伤害过自己、又一直偏执地爱着自己的人。

苏墨沉默着不答话，丁竞元也知道苏墨现在是刚对自己敞开了一点心扉，提这种要求实在是过于急躁了。好在还有几个月的时间，他慢慢来，好好表现，一定要把人带在身边疼着爱着。

早上下起了绵绵冬雨，苏墨醒了，躺在被窝里给厂里打电话请假。不得不请假，因为苏墨的身体的确是有点不舒服。

苏墨是向人事的廖敏请的假，廖敏听说苏墨身体不舒服，连问：“怎么了，真的不舒服不要硬撑着，到医院看看，你一个人住，好好照顾自己。”

廖姐在那头又叮嘱了好几句，苏墨听着觉得心里特别暖。廖姐人真的很好，其实恒远的同事们都挺好的，包括线上的工人。工作这么多年了，苏墨真的对他们有感情了，对恒远也有感情了，要离开谈何容易。

苏墨打完了电话，转头看外面的雨势，丁竞元出去买粥前把窗帘拉开了。外面的雨好像下得比刚才大了很多，苏墨又把手机摸了过来，给丁竞元打电话。

“到哪儿了？”本来让他到小区外面随便买点早饭就行的，结果丁竞元非要开车去酒店买，天刚亮那会儿他就爬起来了。

“已经回了，到永南路口了，是不是饿了？”丁竞元在十字路口，正等红灯。

“没有，我看雨下大了，你慢点开，不要急，注意安全。”

丁竞元听了这话，便止不住心旌荡漾，苏墨原来是在担心他，原来被苏墨喜欢就是这种感觉。他以前和不少人有过牵扯，但是从来没有投入过什么感情。唯一想得到的人，一直在心里装了这么多年的人就苏墨一个，当年却又因为自己的疯狂把一切都搞砸了。现在苏墨终于有了回应，这种感觉是如此美妙。丁竞元心中那粒埋了多年的初恋种子，终于开出了一朵鲜艳欲滴的爱情之花。

丁竞元伺候完苏墨洗漱，陪着苏墨喝了热粥，又再三叮嘱苏墨乖乖躺在床上休息，别乱动，中午他会赶回来给苏墨带吃的，最后把苏墨的笔记本电脑搁在床头一伸手就能拿到的地方，才出门。

到了厂里，开完会，丁竞元交代了副总一些事情，就坐车去了城北一家很出名的中医馆，并和里面那位德高望重的老中医密谈了一个多小时。

老中医告诉丁竞元，他这里没有具体全面的调养身体的方子，丁竞元只得去别处找了。

丁竞元从中医馆出来，在路上给江心眉打了个电话。江心眉还以为儿子又是来质问回城或者是相亲的事，没想到问的却是多年前她替他预约的那个用什么散熏手腕的名医的联系方式。

“你怎么了？哪里不舒服？”江心眉立即紧张了，儿子以前练了那么多年重剑，身上是有伤的，她以为阴雨天丁竞元身上的旧伤复发了。

“最近有些头疼，想找那位高人看看。我刚才让人查了他原来的医馆的电话，打过去被告知他人已经不在那里了。”丁竞元当然不会说是为了苏墨。苏墨这些天身体不太舒服，人也不精神。为了苏墨的健康，丁竞元要去寻保养身体的中医方子。他想到了当年那位老中医，那确实是位有本事的中医，当时丁竞元只被他治过一次，手腕就明显不疼了。

“我一直和他有联系，他现在换地方了，我陪你去啊，你什么时候过来？”江心眉讲着讲着语气中不自觉带上了一点喜悦，能和儿子这么好声好气地聊天实在是太难得了。他们母子两个现在的关系可实在是称不上好，这全都怪那个苏墨。

“你把电话给我吧，我来联系他，把症状告诉他看看他怎么说。我明年三月份就要回爸身边去，现在事情太多了，非常忙。”丁竞元盯着外面的风景，说话简直像背书一样。

“你回来就是正式接管集团了，儿子……”江心眉叹息着叫了一声儿子，要不是那个苏墨，丁竞元现在早就是长江集团的董事长了，非要跑到二汽厂去做什么丁总，说是要了解并购时期工厂内部的特殊状况。她后来调查了才知道，丁竞元就是为了那个苏墨。为了苏墨，丁竞元连这么大的家业都能撇到一边，这个苏墨真的太可怕了，只需一根手指头，就能牵着丁竞元走。

“别太累了，身体要紧，我这就把号码给你发过去，你联系看看，说不清的话就过来看一趟，妈妈陪你去，什么都比不上身体要紧……”江心眉絮絮叨叨地说了一串话，丁竞元直着耳听着，最后“嗯”了一声。

两分钟后丁竞元拿到了电话号码，立马就给那位神医打了过去，废话不多说，直奔主题。神医更是个干脆至极的人，开门见山道：“方子有，包管用，但是使用权很贵。”

对于丁竞元来说，没有什么比谈钱更容易的：“只要管用，你开价就行了。”

“不管用到时候悉听尊便，不过这些都等你先出得起价钱再说吧。”

老中医脾性是有些古怪的，来求医的一般都是一副毕恭毕敬的姿态，像丁竞元这么没有礼貌的可说是极少见。不过两个人你来我往地斗嘴，双方却都没有动气。最后，老中医出了个价，丁竞元眼都没眨立即同意了。

丁竞元要他把方子立即传真过来，他恨不得立即就给苏墨用上。但是被老中医一口回绝了，方子是祖辈传下来的古方，哪能这么对待。

“方子是要你亲自过来请回家去的，还有具体的细节，我还要当面教你。年轻人做事可别这么急躁。”老中医训了丁竞元几句，心情舒畅地将电话挂了。

这边老中医刚挂了电话，江心眉的电话就立即打了进来。她询问儿子的病情，老中医顺着她的话胡诌了几句，说是小问题："就是心思重，肝火过旺，有点肾虚，多休息就行，没有大碍。"

听刚才丁竞元说话中气十足的样子，就知道他身体肯定好得很，能有什么毛病，最多就是精力太旺。

而江心眉听这话跟自己想的对上了，儿子这两天想必日子不太好过。她忽然有点迟疑早上的那个决定了，于是她立马打了个电话，但是对方告诉她，东西已经送到了。

苏墨今天又请假，江宇面上不表现出来，心里却是有些不高兴的。才多长时间就连着不来上班，关键是苏墨一不来上班，自己就要多做点事，不管是线上的进度还是二汽，还是外地的几个厂的情况都要自己看着，凭什么呀？领导凭什么把苏墨的事情都摊在自己身上，要是真出了什么情况这到底算谁的失误？

而且今天还下雨了，害得他还要专门跑去二车间查看保险丝盒的装箱情况。他忙了一个早上，跑出跑进的头发都淋湿了，冷得直打喷嚏。更气人的是，从车间出来的时候，被门卫的钟师傅看见了，老远地喊他说有包裹。他前两天在网上买了一个电吹风，他以为是它到了，喜滋滋地跑过了大半个厂区去拿包裹，结果到了一看，根本不是他的，而是苏墨的。

江宇在厂里是出了名的小心眼，此时钟师傅也看出来他这是生气了，脸都拉下来了。

"苏科长的包裹你喊我干什么啊？"江宇一脸不高兴。

你们不是一个科室的吗？钟师傅心里腹诽，脸上却笑呵呵的，什么都没说。

江宇拿了包裹冒雨跑回办公室，心想终于能坐下歇会儿，就等着吃中饭了。他把小小的一个包裹随手往办公桌上一丢，"咚"一声，劲使大了，包裹没搁住掉地上了。

江宇没好气地弯腰去捡，捡起来才发现，这个包裹根本没仔细包好，袋子一头已经被刚才那一下摔得裂开了。再仔细一看，这个包裹也不是那种贴着单子的快递，刚才尽顾着不高兴了，都没注意看。

江宇歪着脑袋从裂开的一头往里看，咦，里头是一沓照片。

这些照片是江心眉差人送过来的，上面是她以前找私家侦探调查儿子的时候拍的一些照片，在昏暗的酒吧里或者深夜大酒店的入口处，丁竞元和一个个漂亮伴侣的身影。照片里虽然不见得双方有多么亲密，但是里面的内容想要表达的意思已经是昭然若揭了——丁竞元处过很多漂亮的对象，而且个个都很年轻时尚。

江心眉不想和儿子闹得太僵，而且就目前的形势看，丁竞元为了苏墨什么事都干得出来，甚至包括丢掉长江集团董事长的位置。就算丁竞元能放得了手，江心眉可舍不得放手，该他们母子俩的一分都不能少。她内心还是站在丁竞元这边的，认为儿子就是被一个狐狸精迷住了，连妈都不要了。但是她又咽不下这口气，于是斟酌着出了这一招，既能试探一下丁竞元的底线，让他日子不好过，也能让苏墨知道丁竞元以前是多么风流，并不是非一人不可。

江宇迟疑着要不要偷看苏墨的东西，看包裹摔开的样子，反正就算他看了，苏墨也发现不了。

江宇把照片小心翼翼地倒了一半出来，一张张看，越看眉头皱得越深，这都什么和什么啊，而且照片上这人看着有点眼熟。这些东西和苏墨有什么关系？是谁专门给送过来的？

再把剩下的照片都倒出来，铺开来一张一张又看了一遍，江宇逐渐就看出了头绪。很明显每张照片上都有同一个人出现，这个人很高，身材结实，年纪看着也不大。照片里的地点不是酒吧就是酒店，两个人一起同出同进，其目的似乎也不难猜。

可是这些照片跟苏墨有什么关系呢？正当江宇百思不得其解的时候，忽然听到楼底下传来钟师傅气急败坏的喊声："我说你到底找销售科的谁啊？"

江宇连忙把照片理起来，一股脑地往袋子里塞，听着楼梯口有力的皮靴声已经迅速到了门口，他把抽屉一开，将剩下的照片全扫进了抽屉里。刚弄好，一个身材魁梧穿着黑迷彩厚夹克的中年男人就"砰"的一声推开门，出现在了销售科的门口。

男人抬眼瞟了一下门上的牌子，抬脚进门，一眼就看到了江宇手上的袋子："这是苏墨的快递？"

他的眼神很有压迫力，江宇条件反射地点了点头，问他："你是……"

男人上前一步把袋子夺过来检查，冷冷质问："里面的东西你看过了？"

江宇被男人眼神一扫，心里忽然紧张地跳了一下，眨着眼心虚地摇了摇头，这时钟师傅也喘着跟进来了，不满地训斥："你这人怎么回事，没登记就进来了，喊你都没听见，没带耳朵啊？"

"你说的最好是实话。"男人丢下一句模棱两可的话转身越过钟师傅，话音还在屋子里，人已经没影了。

钟师傅紧跟着骂骂咧咧地追出去了，留下江宇一个人坐在位置上，张嘴皱眉搞不清状况。

江宇后知后觉地站起来，跑到走廊的窗玻璃那里往大门口看，哪里还有刚才那人的影子，快得像闪电一样，早已经出公司大门了。

旁边质量部的小姑娘探头出来问什么事，钟师傅刚喊什么？江宇皱眉望着外面没搭理。这时候外头二楼墙上的铃声忽然响了起来，是吃中饭的时间到了。而江宇就在这吵人耳朵的铃声里突然灵光一闪，想到了照片上那个面熟的人像谁了。

中饭江宇也没有去食堂吃，央求隔壁的小姑娘给自己带饭，他则窝在工位上用电脑搜之前的商业新闻。江宇一向是很关注汽配圈相关的一些采访和报道的，但搜来搜去他想找的那两篇都没有找到，倒是找到了一篇最新的八卦，上面有丁竞元和那位慧海集团的千金的合照。

没错，照片上的人就是长江集团的继承人丁竞元。江宇把照片拿出来比对，是他，是年轻一点的丁竞元。

看来苏墨和那个丁竞元的关系非同一般，可他们到底是什么关系呢？需要专门送这样的照片过来给苏墨看，然后又被人给夺走了，明显寄照片的和夺走照片的还不是同一拨人。

江宇本来就心眼子多，如此这般仔细琢磨了一下，加上答案本来也不是多难猜，真相便隐隐浮出水面了。

他先是惊讶，莫非苏墨喜欢丁竞元？接着是妒忌，没想到苏墨还能和那个丁竞元有关系，丁竞元是什么人啊，像丁竞元这样的人，只能在报纸杂志上看到他的名字；然后是鄙夷，整天一本正经的，原来私底下是这副见不得人的样子；最后是各种怜悯，唉，家世悬殊太大，和那个丁竞元修成正果又哪是那么容易的事？人家是什么身份，苏墨是什么身份，也不知道掂量掂量。这不，肯定是得罪了什么人了，把这种照片都寄到厂里来了，目的肯定是要苏墨知难而退。想苏墨一个外地人，在这边无亲无故的，一个人生活，每月还有那么多的房贷要交，也够不容易的。

江宇带着点隐秘的优越感，自鸣得意地感叹了一下，幸好是被他看见了，这要是被其他人看见了，这工作，苏墨怕是做不下去咯。

江宇又想到刚才那个男人临走时说的那句话，颇为不屑地撇撇嘴——以为我是吓大的？抽屉里还掉落了几张照片，他把照片重新欣赏了一遍，找出了一个结实的牛皮纸信封，将照片放了进去。

丁竞元看完手里的照片，车也开到了楼下。雨还在下，尽职尽责的司机大叔并没有立即下车给老板开门撑伞，只从后视镜里观察情况，很明显后头的人很生气，冷着一张脸，坐着一动不动。

母亲这是在挑衅，丁竞元非常生气。

“一会儿粥要冷了。”司机尽职提醒，因为去了趟中医馆，又去了趟金牛镇见了个人拿了一个包裹，其实这会儿已经过了饭点，苏墨估计早饿了。

想到心上人，丁竞元这才呼出心中一口恶气，抬腿下车。

家里头安安静静的，苏墨本是歪在床头上看电影的，这会儿估计是看累了，电影早放完了，人歪着靠在靠枕上已经睡着了，脑袋斜垂着，眼窝下面也有点青，一副很累的样子。

丁竞元脱了大衣，在床头边坐下来，双手撑在苏墨身畔，倾身过去亲吻。接触到那两片柔软的嘴唇时，丁竞元刚才心里的那股怒气才终于平复了一些。

苏墨几乎是立即就醒了。

“你回来了，我睡着了，也没听到门响。”

“饿了吧？”

“一点点。”

“专门去给你买了粥。”

“不用那么麻烦。”

“一点都不麻烦。”

丁竞元说完就用力将人抱进怀里。苏墨还没醒透，顺势就把头歪在了他的肩膀上。

“对不起。”丁竞元忽然轻声说。苏墨也不知道他这句“对不起”道的是哪个歉，有点迷糊的就觉得身边的这个男人此时很安全、很温柔。

苏墨歪在床头半天，身上都有点凉了，丁竞元身上暖暖的，于是苏墨又闭上了眼。

“又睡了？吃完饭再睡。”

丁竞元打横抱了苏墨去外面的沙发上，伺候着苏墨吃了饭，又把人抱回来。然后自己脱了毛衣西裤，掀被子也上了床，把人抱到怀里来，陪着聊天、陪着看电影、陪着睡觉。

苏墨问他下午不用上厂里去吗？丁竞元一本正经地回答“古有君王不早朝，今有老板不上班”。

电影放着，是一部黑白老片，丁竞元靠在床头上，苏墨就歪在他怀里。开始，苏墨还懒懒地有一句没一句地说话，后来看着看着就睡着了。睡着了丁竞元也不把人放下，就让人歪在怀里，自己一动不动地抱着。

丁竞元后来也迷糊上了。等他醒来，外面天色已经有些暗了，四点多了。被窝里很暖和，怀里的人居然还在睡。他想，要尽快去一趟S城把方子请回来才行。

想到回S城，丁竞元立即想到了母亲江心眉，心里的火又隐隐地烧了起来。他之前打算等明年三月份再回去，到时候还要缠着苏墨跟他一起走，现在看来真的不得不提前了。既然江心眉针对他，那么他就回S城，“如她所愿”。

丁竞元抱着苏墨一起睡到了快晚上六点。外面还飘着一点小雨星，两个人起床，洗漱以后撑了家里唯一的一把大伞到小区外面吃晚饭。丁竞元顾着苏墨的身体本来想叫司机的，苏墨说躺了一天了想走走，哪里就那么娇贵了。

冬天天黑得早，小区里的路灯早亮起来了。丁竞元一只手撑伞，一只手揽在苏墨肩上，把人护在伞底下。苏墨把他手拉下来，他过了一会儿又自动揽了上去。

“在外面呢，你给我注意点。”

“就一把伞，你身体不舒服还非要走路，不就是想让我揽着你吗？”

苏墨听了这话立即快走几步走到雨里去了，丁竞元赶紧跟上去，探着身体赔笑脸。老远都能听到他厚脸皮不停地喊“亲爱的”，老远都能听到苏墨臊得没办法一直让他“闭嘴”。

早上，丁竞元送苏墨到鸿运广场坐班车，苏墨很谨慎，在离站台还有一段路的地方就下车了。可是，好巧不巧地还是被临时起意到这边面馆里吃早点的江宇看见了。在江宇看来，这真是应了那句老话——要想人不知，除非己莫为。

江宇饭都不吃了，把脸贴到窗玻璃上往外看。苏墨下车的时候，并没有立即关上门，明显是被车里的男人喊住了，又转身说了两句什么。前头大概是红灯，苏墨下了车撑了伞，就靠着人行道慢慢往前面的站台走了，而那辆豪车在车流里不紧不慢地一点一点往前挪，对着苏墨这边的车窗始终没有关上，显然车里的人一直在看苏墨，苏墨也不时地回头看车里的人。

这和江宇昨天的猜想完全不一样，这个丁竞元明显是很在意苏墨的。

苏墨虽然身体还是有点不舒服，但是已经请了一天的假了，所以开完例行的早会以后并没有偷懒，车间和仓库都跑了一遍，查看自己负责的产品的生产进度。

回到办公室的时候，屋子里没有人。苏墨倒了杯热水，刚坐下来就发现桌上的文件夹里不知什么时候夹了一个牛皮纸信封。信封上面什么都没有写，封口也没有封好。苏墨把信封拿在手里，把里面的东西随手往外一倒，丁竞元那张年轻帅气的脸便马上出现在眼前了。

苏墨低着头把七八张照片一张一张都仔细看了，然后又把照片放回了信封。苏墨打开了电脑看文件，马上就要进行供应商资格审查了，销售科要配合质量部、检验部和设备科准备一切事宜。

右手按在鼠标上，点开文档，然而直到中饭的铃声响了，苏墨的视线仍停在鼠标箭头上，一行字也没有看下去。

去食堂的路上，苏墨被门卫钟师傅老远就给叫住了。钟师傅告诉苏墨昨天有人送了一个像快递一样的包裹过来，本来是让江宇给带过去的，谁知道后来冒出来一个人冲进销售科又把东西抢走了。

“我也不知道是什么人，问清了是你的东西直接就给拿走了。

动作快得不得了，直接从咱们这门上翻进来翻出去的，根本追不上。”钟师傅还挺担心的，“什么人啊？你看要不要报警啊？”

“没大事，认识的，我自己处理就行了，谢谢你钟师傅。”苏墨勉强笑了一下。

“没事就好，没事就好。”

苏墨没有去食堂，直接回了办公室，一个人坐在工位上发呆。看来自己猜得没错，照片江宇已经看过了。这种牛皮纸信封是他们厂里的东西，每隔一段时间他们销售科的人都会到后勤部那边去领一点，有时候给人塞红包装现金装购物卡用的。

苏墨是知道江宇这个人的，小心思比较多，看了这种照片，估计也知道了自己和丁竞元的关系，从今天一早上都没见着人也能看出端倪了。

苏墨知道江宇关注汽配这个圈子，但是苏墨还是抱了一点侥幸心理，想他看过也不见得就知道那人是丁竞元。但是吃完饭，从江宇一进门苏墨就能感觉出来，江宇知道照片上的人是丁竞元了。江宇虚虚地看了自己一眼立马就把目光移开了，又是那种做了坏事不敢理直气壮跟自己对视的眼神。

既然已经被知道了，那么索性就不遮遮掩掩了。

“这个是你放在我文件夹里的？”苏墨抬头问对面的人，声音不大，因为另一边办公桌上的两位也吃完饭回来了。

“嗯。”江宇点头，刚才他看见苏墨和钟师傅在一块儿站着说话了，钟老头肯定是把事情都说过一遍了。虽然他有点心虚，但是脸上却是一副冷淡又带着点不屑的表情。他和苏墨本身就只是表面上和谐，两个人都心知肚明。

“你看过了？”

“不是我故意要看的，是他送来的时候就没包装好。”江宇倒是讲了半句实话，“我要是知道里面是什么，倒给我钱我都不爱看。后来那个人也不问青红皂白地上来就抢，落了几张我就给你原封不动地装信封里了。”

江宇说完无声地“嘁”了一句，然后又不情愿似的咕哝了一句：“你放心好了，我不会乱说的，毕竟那人可是丁竞元呢。”

苏墨听了这句便不说话了，脸色难看。本来还想问一下那人长什么样的，最终还是没有再出声。

整个下午，苏墨耗在了车间里，没再回办公室，在车间二楼的窗口一站就是一小时。

线上的领班姑娘经过的时候笑着问苏科长看什么呢这么入神，窗就这么开着站在风口上不嫌冷啊。苏墨转头一笑，说看雨。年轻姑娘当场就嗤嗤直笑，说外头雨早停了。苏墨这才恍然大悟，跟着认真笑起来，面上那一颗梨窝早就冻成了红色。

班车到了鸿运广场，苏墨还没下车就看见了丁竞元，他穿着黑色的大衣站在站台上正往自己班车上看。晚上风挺大的，他双手插兜，大衣的领子这会儿是整个竖起来的。看见苏墨下了车，他立即迎了上去，在灯光斑驳的站台上大胆地握紧了苏墨的手，把人往一边带。

丁竞元的手好凉，看来是站了好长一会儿了。苏墨看到丁竞元本来是有一肚子火气的，此时却心里一软，微不可察地回握了一下，想暖暖他。

“怎么不接我电话？”

“下午太忙了。”苏墨随便找了一个借口。

太忙绝对是借口，在丁竞元的观念里始终认为不接电话的原因只有两种——想不想和重不重要。

丁竞元胳膊伸过去想搂着苏墨，立即被苏墨一把推开，还不高兴地瞪他。

苏墨这一瞪，眼神终于和丁竞元的对上了。苏墨不高兴了，在借着瞪人表达内心的火气。

“怎么生气了？”丁竞元问，明明早上分开的时候还好好的。

“没有。”丁竞元不问还好，一问，苏墨肚子里的火反而盛起来了。苏墨深吸了一口气，转身就往站台那儿去了。

丁竞元皱眉跟上去，掏出手机给司机打电话。附近没有办法停车，他让司机把车停在了鸿运大厦楼底的停车场里等着。他自己等不及想早点见到苏墨，就在站台这边等了，吹了半天冷风，结果就是这么个情况。

两个人目不斜视地并肩站在站台上，丁竞元故意贴得很紧，用手去捉苏墨的指尖。

鸿运广场这一站不管早中晚等车的人都非常多，公交车一来，站台上就是一片混乱，加上灯光昏暗，丁竞元才不怕会不会被公司的人看见。他捉住苏墨的手后就握紧了，任苏墨怎么挣就是不放开。

“为了等你，我的手都冻成冰了，你不该给我捂捂？”

苏墨看着前面，冷着脸不说话。

丁竞元拉着人上了车，又问道：“到底在气什么？”

苏墨哼了一声，手上摸到自己的包，从里面翻出那个牛皮纸信封，用力拍到了丁竞元脸上。

司机被丁竞元派去酒店买晚饭了。苏墨累了一天，身体已经很不舒服，此时整个人便朝里歪在了床上，只留一个沉默的背影给丁竞元。苏墨因为被江宇知道了自己和丁竞元的事而烦恼，还因为知道了丁竞元曾和那么多人交往过而醋意横生，此时很沮丧。

丁竞元没想到那些照片竟然还有漏网之鱼，他是想看苏墨为了他吃醋，但是绝不是用这些东西去刺激。

丁竞元爬上床，从后面揽住苏墨，把脸探到苏墨面前，苏墨气得眼圈都红了。丁竞元凑上去吻苏墨的眼睛，诚恳道：“都是过去的事了，认识你以后我就没有乱来过。”

苏墨看着墙壁，任他抱着，声音疏离：“包裹是怎么回事？有人翻门进厂里把我的包裹拿走了。”

“照片是我母亲寄给你的……我的人又把包裹拿回来了。”

丁竞元说得有些迟疑，果然苏墨立即一愣，这下连声音都是冷冷的了：“你的人怎么会出现在我的厂门口？拿走的包裹呢？拿来我看。”苏墨手上的信封里只有七八张照片，可想而知，真正的包裹里肯定更多。一想到和丁竞元交往的那些人，苏墨心里头就一阵阵冒酸。

丁竞元哪里会笨到再把照片送到人眼皮子底下，然而任丁竞元怎么哄，软硬兼施，苏墨就是躺着不动。

“我才知道你眼光是真不错。”苏墨声音很平静，听起来好像累极了。

丁竞元扳过苏墨的肩膀，把人搂在怀里：“苏墨，我那是年少轻狂不懂事，跟那些人都只是逢场作戏，你在我眼里才是……”

“和那么多人逢场作戏呢？”苏墨也不看人，直接插话，这句话就说得有些怨了。

丁竞元心里又急又美，苏墨这明显就是吃醋了，他把人抱紧了："过去都是我的错，我爱你，只爱你。你不信吗？难道非要我跪下来你才信吗？"

"嗯，不信，你跪吧。"苏墨冷淡地吐出这么一句，让丁竞元搬了石头砸自己脚了。

男儿膝下有黄金，丁竞元这天晚上为了哄自己的宝贝回心转意，心甘情愿地跪在了床前，抱住苏墨的小腿，对自己过去的"罪行"进行了深刻的忏悔。

已经尝过了苏墨心甘情愿、温言软语的那种甜蜜的滋味了，现在苏墨又变回了以前那种冷冰冰的模样，丁竞元可受不了。不就是跪嘛，有什么大不了的？这么想着，丁竞元翻身就下了床。

"看好了，老公给你跪了。"丁竞元抱住苏墨的一双腿声音无比诚恳，"过去都是我的错，我那是还没遇上你，你原谅我，亲爱的？嗯？"

苏墨本是面朝里面歪在床头的，听了他这话便偏了偏脸，从自己肩膀上方用眼角射出的目光去看，果然丁竞元在床边跪下了。穿着衬衫西裤，打着斜纹的领带，领带夹上的一排细钻在灯下闪着亮光，看上去正是一副诚恳模样。

苏墨还真没想到丁竞元能说跪就跪，刚才那句"跪吧"就是顺着丁竞元上一句的话说的，并不是蛮横到真的要让他罚跪。

丁竞元见苏墨还红着眼圈，但终于是愿意看自己了，立即就要翻身上床。

"跪好。"苏墨小声说了两个字，丁竞元心里叹息着赶紧地得令——退下去两膝盖并拢，腰板挺起来，两手规矩地搭在腿面上。

"你不用勉强。"

"一点也不勉强，心甘情愿。"

"被你拿走的包裹呢？"苏墨翻过身来面朝丁竞元歪着，一句话问得轻描淡写。

"扔了。"丁竞元回得干脆。

"那是我的东西，你凭什么扔啊？"

"怕你看了不高兴。"

“那你说说吧。”

说什么？不想好了吗？今晚他可不想睡沙发。

“我以前那些年少无知的事情过去就算了吧，别提了，听了伤身伤心。亲爱的，我以前错了成吗？我自从认识你以后再没乱来过。”

“那后来五年呢？”苏墨面无表情地冷着声问他。

“……有过两个。”丁竞元下了很大的决心似的缓了一口气，眼睛紧盯着苏墨。

苏墨脸色依然很冷，张着嘴喃喃道：“去跪好……晚上没有饭吃。”

晴天霹雳！

尽职尽责的司机买了饭回来按门铃的时候，是苏墨开的门。司机不知道晚上老板还要不要用车，就随口问了句：“丁总呢？”

“哦，他在里面跪着呢，你下班吧。”苏墨云淡风轻的一句话，顿时就让尽职尽责的司机惊呆了。惊呆之余，他真的很想冒着失业的巨大风险不顾一切地冲进去，看一眼他家不走寻常路的老板被罚跪的时候到底是什么样。

中式点心一样样精致地摆在食盒里，苏墨坐在餐桌前慢条斯理地吃。可以说江心眉的目的是真的达到了，苏墨的脾气就是这样的，不在意的事转脸就能放一边不管，在意的事情却会搁在肚子里很长时间。丁竞元这件事，不管他怎么解释，没有一段时间，肯定是过不去的，就算面上看着没事了，心里头还揣着呢。

丁竞元当然不会老老实实地在屋子里跪着，苏墨在外头吃饭，他在里面翻他的那把万能钥匙，防止晚上被锁在外头。

吃完饭，苏墨进浴室洗澡了。丁竞元不急不忙地出来先把饭吃了，然后继续给苏墨赔罪。

丁竞元风雨无阻地接送苏墨两日，故意在冷风细雨里吹着淋着，等苏墨一下车就用冰凉的手上去握人家的手，苏墨到底是心软，心里头还揣着不痛快，但是脸上终于是缓和了一点。

到了周六，丁竞元要去S城请方子。他想让苏墨跟着一块儿去，顺便两个人还能约个会。苏墨听说他要去见神医，以为他身体哪里不舒服，着实紧张了一下，后来听说是请方子，便装作不在意地问是什么东西。

丁竞元估摸着要是说了，苏墨肯定是不会去了，就扯了慌说自己会开得多了颈椎有了点小毛病，就是治这种问题的方子。

苏墨一听倒上了心，父亲苏泉丰老早就说颈椎不好，听苏正说这几年更严重了些，加上担心丁竞元颈椎真的有问题，就这么被骗上车了。

反正那老中医对于治颈椎这种问题应该也会有一套的吧，丁竞元如是想，他对这个见钱眼开的老头子有莫名的好感。

早上八点钟吃完了早饭从家里出发，中午之前就到了。这么多年了，苏墨又一次踏进了这座城市，免不了想起了很多以前的事情。

读大学第一次离开家，大二拿过两次一等奖学金，大三搬校区认识了丁竞元，大四到江那边的学校看丁竞元打比赛，还有后面那些疯狂的事……比赛场上的丁竞元是真帅……那时候自己多无知啊，早被身边这个“疯子”盯上了还一无所知。

苏墨往后仰靠在座椅里扭着脸一直往外面看，丁竞元靠过来，问：“一个人想什么呢？”

“想你以前有多坏。”苏墨转过脸来，幽幽地看他，丁竞元立即凑上去亲了苏墨一口。

“我在东方大厦上面的餐厅订了位置，等办完事情回来晚上看夜景。”丁竞元侧着身子歪在苏墨身边。

“有什么好看的，以前上学的时候都来看过了。”

“一边吃一边看的感觉能一样吗？以前和谁来看的？”

“和梁彬。你还记得吗？你跟他打过架的。”

丁竞元笑了：“后来你给我上药，一笑这边的一个小酒窝就跑出来了，一眼就被小爷我给看上了。”

丁竞元轻声说：“我一见倾心，后来就整天想着要怎么才能把你追到手，这么多年都想魔怔了。”

“呸！”苏墨十分嫌弃地翻了一个白眼，嘴里骂他，“臭不要脸”。

丁竞元笑着不说话，默认了，捉住苏墨的手摆弄着，慢慢将自己的手指从苏墨指缝里插了进去，两人十指紧扣。

中医馆在比较偏的一条路上，不大，有两层，进去就是一阵中药味。外面一间是中药柜台，不时有人进来买药，里面一间是正式的诊室，楼上是关神医的卧室和给病人针灸治疗的地方。

关老头子年纪不小了，但是看上去精神矍铄，身体硬朗。寒暄后他取出眼镜戴上，就开始盯着苏墨看，看得苏墨感到有点莫名其妙。

据说老医生给病人看病的时候，不喜闲杂人等在场干扰，所以苏墨就在楼下的红木椅上坐着等，丁竞元跟着略古怪的老医生上楼请方子去了。

“我看你爱人面色无华，可能是有气血两亏之症，气虚容易畏寒，疲倦无力，血虚容易手足发麻精神不济。”关老头子从房间里拿出一只黑色小木盒递给丁竞元。

丁竞元听了老医生的话非常心疼，他也觉得苏墨的精神最近几天明显不太好。丁竞元心里不免担心，又继续问道：“怎么补气养血？有专门的方子吗？”

“有是有……”

“开价吧。”丁竞元懒得跟他兜圈子。

关老头听了这话立即露出一个“你真上道”的笑脸来，接着说：“进补呢是要长期坚持的，我这种是食补法，在对方气血补养上来以后，你就按我的方子补……”

丁竞元下来的时候，苏墨正站在柜台边上看人家配药。柜台上铺了二十几张方块纸，配药的年轻人正在用一杆金黄色的小铜秤给客人称药。丁竞元看了两眼，确定医师长得不帅。

“好了，怎么说的？”苏墨转过身来看，丁竞元的脸色似乎不大好的样子，禁不住就有点小担心。

“担心我？”丁竞元用唇形无声地问，脸上露出一个得意的笑。苏墨对着他翻了一个白眼，看到了他手上的两只小木匣子。丁竞元十分配合地把其中一个黑色的盒子打开给苏墨看。苏墨把里面用小红绳系上的金丝边小卷打开，只见上面从左至右抄录的全是中药的名称。

苏墨自然没看懂，正想问丁竞元，关于颈椎老神医是怎么说的，关老头子这时候已经从楼上下来了，站在楼梯口上喊：“苏墨，你请跟我来，丁先生你先止步，我有几句话要单独跟你爱人交代一下。”

苏墨疑惑不解地走进了诊疗室，一分钟以后满面通红地快步走了出来，对丁竞元视而不见，径直地冲出了医馆大门。

下午三点不到，下起了蒙蒙细雨，外头其实还是蛮冷的，尽职尽责的司机大叔坐在温暖的车里将车子发动，缓缓地跟上前面在雨里闹别扭的两个人。如果说昨天晚上对于自己老板被罚跪还存有一点不敢相信的念头的话，那么现在他是彻底信服了——苏墨绝对是有降得住他家丁总的本事的，看老板跟在苏墨后面各种做小伏低就可略知一二了。这要是被二汽厂那一帮职工看见了，估计下巴都能惊得掉地上去。

这条街比较偏，又下着雨，路上几乎没什么人，丁竞元追上苏墨就直接从后面将人抱住了，抱住了就往后拉，苏墨气得哪里肯跟他走，挣胳膊踢腿地挣扎。丁竞元真要心疼死了，本身身体就亏了，又气得脸色都变了，这下淋了雨再冻着就坏了。苏墨犟得很，丁竞元没办法只得把人扛在肩膀上。

司机特别有眼力见地已经将车子开了过来，赶紧跑下来给老板开车门。及至他跑回来坐进驾驶座，就听到后面他家老板气得咬牙切齿的声音在哄人："我错了成吗？我回去给你跪着还不行吗？"知道苏墨害羞，这种时候从来都是不出声的，大叔赶紧把车上的音乐打开了。

"别气了，我不是故意骗你的。"

"就想跟你一起出来转转，约个会吃个饭，知道你要强，才没跟你说实话。"

"这方子长期用，你身体就会好了。"丁竞元贴着苏墨的耳朵小声说话。

"你身体总是不舒服，我心疼死了。"

前头还有个喘气的呢，苏墨气得想骂人。一个不愿意乱挣，一个恶作剧似的捉弄人，两人跟小孩似的在后座扭成一团。

丁竞元订的是那种用沙发半包围起来的位置，天慢慢黑下来，周围的灯光也渐次亮了起来，加上一点绵绵细雨，看上去完全就是一幅朦胧的美景。看着眼前的景色，心情不自觉就会好三分。

苏墨虽说心里还有气，但是美景当前也能一边吃一边看。点的都是餐厅里最精致的菜，就这丁竞元还不怎么满意的样子，说景色不错，吃的就差点意思，好在红酒是好的。

吃完饭已经八点多了，外头还下着雨，这个时候去哪儿约会都有点不太方便。旋转餐厅下面有一条悬空的观光走廊，丁竞元便问苏墨要不要下去看看，估计夜景会很美。

已经快到闭塔的时间了，此时走廊这里几乎没什么人。为了从玻璃墙里更清晰地观看夜景，晚上的观光走廊灯光是很暗的，只有顶上发散着几道红光。圆形透明的观光走廊，可以看见全方位的夜景，绵绵细雨之中入目皆是朦胧的璀璨灯光，脚底下是雨夜里的车水马龙，远处车船流光景色瑰丽非常。

丁竞元单手插在大衣口袋里，站在玻璃墙前回身问苏墨——

“漂亮吗？”

“嗯。”

“漂亮你还不过来？”

走廊外面两米宽的是悬空的玻璃地面，最里面那一圈是实心的木地板。苏墨刚才踏在玻璃地面往下看，两百多米的高度真是太刺激了，苏墨心里一悬，马上意识到会不会是自己其实有点恐高？立即就退了回去。

看着缩在木板上不动的苏墨，丁竞元笑着伸出了手：“过来啊。”他从苏墨鼻管里喷西瓜汁那回就知道了，苏墨胆子其实有点小——丁竞元这是把自己当作参照物呢。

苏墨被他笑得有点不高兴，把他伸出来的手晾在那儿，自己贴着里面一圈径直往前走了，这样照样可以看景色。

“你别往下看不就行了。”丁竞元快走两步追上去，一把抓住苏墨的手，把人往外面拽。

“别往下看。”丁竞元在苏墨后面堵着，把人圈在玻璃墙上，故意把身体往前贴紧，俯首低语，“怕什么，真要掉下去咱俩也死在一起。”说完，把脸探到苏墨面前，倾身吻上了那两片薄唇。

夜色太美，气氛太好，梦寐以求的恋人即使下午刚生过气，即使现在有着种种顾忌，还是愿意被自己抱在怀里任意亲吻，丁竞元满足得连连叹息，在接吻的间隙里十分愿意腾出一点时间进行表白：“苏墨……爱你。”

置身这样的空间，听着窗外的雨声，耳里的这一声呢喃一时让苏墨竟也有些醉了，被丁竞元这样紧紧抱着，心里觉得十分安全，刚刚畏高的心慌也被抛到脑后了。

后来丁竞元硬牵着苏墨的手，两个人一个走外面玻璃一个人走里面木板，就这么慢慢地绕着观光走廊走了一圈。

下榻的酒店就在江东岸，可以说是两岸最豪华的酒店，落地窗一开就是雨夜美景。苏墨别说住，这样的地方进来都是第一次。长江集团的继承人就是不一样啊，苏墨是心里头能搁事的人，默默地想自己的，脸上一点都不显。

半夜，苏墨被客厅里讲电话的声音吵醒了，虽然丁竞元已经很小声了。

“醒了？被我吵得？”丁竞元打完电话钻进被窝里，一把将苏墨拖过来搂进怀里。

“半夜跟谁打电话呢？”苏墨背靠着丁竞元的胸口，抬手摸着了他的手腕，声音含糊，已经困得又要睡着了。

“周转预。”

好熟的名字，苏墨迷糊中想起来这是丁竞元以前击剑队的队友。耳边听着丁竞元低沉的说话声，苏墨先还努力集中注意力想听完的，可后来听着听着就睡着了。

“离开击剑队后，他去了香港，我们一直有联系，又一起合伙注册了公司，做运动品牌代理……现在已经做得很好了……是亚洲最大的代理商……”

“我之所以愿意回来，只是为了见你。”丁竞元支起身把脸探到苏墨面前，知道人已经睡着了，便在那薄唇上轻轻一吻。

两个人周日下午到的家，回去的路上到中药店配了药。当天晚上，苏墨的一居室里就飘起了药香。丁竞元对这件事非常上心，而苏墨在卧室里整理东西，一个没留神，多磨蹭了一会儿，出来到厨房一看，顿时就火了。丁竞元竟然用那两千块钱的锅子熬药呢，不锈钢的锅无毒无害导热均匀，用来熬药是好得很，但是——

“这药黑乎乎的，你想把我锅烧黑啊？你赶紧给我倒出来！”橱柜里明明有陶瓷的，还有个砂锅他偏不用，非要用自己的心肝宝贝。苏墨见他不动，赶紧上去一把将火给关了。也不怕烫，立即将一锅药给倒了出来。也不管盆里的药，立即就去洗锅。

丁竞元心里头非常不爽，他当然是想用最好的锅给苏墨熬药，但是苏墨却为了一个锅给他脸色看。

人不如锅？他走到洗碗槽边上，苏墨不理他低头仔细地洗锅，跟洗宝贝似的。丁竞元心里头泛上来一缕酸，他吃醋了，吃一个不锈钢锅的醋。

后来药是在一个旧砂锅里熬好的。苏墨把丁竞元关在浴室外面，自己独自面对已经灌到了点滴袋子里的还有些烫手的黑药水。

苏墨坐在马桶盖上，直着眼发愣，在想那个“值不值得”的问题，最后直到药水彻底冷透了，人也没动一下。

晚上丁竞元双手双脚把苏墨夹在怀里，将人搂紧了。

“我新年就要回S城了，你在家要按时服药。”

“不是说三月份？”苏墨自动屏蔽了后面半句，听他说要提前走，心里头也不知道是个什么滋味。

“舍不得我？”丁竞元笑，有些得意，“临时改变了计划，等我那边问题都解决了，我来接你，好不好？”

苏墨照例不答，丁竞元叹息一声，把下巴顶到苏墨头顶上——苏墨还是不愿意。不愿意也没有关系，他慢慢来，他先解决问题，再来谈苏墨爱不爱他这件事。

第二天苏墨下班，刚到家，门铃就响了。开了门，外面是两个小伙子，说是丁先生买了厨具，专门让这个点给送过来，几个人上上下下七八趟才把东西搬完。

苏墨第一眼看到外包装就知道里面是什么了——自己非常喜欢的牌子的厨具，丁竞元竟然把全套都买了！苏墨在签收的时候看着单子上金额那一栏眉头皱得死紧，但还是一个一个把包装给拆了。把里头漂亮的东西全拿出来的时候，又实在是忍不住欢喜。其中一个胖墩墩的小煎锅实在是可爱，苏墨拿在手里反复摩挲，当初要不是因为它不怎么实用，自己肯定是要先买的。真是败家的丁竞元，真是可爱的锅碗瓢盆！

一下子太高兴了，苏墨都没有发现厨房里花了两千多块才买到的那只汤锅早已经不翼而飞了。昨天晚上苏墨坐在马桶上发呆的时候，丁竞元就晃到厨房把那只锅扔进了楼下的垃圾桶里。

已经是十二月下旬，就这两天丁竞元就要回S城了，要准备正式在董事会上亮相了。天气这么冷，他走以后，苏墨就得一个人来来回回的挤公交车了。早上丁竞元照例送人去鸿运广场坐班车，一路上都把苏墨的手攥在手心里。下车的时候，丁竞元殷勤地给苏墨穿大衣，在耳边嘱咐别累着多休息。

不用丁竞元吩咐，司机大叔也知道的，车窗要降下来，这一段要开慢一点，能有多慢就开多慢。

丁竞元抄着手仰靠在座椅里，目不转睛地看人行道上的苏墨。今天气温很低，外头也有风，苏墨围着他买的深蓝色围巾，配驼色大衣，围巾尾部的宽流苏搭在肩上被风吹得乱颤。苏墨抬手掖好，顺便往这边看了一眼，发现丁竞元又在追着看，目光如炬，于是没好气地瞪他一眼，丁竞元得到了苏墨这风情无限的一个白眼，心满意足地笑了。

年底供应商审核，厂里连清洁工都被要求加班，里里外外包括经年不动的废品库都被打扫一新。所有设备全重新检验了一遍，后天线上要生产的产品也做了特殊安排，为了防止到时候工人应答出错，质检部专门制定了一页问答题，打印出来让工人背诵。苏墨这样的领导层也被卢总召到办公室开会，一开就是一下午。

这次的资格审核很重要，情况也比较特殊，不用说，肯定会很严，因为长江集团势必要踢掉一部分海威的供应商而改用他们自家的。厂家远近、产品质量、设备、规模等都在审核范围，可以说恒远上上下下都挺紧张的，唯有一个人比较闲，这人就是江宇。开会也没他什么事，他又不是领导。他觉得这一帮子人纯粹就是在瞎紧张乱折腾，就凭苏墨和丁竞元的关系，肯定也得给过啊。江宇也不去仓库点货，也不到线上去看进度，就窝在办公室里，揣着这么一个惊人的秘密摸鱼打游戏。

两点多的时候，后勤部的一个小姑娘过来找苏科长有事。

“在楼上卢总那开会呢。”江宇头也不抬地继续打游戏。小姑娘说声谢谢转身走了。

三点的时候，采购部新来的助理小美女过来找苏科长有事，江宇对这个小姑娘很有好感，因为人长得漂亮，看着挺单纯。

“什么事啊？科长楼上开会呢。”江宇终于停了游戏，脸上还带了笑。

“哦，那算了，我等苏墨科长回来再来。”小姑娘对他的笑脸视而不见，说完就点头致意把门带上走了。

连声谢谢都不讲，还没刚才后勤那姑娘懂事呢，长得好看了不起啊？科长就科长喽，还苏墨科长，有这么连名带姓地叫领导的吗？

江宇郁闷地正准备接着玩游戏，后勤部又来人了。是那个薛斐，喜欢苏墨的那个。本来关于薛斐喜欢苏墨这件事，只是检验科那个小圈子里的秘密，后来也不知道是谁给说出去了。

“苏科长还没回来呢？”薛斐笑问。

薛斐是后勤部的老人了，也是组长。江宇知道刚才那小姑娘肯定是薛斐指使来的，因为薛斐喜欢苏墨的事情如今已经传开了，有事的时候，自己想亲自来有点不好意思。如今派人来过一趟，人不在，薛斐现在算是事出有因名正言顺地自己过来了。

“没呢，在开会。”江宇没好气，但是也没表现出来。薛斐到底是厂里的老人，多少得给几分薄面。

“你倒挺闲的，在这儿玩呢，我刚过来看你们科的几个都在仓库里忙呢。”薛斐走过来往电脑上看了一眼，游戏页面还没关。

“我的早处理好了。”

“你反正偷工减料呗。”能懒就懒了，薛斐笑道。

“嗐，你这话讲得。”江宇抬头瞪他，“我是那种人吗？再说了，都折腾什么呀，准过的事。”

“什么意思？”薛斐好奇地弯腰看他，“你有内幕消息？是不是卢总都打点好了？你们销售科已经请人家吃过饭了？”

“嘁！”江宇笑着抖抖肩膀，不说。

“不说算了，待会儿苏科长回来了，我直接问。”江宇不说，薛斐还懒得问呢。

江宇听了这话直接笑了，有点冷笑的意思：“这事啊，你无论问谁都不该去问苏墨。”

“为什么？”薛斐眉头立即皱起来了，明显江宇话里有话，而且是跟苏墨有莫大的关系。

“不能告诉你。我说过了不能说的。”

这下薛斐的好奇心完全被勾起来了，立即缠着江宇要他说：“说吧，说吧，我保证不告诉任何人。”薛斐举起手，三指朝上，一脸认真。

“真的？”江宇挑起一边眉毛。

“嗯。”薛斐猛点头。

薛斐喜欢苏墨，江宇觉得应该把这件事早点告诉薛斐，好让人早点死心，转念一想，他等于是做了件好事了。

江宇叹了一口气，冲薛斐勾勾手指，薛斐立即弯下腰把耳朵凑了上去。

苏墨从楼上下来的时候在楼道口遇上了薛斐，薛斐却垂着眼睛装没看见，飞快地跑下了楼。苏墨感到有点奇怪，薛斐从来都是老远就跟自己打招呼的。进了办公室，就见江宇一个人，便先传达了一遍会议内容。慢慢地苏墨才觉出了一点不对劲，江宇好像又干了坏事，说话都不看人，联想到刚才的薛斐，苏墨敏感地察觉到了一丝不妙。

当天下班之前，二汽质量部有人给卢总传来了消息，他们下午的工作部署会议已经决定了，二汽厂以后由刘城垣副总接替丁总的位置，丁竞元调回总部去了。

卢民意听到这个消息非常遗憾，因为跟丁竞元接触了一段时间，觉得他并不是一个很难搞定的人，相反，约也很好约，送东西也能送得掉。现在换了人了，以后还要重新接触，之前的努力都白费了。

下午四点钟，卢民意照例要回城洗澡，下楼的时候遇到了从仓库回来的苏墨，顺嘴就把这件事跟苏墨说了。

“知道了。”苏墨答应了一声，转身上楼了。走到二楼拐角的地方步子才渐渐慢了下来，扶着扶手站住了，丁竞元看来马上就要走了。

鸿运广场的站台上今天没丁竞元等着了。苏墨刚下车，便听到有人喊，转身一看竟然是尽职尽责的司机大叔。

“最近丁先生忙不忙？经常出去吗？”苏墨上了车，脱了大衣，找司机大叔说话。

“最近两天都是在厂里，一待就是一整天，今天中午丁先生去了几家4S店，耽误了一点时间，晚上就晚了，先生让我先来接你。”

“去4S店干什么？”

“先生买了一辆车。”大叔看了一眼后视镜，斟酌着要不要说，万一老板是想给苏墨一个惊喜呢。

“买车？买的什么牌子的车？”

“你看了就知道了，特实用，跑起来又省油，先生跑了好几家，午饭都没顾得上吃。”

买给自己的？苏墨听得愣住。

进了小区，离得老远苏墨就看到楼底下停着一辆新车。

“车钥匙在丁先生手里，中午是丁先生一路开回来的，说是要先试试车的性能。”司机大叔完成任务，该说的也都说完了，这才掉头开走。

苏墨在冷风里站了会儿，走上前去，把手搁在车头上，满手冰凉。

丁竞元回来一进门就闻到了满屋子的香味。从寒冷的外面进到温暖的屋子里，又有心爱的人忙碌着给弄了一桌子好吃的，这种心满意足的感觉应该就是幸福的滋味了。

“回来了？”苏墨开着油烟机正在炒菜，听到动静也没回头。餐桌上盘盘碗碗地摆了好些，一个电火锅，里面滚着高汤，香气顺着翻滚的汤花一股一股地往外冒。丁竞元从后面把苏墨抱住，歪着脑袋亲。两个人无声对视，都没提下面那台新车的事。

“今天有火锅？”

“嗯，马上就好。”

丁竞元洗了手，回身将各种丸子和羊肉卷投了一些进锅里，然后坐下来掏出手机对着苏墨录像。他明天下午就要走了，那边别墅里的行李也都已经让人收拾妥当了，这一走就要有一段时间见不着了，想肯定是会想的，所以他得存一点苏墨的声音和样子在手机里。

吃饭的时候，丁竞元的手机也是开着摆在一边的，他连苏墨吃饭的声音都要录。

“怎么不说话了？”

苏墨装没听见，吃自己的。

“嗯？问你呢。”苏墨不理人，丁竞元就伸筷子去别苏墨的筷子，没别住，苏墨绕过去直接将肉送进了嘴里，丁竞元一筷子紧跟着插进了苏墨嘴里，硬是将那片进嘴的肉又抢了出来，转手就塞进了自己嘴里。

“你干吗啊？”苏墨愣了一下，看丁竞元嚼得开心，简直就要被他这不要脸的行为臊住了。

“干吗不说话？”丁竞元理直气壮得很。

“谁让你开这个了。”苏墨用筷子指着边上的手机。

“录声音啊。”

“我看你有毛病。”

第二天，苏墨照常早早起来做早饭，煮小米粥，煎几片猪脯肉和荷包蛋，炒一点下饭的小菜。丁竞元起床的时候饭已经要上桌了，两个人有一句没一句地讲着不相干的闲话。

吃完饭，两人像往常一样一起出门。丁竞元给苏墨穿大衣，等苏墨出了门，回身将门锁上，锁完了习惯性地用手使劲推了推，确保锁住了。

这一路，丁竞元都攥着苏墨的手，将人送到鸿运广场，眼见着人要开门下车了，他忽然倾身过来对着苏墨的嘴唇轻轻一吻，看着苏墨的眼睛，郑重叮嘱：“要记得想我，天冷了照顾好自己，开车的时候慢一点，要注意安全。”

苏墨难得地没有装作没听见，对着如此严肃的丁竞元忽然抿嘴一笑，笑出了一个很浅的酒窝：“知道了，啰唆。”

车子从站台经过的时候，苏墨最后和丁竞元对视了一眼，追着车子看了好几眼，看到车窗慢慢地被司机升了起来，最后整个消失在了车流里。

明天供应商考核，本来以为一切都已经准备就绪，没想到接二连三地发生了不少意外，各科室着实忙了一天。先是一大早门卫的钟师傅没有来上班，班车在大门外停了半个多小时都进不来，因为找不着钥匙开大门。直到九点多的时候才接到电话，说是钟师傅家里出事了，昨晚因为电线老旧着了大火，房子全烧了。

大家一阵唏嘘感叹，卢总临时开了个很简短的会，号召大家忙完了，明天给钟师傅家里捐款。后勤部又临时从镇上找了一位老师傅来顶两天班，卢总亲自交代了，废品库后面那只黑妞记得要喂。黑妞是卢总养的狗，据说是獒和黑背的串种，之前这都是钟师傅的活，食堂里还专门有个小灶每天给黑妞做饭。

中午吃完饭，测量室的一件很重要的精密测量仪器又被发现出问题了，之前检查的时候明明是好的。采购部和测量室于是紧急开会，电话联系，立即派人出差采购，务必要连夜赶回来，保证明天早上仪器能到厂。

下午，苏墨也帮着质量部到线上抽查操作工人关于打印的那一页问答题的背诵情况，基本上就算磕巴的也都能说出来了。

等到三点多，楼下的保险丝盒产线上忽然生出一阵大骚动。苏墨赶过去的时候只见着了地上的一摊血，一个操作工打包的时候不知道怎么搞的竟然被打包机夹破了手，看样子伤得还挺严重的。

有年纪大的员工多了一句嘴，说这见血没有好事啊，苏墨转身蹙着眉朝她嘘了一声。不吉利的话少说没错，但是见红没好事倒确实是真的。

忙了一天了，到了班车上大家聊的也是有关明天审核的话题。江宇隔着一个走道坐着，闭着眼睡觉，支着耳朵听旁边的苏墨讲话。知道了别人的大秘密真是一件痛苦的事，他现在变得特别注意苏墨的一举一动了，简直就是不由自主，真是够了。

直到苏墨到了鸿运广场才想起了丁竞元，站台上不会再有他的影子了。

苏墨在冷风里吹了十几分钟才等到要坐的公交车。今天人格外多，一路差点挤成了照片，好不容易才坐到了家门口。

离得老远就看到了楼下那辆黑色的新车。苏墨无声地长叹了一口气，大衣口袋里，苏墨手心上正攥着一把车钥匙，因为攥得久了，都已经有点出汗了。

上楼之前，苏墨开着车在小区里四处转了转。驾照拿了一年多，现在开车都有些手生了。开了有半个小时，重新把车停到了楼下。在车子里四处看看摸摸，随手打开了车前的储物盒，发现里头有一个精致的小盒子，拿出来打开，是一件出入平安的如意挂件，玉牌子下面还坠了两颗红色的天然红纹石。

与此同时，已经到家的江宇正气势汹汹地冲到小区的门卫那里跟两个保安指鼻子瞪眼。他收到外地的姐姐给寄来的一箱土特产，刚从门卫这搬回去，结果回到家拆开一看，里头的烧鸡全都给吃了，就剩一包包的鸡骨头在袋子里，山核桃也全都被吃得就剩壳了。

江宇各种为难各种难听话，两个保安就差指天拔地赌咒发誓了，说真没动他东西。围了一圈的人看。最后一个小保安急了，说了句狠话，结果江宇就真不骂了，夹着尾巴跑回了家。

江宇气哼哼地回了家，又打电话找快递公司，骂了一通，各种投诉。结果客服小姐客客气气地说目前看快递路线是没问题的，事情还需要进一步核查。江宇当场气了个半死。

第五章

互诉情衷

供应商资格审核这天早上下起了小雪。坐在前排的廖敏头一个就发现了在鸿运广场站没有见着苏墨的人。时间久了，班车每一站上来哪些人她都是很清楚的。司机让廖姐给苏墨打电话问一下，看还能赶得过来不，赶得及的话车子到前面找地方再等等。

廖敏正要打苏墨的电话，苏墨倒先打过来了，挂了电话她笑着跟司机说别等了，走吧，小苏早上睡过头了说是开车过去。

“哦，是吗？苏科长买车了？”司机立即关了车门。

“我也是刚知道，哎呀，小苏现在有房子有车，就差一个对象了，哪天我再给小苏介绍一个好的。”廖敏说得好像自己家小孩有出息了似的，话里一股子自豪劲。

哪知她话音刚落，坐在后面的江宇就冷笑了一声，明显是不屑。廖敏抄手靠在座位上，也不是和谁搭腔，就自己说自己的，似笑非笑的口气：“哎呀，要说苏墨就是能干，长相先不说，关键人厚道，现在的年轻人像苏墨这样的可不多了，油嘴滑舌、偷奸耍滑的人太多了。”

“就是。”不光司机，边上坐着的会计也附和道。

江宇听了这话气得觉都睡不着了，真恨不能立刻站起来大声把秘密说出来。等知道了苏墨的真面目，看这些人还有哪一个会说苏墨好！苏墨一个外地人，还要供房子，穿的衣服眼见着是越来越高档了，哪还有钱买车，肯定是丁竞元买的。

班车进了厂，江宇一直坐到后面的停车场才下，就为了看苏墨的新车。嘁，原来就是十几万的破车，他还以为会是什么豪车呢。丁竞元这么有钱却给苏墨买了这么一辆车，可见有钱人全是很小气的，或者说人家也就是玩玩而已，根本不上心。这么想着，江宇心里头就顺畅多了，甚至有点怜悯苏墨了。

大门上没有扯横幅，不想谄媚得过于明显惹人生理厌恶，只在门旁专门用一个木牌子贴了个“欢迎莅临指导”的标语。

九点多的时候，二汽的几位工程师先后坐着两辆车来了。即使关系重大，卢总也只在刚开始人到的时候，出来一个个握手表示了欢迎，之后哪怕心里再担心，也还是把自己关在办公室里没出来。因为没有老总陪着工程师审核的道理，即使恒远只是二汽的一个供应商。之后是质检部、测量部、销售科的领导一路陪着几位楼上楼下地到处检查。

因为事先准备得很充分，早上一切都还很顺利。设备、测量室、实验室各方面都看了，基本是没任何问题的。黑妞伤人事件发生在下午。

中午苏墨一块儿陪着二汽的工程师们吃饭。因为下午还要看产线，所以也没有走远，就在金牛镇最好的一家饭店吃的。

这边厂里的食堂今天吃的是番茄炒蛋、芹菜干丝、土豆鸡块、肉圆子，还有紫菜汤。卢总坐在食堂里和其余科室的几位领导一块儿分析早上审核的情况。食堂后面的小灶上正煮着一小铁锅的鸡块，这是黑妞的午餐。黑妞金贵，每天不是鸡肉就是猪肉，吃得比人都好，这是门卫刚来的那位夏师傅昨天就发出的感慨——人不如狗。

饭菜烧好了，夏师傅按时按点地过来将黑妞的午饭给端走了。黑妞养在废品库后面的一个很矮的小房子里，在厂区的最后面，比较偏，平时一般也没什么人往这里来。卢总已经养了黑妞好多年了，早些年的时候还能看到他经常到后面来把狗链子打开，被黑妞拽着满院子跑。这两年就几乎不过来了。听说最近他在外面交了个女朋友，厂里头的几位包括黄悦文都一直没有好脸色给他看，加上年纪也越发大了，精力有限，实在是应付不过来，也就更顾不上这大狗了。黑妞这两年光吃不动，本身就是大型犬，如今已经长成了很胖、很吓人的体格。

夏师傅先把饭盆搁在黑妞够不着的地方，然后心虚地往身后楼上各个窗口看了一眼，用自己的身子把饭盆挡挡好，再从外套口袋里掏出一个结实的塑料袋，把袋口张开，直接往盆里一扣，也不怕热，挖出了好大一坨，立即又掏出一个黑色的袋子往外面一套，系好，外套打开，往怀里一揣。然后用脚把饭盆推到了黑妞脸前，骂它："狗东西，吃吧。"

黑妞并不吃，只是一动不动地蹲在地上仰着脑袋看他，这人昨天下午快下班的时候来偷它的饭，把它饭盆里剩的全倒走了，害得它晚上没得吃，半夜饿得直着脖子乱叫唤。今天它自己一口还没吃呢，这个人又来偷饭，这意味着它晚上又得挨饿。

黑妞即使蹲着，个头也吓人，狗头特别大，狗眼特别亮。夏师傅被一只狗看得心头瘆得慌，"呸"一声嘴里骂骂咧咧地走了。

中午吃饭吃到一点，因为都喝了一些酒，所以又休息了一小时才回厂里。吃完一顿饭，审查的气氛明显要比早上轻松些了。

一直弄到了下午四点，这时几位工程师正从二楼的车间下来，表示都看完了，可以了，具体结果等审查都结束了，会以书面的形式传送过来。

两辆车也从停车场那边开过来了，就在大家握手再见的时候，忽然后面废品库那边发出了一声惨叫。就在一行人惊异着一齐往后看的时候，那边楼上窗口又接连发出了几声尖叫。顿时，一只黑色的体格吓人的大狗拖着一根长链子以飞速奔跑的方式出现在了大家的视线里。

"妈呀！快跑！黑妞发疯了！"

不知是谁首先大叫了一声，人群只一秒钟就立即乱成了一锅粥，所有人都惊慌失措地四处逃窜。有躲进车里的，有往楼上跑的。

楼上的人都还不知道怎么回事，还有人闻声从窗户探出头来，看到下面的情景立即就惊叫起来。

黑妞先是咬伤了要再次把它饭盆倒干净的夏师傅，然后一路拖着链子奔了出来，嘴里发出愤怒的低吼声，见着人就扑，一路顺着楼梯追进了办公楼，所有房间里的人都被吓得关上了门。

"啊——救命啊！"忽然二楼窗台上发出一声惨厉的尖叫，是采购部新来的那位叫彭玲的小姑娘，她之前在三楼打印室复印东西，还没来得及躲进屋里，此刻正十分危险地趴在窗台上，身子都已经探到了外面。

"救命啊——"

小姑娘站在窗台上吓得大叫，声音都变调了。黑妞整个立了起来，扭着大脑袋去啃她的脚脖子。屋子里的人也不敢开门，急得只敢从窗户里呵斥黑妞，用屋子里的扫帚柄使劲捅黑妞。黑妞吼叫着转身猛扑到窗户上，把屋里的一个胆子小的姑娘当场吓哭了。

这边产线上的人几乎全挤到了窗口上，整个乱成了一团。二汽的几个工程师混在人堆里，如今已经没人去关注了。早有人拨了急救和报警电话。审查结束的时候，卢民意已经先一步开车回城洗澡去了。不过黑妞现在明显发狂了，即使他在也不见得能起什么作用。

情况危急，几个年轻的胆子大的人每人摸了一个打包机在手上，义无反顾地奔出了楼，一路往对面二楼去了。

“你们几个小心啊！”

“注意安全啊！”

窗口立即发出了各种担心和焦急的声音。对面二楼的女孩子还在叫，然后是黑妞愤怒的吼叫声和几个人大声的叱喝声。紧跟着是狗震天响的怒吼，黑妞越叫越惨，到最后几乎就是濒死的惨烈。又有好几波年轻人拿着武器冲上去了，最后，黑妞被打包机砸了个脑袋开花。苏墨也被黑妞咬了一口，皮肤直接被狗牙刺穿了。

夏师傅被咬成了重伤，其余像苏墨和彭玲这样的被扑伤、咬伤的也有好多个。等救护车赶到的时候才发现伤患太多，后来厂里所有的车，包括二汽的两台车都用来运伤员了。

卢民意按摩完，接到黄悦文的电话的时候，已经是五点多了。

听到厂里头出了这等大事，卢民意心里一凉，第一反应就是完蛋了，这次审核估计要过不了了。又听说黑妞已经被打死了，心里陡然就是一哆嗦。黄悦文还在那头酸气冲天地不停埋怨他：“就那么急着走，急着去会心上人？打你多少遍电话了，就这么忙？厂里这么大的事都不管了？”

卢民意拉着脸没还一句嘴，等她讽刺完了才问她伤员都送哪家医院了，黄悦文刚说完医院地址，卢民意一把就将手机挂了，他现在心里烦躁得很，暂时不想听她多啰唆一个字。

这边卢民意挂了电话，连跑带颠地奔进了停车场，一路开飞车去了市第一医院。

停了小半天的雪又开始下了，卢民意开到停车场的时候，雪花已经飘得很大了。他坐在开着暖风的车子里，给报社的熟人打电话，让对方务必马上派人过来采访一下："明天专门给个大版面……对，就写恒远员工上下齐心……对，面对突发情况，冷静处理，机智勇敢，一起战胜恶犬……这样的企业文化值得倡导……"

这是卢民意为了争取二汽的订单做的最后的努力，毕竟一年上千万的订单对于恒远来说委实是大客户。打完电话，卢民意忽然觉得有些对不起黑妞，自己竟然说它是恶犬。黑妞其实一点都不恶，小时候脑袋大大的，还是很可爱的。自己好长时间都没有陪过它，养了这么多年，就这么没了。卢民意没来得及伤感，手机就响了。不用看，听声音就知道是谁打来的，因为设了专门的铃声。卢民意现在完全没心思应付自己的小宝贝了，于是也没有接，任它响。

苏墨从手术室被推出来的时候，直接就睡着了。今天真的是吃了大苦头了，被狗咬过的伤口要赶紧用水冲洗，并且猫狗的咬伤，外面看着面积小里面其实很深，要把伤口尽量扒开，把里面冲洗干净，防止病毒侵入人体组织。苏墨当时被几个人架着抬到洗手池那边，被不知道是从哪里冒出来的一个身手特别利索的男人指挥着，将伤口用力扒开，冲的时候疼得苏墨一头的大汗珠子。

恒远在郊区，车一路开到市医院，苏墨就疼了一路，现在狂犬疫苗也注射了，破伤风针也打了，伤口也处理好了，人疼得累了也就睡着了。

卢民意挨个看了几位伤员，好几个都睡了。医院病房本来就床位紧张，今天一下又涌进这么多伤患，根本没地方住，有的睡在了病房里，有的就只能被安排在了走廊的加号床上。

黄悦文跑前跑后地办了一堆的住院手续，见卢民意来了根本没有好脸色，直接张嘴要钱。七八个人光住院押金就是四五万了，全是黄悦文先给垫上的。卢民意这段时间被黄悦文明里暗里地拿话挤对，真的有点受够了，此时便不说话，转身下楼了，也不知道是不是真的去取钱了。黄悦文直愣眼站在过道上，心里忽然就凉了。

苏墨是外地人，就一个人住。廖姐晚上做了小米粥，从家里打车赶过来给苏墨送饭。苏墨比较得她的眼缘，看在平日里相处的情分上，她也该来的。

廖敏到的时候苏墨还没醒，她前脚到，黄悦文后脚就来了，两个女人见面，脸上都是面无表情。黄悦文把苏墨的包递给了她，说：

“苏科长手机一直在响，怕是家里人有急事，厂里师傅给送来的。”东西一放，转身就走了。

廖敏刚在床边上坐下，苏墨包里的电话就响了。电话声音很大，廖敏赶紧站起来，往电梯口方向跑了两步，把手机掏出来也没细看，直接就滑开了。

“宝贝？”电话刚接通，一个无比焦急的声音便冒了出来。这一声低沉的无比心疼的“宝贝”听得廖敏顿时一愣：“呃……”

“你是谁？”那头声音立即变成了十分明显的不善。

“我是苏墨的同事。”

“苏墨现在怎么样了？”

“你已经知道了啊，人现在还在睡，你是苏墨家里人？你别担心，苏墨的伤口已经处理好了……”

“谢了，我马上就到。”丁竞元还没等人说完，直接就挂了电话。一句“谢谢”听着也没有什么诚意。

廖敏心想这是苏墨家里的什么人啊，可真不懂礼貌，比苏墨差远了。她刚回身，便看到夏师傅的家里人在给被咬伤的彭玲赔罪。原来夏师傅看厂里那狗吃得那么好，想弄一点回去给自己家养的土狗吃，他想着反正他就是个临时工，顶两天班，也不指望着好好表现能出成绩。家里人也说过他，让他别拿，被人看见了影响不好，结果夏师傅不听。谁能想到那狗能那么凶啊，饿两天就开始咬人了。

等人走了，廖姐这才开始照顾苏墨吃饭。

从听到苏墨被一种叫“獒”的东西咬了小腿的那一刻，到一路赶过来见到苏墨为止，一路上丁竞元只有一种状态，就是像身在油锅里煎炸。他当场就挂了那头的电话，用内线打给秘书：“立刻让人把车开出来到大厦门口等着。”挂了内线又立即拨了新城那边的电话，直着眼轻声问：“我让你守着人，你是怎么给我守的？”说完，丁竞元猛然操起手边上的一块儿白玉纸镇狠狠甩在了桌子上，桌上的电脑“砰”的一声巨响，被砸开了花，键盘的碎片蹦得到处都是，笨重的办公桌也几乎都要被他一脚给踹翻了。

丁竞元在办公室里无缘无故地掀桌子发飙，把外头一帮子下属都吓了个半死。可怜他们都是刚刚接触这位太子爷，还完全不能适应他这种说疯就疯的节奏。

丁竞元也没有跟自己的父亲说一声，直接上车回了新城。

司机大叔发挥了自己毕生所能，硬是将一辆小车活生生地给开成了飞机的感觉。

丁竞元一路上都心急火燎的，等到终于见着人，看到苏墨伤着腿躺在医院走廊的那种情景，真的心都要碎了。床两边就随便用那种蓝色的老旧的布屏风给挡了一下，旁边时不时还有人走来走去。苏墨就这样可怜巴巴地躺在过道里吊点滴，吹穿堂风，身边连一个照顾的人都没有。丁竞元心疼得眼睛里一阵阵泛热气，完全看不见旁边的黄悦文和卢民意，直接奔过去，往地上一跪，握着苏墨的手，力气大得苏墨差点直接叫出来了。

“你轻点成吗？我现在可是病患，受不住你折腾。”苏墨歪在枕上，或许是看丁竞元眉头实在是皱得太紧，脸色实在是太严肃了，虽然有领导在旁边看着，竟然也没有挣扎，随他握着。

“丁总，您怎么……”卢民意一时都有些反应不过来了，正要说什么，却被边上的黄悦文拿手拍了一下，用眼神示意他别说话。

“……”丁竞元现在眼里只有苏墨一个，抓着苏墨的手送到嘴边亲吻，深呼一口气，将堵在心口上的憋闷吐出去，低声说着，“我来了，对不起。”他说过再不会让苏墨吃苦的，他没做到。

苏墨想不到丁竞元当着人的面真的什么都敢干，手指头在丁竞元手心里使劲地挣，也不敢抬眼看人，只在嘴里着急地小声骂他：“浑蛋，你赶紧放开。”

“疼不疼？”丁竞元这时候哪里还管什么谁会看见，谁爱看谁看，手上依旧是握得紧紧的，“事情我都知道了，让你吃苦头的人一个都不能放过。”

已经自动站出几步远的卢民意两人听了这话，一齐愣住了。

市第一医院的VIP病房在住院部二十七楼。

黄悦文和卢民意站在豪华病房的门外，一时也不知是该走还是该留。留下，丁竞元刚一脸的厉色当面把门甩上的；走，丁竞元说了那种狠话。不管他是不是来真的，卢民意都很想把事情前后跟他解释清楚，或者找机会跟苏墨再说两句好话。

二汽厂的丁总为什么会跪在苏墨病床前，一副心都要碎了的模样，回想起唯一那次一起吃饭的情景，再看看两个人如今这种样子，门外的两人恍然大悟。怪不得丁竞元那么待见苏墨，原来当初是一眼就看上他们家小苏了。看丁竞元那个宝贝的样子，关于二汽厂的合同，卢民意本来是已经不抱什么希望的，此时却忽然觉得又有门了。

正犹豫着呢，病房门忽然从里面开了，丁竞元手扶在门上，对门外的两个人发话："谢谢你们照顾苏墨，太晚了，都回去吧。"说完又耐着性子听了两句客气话，这才面无表情地把门关上。

"满意了吧？"丁竞元转过身，有点无可奈何地说道。他对卢民意摆脸色，苏墨就对他蹙眉头。

"马马虎虎吧。"病床摇了起来，苏墨此刻靠坐在床头，嘴角微微带了一点笑。即使知道自己和丁竞元的关系已经暴露了，但那是明天要烦恼的事情，就留到以后面对吧。此时看着为了自己十万火急赶过来的丁竞元，说心情不好那就是骗人了。刚见到丁竞元时的那种惊讶、喜悦的心情是骗不了自己的，见到他，心里有个地方总算是踏实下来了。有丁竞元在，苏墨觉得自己哪怕就是断了腿也是没有关系的，他会好好照顾自己的。

"黑妞虽然是卢总养的，但是这件事真的不能怪他。"苏墨招招手，让丁竞元坐到床前的椅子上，想把事情跟丁竞元说清楚。丁竞元却脱了鞋，直接上床。

"疼吗？"丁竞元抱住苏墨，把脑袋靠在苏墨心口间。

"疼倒不怎么疼了，就是被你压得难受。"苏墨抬手拍他后脑勺，"有你这么照顾病人的吗？"

"晚上吃饭了吗？"丁竞元反手把苏墨的手抓住，紧捏在手心里。

"吃了，廖姐给送的粥，你呢？"这么急急地赶过来估计没吃。

丁竞元焦急半天了，此时总算是笑了，苏墨在关心他。

"还没吃呢。"

"那你去吃饭吧。"

"再抱一会儿。"

苏墨手上挣脱了丁竞元，拍在他脑袋上，轻轻地摸他短短的扎人手的头发。丁竞元深深地吐出一口气，喃喃说了句"急得掉了我半条命"。

司机刘师傅把饭菜买上来，又开车回去拿了换洗衣服。苏墨跟着丁竞元又吃了一点。饭后，丁竞元伺候苏墨吃水果。吃完水果，已经蛮晚了，丁竞元又伺候苏墨洗漱。苏墨小腿的伤丁竞元也小心翼翼地仔细看了，现在头一天，最好是不要乱活动，于是丁竞元就把脸盆拿到床上，让苏墨在床上刷牙。苏墨今天疼出了一身汗，不能洗澡，丁竞元就用毛巾给人把身上擦了一遍，最后搂着人睡了。

早上刚七点钟护士就上来敲门了，抽走了好几管血。

窗帘被拉开，外面雪停了，窗台上积了厚厚的一层白。屋子里安静温暖，丁竞元就坐在床边上，手上给苏墨按着胳膊上的小棉球。

晨光里，两个人轻声聊天。

“外头雪停了？”

“嗯。”

“昨天我从手术室的窗户看到外头下得挺大的。”

“还疼吗？”

“当时蛮疼的，特别是洗伤口的时候。现在好了，你是怎么来得这么快的？”到现在才问这个问题，不是昨天苏墨忘记问了，而是那时两个人的感觉太好了，不想问。而现在，一觉睡醒了，得面对烦恼了。

“有人打电话告诉我的。”

“谁？”

“一个失职的保镖。”

苏墨一愣，盯着丁竞元看，见他眼神格外认真，知道他不是开玩笑，真的有保镖。原来他人走了，心没走。

苏墨说一点都不触动也绝对是骗人的。苏墨把胳膊缩回被子里，翻身躺好了，把事情经过给丁竞元说了一遍。

“江宇也早就知道我和你的事了，他这个人心眼小，嘴巴大，肯定已经说出去了。”苏墨想起了后勤部的薛斐，这几天见到自己的态度明显冷淡了。现在卢总和黄部长也知道了。苏墨叹了一口气，这个工作估计是没法做了，用不了多长时间就会传得全厂皆知，甚至传到各个厂家去。肯定会有很多人像江宇一样，觉得自己傍大款，配不上丁竞元，也一定会影响到工作。

丁竞元俯下身去，连被子把人抱住，温柔低声道：“跟我一起走吧，好不好？工作辞了吧，到S城再找个好的。”

苏墨将头歪在枕上，转动眼珠子看他，晨光里，丁竞元一脸的认真。

“那我的房子怎么办？”

“房子放这儿呗，你要是什么时候想了，我们随时都能回来住两天。”

“和你在一起，我爸就不会原谅我了。”

“我陪着你回去求他原谅，月月去，年年去，终有一天他会接受的。”

“你要是哪天发疯了折磨我怎么办？”

“那罚我跪，不给饭吃。”

“我不想喝那个药，我现在一次也没喝过。”

“为什么不喝？”这可关系苏墨的健康，是个很严肃的问题。

“不喜欢。”不喜欢那个味道，太难闻了。

“好，那就不喝了，再想别的办法。”

这个不急，苏墨跟他回去以后，每天专门让人给炖药膳就行了，一定把他宝贝的身体给补回来。

“你不要背着我打击报复卢民意。”

“嗯。”丁竞元答应得很干脆。

事实是后来他确实没有打击报复，恒远的合同最终也还是正常签了，他只是恶作剧使了点手段，让卢民意被几个女人闹得终无宁日，所以这不算对苏墨食言。至于夏师傅，因为苏墨当时没有交代，所以就比较惨了，处于永远找不着工作的状态，对方永远能先一步知道他的恶劣品质。而江宇从那次烧鸡被吃了以后，不管什么时候收到快递，永远是已经被拆开的，他几乎将所有快递公司都投诉了一遍，情况仍无改善。

早上陆续有人来看苏墨，都是厂里的人。最先上来的是廖姐，她嘱咐苏墨要好好的，有想吃的就告诉她，她在家做好再送来。苏墨本想告诉她自己准备辞职的事，但终究没当面说，不想徒增尴尬。

廖姐刚走，又来了几位，都是赶班车顺路转过来看看苏墨的。有人时刻留意客厅里的丁竞元，苏墨也只能装作完全没看见。

卢民意和黄悦文一起来的，还买了很多营养品。丁竞元依然没有好脸色，两个人尴尬地在客厅站了两分钟，碰了一鼻子灰。

丁竞元存心不让卢民意好过，从客厅移步到里面，坐在病床前的椅子上，不说话、不搭腔，给苏墨削水果。卢民意本是要央着苏墨就合同的事情给说说情的，如今当着丁竞元的面也不好多说，只能跟黄悦文一起扯些安心养伤，不要担心工作的场面话，结果又被丁竞元冷冷一句“苏墨要辞职”给噎得再无话可说了。

苏墨是恒远的员工，卢民意还觉得合同有门，丁竞元不看僧面看佛面，如今苏墨辞职不干了，希望又破灭，真是头发都要立即愁白几根。

第三天上午，苏墨打完第二针狂犬疫苗以后，丁竞元就已经开始着手搬家事宜了，准备等下午苏墨出了院，他们俩就直接回S城。一方面是离元旦就两天了，公司里还有很多事情等着；另一方面是丁溪川打电话来催了，同时母亲江心眉也来了好多通电话，催他赶紧回。

打完疫苗以后，医生很负责地再次把余下几针的注射时间又说了一遍，并强调在注射疫苗的一个月之内避免受凉，不要剧烈运动，不能过度疲劳，同时要忌烟酒、浓茶咖啡以及辣椒等刺激性很强的食物。丁竞元都一一记在了心里。

天气很冷，苏墨却坚持要回去自己收拾。丁竞元知道苏墨是舍不得，不过苏墨都已经答应了跟他走了，那么剩下的事他都愿意顺着苏墨。

苏墨穿着羽绒服，戴了帽子，围了围巾，两手抱着个红色的大暖手宝，被丁竞元小心地抱到了轮椅上。外头风大，丁竞元不放心，又硬给苏墨在外面裹了一条厚毛毯，把人裹成了一颗胖球，就露出了两只眼睛。

“你把我包这么严干吗？”嘴巴被围巾挡上了，苏墨声音闷闷的。

“外面很冷的。”丁竞元严肃地抄手站着，居高临下地看着被自己裹成了一颗圆球，动也动不了的苏墨，“走吧，车在下面等着了。”

一路推着苏墨到了地下停车场，把苏墨抱上车。到了小区楼下，又把苏墨用毯子包着，连毯子带人一路抱着上了楼。

住了好几年的小窝，平时看着不觉得有什么，可真的收拾起来才发现东西多得不得了，苏墨看哪样都舍不得，都想打包带走，丁竞元则正好相反，他觉得根本不需要收拾，只要把苏墨带着就行了。但是苏墨想，那他也不好反对。

两位司机师傅跑上跑下地搬东西，丁竞元在卧室里收拾证件，苏墨则坐在沙发上指挥。

“那套厨具一定要带走。”苏墨朝厨房里的师傅喊话，那么漂亮的东西空放着太可惜了。

刘师傅把一只胖嘟嘟的小煎锅拿出来给苏墨看。

“对，就是这个，一整套。”

“卧室我收拾好了。”丁竞元这时候提着一个漂亮的大箱子出来了，里面装着苏墨所有的证件和常用的衣服。

“还得找个司机才行。”苏墨转头提醒丁竞元。

“干吗？”

“我那台车没人开啊。”

苏墨不说，丁竞元都要把车给忘了，说不要了，苏墨肯定要跟他急：“车先放着，过两天我让人来开。”苏墨想想只得点点头。

“我想把茶几下面的这两盆文竹也带着，我养了好长时间了。”文竹再好养，没人照顾，时间长了也会死的。

“还有我那个两千块的锅，就是你用来熬药的那个，无缘无故地竟然出现在了下面的垃圾筒里，太诡异了。”苏墨说完转头看丁竞元，用眼神问他：是不是你？

丁竞元和苏墨对视了几秒钟，慢慢地就把嘴角翘了起来，越翘越高，忽然从鼻腔里笑出声来，凑上去又想亲，却被苏墨一巴掌糊了一脸：“为什么把我的锅扔了？”

丁竞元觍着脸凑到苏墨耳边上，言简意赅地解释了一句，苏墨听了，心里一时又气又无奈，跟一只锅争风吃醋，丁竞元也真够有病的。

苏墨舍不得的东西太多了，柜子里一直舍不得用的羊毛毯子，用来喝牛奶的漂亮的五彩马克杯，餐桌上那一排在市场淘了很久才买回来的造型可爱的小灯。到最后苏墨看着自己这个一居室的小窝，看着地上摊着的两只已经装得满满的大箱子，甚至都不想走了。

临走时是苏墨自己亲手锁的门，下楼梯的时候，苏墨说了一句“我得把钥匙收好”，别等哪天必须回来了却进不了门。

丁竞元暗自叹了一口气，把怀里的人抱紧了，苏墨现在愿意跟他走他就已经很满足了，他不急，慢慢来。

一路上，丁竞元几乎隔一会儿就有一个电话。丁溪川的，江心眉的，凌江的温董事长温邢远打来约一起吃饭的，公司下属打来汇报工作的，家里头的厨师打来报告药膳已经煨好了，请示晚上有没有什么需要特别准备的。

苏墨盖着毛毯躺着，看着丁竞元忙。丁竞元一边打电话，一边轻轻拍着苏墨。苏墨也不管他，后来就慢慢睡着了。

从车上被抱到床上接着睡，等苏墨睁眼，外头天都黑了。楼下一阵吵闹之后，大门哐当响了一声，紧接着外面院子里响起了汽车发动的声音。

过了一会儿，丁竞元开门进来：“醒了？”

“嗯，我听到下面有人在吵。”

丁竞元过来抱着苏墨靠坐在床头上，此刻两个人能这样在他的地盘上一坐一躺，轻声慢语地聊天，丁竞元心情真是好极了，低头轻声解释：“没吵，就是讲话声音大了点。”

“和谁啊？”

“我妈。我的性格其实和她真的很像。”偏执，甚至有点疯狂，认准的事情绝不回头，“不过还好。”

“什么还好？”苏墨望着他。

“我有你啊。”丁竞元由衷地笑了。苏墨不由自主地抬起手摸了摸他的脸，丁竞元贴着苏墨温热的手心歪过脑袋轻轻一吻。

或许是路上睡多了，抑或是换了新家有些认床，苏墨失眠了，半夜睁着眼睛在舒适的大床上一动不动地躺着。而丁竞元已经睡着了，他今天肯定是累着了。

苏墨是个心里很能藏得住事的人，其实自从进了新家的门，苏墨的心就一直没平静过，先不说态度不善的江心眉，这个家的一切都让自己终于切实切身地感受到了丁竞元是个有钱人。两个人要在一起长长久久，可不是那么容易的一件事，不是光有爱情就行的。

说到底还是自己还没能从心底里全然地信任丁竞元。

在目前的苏墨看来，心安理得地享受丁竞元的一切还有点困难。现在身上有伤，还不能做什么，等腿好了，一定要尽快找份工作，苏墨想。

这个家自然是不需要苏墨来支撑的，但是苏墨还是想要有自己的事业，至少要有能保持经济独立的能力，这是最起码的。

忙惯了的人现在忽然闲下来，还真的有些不习惯。以前忙碌是为了尽快把房贷还上，能尽早拥有属于自己的真正的窝。而现在呢，这一切又都是为了什么？为了身边的这个人？苏墨在被子里轻轻握住了丁竞元的手。丁竞元的手掌很大，握着有一种安全感。苏墨摸索着慢慢地将他的手指撑开，把自己的手插了进去，在他不知道的凌晨两点钟，悄悄地给了某人一个许愿式的十指相扣。

夜里失眠直接导致了早上醒不过来，直到被丁竞元亲吻，嘴唇上有凉凉的触觉苏墨才醒。

“这两天公司里会非常忙，今天不能陪你了。”丁竞元两手臂撑在苏墨颈边，轻声说道。

“嗯。”苏墨半睁着眼睛，含糊地答应了一声。

“家里有厨师和阿姨，想吃什么想做什么就直接吩咐他们。”

“嗯。”

“宝贝？”

苏墨听到这一声喊，终于是睁开了眼。丁竞元看到苏墨睁眼，嘴角自然而然地就翘了起来。

或许是丁竞元心情好得不加掩饰，爱恋的目光又太热烈，苏墨没有多加思考，很自然地说出了半夜时自己的一个想法：“我其实不太喜欢自己家里有别人，饭我可以自己做。”

苏墨说这个家是“自己家里”，这让丁竞元很高兴。

“现在你腿不是不方便吗，让他们先照顾两天，好不好？等你好了，家里的一切都你说了算。”

苏墨满意地点头，待丁竞元要起身的时候，搂着他脖子的两手忽然使劲往下一拉，然后用力抱了他一下。

丁竞元心情超好地去公司了，苏墨在床上睡到了九点才醒。

轮椅就在床边上，苏墨自己可以洗漱，还是不用麻烦人的。刚坐起来，就在床头的座机上看到一张蓝色的便笺，是丁竞元给自己留的——我已经吩咐厨师做你爱吃的鸡丝粥和小菜了，客厅和厨房都有电话，醒了你就喊人上来。晚上等我吃饭，给你打电话。落款——

竞元。

苏墨没有喊人，自己撑着轮椅到浴室洗漱了，然后打电话让人把早饭送到楼上的茶室。

吃完饭，苏墨就躺在茶室的沙发椅里喝茶看书。

午饭前丁竞元抽空打电话回来，询问苏墨早上都干什么了，腿还疼不疼，叮嘱注意别磕着碰着了。又提醒苏墨大师傅炖的药膳一定要喝，又小声对苏墨说“想你”。苏墨当时正躺在沙发椅上看书，有一句没一句地答应了，两个人腻歪了好一阵子才挂。

因为下楼不方便，午饭还是在楼上吃的。下午苏墨睡了一觉，醒了以后品茶看电影。家里的阿姨也不用吩咐，轻轻地敲门进来把刚做好的可口的小点心和牛奶端了进来。

六点多的时候，丁竞元回来了。一进门就直接上楼，然后钻进茶室就不出来了。直到快八点，才抱着苏墨下楼来，吩咐阿姨上菜。两个人在新家的餐厅里正式吃了第一顿晚饭。

晚上给苏墨洗完澡以后，丁竞元去地下室的健身房健身，苏墨穿着浴袍坐在一边的单人沙发里看着，陪着聊天。

“你后来还练剑吗？”苏墨捧着一杯热茶边喝边暖手。

“不练了，但是健身一直都有。”丁竞元穿着一身白色的运动服双腿微张站得笔直，配合着一呼一吸单手在举哑铃。

蛮可惜的，赛场上那个穿着击剑服全力以赴的丁竞元真的很帅。

“你手里这个多重？”

“你猜。”

“10 公斤有吗？”

“地上的那个 18 公斤，手里这个有 15 公斤。”

丁竞元一边说话一边单臂举重还能站得那么直，怪不得他手劲那么大，跟钳子似的，每次被他抱住了吃奶劲都使出来了都挣不开，原来都是练出来的。

长江集团的新年董事会，各大主流财经媒体都用一定的篇幅报道了，标题用的大多是长江集团的新继承人这样的字眼。即使苏墨不看财经新闻，上网的时候通过各种网站的新闻弹窗上也能看到相关报道。图片上身穿西装的丁竞元面无表情，有一种冷酷的气质，旁边站着的应该就是他父亲丁溪川了。真不愧是父子俩，不管是面部轮廓还是身形，怎么看都像。

想想被媒体大肆报道的人每天就在自己身边躺着，陪自己吃饭，打电话回来跟自己腻歪，晚上还会缠着自己说各种情话，苏墨一时竟觉得有些不真实了，仿佛丁竞元在外面是一个人，回到家来和自己在一起的时候又是另一个人。

刚开始苏墨总觉得丁竞元的那一个世界离自己还远，后来才明白，和爱的人真正在一起以后，就会重视他的朋友，就会想要了解他的一切，就会不知不觉地融入他的世界里去。这样两个人才会有说不完的共同话题，这样成功的喜悦才能只要一个眼神就能会心分享。而他爱你，也会渴望你融入他的各个圈子里。

董事会后的第二个星期，丁竞元打算在家里宴客。邀请的是温邢远和林宝。上次温邢远打电话来约吃饭他没有空，这次正好趁着人在S城回请一次。又听说林宝也跟着来了，于是决定介绍给苏墨认识。因为苏墨的腿还有些不方便，便决定在家里请客。

早上，丁竞元陪着苏墨去医院打疫苗。从医院回来，苏墨忽然说想去理个发。

去的是一家很有名气的形象设计室。店里的首席设计师过来跟苏墨一起讨论和设计新发型，并拿来很多成功案例的图片以供参考，着实研究了一会儿，丁竞元全程在一边陪着。

苏墨的发质比较软，下巴有点圆润，最后剪了一个带点刘海的很好看的发型，看着是挺舒服的，就是有点不习惯。

苏墨随意理了一下头发，从镜子里看到了坐在后面沙发里正对着自己笑的丁竞元。两个人的目光对上，丁竞元用口型对苏墨说了一句“好看”。

林宝果然像丁竞元说的那样真的是一个很漂亮的人，而温邢远则是一个看上去就很稳重、温和有礼的男人。林宝性格活泼，有点自来熟，一旦温邢远和丁竞元就某一个经济话题开始没完没了地展开讨论的时候，林宝就会把那对本来就大的眼睛瞪起来，语气有点气哼哼的：“每次吃饭你们俩就老要讲这些事，叨叨地说个没完。”

林宝这么一说，温邢远首先就停下来不说了，笑着屈指弹了林宝一个大脑瓜崩。

不说经济，后来就说起了苏墨的腿伤，是怎么伤的，进而说到了各种名贵的狗，从别人的狗又说到了林宝的小京巴。林宝跟苏墨说家里的京巴实际上是只泰迪，是温邢远送的，如今已经很老很老了，应该叫老京巴了。

吃完饭，丁竞元和温邢远移步客厅接着刚才被打断的话题聊，林宝嫌他们两个烦人，扶着苏墨上楼休息。

两人去了茶室，苏墨累了半天了，躺在沙发床里休息，林宝则窝在旁边的单人沙发里。阿姨送了果盘上来，两人一边吃一边说话。

“他是不是很厉害？温邢远说他以前拿过很多奖牌呢。”

苏墨笑了：“是蛮厉害的。”

“那他穿击剑服什么样你有没有看过？”

“当然，我们还在读书的时候就认识了，以前他比赛，我去看了好多场。他每场都赢，一路赢到决赛，最后拿了冠军。”苏墨说这话时嘴角都是弯的，面颊上的那颗小酒窝惹得林宝一直盯着看。

“好厉害。”林宝由衷地称赞，“丁竞元身材那么好，穿击剑服一定超帅。”

这话立马就把苏墨逗笑了，觉得林宝可真是个宝贝。

直到等到一个多星期以后，苏墨通过林宝认识了楚晨，才知道什么叫人来疯，和林宝一样的热情奔放，那真是个什么话题都能聊出口的主。

其时，天气晴朗无风，丁竞元正和温家祖孙两个在很远处挥杆打球，苏墨不会玩高尔夫，丁竞元先是陪着手把手地教了一会儿，温家老爷子来了以后，林宝就接替了丁竞元的位置教苏墨挥杆。

林宝个头比苏墨要矮一点，想着像丁竞元之前那样从后面把苏墨抱在怀里握着手那样教，有点不得劲，就只能在旁边指导，于是教了一会儿觉得没意思就不想教了。正好，苏墨对这个也不感兴趣，于是两个人坐球车回去吃东西休息了。

林宝趁温邢远不在身边，大冷天点了冰激凌偷偷地吃。苏墨让林宝少吃两口，林宝点点脑袋，说再吃点就不吃了，结果一再吃了很多。

十分钟以后，温家的司机把楚晨从机场接过来了。楚晨下了车，老远就奔了过来，扑到林宝这边，给了林宝一个大大的拥抱。

三个人坐在沙发上，林宝和苏墨把楚晨夹在中间，三个人脑袋靠在一起，看手机上的一条非常搞笑的微博。是一个试探的游戏，就是对你的爱人发三遍“我爱你”，看看对方是什么反应，结果有很多诸如“想要什么包直接说吧”“有屁就放”这样非常搞笑的回复。

“我先来发一个。”楚晨说发就发，很快一条“我爱你”就发到男友林锡文的手机上。林锡文几乎立刻就把电话打了过来，打过来楚晨当然不接，于是一条消息很快进来了。

“我也爱你，亲爱的。”楚晨笑着大声读出来，并立即又发了第二条“我爱你”。

林锡文很快回复：疯了吗？

楚晨大笑着又发一条“我爱你”。

那边又是立即回了：真恨不得立马到你身边。

楚晨大声读出来，笑得倒进林宝怀里。

楚晨发完了，就嚷着要苏墨和林宝也要发：“他们俩正好都在呢，快发，看看他们是什么反应。”

苏墨觉得楚晨可真够疯的，但是这样相处却一点压力都没有，相反是难得的放松、开心。不过这可不代表自己想要跟着给丁竞元发这种东西。

楚晨只是人来疯，丁竞元那可是真的会发疯的。

林宝积极响应，第二个发。温邢远也立即打了电话过来，林宝照样是不接，于是隔了一分钟消息终于也发了过来。

温邢远：小宝贝，我哪里又惹到你了？

林宝：我爱你。

温邢远：宝贝。

林宝：我爱你。

温邢远：我也是，爱你。

林宝一一把消息读了出来，笑得一脸甜。

这下就轮到苏墨了，苏墨不愿意，但两个人都不同意，苏墨不发也得发。最后苏墨被两个人联手压在了沙发里，骑腿的骑腿，压胳膊的压胳膊，外套里的手机被掏出来了，苏墨真的是被这两个人缠得没了办法。

终于敲下了“我爱你”这三个字，收件人钱多多。

“为什么叫钱多多呀？”

“这什么意思？”

林宝跟楚晨几乎是同时发问。

与此同时，远处的草坪上，丁竞元口袋里的手机振动了，待他掏出来低头去看时，一时连呼吸都要停止了。

“我有点急事。”丁竞元立即转身跟身旁的温邢远打了一声招呼，便疾步往回走了。开始还耐着性子，后来越走越快，最后干脆一路狂奔起来。

苏墨不知道丁竞元看到自己发的“我爱你”会是什么反应，应该……会高兴坏了吧。身边的好奇二人组还在追问钱多多是什么意思，苏墨耐心地跟这两个人讲故事。

“原来你们是大学校友，好有缘分啊，而且多年以后还在喊对方的外号，感觉好浪漫。”楚晨和林锡文是在酒吧认识的，一点也不浪漫。

苏墨好笑地点了点头。

楚晨“哎哟”一声靠进身后的沙发里：“他的消息怎么还不来啊？电话也没有。”话音刚落，就听到休息厅的玻璃门“砰”的一声被人从外面大力推开，沙发上三个人一齐转头看去，只见丁竞元气喘吁吁地一手正扶在门边上，目光如炬，胸膛起伏。丁竞元盯着沙发上的苏墨，大步地走了过来。

苏墨一时怔住了，迎着丁竞元炽热的目光，不由自主地就站了起来。待人走近了，才看清丁竞元额头上的发丝有一点亮晶晶的小汗珠子，脸热得都有点发红了。

被丁竞元扯进怀里抱住的时候，苏墨才感觉到他连身上都是热气腾腾的，胸腔里的那颗心也在激烈地跳着。

“苏墨……苏墨，我也爱你。”苏墨耳里听到这一声告白，鼻尖立即就是一阵阵地发酸。

丁竞元喘得这么急，可见他一路跑过来有多激动；抱得这么紧，可见他心里有多欢喜，此刻苏墨真的感受到了丁竞元对自己的那种在乎和爱。

楚晨和林宝此时已经一动不动地缩在了沙发的拐角里，转动眼珠子彼此对视一眼，不约而同地将自己变成了隐形人，连呼吸频率都自动降低，不敢出一点声。

半个小时以后，温家祖孙两个回来了，问丁竞元在哪儿，说刚才见他跑回来了，林宝回说他冲进来抱上老婆就走了。

翌日，从大窗帘的缝隙里透进来的光线越来越暗，已经是晚上五点多，心满意足的丁竞元紧贴着搂住怀里的人，看宝贝似的对着苏墨看了很久。苏墨睡得很沉，眼睛下面已经开始发青，看来真的是累惨了。

“从你来看我打比赛那天起，我就知道了，你是喜欢我的。”如今终于等到苏墨自己说出来了。苏墨解释说是做游戏，丁竞元可不信，苏墨就是借着游戏跟自己表白。

陪着苏墨睡了一会儿，丁竞元忽然想到了一件非常重要的事情，于是飞快地翻身下床，穿戴整齐地出了门。到电梯口的时候遇到了一个人，那人穿着白色的羽绒服，挺漂亮的。

“是你，hello？”那个人惊喜地睁大了眼和丁竞元打招呼。丁竞元面无表情地扫了那个人一眼，突然又想起了一件事，立马转身往回跑，开门进屋，大步走到床前，把苏墨的手抓过来，看苏墨的中指粗细。

苏墨睁眼的时候房间里只有壁灯亮着，丁竞元人不在，苏墨一时有点不知今夕何夕。

“人呢？”苏墨给丁竞元打电话。

“醒了，我在回去的路上了，是不是饿了？”丁竞元心情奇好。

“你干什么去了？”

丁竞元不说，笑得神秘兮兮的：“等我回去带你去吃好吃的。”说完还很肉麻地对着苏墨亲了一口。

“嗯。”苏墨应了一声，表示听到了。

“我的呢？”丁竞元索吻。

苏墨不给，要挂电话。

“那我现在就飞回去，看来要闯红灯了……”

苏墨赶紧对着手机亲了一口：“好好开车。”

沈琳坐在餐厅的角落里，一直目不转睛地看着那边窗前的两个人。几年不见，丁竞元变成一个更有魅力的男人了，穿西装打领带，真的很带感。

丁竞元当时在圈子里是出了名的受欢迎，又年轻又帅，关键还很舍得花钱。但他和谁都只是玩玩，而且不漂亮的根本看不上眼。想想自己当初算是和丁竞元好的时间比较长的了。后来丁竞元消失了，自己还到处找圈子里的人打听，听说是要打比赛所以不出来玩了，再后来说是出国去了。

真没想到在这里竟然又遇上了，刚在电梯那儿，一眼就认出来了。再次遇到丁竞元对沈琳来说真的是个惊喜。后来沈琳等着丁竞元再次从家里出来，并一路乘电梯跟到了地下停车场。没想到丁竞元全程一副冷冰冰的模样，说沈琳是认错人了。

以前只要自己主动，丁竞元都会抛下别人跟自己走，现在竟然装不认识，还甩脸色。凭着一张漂亮的脸蛋，沈琳在圈子里从来都是无往不胜的，今天真的被丁竞元的态度惹恼了。哼，沈琳想，倒是要看看他现在的对象究竟是一个什么样的天仙。

结果见到了才知道，不过如此。勉强算气质好，要脸蛋没脸蛋，要身材没身材，要说全身上下最上档次的大概就是身上的那件衣服，估计也是丁竞元出钱买的，仔细看，最上面的扣子还掉了两颗。也就笑起来的时候还算能看，脸颊上的一个小酒窝很特别。

丁竞元眼光还真高，沈琳不无讽刺地想。

两个人点完了餐以后，不知道有什么事，丁竞元走开了。

苏墨本是扭着脸看着窗外，忽然从窗玻璃里看到对面坐了一个人。

苏墨明显觉得对方眼神不善。

“你好啊。”沈琳笑着打招呼。

“不好意思，我不认识你。”

“我当然知道你不认识，丁竞元认识我啊。”

“哦……”苏墨有些迟疑，“他回房间拿东西了，马上下来。”

“你不问问我跟丁竞元是什么关系吗？”

苏墨已经有点猜到了，直觉没有好事。

“我叫沈琳。”沈琳不兜圈子，开门见山，丁竞元随时都会回来的，“和丁竞元的关系应该是跟你一样。”

苏墨一愣，感觉一股血直接冲上了脑门。

“还没请教你叫什么呢？”

苏墨拉着脸不说话。

“我记得丁竞元很挑，怎么现在口味变得这么差了，连你这种……”沈琳笑着上下扫视苏墨，话没说全，但是意思已经表达得很完整了。

苏墨脑袋里有根筋在一抖一抖地跳，能叫出丁竞元的名字可见是认识的，又联想到丁竞元以前的那些风流史，苏墨觉得沈琳刚说的话十有八九是真的。

皱眉看着这个沈琳，苏墨不得不承认，对方确实是很漂亮，看起来年纪应该比自己小不少，唇红齿白的。

江心眉送过来的那些照片上，每一个人都很漂亮，穿得也时尚。

“丁竞元现在状态怎么样？我和他在一起时……”

“那都是很久以前的事了。”苏墨突然出声打断沈琳，声音绷得很紧，“我都知道的，他跟我在一起之后就很老实了。我们正在用餐，不请自来的你请移驾别的位置，可以吗？”

“是吗？”沈琳不知道对面的这个人哪里来的自信，敢说姓丁的花心萝卜老实了。沈琳本就因为丁竞元的冷淡而不爽，苏墨的态度让沈琳的心情变得更加糟糕，“刚才丁竞元还要约我吃饭来着……哎呀，真不该说出来的，不好意思。”沈琳很有礼貌地道歉，“毕竟今天是你们来约会的嘛。”

“何必说谎呢？你以前可能真的和丁竞元有点什么，我猜你今天也真的碰到了他，只不过他态度不好惹得你不高兴了。你约他，他根本不理你，是不是？然后你在这里又看见了我们，所以想找我发泄一下。发泄完了吗？现在请你离开。”苏墨靠进沙发里，话说完便扭过脸看向窗外，一副不想理人的模样。

苏墨说的全中，沈琳装不下去了，恼羞成怒。

“你真的太会自欺欺人了，丁竞元这么一个风流的人，你想一个人独占，也太贪心了点，人贵在有自知之明……”

“到底是谁在自欺欺人，我告诉你，从今以后丁竞元就是我一个人的。”苏墨忍住了满肚子的火气，再次请沈琳离开，“请你现在走开，你这样莫名其妙地跑过来已经严重打扰到我了。”

“你倒是蛮会端着的，可能丁竞元就是好你这口吧。毕竟年纪大了，口味也会跟着变的。”沈琳站起来，和苏墨对视，“但是狗改不了吃屎，你等着瞧，看我能不能约到丁竞元。”说完，沈琳潇洒转身回到原来的位置上去了。

争执的时候，往往大声说完最后一句话的人，哪怕是没有理的，仿佛都带着三分胜利，何况还能留给对方一个潇洒的背影。

沈琳回到了角落里的位置，目光却还一直盯着苏墨这边，带着一些嘲讽和挑衅。

苏墨是脾气好没错，但是并不想跟这种人示弱，憋了一肚子火气，抄手坐着与之对视。直到瞟到丁竞元回来了。

看到丁竞元过来了，苏墨抄手靠进沙发里，将脸转向了窗户，假装看外面的夜景。苏墨现在气得是真不想理他，可恨那边还有一个挑衅的人在虎视眈眈。

“怎么了？脸怎么红了？”丁竞元把脸探过来关心地询问，还以为苏墨是身体又不舒服了，哪里能想到这是被气的。

苏墨别过脸不理他，嘴唇抿成一条直线，小酒窝都跑出来了。丁竞元这才发现苏墨明显是生大气了。

“怎么回事？怎么生气了？”丁竞元说着话就上手要把脸给掰过来，却被苏墨一巴掌拍在了手背上，并转过脸来瞪他，压着嗓子骂他：“滚！不想理你。”

苏墨这一巴掌拍得不算响，但是在安静的餐厅，隔很远的地方也能听得到，至少始终关注他们两个的沈琳就听见了，连同苏墨此时对丁竞元可以说是骄横的态度，沈琳也看得一清二楚。

丁竞元没有生气，没有一甩手转身就走，甚至脸色都没有变。沈琳委实有些傻眼了，这还是那个难伺候的丁少爷吗？不过让沈琳意想不到的事情还在后面。

“我又哪里得罪你了？”丁竞元才不滚，他知道苏墨肯定也舍不得他滚的。他一边伸手搂住了苏墨的腰，一边从口袋里掏出刚才特意回房间取来的皮夹，打开来搁到苏墨脸前。

苏墨一眼就愣住了，皮夹里夹着一张很久以前的两个人的合照，也是两人唯一的一张合影。照片是在击剑比赛场馆里拍的，两个人都笑得很开心，丁竞元几乎是把自己搂在怀里，压得人都歪到一边去了。

原来丁竞元刚才说的照片就是这个，苏墨在心里连连叹气，自己和丁竞元简直就是孽缘，现在再来看这张照片就很明显，那时候丁竞元绝对是已经对自己起了不良心思了。

“本来想等你自己哪天发现，然后感动一下的，但是你从来不翻我皮夹、手机，等你主动发现不知道要等到哪天了。”

“你过去坐好。”苏墨瞪他，丁竞元和那个一直看着这边的沈琳一样可恶。

“那你告诉我为什么事生气？”丁竞元也不笑了，一脸严肃。

“因为你以前的风流事太多了，刚才都有人找上门来了。一想到你跟别人好过我就生气。”最后几个字苏墨几乎有些咬牙切齿了，说得很大声，旁边有吃饭的客人转脸望过来。

两个人互相看着，苏墨脸上的红潮不但没退下去，眼角竟然也慢慢变红了。刚才就憋着的一口气从心里猛地顶了上来，直接就冲到了眼睛里。

其实之前照片的事情，苏墨始终都还搁在心里，丁竞元在自己之前有对象当然很正常，但是没想到数量会如此之多。越在乎才发现越不能容忍这些事情——丁竞元曾和别人抱在一起，恩恩爱爱。每每想起那种画面心里就发酸、难受。何况今天还有人找到自己跟前来了，现在就在斜对角的地方看着。

“那个人跟你说什么了？”丁竞元已经猜到，应该就是那个沈琳。他抬手去摸苏墨的眼角，却又被一巴掌打飞了：“你快放开吧，你这样掰着我疼。”

苏墨垂了眼睛，但是丁竞元听出来了，老婆好像又要被自己气哭了。

上次跪在床前道歉，苏墨还气了好几天。这回怎么办？刚刚才被苏墨表白过就又要遭到冷遇？冰火两重天，丁竞元实在受不了。

后来餐厅里就上演了一幕让人目瞪口呆的求婚。

丁竞元从怀里掏出刚才专门开车出去买的戒指，打开托在手心上，单膝跪地，一手讨饶地搁在苏墨大腿上。周围的人全转过来睁大了眼睛看，连前来上菜的侍者都愣在半道上了，一时间整个餐厅都鸦雀无声。

沈琳则是惊呆了，冷酷的花心大少爷竟然在大庭广众之下下跪求婚，而那个苏墨显然还一副不乐意的表情。这个丑八怪到底好在哪里？竟能让一个花心大萝卜回头是岸。沈琳心里酸风醋雨地一阵狂卷，嫉妒疯狂滋长，之前对着苏墨放的那句豪言此刻已经碎成了渣渣。

“我给你跪下还不行吗？”

“你快起来……”这么多人看着，苏墨急得脸通红。

“你爱我吗？”

“你赶紧给我起来。”

“你答应戴戒指我就起来。”

“你别疯了……求你了丁竞元……”

“说答应。”

这么多人都看着，苏墨脸上全红透了，连忙点头，连脖子里都有些红了。苏墨几次站起来想走，都被丁竞元硬按了回去。苏墨又羞又气，这个“疯子”，真想扇他。

“我知道你舍不得打我。”丁竞元强行拉过苏墨的手，将戒指取出来戴到了苏墨右手的无名指上。

最后晚餐也没有吃，丁竞元紧握着苏墨的手，从容离去。经过沈琳那一桌的时候，苏墨满面潮红地冷冷地瞥了沈琳一眼，如此一眼，已经可以将对方瞬间秒成渣。

直到第二天看到媒体头条上曝光的照片，沈琳才真正开始后悔，震惊于丁竞元原来竟是那个长江集团的继承人，自己惹了不该惹的人。后来被公司炒了的时候，沈琳都没觉得惊奇，只是把丁竞元祖宗十八代骂了一晚上。

苏墨歪在枕上看电影，丁竞元从浴室里出来，抬腿上了床，直接跪到了苏墨面前。

“你别挡着我。”苏墨骂他没羞耻心。

“宝贝，我错了，饶了我吧。”

丁竞元扑上去，一把搂住了苏墨，然后说了一遍遍情话，并发誓说以后一定会忠心耿耿，听得苏墨当场脸都红了。

半夜丁竞元迷迷糊糊地发现怀里人不见了。睁开眼，就着卧室里昏暗的光线，看到苏墨披着睡袍，正倚靠在大落地窗前，掀着一点窗帘往外面看，不知道是在看什么，一副很入神的样子。

“怎么不睡觉？”丁竞元从后面抱住苏墨的腰，把人抱进怀里，“还在生我的气？”

“不是。”苏墨轻声地回话，站得久了，有点累也有点凉，顺势就往丁竞元怀里靠，丁竞元火气旺，身上很暖和。

“在想什么？”丁竞元问道。

“在想……这一年的变化……新年又要到了，又老了一岁。”苏墨说完这句话，不自觉地就轻叹了一口气。

这一年自己和丁竞元又见面了，被他各种逼迫纠缠，从怕他恨他变成无可奈何的妥协，变成不受控制地悸动，最后变成了现在这样。苏墨勾着拇指摸了摸无名指上的戒指，如今已经算是放弃一切和他在一起了。

“今年春节我们一起回去看你爸妈好不好？”丁竞元猜得很对，苏墨是想到了父亲苏泉丰，“不要担心，我陪你，以后我们经常回去，老人家年纪大了，心肠都软，慢慢就会接受我们的。”

丁竞元坏的时候让人咬牙切齿，恨不得生吃他的肉，好的时候却又能让人倍感幸福，就像现在这样。

苏墨转过身来，两只手伸上去搂住了丁竞元的脖子，仰着脑袋看他。

苏墨心里当然还是很介意他以前的那些照片，包括昨天在酒店餐厅里遇到的那个沈琳。虽然昨晚被丁竞元闹了一阵子看着是笑了，但心里头估计还要记得好长一阵子，原来自己比想象中的还要在乎丁竞元。

“你妈也不喜欢我。”

“我这边的人你都不用在意。”

“怎么能不在意，都是一样的啊。”

“只要你高兴就行了。”

“不。”

“嗯？”

“我想要我们俩一起都开开心心的。”

丁竞元心里一甜。

“丁竞元？”

“嗯？”

“你愿意只忠于我一个人吗？”

“愿意，宝贝。”丁竞元都没迟疑一下，立即回答，外加用力亲一口，“如果我有二心，再拈花惹草就孤独终老。”这誓言可真够毒的了。

“爱情也是有保质期的，干吗把话说得这么绝。”苏墨嘴里是这么说的，手上却抱得丁竞元更紧。

丁竞元开心不已，轻轻吐出了一句“咱们至死方休”，以吻封缄。

丁竞元不问苏墨“你呢？愿意只忠于我一个人吗？”不用问，因为苏墨必须爱他，爱也得爱，不爱也得爱。

第六章

辞旧迎新

到年底了，公司里很忙，丁竞元一大早就走了，早上有很重要的会。因为在被窝里搂着苏墨赖了一会儿床，连早饭都没来得及在家里吃。

丁竞元现在是长江集团的代理董事长，丁溪川现在就是在教他，背后给他掌老舵。比如开会的时候，他坐在旁边，让丁竞元来主持。很多事情他已经开始慢慢放手让丁竞元单独去做决定。他想尽快把公司交到丁竞元手里，一方面是自己年纪大了身体状况明显大不如从前，负担不了繁重的工作；一方面是大女儿罗慧燕那边闹得越来越厉害了，弄得他心烦不已，等小儿子继了位尘埃落定就都能老实了。好在江心眉很识大体，一直都安安静静的，从来不给他找麻烦。

江心眉这一阵这么安静，自然是如意算盘打得精，眼看着自己儿子继承家业指日可待了，罗慧燕在公司里也小动作不断，惹得丁溪川很不高兴。在这个节骨眼上，她也就不去找苏墨的晦气了，以免惹急了丁竞元再节外生枝。

然而人算不如天算，丁竞元在餐厅里拿着戒指对着苏墨下跪求婚的照片，被路人拍了发在了微博上，这条有真爱有帅哥的微博很快被转发，然后被一个财经记者看到了，认出了照片中那个下跪的男人就是长江集团的最新继承人丁竞元。于是当天凌晨该财经频道的第一条微博就是“长江集团最新继承人的求婚现场”。

很快这条微博就被各家财经媒体转发了，紧接着被各种早班地铁里、清晨公交车上的围观人群转发了，有赞叹，也有各式各样的吐槽，转发量一路飙涨。

罗慧燕在去公司路上，坐在车后座上刷到这条微博以后，长江集团的公共平台上很快也出现了丁竞元下跪求婚的照片。丁竞元与苏墨的事以星火燎原之势迅速传遍了整个长江集团。

而这个时候，苏墨才刚刚起床，洗漱完了以后下楼去做早餐。阿姨出门买菜去了，家里面很安静。

用漂亮的奶锅熬了粥，又煎了两个鸡蛋，配着下饭的小菜，苏墨吃了两碗。吃完饭，把厨房里简单地收拾了一下，苏墨回房间抱着电脑去了茶室，准备上网研究一下找工作。苏墨其实很想自己做点什么，只是还没有想好具体的。

八点钟，阿姨买菜回来了，苏墨隐约听到大门响了。不到一分钟，茶室的门被敲响了，阿姨拧开了门，探进头来喊："丁先生母亲来了，找你的。"

苏墨心里顿时就咯噔了一下。

"以前竞元什么都不是的时候，你要离开他。现在我们竞元马上要继承这么大一份家业了，你倒是很会见风使舵，又爱上我们竞元了，把他迷得团团转，对你忠肝赤胆、死心塌地。"连她这个亲妈都不要了，江心眉冷笑一声，"我不得不佩服，你确实是有眼光、有本事。"

江心眉坐在对面的沙发上，说完就将一份晨报甩到了苏墨跟前。娱乐版上第一条就是丁竞元和苏墨的照片。

苏墨脊梁挺得笔直，报纸扫了一眼就放下了，看着江心眉的眼睛说得很认真："伯母，我和丁竞元在一起，跟他继承家业没有任何关系。"

"有没有关系我不关心，也根本不在乎，我只要我的儿子能继承公司。身为长江集团的继承人，他的另一半也必须是门当户对上得了台面的。他父亲很生气，非常生气。我就这么一个儿子，他和你搞在一起了，我怎么办？公司要怎么办？"

江心眉越说越疾言厉色："你知道有多少人正对着我们娘俩虎视眈眈，等着揪竞元的小辫子吗？如今你这事一出，正合了他们的意。竞元如果一无所有了，你以为你还能捞到什么好处吗？"

"伯母，我再说一遍，我和您儿子在一起并不图能得到什么好处。"苏墨拧着眉，面无表情地直接插了一句。如果她不是丁竞元的母亲，苏墨现在就想请她滚出去。

"哼！我也不是说就不同意你们俩在一起，虽然我是不喜欢你，但是我欠了竞元太多，也不是非要逆他的意。我劝你识时务者为俊杰，你但凡长点脑子现在就离开竞元。等他大权在握以后，风平浪静了，你们爱怎么样就怎么样。”丁溪川还能活多久？说不定到时候早就死了。

“我劝你可不要因小失大，你要是真的爱他，就该为他着想，赶紧悄悄地躲起来，别害了我们家竞元，做人可不能太自私了。”江心眉盯着苏墨说完，站了起来，却并不是要走的架势，就这么居高临下地看着苏墨。

“大家既然都已经知道了，那我离开与否又有什么关系？”苏墨依然挺着脊背，直着眼睛看着茶几上的水果盘。

“我会让媒体制造竞元跟慧海集团的千金订婚的新闻，将你们这个新闻压下去。你们的这个照片是假的，PS出来的。乱发微博乱转发的人和媒体我都会提出诉讼和索赔，让他们公开道歉，很快舆论就会一边倒。”

苏墨也站了起来，居高临下地看着江心眉，条理清晰地指出来：“第一，和那个女人订婚，丁竞元是绝对不会同意的。”他说了要对自己从一而终的，否则孤独终老，这可不是闹着玩的。

“第二，如果我走了，丁竞元就会来找我，放下一切。”

不是苏墨不愿意为丁竞元着想，而是这一切着实由不得苏墨。如果丁竞元真的什么都没了，那换自己来养他好了，苏墨如是想。

江心眉非常不满意，但是没有再多费唇舌，有些着急地离开了。苏墨这边说不通，她还要赶去长江大厦，情况棘手，她要赶过去支援儿子。就算她不说话只是坐在那儿，丁溪川也会看她几分薄面的。

江心眉以前总认为苏墨就是那种很软弱的人——她第一次见到苏墨的时候，苏墨就是眼泪啪嗒的，被她扇了两巴掌也完全不敢吱一声。今天她才发现，苏墨思维清晰、反应灵敏，被她用那么难听的话激了，也没有火冒三丈，还能维持一副平心静气的镇定模样，和她之前对苏墨的印象大相径庭。

江心眉赶到长江大厦的时候，还没有到九点。丁溪川的座驾也是刚刚才开进地下停车场。

“你怎么来了？不是说身体不舒服去看医生了吗？”丁溪川一下车就看到了江心眉。

“看过了，陈医生说就是酒喝得多了点，让我以后一定注意。”江心眉说着话，贤惠地一笑，走上去挽住丁溪川的手臂。昨晚，她陪着丁溪川出席酒会，谈笑间为丁溪川挡了不少酒，此时这么说明显是要丁溪川心疼。

“你呀，也确实要注意了。”丁溪川拍了拍老婆的手，江心眉已经是五十出头的人了，虽然保养得好，到底是不年轻了。

“还不都是为了你。”江心眉笑着瞪了他一眼，轻松转换话题，“还不是想你以后能好好地陪着我。整天念叨让你不要生气，早上又对我发脾气。都是慧燕那个丫头，年纪也不小了，她也该结婚了。这么要强，以后哪个男人敢要她。大姐也是的，都不多操点心，好好管一管。”

“她这阵子是有些过分了。”丁溪川附和了一句，此时他心里虽然对丁竞元搞出来的“求婚”的新闻很生气、很不满，但是还没有到愁眉不展的地步。他认为玩和结婚根本就是两码事，年轻人爱玩，交朋友都很正常。丁竞元以前就爱玩，他从大儿子丁季严嘴里多少都听说了些。丁季严也爱玩，玩起来不比弟弟差。两个儿子在私底下是乱了一点，但是在公司的事情上都是很认真、很努力的。对于丁溪川来说，这样也算是满意了。

“不过这种新闻看到了第一时间告诉我，慧燕做得没错。”

“你又不是不知道，竞元那个脾气，自己高兴就行了，懒得管别人怎么看。”

“以前这样叫有个性，以后他身份不一样了，再这样不管不顾的怎么行？”

“是是是，看你说着又要上火了。”江心眉眼见着丁溪川不高兴了，赶紧把话题打断了，扶着他进了专用电梯。

丁溪川进了办公室，第一件事就是让秘书把代理董事长叫过来。

这可算得上是一个家庭会议，丁溪川，小妈江心眉，小儿子丁竞元，大女儿丁慧燕。

丁慧燕是抱着一种看笑话的心态坐在沙发上的，她看江心眉的眼神冷冷的，看丁竞元更是一百个不顺眼。

自从丁竞元认祖归宗以后，公开场合都能看到江心眉陪在父亲身边，虽然以前父亲身边的位置也从来没有母亲的份，但是以前的媒体至少不会公然称江心眉为丁夫人，仿佛母亲从来就是可以被忽略的存在。父亲从来不爱母亲，这是早就摆明的事情，没有什么好争的，但是哥哥丁季严没了，现在连家业都要拱手让给丁竞元，她实在是不甘心、不服气。所有的一切本来都应该是他们兄妹俩的，凭什么分给别人？

丁竞元还没进办公室就已经看到网上的报道了，江心眉之前也打了好几通电话过来，叫他不要任意妄为，先低头和丁溪川表个态，和苏墨的事情以后可以慢慢说。

“看看你这个事情做的。”丁溪川语气颇严厉。

丁竞元抬头看了一眼眼神里带着些幸灾乐祸的丁慧燕，没有说话。

“你想玩也没有人要阻止你，”丁溪川话刚说了一半，丁慧燕就立马吃惊地喊了一声：“爸！”在丁慧燕看来，丁竞元和他母亲一样上不得台面，说不定外面不止苏墨那一个，父亲竟然说不阻止？

丁溪川微微抬手示意女儿先不要说话：“玩归玩，结婚生孩子不能耽搁。慧海钟家的女儿你也见过了，人品相貌那是万里挑一，我和你妈都非常满意，据我所知她对你印象也很好。你尽快约她吃饭，媒体那边该联系的联系，怎么把现在这种不利的舆论压下去还要我来教你吗？”

江心眉一个劲地给丁竞元使眼色，丁竞元却视而不见。他本来是轻松地靠在沙发上的，此时已经站了起来，很严肃地跟父亲表明态度：“爸，我和苏墨不是玩玩而已。”

“你想说什么？”丁竞元神色过于认真，丁溪川至此终于皱起了眉头，意识到了问题的严重性。

“和别人结婚生孩子这种事我肯定是做不来的。”

“什么？”丁溪川听了这话很吃惊。

“因为我只想且只能和苏墨在一起。”对于那个钟家千金，他根本就喜欢不起来好吗？除此之外，要丁竞元丢开苏墨和别人在一起，这种事想都不用想，绝对是不可能的。

丁竞元一句话说出来，在座的三个人里最吃惊的其实是丁慧燕。她没有想到，丁竞元竟然会为了那个苏墨公然违抗父亲。她和母亲一样，从来都认为，这对母子为了得到家产是会不择手段的。

丁溪川现在就这么一根宝贝独苗，即使被气了个半死，也到底没说出什么狠话来。事情不要一下子搞太僵，这是丁溪川的经验之谈。加上江心眉在中间斡旋，各种好言安抚，最后丁溪川由江心眉陪着，直接回别墅休息去了。早上还有两个会等着丁竞元开，他会再找个时间，好好地和小儿子谈一谈人生。

丁溪川走了一小时以后，大概是到了别墅了，江心眉电话这才打过来，非常生气。

“你是想气死我吗？”

“本来就不是我的东西，我也不稀罕。”

“什么叫不是你的东西？”

“你自己心里有数得很，干吗问我？”

“你知道那个女人曾经对我做过什么吗？这叫一报还一报，一命抵一命。你以为丁溪川这个老狐狸真的就什么都不知道？可能吗？”

丁竞元短暂的沉默，“如果你说的话是真的，那我真的为父亲感到可悲。要我和钟家千金订婚是不可能的事情，我爱的是苏墨。”说完丁竞元就把电话给挂断了。

临近年关，照例是忙碌的一天，虽然能感觉到下属们偷偷好奇的目光，但是丁竞元对这些并不在意。

和往常一样的时间到家，丁竞元进了门就直奔厨房去了。苏墨这个时候肯定是在为他准备晚饭。刚推开厨房的门，就闻到了一股白粥的香味。苏墨做出来的东西都很简单，不是大厨们做的那种花样繁多、色香味俱全的饭菜，但是有家的味道，能让丁竞元觉得舒服满足。

“今天吃什么？”丁竞元从侧面抱住了苏墨，舒服得一声叹息。

“饿了？”苏墨笑着问，转动脑袋，丁竞元立即低下头去对着苏墨的嘴巴亲了一口。

“你去洗手等着吧，我再炒一个菜就能吃饭了。”

两个人规规矩矩地吃饭，各自都绝口不提白天发生的事情。

吃完饭，丁竞元上楼处理一点公务，苏墨收拾厨房。等全部都弄好了，又切了水果给丁竞元端上去。

看完文件，丁竞元合上笔记本，直接进了浴室。此时苏墨已经快洗好了，从浴缸里出来正站在花洒底下冲身体。丁竞元走过去，一把将人整个抱住。

苏墨赤脚踩在丁竞元两只脚面上，两手抱住他的脖子，靠在他怀里。

“今天你妈来了。”

“说什么了？”丁竞元并不惊讶。

“她想让我离开。”

“你怎么说的？”

“我拒绝了。”

丁竞元听到这话，将两臂紧了又紧。

“我们可以回新城去，家里什么都是现成的。我有的是工作经验，赚钱养家不成问题。只要两个人平平安安地在一起就好。”这本来就是苏墨想要的生活，平淡的普通人的生活。

“你养我啊？”

“嗯。”苏墨轻轻点头。

丁竞元笑得嘴都咧到脑后去了，他觉得他终于守得云开见月明了。

丁溪川说尽快找时间和小儿子谈谈人生，真的是很快，当天晚上电话就打过来了，让丁竞元周末过去，还让丁竞元把苏墨也一起带过去。

丁竞元对父亲的提议不置可否，挂了电话，将手机丢到一边，把脸转过来正面对着苏墨，露出个颇为轻松的表情：“你不想去就别去。”他是绝不会委屈苏墨的。

苏墨靠在床头上低头看他，手掌按在他脖子上作势要掐：“我问你个问题？”

“嗯？”丁竞元疑惑道。

“这么大的家业，你是真的觉得无所谓吗？”丁竞元对着苏墨的脸颊亲了一口，苏墨笑着躬身叫了一声，立即用手将他的嘴巴堵上。

“真话就是，”丁竞元被堵了嘴巴声音闷闷的，看着苏墨眼里带笑，“是个男人对这么大的产业都会动心，只要他知道自己有机会得到的话。”

苏墨毫不迟疑地点头，继而又撇嘴摇头。

“我想要也是人之常情，我本来就是丁溪川的儿子，现在有继承的权利。”但是世间的事情都是这样的，得到一些就必然要用一些去换，“我父亲好不容易打下这么一份家业，辛苦可想而知。他想要把自己的心血一直传承下去，我也能理解。但是如果得到这么大家产的代价，是不能和你在一起，必须和别人结婚生孩子，那我的答案永远都是不。”最后一个字，丁竞元只冲着苏墨做了个无声的口型，说完抓起苏墨的手递到嘴边轻轻吻了一下。

苏墨听了这话轻声地叹了一口气，心里挺羡慕温邢远和林宝的，不像他们，苏墨和丁竞元两边的父母都极力反对，好不容易解开了两人的结，父母那一关却不知道什么时候能过。

想到丁竞元家里复杂的关系，想到自己固执好面子的父亲，苏墨怎么能不叹气？

“叹什么气？”苏墨现在是他的了，其余任何事和苏墨比，在丁竞元眼里都不是大问题。

“后天我去吧。”熄灯了半晌，苏墨忽然出声跟身后的人说。苏墨知道丁竞元没有睡。不管他们同意不同意，都是长辈，正式见一面总是应该的。

“你不要担心这么多。”

“我是想以后不管有什么问题,我们都两个人一起面对,好不好？”

“嗯。”丁竞元在黑暗中抱紧了苏墨，将脸埋进了苏墨温热的脖子里，握住了苏墨的手，他的苏墨真的让他觉得好温暖。

丁溪川的宅邸比苏墨想象中的要简朴一些——这么大一个集团的董事长，家里富丽堂皇一点也是应该的。但丁溪川并不是那种喜好奢侈铺张的性格，并且就住了他和江心眉两个人，房子太大真的没有必要。

有丁溪川在，江心眉简直就像换了一个人似的，一副大方温和的模样。

丁溪川看着比电视上要显老，但是身形还算矫健，看着苏墨的目光很锐利。

丁竞元介绍苏墨，苏墨站在丁竞元身边给丁溪川鞠躬。丁溪川“嗯”了一声，对苏墨说了一句：“坐吧。”之后直到吃完饭，丁溪川都没再和苏墨说过一句话。

是他要叫苏墨过来的，但是把人喊过来，似乎就是为了把人晾在一边。至于江心眉，自然是不会逆丈夫的意，完全就是贤妻良母的措辞，不停地给丈夫、儿子夹菜，关于公司的话题偶尔也会插一句嘴。

苏墨来之前已经做好了心理准备，本身又是能忍耐的性子，所以表面上也能假装一丝不乱地吃饭。只是慢慢地，丁竞元脸上却越来越不好看了。

“喜欢吃这个？”丁竞元给苏墨夹菜，动作熟稔，脸虽然绷着，但是口吻自然亲密，仿佛这个动作已经做过了无数遍。

“我自己来吧。”苏墨看了一眼丁竞元，用眼神告诉他没事。

丁竞元让阿姨给苏墨盛汤，自己和苏墨聊天。他一脸严肃地和父亲讲完公司里的正事，然后转脸就跟苏墨聊家里养在走廊里的两盆文竹，聊苏正和他女朋友，聊苏墨以前的同事，聊一切丁溪川和江心眉插不上嘴的话题。

丁溪川最近两天胃有些不舒服，今天这顿饭吃得更是堵在了心口。看到两个人之间那种你才说半句，我就已经知道你下面想讲什么的默契，丁溪川这才严重意识到自己正面临着继承人的抉择这个重大问题。自己的大儿子已经没了，如今剩下这么一根独苗也不让人省心。一顿饭吃得丁溪川全身的气一个劲地往上走，最后全聚到头顶。他给苏墨难看，丁竞元就能立马摆明了立场给他不好看。

吃完饭，他阴沉着脸召儿子进书房，说公司有事情要商量，这当然只是个借口，但是可以成功地将“客人”单独留在客厅，将想旁听说情的江心眉挡在门外。

丁竞元走到二楼的楼梯口，转身往下看，苏墨坐在客厅的沙发上，端着一杯新沏的花茶正抬头看他，目光接触，苏墨对他一笑，是温柔而有力的安抚。丁竞元预知今天话说绝了以后父亲定要发火。

江心眉心里焦急，此时却也无计可施。在苏墨对面坐下来，端起一杯茶猛饮一口，完全没了刚才温柔贤淑的模样。

里面父子两个会说什么根本不难猜，因为丁竞元为了苏墨是根本不会妥协的，连这么大的家业都能不要。真是蠢啊，她怎么就生了一个这么死心眼的儿子，简直和她年轻的时候一模一样。她当初就是蠢到为了丁溪川连儿子都不顾了，跟别的女人斗了十几年，虽然得到了丁溪川，但是心也早已经凉透了。撞了南墙想回头都来不及了，儿子已经离她远了，一头扎进了这个苏墨的怀里，远得怎么争取都争取不回来了。

“等将来有一天当他发现你根本不值得的时候，想后悔就已经晚了。”江心眉独自思索了半天，对着对面的苏墨说了这么一句。对于她来说，这真的就是经验之谈。

江心眉说得意味深长，苏墨当然不知道她脑中的前后语境，只是淡定地喝了一口茶，半晌才低低地说了一句：“我会用尽全力让他不后悔。”并不是在回应江心眉，仿佛只是说给自己听。

苏墨声音不大，江心眉也没用心听，靠进沙发里心不在焉地品茶。

两个人沉默不言相对坐着，忽然，二楼书房里发出一声闷响，像是有东西落在地板上的声音。

苏墨心里一动，立马就坐了起来，江心眉则早已经沿着楼梯快步上楼了，她刚走到楼梯转角，书房的大门就被人从里面一把拉开，一声勃然大怒的“站住”立刻从门内传了出来，不用问，是丁溪川发火了。

丁竞元的脚步随着这一声“站住”，真的立马站住了，面无表情地看着对面的江心眉，今天这种局面，他早已经有了心理准备。父亲如果能让一步，当然是最好，既然不能，那就只能算了。

“你把你刚才说的话再说一遍。”丁溪川苍老的声音夹着怒气从屋子里面传来，话音里面带着显而易见的失望和威胁。

江心眉还想做最后的努力，三两步走到儿子身边，用恨铁不成钢的心情握住了丁竞元的手。可惜丁竞元是吃了秤砣铁了心了，在江心眉开口前，话已经说了出来：“要我和钟小姐结婚是不可能的，如果必须从两个里面选一个的话，我还是那句话，我选苏墨，放弃代理董事的位置。”

丁竞元话说得斩钉截铁。房间里没了动静，江心眉站着也不再有任何动作。丁竞元快步走过走廊，在楼梯口看到了已经站在最下面一级台阶上的苏墨。苏墨想上楼，又有点犹豫，刚才丁竞元的话苏墨都听到了。

丁竞元快步走下来，握住苏墨的手，倾身下来用嘴巴贴了一下苏墨的脸颊。

“没事吧？”苏墨轻声问。楼上的房间隔音肯定是很好的，刚才那一声响居然传了出来，可见动静有多大，苏墨担心丁竞元是不是被发火的丁溪川用什么东西教训了。

“走吧。”丁竞元贴着苏墨的脸，亲密地蹭了两下，拉着苏墨的手就往外走。

苏墨不再多问，跟在后面，把丁竞元全身上下都看了一遍，发现人并没有伤着，这才放下心来。

车子刚从大宅开出来，还没上大路，江心眉的电话就打过来了，丁竞元不接。

“他们今天都气坏了，你就让着他们一点吧。”苏墨说着也不等丁竞元说话直接动手，把手机滑开了，放到丁竞元耳边。

那头不知道说了一句什么。

“什么？”丁竞元本是歪在座椅上的，此时忽然一个激灵坐了起来，立即朝司机大喊了一声“马上回去”。

“怎么了？”苏墨也立马紧张起来。

“我爸昏过去了。”话说出来，丁竞元心里也猛地跳了一下，父亲可千万不要有事。

丁溪川最近一段时间血压比较高，胃里也不舒服，这两天因为丁竞元的事一直没休息好，今天又被气得气血上涌，血压噌噌往上升，最后直接气昏过去了。

医生嘱咐病人家属：“丁先生年纪大了，血压也高，这种情况下比较容易出现脑血管破裂、中风之类的情况，应该引起高度警惕。病人现在还要观察，各种检查结果下午会出来一部分，到时候再看。病人要多休息，保持愉快的心情。”

丁溪川真的不适合再继续操劳了。

罗知虹和丁慧燕也一路心急火燎地赶到了医院。丁慧燕当时不在现场，不知道丁溪川的情况，只知道不省人事了。近几年父亲的身体一天不如一天，这她很清楚。她一路上都非常担心，父亲万一就这么没了，她们娘儿俩又不在身边，那么不知道会有多少好处都要落在江心眉一个人手里了。

赶到病房，看到父亲好好地睡着，丁慧燕这才算放下心来。

罗知虹和江心眉已经好多年没见面了。仇人见面没有眼红，各自坐在外间的沙发一角，默契地都不看对方，把仇恨都只放在心里。

“这位就是竞元的爱人吧。”丁慧燕面带微笑，如春风拂面，

“比照片上好看，怪不得竞元喜欢，只是这身份嘛，的确是有点上不了台面。”

她这明显是笑里藏刀的讽刺，竞元两个字叫得她自己浑身都起鸡皮疙瘩了。

苏墨还没说什么，江心眉已经先开口了：“你也老大不小了，说话怎么还这么冒冒失失的。这话你弟弟听了要是生气了你就不心疼啊？”

江心眉不喜欢苏墨是真的，但是再怎么不喜欢，苏墨也是她儿子的人，他们这边的人，还轮不到罗知虹的女儿当她的面讽刺、奚落。

江心眉竟然替自己说话，这倒有点出乎苏墨的意料。

丁慧燕被江心眉最后一句话说得浑身一抖，是被她成功地给恶心到了，丁竞元就算死了她都不会心疼一下的好吗。

“其实我们怎么想的不重要，还不是得听溪川的，他不认同苏墨，我们说什么都白费。”罗知虹笑，话里的意思直指公司的继承权。

“在这些事情上溪川从来都是听我的，所以大姐你就不要白操心了。”江心眉跟着笑，只有自己知道笑得有多苦涩。她的竞元根本不听她的，她的溪川也不会听她的。

苏墨坐着听两个女人明枪暗箭地你来我往，心里觉得很反感。丁溪川人就在里面，却没有人关心他的身体如何，说来说去最终目的还是家产。

罗氏母女看起来就是精明厉害的角色，苏墨觉得就算丁溪川让丁竞元继承家业了，以后的日子估计也不会安宁。丁慧燕是集团的公关部经理，已经工作了好几年了，在集团里也算有了根基。丁竞元做了董事长以后总不能把自己姐姐开除了吧，看她今天这奔过来的架势，到时候免不了长期较量。

这不是苏墨想过的生活，苏墨想过的是那种普通人的平淡日子，以前设想的是一个人，现在加上了丁竞元。之前苏墨心里还为丁竞元放弃继承权而感到纠结，此时忽然觉得放弃了也未必是坏事。

很快，丁溪川的第一心腹郑成忠赶了过来，看他气喘吁吁的样子就知道一定是一路跑上来的。郑成忠进门的第一句话就是问丁慧燕“丁先生怎么样了？”然后才跟在座的几位点头致意。

得知丁溪川暂时没有性命之忧，他才安下心来，大步走进里面去。

刚进去和丁竞元打了个照面，看到丁溪川睡着，立马又快步走了出来，走到病房门外去接电话。

丁溪川几个左右手在半个小时之内全都到齐了，尽管郑成忠已经告诉他们董事长现在没有大问题了。

丁溪川醒了以后，没有要见老婆，首先见的是自己的一干心腹。

罗知虹送给江心眉一个轻蔑可怜的嘲笑，带着女儿离开了。她赶过来原本是以为丁溪川不行了，现在人没事，她也没必要留着了。

刚才还人满为患的客厅，一时间就只剩下苏墨和江心眉了。江心眉一动不动地坐着，浑身散发出一种心死的气息。她是对丁溪川又一次心灰失望了，不管什么时候，她都是排在别人后面。年轻的时候他为了事业娶了罗知虹，她变成了他见不得人的地下情人。她傻，爱他，无论如何也要和他在一起，要跟所有人争丁溪川，想一个人独占他，但是她从来没有做到过。一次又一次，她小产的时候，她生丁竞元的时候，他都不在身边。

江心眉心里面其实很羡慕苏墨。丁竞元这么大的一份家业都可以不要，永远把苏墨放在心尖尖上，爱着、护着、疼着，不准任何人动一下，父母亲都不可以。不愧是她儿子。

丁溪川病房里的这个会议，开的时间不短，丁竞元出来的时候，苏墨歪在沙发上几乎要睡着了。

“饿不饿？”丁竞元蹲下来摸苏墨的头发。

丁竞元看上去好像有点疲惫。

“你呢？想吃什么？回家我给你做。”

“就到外面吃吧，不回家了，太麻烦。”

坐电梯下楼的时候，丁竞元忽然从后面抱住了苏墨的肩膀，把脸侧歪在苏墨的脑袋上，叹了一口气，喃喃道：“他今天差点中风了。”

“年纪大了，血压也高。你父亲身体本来就不是很好，你也别太过自责了。”苏墨拍拍他的手臂，以示安慰。

“苏墨。”

“嗯？”

“有你真好。”让他在这样的时候可以安心地靠着、抱着。

从医院里出来，也没用司机，丁竞元自己开车。虽然医院里一切有江心眉和郑成忠，但是丁竞元出于愧疚，吃完饭以后还想再回头来看看父亲，所以晚餐的地点并没有选得很远。

点了很多菜，但是两个人都没吃多少。心里面都有事，苏墨嘴上劝丁竞元不要自责，实际上自己心里面也一直在自责。幸好丁溪川没事，如果今天因为他们两个的事真把他气成中风，甚至把人给气没了，那么苏墨心里真的是要一辈子都有疙瘩了。

丁竞元烦恼的是，父亲现在有点仗着身体不好威胁他的意思。父亲的身体确实是无法再操劳了，公司也确实需要人来继承，为什么不交给大姐丁慧燕呢？父亲说“不行”时的口气太斩钉截铁了，丁竞元觉得这里头应该还有事，只是不便说出来。

吃完饭，苏墨在路口等着，丁竞元去停车场开车。

不知道从哪里冒出来一个有点醉醺醺的男人，从后面一下子撞到了苏墨身上，一下把苏墨撞了一个大趔趄。

“你走路不长眼啊？敢撞我！”醉鬼用手指着苏墨骂了一句，手指头上还吊着一串车钥匙。

眼看着手指头要戳到脸上来了，苏墨扬手把他胳膊打飞了。

“你还打我？”苏墨还没张嘴，醉鬼就一脸心碎地大喊大叫起来，两只眼睛睁得大大的，探着脑袋难以置信地看着苏墨，“你竟然还敢打我？”

“喝醉了就赶紧回家抱着马桶哭去。”苏墨呵斥他。

“你骂我？你还有脸骂我？”醉鬼说着又要抬手点苏墨脑门子，被苏墨一推，啪叽就跌到地上去了，“呜……呜……”男人跪起来，忽然伸展双臂，仰天一声悲鸣，放声大哭起来，一边哭一边嚷嚷，引得路上为数不多的几个行人纷纷侧目。

苏墨看着面前痛哭流涕的男人，简直惊呆了。

“我没用，我没有钱……啊……可是我爱你啊……啊……”醉鬼放开嗓门干号，声音难听至极，表情痛苦万分，立即就哭得鼻涕眼泪糊了一脸，一边哭一边以S型路线飞快地跑走了，“你为什么要上别人的床，你这个贱人呜呜……给我戴了那么多绿帽子，骂我，打我，我今天非杀了你，啊——”

看来是一个伤心的可怜人，苏墨眼看着他跑远了，转回身来，叹了一口气，继续等丁竞元的车开过来。

两分钟以后，丁竞元的车从旁边地下停车场出口开出来了。苏墨快走几步想迎上去，突然身后亮起一阵强光，转身去看，灯光格外刺眼，一辆车正以S型的行驶路线向自己冲过来。

苏墨一惊，本能地返身就往盲道这边飞奔，与此同时另一道强光从前面斜射过来，不用想是丁竞元。

“苏墨！”

耳边听到丁竞元惊慌地大叫，两道强光交叉到一起，接着就听到“砰”的一声巨响。苏墨扑到地上，心怦怦飞跳，顾不上膝盖疼痛，立即翻身往后看，就在自己身后不远的地方，丁竞元的白色跑车从马路上冲过来直接撞到了那辆小车的后门上，活生生将车撞停了，倾斜着滑了好几米。

丁竞元要气疯了，看到那辆车追着苏墨差点撞上，他刚才急得心都要停跳了，浑身冒出了一层冷汗。

酒鬼两手牢牢扒在方向盘上，吓得大呼救命，声都变了调：“妈——媳妇——救命！”

丁竞元从碎了玻璃的车门框里直接爬了出来，一把捞过苏墨，喘息着将人拽到怀里抱住。

“你疯了啊？”苏墨心疼得鼻子发酸到堵住，抬手紧紧抱住他，又轻轻给他拍背，安抚宝贝似的。

丁竞元无声地把人抱紧了，心里忽然一抖，整个放松下来。

“没有你，我真的会疯。”

离医院很近，救护车很快就到了。酒鬼被人抬出来的时候软胳膊软腿的，像死人一样完全没了动静，把苏墨看得一时都有点蒙了。待听到医生简单地检查了一下得出了初步结论才稍稍安下心来，没有生命危险，看这满脸没干的眼泪很有可能就是哭累了加上惊吓睡过去了。

事故现场被随后赶过来的警察控制了，两位伤员首先送医院。

丁竞元额头和双手均被玻璃划伤，在车上简单止了血，害怕有细小的玻璃碎片蹦进皮肉里，所以要等到了医院再做进一步处理。

救护车上，苏墨陪在一边，把肩膀给丁竞元充当靠枕，两手小心翼翼地捧住他的伤手搁在自己大腿上。看着丁竞元手上的伤，苏墨心都疼抽了。躺在中间的那个酒鬼此时已经打起了均匀的呼噜。

趁旁边的女护士不注意，丁竞元抬脚冲他脑袋踢了一下，呼噜声立马停住了，脑袋歪了一下，眼窝里存着的一点未干的眼泪便顺着眼角流了出来，仿佛梦里都在流泪的样子。

“别乱动。”苏墨小声命令，丁竞元“嗯”了一声，闭上眼睛，脑袋在苏墨肩上动了动，把鼻尖往苏墨脖子里靠，找了个舒服的位置。

“疼不疼？”苏墨接着小声地问，用脸颊摩挲他的脑袋，动了动自己的手指轻轻碰了两下他的伤手，谁知道丁竞元竟不顾手伤反手握住了苏墨的手。

“你别乱动！”苏墨吓了一跳，语气立刻就是凶巴巴的了，小心地把他的伤手放好，“不许再动了。”

等到了医院，把伤口处理好，再到输液室吊消炎药的时候已经是晚上八点多了。输液室的暖气开得还挺足，晚上已经没什么人了。苏墨坐在旁边的位置上耐心地陪着。要一口气挂两袋，苏墨怕他无聊，刚才专门到外面的水果店买了一点水果上来。去了才十多分钟，回来时丁竞元已经等得不耐烦了。

苏墨一边剥柚子伺候伤员一边陪着说话。

“有点酸。”丁竞元嫌柚子酸。

“哪有，我吃着还挺甜的。”

“我要吃你手里的。”丁竞元两只伤手放在扶手上，只把嘴巴凑了过来，眼睛里带了一点坏笑。坐着歇了小半天了，看来精神是已经恢复过来了。

苏墨瞪了他一眼，再低头掰了一瓣，自己先咬一半，把剩下的递到他嘴里。瞪归瞪，但是苏墨心里舒了一口气。丁竞元刚才那种疯狂的样子苏墨看了真的心疼，不管他以前是什么样的，以后，俩人在一起了，苏墨便希望他再也不要出现那种狂乱的状态了。苏墨就想他能好好的，哪怕跟自己耍流氓、使坏，怎么样都行。

这回丁竞元再吃果然就甜了，一口气吃了好多。

江心眉的电话打过来的时候，苏墨刚送了一块儿柚子肉到丁竞元的嘴里。苏墨用纸巾擦了手，把丁竞元口袋里的手机掏出来。

“是你妈打来的。”

“接吧，问起来就直说。”

江心眉在儿子的手机里听到苏墨的声音，心里自然是不高兴的。

怎么，她现在连打电话找儿子都要通过苏墨吗？她问丁竞元人呢，不是说吃完饭还要回病房的吗？等到听说出了事故的时候，一下就惊了，慌忙问人有没有怎么样，现在在哪里。

十来分钟以后，江心眉扶着丁溪川从后面的住院部赶过来了。刚到输液室门口，正碰上小护士给丁竞元换完点滴出来。苏墨抱着丁竞元的大衣站起来查看点滴的速度，丁竞元仰靠在椅子里，伸长了两条大长腿，想去绊苏墨。

这是丁溪川第一次见到俩人作为恋人的那种亲密，他看着儿子嘴边的一点笑意，眼角陡然一紧。

丁溪川缓缓道："车祸这个事我让成忠找人来给你处理。"

丁竞元沉默了一下："好。"

丁溪川表示想和儿子单独谈谈，江心眉一言不发站起来就走。苏墨正要起身，却被丁竞元抬腿压住了，他知道父亲要谈什么："就当着苏墨的面说吧，这是我们俩的事，我和苏墨一起做决定。"说完转头看苏墨，他手伤着动不了，苏墨便自动把手搭在了他的胳膊上。

丁竞元的立场清晰得都有些过分了，丁溪川简直没有说下去的必要了，他无非就是想说服儿子。

丁溪川坐着不说话，微微有些喘，这一次的晕倒，彻底暴露出了他身体的各种衰弱，仿佛一下子变老了许多。

"和不爱的人结婚幸福不幸福，你应该最清楚不是吗？"半晌，丁竞元先开口了。

丁溪川回道："我和你不一样。"

丁竞元说："是不一样，你当时是为了自己的事业，牺牲了爱情。我现在如果继承家业，放弃苏墨的话则是因为财产，因为顺应你们的意愿，说好听点叫孝顺。"

丁溪川皱眉，一时不知道说什么。

"爸，我对那个女人根本就没有感觉，和她结婚就是害人害己。我不可能离开苏墨的。"丁竞元继续说着，他感觉到苏墨搭在自己手臂上的五指收紧了。

"为什么不考虑把公司交给丁慧燕来管理？"

丁溪川隔了一会儿才用有些虚弱的声音缓缓回答："我是想把集团留给你和你妈，把其余的财产留给知虹。"

因为长江集团是他一辈子的心血，一定要好好经营下去，继续壮大，将来有一天要成为跨国的大集团、大企业。

而大女儿丁慧燕，丁溪川怀疑她根本就不是自己亲生的。从前他也无所谓，他和罗知虹之间谈不上什么忠贞。他和江心眉地下情，罗知虹当时是和一个姓方的律师不清不楚。

想想他的人生，在家庭这一部分够失败的：几个孩子，最贴心的那个却早早地没了。两个女人一个形同陌路，一个对他由爱生恨。但是他并不后悔，作为一个男人，无论何时都应该以事业为重，一旦儿女情长，那就必然是英雄气短了。

据郑成忠了解的情况，那个开车撞人的醉鬼一直在治疗室里躺着呢。

“明天我会派公司的律师来处理这件事。”临关车门的时候他俯下身来跟丁竞元说话，“明早会让媒体大篇幅报道这次事故，这是董事长的意思。”

丁竞元对着他点点头，已经大概猜到了父亲的意图。

“报道会稍微夸张一下伤情，说你暂时身体不便需要静养。”说完，他起身将门关上，静待车子开走。他跟了丁溪川几十年，知道丁家太多的事情，将来到底是谁继承公司还说不准，他适当透露一点信息，也算是表表忠心了。

丁竞元举着两只用纱布包扎好的手，舒舒服服地躺在了床上。

“累了就闭上眼睡一会儿。”苏墨用手指给他捏鼻梁，松弛眼睛周围的肌肉。

“忽然有点饿了。”晚上两个人都没怎么吃，“回去给我做点吃的吧。”

“想吃什么？”

“你做的就行，什么我都爱吃。”丁竞元扬起脸，把嘴噘起来亲到了苏墨的手掌心。

回到家，苏墨用熬的药膳鸡汤下了面，又切了牛肉，卧了鸡蛋，加了两颗小油菜，做了好大一碗。

丁竞元坐着，伤手一只搁在餐桌上，一只搁在自己腿上。苏墨站着，高度正好，用筷子卷了面喂他，自己也跟着吃。

半夜，丁竞元似乎有一点低烧，虽然他本身火气就比较旺。苏墨用脑门抵着丁竞元的额头试了一下，试不出来，不放心，于是起身找来体温计给他测了一下，三十七度五。

丁竞元说有些口渴，苏墨披上睡袍出去给他倒水，顺手把床头柜子上的手机揣兜里了。时间是凌晨四点，苏墨打开长江集团的官方微博，关于丁竞元出事故的新闻在凌晨一点的时候已经放出来了：长江集团代理董事长丁竞元先生昨晚七点在香江元路发生了一起车祸，据悉丁先生伤及头部及双臂，伤势颇为严重，需要静养一段时间。董事会紧急召开内部会议，决定目前暂由运营总监郑成忠先生代理其一切职务。希望丁先生早日康复。

苏墨快速刷了一下相关报道，之前热火朝天地讨论丁竞元下跪求婚的帖子如今已经被这条最新的消息压下去了，很多员工的转帖都是祝愿代理董事长能快点好起来。

丁竞元这就算是离开公司了。即使没有苏墨，丁竞元也不见得会妥协跟一个不喜欢的女人结婚，但是丁竞元当着丁溪川的面说出那句“我不可能离开苏墨的”，苏墨还是感动了。将来有一天，如果和丁竞元一起坐在苏泉丰面前，面对着持反对意见的父亲，苏墨不知道自己有没有勇气果断地说出同样的话。

水有点烫，苏墨一路吹着端上来。丁竞元双手受伤，只能用肘部撑着将身体支起来。苏墨单膝跪上床，扶着他的后脑勺喂他喝水，看着他咕咚咕咚一口气把水喝完了。

“还要吗？”苏墨抽纸巾给他擦嘴角漏出来的水，丁竞元嘴皮被滋润过以后，不像刚才那么干干的了。

“不，快点上来睡觉。”丁竞元嗓子哑哑的，说完闭上了眼睛，显然刚才还没醒透。等到苏墨掀了被子躺进来，他便一抬腿压到了苏墨身上，两只伤手也一起放到了苏墨腰上。

“你躺好，别碰着手了。”丁竞元睡觉是一向要搂着苏墨的，苏墨都习惯了。

丁竞元不动，好像是要睡着了，但是苏墨推他，想把他放平又推不动。昨晚睡的时候也是费了不少口舌才把人弄平的，可丁竞元说那么睡不舒服。

“就这样睡。”丁竞元忽然冒出来一句话，把苏墨压得更紧了。

“你不听我的话。”苏墨用不高兴的语气，还故意很小声地哼了一下。

过了半分钟，就在苏墨以为丁竞元已经睡着了的时候，他“嗯”了一声翻过身去躺平了。苏墨把他的两只手摆好，丁竞元迷迷糊糊地眼睛都没睁开，歪着脑袋要来亲苏墨，苏墨主动送上去对着他嘴唇亲了一口，这下两个人终于都没有动静了。

宅子里很安静。已经临近年关，阿姨已经放假回老家过年了。两个人一起赖在温暖的被窝里睡懒觉，这也算难得了。苏墨搬过来的这一两个月，因为是年底，丁竞元一直都挺忙的。

八点多的时候，苏正的电话打过来把苏墨吵醒了。

苏正问：“苏苏，你今年就和丁哥在S城过年了吗？”

苏墨答：“反正今年不是一个人过了，上次不是说周惠家里催着定亲吗？”

苏正回道：“她妈这一阵又在催了。爸想等给我们买了房子再定亲的，说到时候连着把婚事也给办了，上个星期我还和爸一起去新义区那边看房子呢。”

苏墨疑惑道：“干吗看那么远的？”

苏正说：“市区的房子也看了，但是太贵了，我和周惠商量着房子买远一点没关系，早上早起一会儿就行，而且那边的生活设施也在逐步完善了，将来孩子上学这些也都很方便，等以后条件再好一点，买台代步车就是了。”

苏墨又道：“房子首付是多少？你们两个都是刚工作能有什么钱？我手里还有好几万块钱的存款，我给你寄回去，你别跟爸妈说。让家里再出点，先把首付付了，把亲定了，别老是让周惠家里催着了。”

苏墨是靠在床头上打电话的，这句话刚说完，丁竞元就把脑袋拱上来了，枕在苏墨的大腿上，嘴里含糊着说：“买房子需要多少钱？我们今天就给汇过去。”

苏墨一边抬手摸在他脑袋上，来回抚摸着，一边跟弟弟继续讲电话。丁竞元打了个大哈欠算是彻底醒了，鼻尖有点痒，在苏墨睡裤上用力蹭了两下，然后听到苏墨肚子里发出了一阵咕咕的叫唤。昨晚是下了一大碗鸡汤面没错，但是苏墨没怎么吃，全喂他肚子里了。

苏墨打完电话，丁竞元立刻表示自己饿了。两个人一起起床，苏墨进更衣间找衣服，给他穿上。到了浴室，丁竞元弯腰，苏墨给他刷牙，刷完牙再拧热毛巾给他擦脸。

“弟弟和弟媳妇要买房结婚了？”

“嗯。”苏墨笑了一下，自己从来都是喊苏正大名的，丁竞元倒喊起弟弟来了。

“那咱们怎么着也得包个红包，还得送个大礼才能说得过去吧。”

“有你什么事啊？头低下来。”苏墨笑着瞥了他一眼，把男士面霜拿过来，拧开盖子，用手指挑了一点，分别点在丁竞元两边脸颊和鼻梁上，避着他额头上的一块伤口给他慢慢涂匀了。

“我是你的老公，你说有没有我的事？”丁竞元说着话就歪了脑袋不服气地看着苏墨。

“臭美。”苏墨就着歪着的脑袋给他涂，弄好了，顺手照着他脑门用力点了一下。

“乌市的房价跟新城的应该差不多吧，咱们就送套房子好了。到时候再包个红包，包多少比较合理？”苏墨对着镜子洗脸，丁竞元就从后面抱着，对着镜子里的眼睛问。

苏墨闻言有点愣，手上的动作迟疑了一下才继续，丁竞元已经猜出来苏墨在想什么了。

洗漱完，丁竞元没有立即下楼，而是坐到床头开了笔记本，登陆了一个自己的银行账户，把里面的存款额点出来，喊苏墨过来看，又把进账的明细点出来。

“这个账户里的钱是周转预每年打进来的分红。去年元旦的时候，看这条。”

苏墨大概数了一下，八位数。

“那边公司的事情我是全都不管的，他有没有私吞，这个我还真不知道，公司的账目我反正从来没有去查过。”

“干吗不查？哪怕做做样子呢。”

“等过了年，我们一起去查他的账好不好？”

“去香港？”

“嗯，我们俩到处去玩玩吧。你想去哪儿？”

“我想咱们自己做点事情，总不能坐吃山空，但是做什么一直没想好。”

“好，等玩一圈就做生意，我们就等于到处去考察了。”

“嗯。”

其实丁竞元现在只是暂时不做长江集团的董事长，作为丁溪川的儿子随便继承一点遗产都够花几辈子的了。而且他自己的投资赚回来的钱已经足够让他的苏墨养尊处优了。

以前苏墨是自己想做点事情，现在变成要两个人一起创业了，忽然就有点热血沸腾的感觉，充满了期待和信心。

苏墨兴致颇好地做了丰富的早餐，把喷香的鸡丝粥盛在一个大碗里，挑了一根大勺子好喂食，和丁竞元坐在一起，你一口我一口地吃。一边吃，一边商量过年的事情。之前的几年苏墨都是一个人，过得比较简单，每到三十晚上就格外寂寞，心情低落，会想家，苏正就会一直打电话过来，煲电话粥陪着苏墨。苏正因此好多次都错过了和周惠在午夜十二点通电话的浪漫。好在周惠善解人意，从没有在这种事情上抱怨过。

以前江心眉即使整年不出现，到了要过春节的时候，也会到队里接回丁竞元，母子俩冷冷清清地过年。那时候江心眉还不能光明正大地出现在丁家大宅，丁竞元也才十几岁。

“丁竞元，我想回新城去过节。”

“好，随你。”

“那台车你一直说要找人开回来的，到现在都没影。”

“那车也还算新，弟弟、弟媳妇要是不嫌弃就给他们开吧，我再给你换台好的。”

“你这么大方？咱们现在也要节省一点啊，总不能坐吃山空。等做了生意赚了钱，我也给你换台好一点的。”

“那我还是再要台豪车好了。”

“去你的。”苏墨笑道。

录完了口供，丁竞元给律师留下了一句“要让那个醉鬼吃牢饭”的狠话，然后翩然带着自己的“小酒窝”回新城过年去了。

在新城住了那么多年，那个自己一点一滴用心装饰出来的一居室，在苏墨心里才算得上是有意义的家，现在和丁竞元住的这套大房子显然还欠缺很多。

因为新城还闲着一台车，所以丁竞元要开车回新城的方案被苏墨当场驳回了，理由如下：

“第一，司机李师傅已经回家过年了，你手受伤了又不能开车，我的驾驶经验不足，要上路开那么远很危险的。

“第二，不是说过完年要出去查账的吗？到时候车停哪啊？那么好的车就放在楼底下，万一被刮了、蹭了怎么办？不如就放在家里，多安全。”

中间丁竞元反驳说：“你把我咬伤那回，开车送我去医院不是开得挺好的吗？”

苏墨解释道：“我那不是担心你吗，想早点治好你的疯病。”

丁竞元不服气：“我的手过两天还不好吗？到时候没有车开要现买吗？”

苏墨有点不高兴了，瞥了他一眼：“嫌那台不好？那你当初还买给我？”苏墨小声地哼唧了一下，低头用右手转左手上的戒指，作势往上拔了一段，想了想又套回去了。

丁竞元看在眼里，立马不说话了，苏墨在心里偷偷笑了。

苏墨在家里收拾行李，丁竞元则独自打车去了关神医那儿，取回来一个黑色的巴掌大的小方盒子，里面是黏稠的膏状物，打开盖子便能闻到很浓的中药味。关老头子看到丁竞元的手就乐了，真是一点医德都没有。

中午，苏墨将冰箱里的食材充分利用了起来，做了不少好吃的，因为下午就要回新城了，一方面心情愉快；另外一方面，冰箱要清空，不吃掉就只能丢了，苏墨不想糟蹋食物。

本来以为放弃公司，丁竞元心里会有点不舒服，气氛会有些低沉的。没想到，完全不是那么回事儿。两个人每天甜甜蜜蜜地泡在一起，睡懒觉、聊天、准备出行的东西。中午一起做饭，苏墨做，丁竞元跟前跟后地看，一点都不嫌弃油烟味。

以前丁竞元特别挑剔，特别会嫌东嫌西的，性格阴郁，也容易暴躁，和苏墨在一起以后，慢慢地就被改变了，除了偶尔会发疯，其余倒没什么明显的怪毛病了，那些潜伏在他身体里的恶劣因子也都很识相地隐藏了起来。

为了不浪费，苏墨中午算是吃撑了，歪在沙发上，肚皮都明显鼓起来了。丁竞元装模作样地把耳朵贴在苏墨肚子上，隔着毛衣听“胎动”：“乖乖的啊，不要闹。”苏墨本是半闭着眼睛歇气的，此时便毫不客气地一巴掌拍在了他脑袋上，连带着耳朵都要羞红了。

一点钟，两个人收拾完毕，穿戴整齐一起出门了。

两人先去了小区附近的银行给苏正汇钱，一共汇了十万块，给苏正付房子首付。这里面丁竞元出了三万，给凑了个整数，算是两个人给弟弟、弟妹结婚的一份大礼。丁竞元嫌自己出得太少了，结果苏墨一句话就让他心里舒坦了，苏墨说：我出的钱不也是代表了你的心意吗？怎么，我代表你你还不高兴了？

新城的一切都还是老样子，走了两个来月，再回来一切都是那么熟悉、那么温暖。

而两个人几乎时时刻刻都黏在一起，这让丁竞元心里得到了极大的满足。

日子前所未有的甜蜜。两个人会一起赖床，一起打扫屋子，一起做饭，一起到超市准备年货，挤在人堆里挑东买西。下午空闲的时候苏墨慢悠悠地开着车载着丁竞元一起去逛花鸟市场，买了开得正美的茶花和小苍兰回来摆在客厅里。晚上会去看电影，挑人少的场次，在灯光昏暗的电影院里，俩人会牵手，甚至是接吻。出来以后一起逛商场，给对方挑选过年的新衣，也会像热恋中的小年轻一样，挤在人头攒动的步行街里，一边吃油炸臭豆腐，一边给对方掖被冷风吹落的围巾。

丁竞元对买什么都没有意见，只要苏墨喜欢，可以说对苏墨几乎是百依百顺。

经过这两天的休养，丁竞元的手虽说是好了一些，但是取纱布还要过两天，稍微用力还是会很疼。

腊月二十九这天，两个人起来吃了早饭，一起开车去了电器广场，家里的电视机是五年前的款式，早落伍了，丁竞元坚持要在过年前换一个新的。因为客厅不大，所以丁竞元要买那种超贵、超大的电视机的方案被苏墨当场否决了。

挑好了电视，又一起去了菜市场，为明天两个人的饭桌挑选食材。之前已经买了一些，其实准备得都差不多了。今天再来补一点蔬菜，准备齐全了，明天就不用出来了。

天气比较寒冷，预报有小雪，两个人穿着同款的羽绒服穿梭在人群里，因为颜色不同，所以即使是情侣装也比较隐秘。他们先挑了一些香菇木耳，后来又买了西红柿和大白菜，丁竞元对买菜一窍不通，苏墨便教他怎么看好坏。苏墨禁止丁竞元用手提重物，丁竞元就用手腕担着袋子，坚持要做一名合格的搬运工。

临近年关，有的商家喜欢乱叫价，苏墨还能一针见血地跟对方杀价，那一本正经精打细算的小模样，丁竞元看得津津有味。

中午，苏墨给丁竞元做了他爱吃的牛肉蘑菇。

吃完饭，厨房里就响起了“咚咚咚”的声音，是苏墨在剁饺子馅，准备包鲜肉饺子和大馄饨，包好了晚上吃，剩下的冻在冰箱里，留着明天辞旧迎新的时候煮。

丁竞元在“咚咚咚”的伴奏下眯了一个多小时，起来的时候苏墨已经把面和好，在餐桌上包起了饺子。

厨房里安安静静的，外面应该是下起了毛毛细雨，窗玻璃上有一层密密的小雾点。苏墨穿着米色的毛衣，戴着一套花色的围裙和护袖，低着头手上在专心致志地捏一个馄饨，两只手随意往一起一捏，一个馄饨就成了。已经包了二十几个，白白胖胖的，在面案子上排得整整齐齐，个个模样俊俏。

这样心灵手巧的苏墨，丁竞元还是第一次见，以前也从来没有人给他包过饺子馄饨，也从来没有体会过这种浓烈的年味。这种感觉让他的心里满满的。他站在厨房门边看着，一颗心已经完全被眼前这种静谧的氛围包裹了。他的“小酒窝”，让他觉得自己好幸福。

丁竞元踩着毛茸茸的大拖鞋从后面靠上去，搂住了苏墨的腰。

“醒了？唔……”苏墨被丁竞元探着脑袋在嘴唇上亲了一口。

苏墨问他：“会包吗？”

丁竞元把下巴靠在苏墨的肩窝里，看着苏墨娴熟的动作：“吃得都少。”别说包了。

“我教你。”

“嗯。”

“看着，馅放足一点，这样折起来，这么一用劲，瞧！”苏墨把捏好的馄饨搁在手心里给丁竞元看。

“俊！”由衷的夸奖。

苏墨轻声笑出来："可惜你手还没好透，要不然可以试试。"

提到手，丁竞元又是无比郁闷："等我手好了，再一起包一次。"

"好啊。"

丁竞元就这么抱着苏墨，耐心地看苏墨一个一个包，一点都不觉得无聊。

如此过了半个小时，门铃响了，是送电视机的来了。丁竞元返身出去开门，指挥两个小伙子帮忙把电视机安装到墙上。苏墨连忙从厨房里出来，交代丁竞元把衣柜里一块干净的旧被单拿出来，铺在电视机柜子上，防止待会儿钻墙眼的时候，地上落得到处都是灰尘。

客厅里冲击钻断断续续地响了十几分钟，电视机很快就装好了。剩下那台过时的厚重老电视机没有地方放，丁竞元随口问了对方一句"你们回收吗"，得到了肯定的答案就把电视机当作答谢的礼物顺手送人了。卖废铁最多卖几十块钱，估计还得自己运到废品站去，太费劲了，还不够油钱呢。两位小伙子白得了一电视，挺开心的，乐颠颠地抬着电视机下楼了。

这边，苏墨包完了一百个馄饨，厨房里到处都收拾妥当了。出来见电视机已经装好了，丁竞元正在找电影看。苏墨到阳台上转了一圈，问丁竞元："旧电视呢？放哪儿了？"丁竞元闻言手上一顿，苏墨已经进卧室了，到处看了也没有。

"我顺手就卖给他们了。"丁竞元头都不抬，睁眼说瞎话。

"他们还收旧电器？这生意做得，卖多少啊？"苏墨走过来挨着丁竞元坐下，看着他问。

卖……卖多少呢？讲太多怕穿帮，讲太少显得自己不懂行情被宰很没用。

"一百……五十？"

"你问我啊？到底多少？"苏墨怀疑地瞪他。丁竞元看着苏墨，忽然咧开嘴嘿嘿地笑起来，苏墨见状也没有继续再问，很快就把这事翻篇了。

外面下着细雨，两个人围着羊毛毯一起窝在沙发上看电影。丁竞元靠在沙发一头，苏墨睡在他旁边，脑袋枕在他胸口上。

电影里的两个年轻人分分合合，兜兜转转，不作不休；电影外的两个人甜甜蜜蜜，卿卿我我，你侬我侬。

晚上吃的自然是馄饨。苏墨怕只吃馄饨会油腻，又清炒了一个冬瓜，凉拌了一小碟菜心。

馄饨馅调得鲜香，个头饱满，模样可爱，丁竟元一口气吃了三十四个。

吃完饭，见外头雨停了，苏墨便带着丁竟元下楼去遛弯。两个人都戴了围巾，丁竟元握着苏墨的手插在自己的羽绒服口袋里，就在小区里慢慢溜达。溜达到小区外头的超市，随意转了一圈，最后两人买了两根棒棒糖。

丁竟元双手插兜眼巴巴地看着苏墨剥糖纸，他好久没吃过糖了，倒还真有点馋。

“你想吃什么口味的？”苏墨一边剥糖纸一边问，一个苹果味的、一个橙子味的。

“你先选。”

“你选吧，我随便。”

“那苹果味的吧。”

一人嘴里叼了一根棒棒糖，又拉着手一路往回走。

“橙子味的好吃吗？”丁竟元问苏墨。

“挺甜的。”

“给我尝尝。”

于是两个人换棒棒糖。

远处的天空忽然升起一道亮光，“砰”的一声，化作五颜六色的花火，不知道是什么人大年二十九晚上就开始放烟花了。

两个人于是站住了，一起仰着脑袋看了很长时间。

“回去吧。”苏墨在口袋里捏了捏丁竟元的手。

“冷了？”

“有点不舒服。”

“我背你回去。”正好能消食。

丁竟元直接蹲下来了，苏墨也不客气，往他背上一趴。

丁竟元背上老婆回家了。

第二天九点钟，苏墨就开始准备食材了。因为人少，所以想多弄一点花样，但是每样都只在碟心上弄了一点点。这是两个人第一次在一起过节，可以说意义重大，麻烦一点也没有关系。

丁竞元在大门外贴对联，把屋里的每个门上都挂了一个“福”字。弄好了，又把苏墨从厨房里拉出来，站在卧室门口的“福”字前一起拍了一张照片。照片上苏墨毛衣外头套着围裙，丁竞元和苏墨穿的是情侣毛衣，丁竞元一只手举着相机，一只手掰着苏墨的脸，嘴巴凑上去亲苏墨。

这张照片后来出现在了丁竞元的皮夹子里，将那张很久之前拍的暗恋时期的青涩照片压在了下面。

中午厨房里自然是一阵吱啦的炒菜声，伴随着阵阵香味从门缝里飘进客厅，丁竞元听在耳里是非常美妙的声音。

清蒸鱼、糖醋排骨、牛肉蘑菇、清水大虾、蒸螃蟹、羊肉白菜汤、香菇青菜、木耳鸡蛋、芹菜肉丝、凉拌西红柿、皮蛋豆腐。还切了土豆，但是最后没有做，觉得就这些都吃不完了。都是很家常的菜，太复杂的苏墨也不是很会做。

开了一瓶两个人特意去挑的红酒，丁竞元给苏墨满上，很严肃认真地说了一句：“老婆辛苦了。”

“去你的。”苏墨笑着骂他，喊老婆倒喊上瘾了。正要端起来尝尝，却被丁竞元按住了，他自己也斟满了以后，要两个人喝交杯酒。苏墨也不含糊，交杯就交杯。

喝完，还没放下杯子，丁竞元就来了一句：“礼成！”

苏墨笑着不说话，夹起一筷子蘑菇直接塞进他嘴里，吃的总能把他的嘴堵上吧。

一瓶红酒后来被两个人喝得都快见底，醉肯定是没醉，丁竞元和苏墨的酒量都是很不错的，就是稍微有点脸热。

做的一桌子好菜，因为每样的量都不多，除了那盘鱼没动，基本上都被两个人吃得差不多了。

吃完饭，苏墨收拾桌子处理剩菜，刷碗洗碟子。

“老婆！”丁竞元躺在卧室床上喊人，“快来。”

厨房没有回应，隔了几秒钟，丁竞元又开始喊——

“亲爱的！”

“宝贝！”

“苏墨宝贝！”

苏墨忙自己的，不理他借酒装疯。等厨房里全收拾好了才擦了手，进卧室一看，人趴在枕上一动不动的像是已经睡着了。正要把被子理开给他盖上，床头柜上的两只手机一前一后地响了。苏墨把两只手机一起拿到了客厅，苏正的接听了，江心眉的直接按掉。

苏正打电话来告诉苏墨，房子已经定下来了。

“准备初九先订婚，请两家亲戚吃个饭，爸说等房子装修好了就结婚。”

“就是你前几天看的那套？”

“嗯，爸让多贷两年，这样每个月我和周惠能轻松一点，等将来有了宝宝，经济也不会紧张。她妈说年纪大了生孩子伤身体，等结了婚估计就要开始催我们要宝宝了。”

“就听爸的，没错的。”

“苏苏，订婚这天我想你能回来。”

苏墨当然也想回去，就这么一个弟弟，从小看着长大的，如今要定亲娶老婆了自己怎么能不在场呢。

“把丁哥也带来吧，苏苏，妈特别想你，今天中午做饭的时候妈又在厨房里偷偷哭了，吃饭的时候眼睛还是红的呢，我和爸都只能假装没看见。”

“……”苏墨呼出一口气，眼睛猛地有点酸。

“爸那里我去说，苏苏，你一定要回来。”苏正央求。

“好。”

跟苏正打完电话，苏墨在沙发上默默地坐了一会儿。江心眉的电话又打过来了，苏墨接了。这次在儿子的电话里听到苏墨的声音，江心眉倒是淡定得很，问苏墨儿子人呢，苏墨说吃饱喝足睡了。江心眉打来根本没大事，就是想和儿子说两句话，如今和苏墨自然没话好聊，不多说便挂了。

苏墨无声地叹了一口气，还记挂着卧室里的丁竞元没盖被子，于是起身回房。丁竞元还是那样趴着。苏墨把人轻轻地翻过来，又给他脱外套。脱毛衣的时候丁竞元开始不高兴地哼唧了，苏墨凶他：“你穿着衣服睡不难受啊？”

丁竞元也不睁眼，一把就把苏墨搂住了，含糊着说：“苏墨，我醉了。”

“我都没醉，你哪里醉了？”丁竞元的酒量可比自己好多了。

“嗯……”丁竞元把脑袋靠进苏墨怀里蹭来蹭去，“酒不醉人人自醉，反正我就是醉了。”

还念起诗来了，苏墨笑着叹了一口气，把怀里的人搂紧了。

下午一点多，外面开始下雪了。昨天天气预报说是有雪，但是没下，今天终于飘飘扬扬地飞起了雪花。雪越下越大，一时听到楼下有小孩子大笑打闹的声音，偶尔远处有几声鞭炮响。

被窝里很暖，丁竞元被炮仗声吵醒了，翘起脑袋眯着眼往窗外看了几眼，回头抱紧了怀里还在睡的人，在苏墨脸上使劲亲了一口，又安心地打了两个哈欠，算是彻底清醒了。

苏墨哪里还有不醒的，醒了两个人也不起来，在床上躺着聊天，苏墨跟丁竞元说苏正的事。

丁竞元的态度很明确：“当然要去，趁这个机会回去跟爸妈认错。”

苏墨犹豫：“你不知道我爸那个人有多好面子。”苏墨是怕到时候会被父亲当着亲戚的面撵出去，二十二岁那年的苏墨被当初那个勃然大怒斩断亲情的父亲给打怕了，到现在心里面一想起来都还生疼。

“有我陪着，怕什么？要打就打我。弟弟定亲结婚你不去像话吗？”

“嗯。”去肯定是要去的。苏墨点点头，有丁竞元陪着似乎在无形中就多了一份胆量和信心，但愿这么多年过去了事情会有转机。

看苏墨有些愁眉不展，丁竞元忽然小声地说了一句：“对不起。”

当年要不是他，苏墨肯定不会经历这么多波折。但是如果没有苏墨，他不知道自己如今会是什么样。也许是继续做一个到处猎艳的花心大萝卜，从各色各样的人那里汲取一点可怜的慰藉和温暖，谁知道呢。

到了晚饭的时间，外头到处都是噼里啪啦的鞭炮声。苏墨把最后一个菜烧好，丁竞元已经在下面喊了。

“来了。”苏墨把火关了，冲着厨房开着的窗户朝下面喊了一句。人也没下楼，就跑到阳台上，看丁竞元在下面点鞭炮。

“点吧。”苏墨刚说完，下面就是一阵炸耳朵的爆竹声。丁竞元敞着黑色的羽绒服站在楼下笑着往上看，苏墨朝他招招手，他就伶俐地颠着步子跑上来了。怪不得小孩子喜欢玩炮仗，丁竞元也觉得有趣。

吃完饭，切了一大盘水果，又准备了一些小点心，两个人窝在沙发上一块儿看春节联欢晚会，一边看一边吐槽节目。

十点往后，两个人的手机开始响，短消息、电话断断续续地都进来了。廖敏给苏墨发消息祝新年好，苏墨看了直接回拨过去。各自聊了近况，得知苏墨现在在新城，廖敏就要请苏墨到家里吃饭。苏墨诚恳地说不方便，家里还有个人呢，而且还要回老家去，自家弟弟要定亲了。

“总之啊自己怎么想的就怎么做，别像姐姐这样活得这么累，等将来老了后悔。”廖姐最后如是说。

“谢谢廖姐。”苏墨由衷地致谢。

快到十二点的时候，两个人抱了烟花下去辞旧迎新。一个点，一个看。

“捻子拽出来，长一点安全。”苏墨把围巾随意往身后一甩，双手插兜。

“知道。”丁竞元声音里隐隐带了一点兴奋，点完了，飞快地跑回苏墨身边，抱着苏墨一起看。

夜空里还有零星的细雪。一道道亮光冲上天际，化作彩色的焰火，和远处炸开的烟花交相辉映，点亮了新年的夜。

新的一年，属于两个人的新生活开始了。

第七章 不破不立

自从决定了要回乌市去吃弟弟的定亲酒，苏墨这两天心里就一直装着这件事。中午吃饭的时候，苏墨突然建议丁竞元去理发，说他现在这个发型太潮，怕古板的爸爸妈妈看了不喜欢，第一印象会差。

丁竞元先是无语，然后问："那要剪成什么样的？"

"嗯……"苏墨看了看他的脑袋，"理个看起来踏实的，剪个板寸我看就挺好的。"

丁竞元不怎么想剪板寸，但是后来还是答应了。

苏墨和丁竞元之前是想一过完年就去香港，丁竞元和周转预早都已经说好了，可现在只能改到初十以后了。

这么多年没见，周转预还是那个性子，模样看起来倒是真的成熟很多。视频里非嚷着要丁竞元让开，他要和苏墨讲话，一上来又是喊弟妹，又是嘻嘻哈哈的，搞得苏墨很不好意思。

周转预在那头笑："听竞元说他要跟你回家见家长啦，哎呀，真是不容易啊，你们两个这么多年，兜兜转转的居然真成了，真是世事难料。"

他还挺感慨的，苏墨听到那头有小孩子喊爸爸的声音："还没问你儿子叫什么名字呢？"

"Kevin（凯文），大名周杭。"周转预一脸自豪，回身去把儿子抱了过来，让小家伙前来打招呼。

"你们好呀，我叫 Kevin。"小家伙声音甜脆，是个白胖小子，眯眯眼，胖得非常可爱。

"和大家说新年好。"周转预教儿子。小胖子伶俐得很，立马就照说了，赢得了爸爸一个奖励的吻。

"他老婆肯定是整容的，生出来这孩子你看眼睛多小。"丁竞元趴在苏墨肩上，一句话就损了俩，声音可是一点不小，苏墨想叫他闭嘴已经来不及了。

话立即传到了对面人的耳朵里，周转预登时就气乐了，骂他嘴巴怎么还这么欠抽，还对着苏墨说道：“苏墨你可得好好管管他。”

知道丁竞元嘴毒说不过，周转预就专拣苏墨开刀：“我和竞元这生意做了好多年了，可以大概给你透露一下他的身家，他老爷子那边的不算……竞元交往过的对象是不是很多？以前我们还比过呢，我跟你说当时……”

丁竞元在一边冷笑：“说，你随便说。”好在苏墨懒得计较那么多。

初五是小年，苏墨犹豫了很长时间，给家里打了一个电话。

那边响了两声就被接起来了：“喂，哪位？”是父亲苏泉丰的声音。

苏墨心里一跳，很久没有听过父亲的声音了，是年纪大了吗，听起来都有了一点苍老的感觉。苏墨一阵心酸，苏泉丰今年快六十，再过两年就可以退休，可以算是老人家了。

这边苏墨半天不说话，苏泉丰已经猜到是谁了。

不知道苏正是怎么说的，又都说了些什么，以往这种情况苏泉丰都是直接挂电话，这次竟然没有挂。于是苏墨鼓起勇气，喊了一声：“爸。”喊完了才觉出嗓子眼整个都堵住了，声音哑得厉害。

那边没有应，苏墨又喊了一声，电话被轻轻挂断了。

“谁打来的？”刘芸从卧室里出来，明知故问。接电话半天不说话，她一猜就是苏墨。

苏泉丰坐在沙发里不回话，抬头看看墙上的时钟，催促道：“做饭吧，饿了。”

“不说就没有饭吃。”刘芸往丈夫身边一坐，摆出一副要谈一谈的架势。苏泉丰一言不发地站起来，进卧室拿了零钱，穿上外套，出门了。

刘芸也不拦他，歪在沙发上一个人淌眼泪。也不是多难过，这么多年了，要难过早难过够了，她就是想苏墨。这几天苏墨要回来了，就更是想得不得了。

苏泉丰下了楼，一路上和熟人打着招呼出了教工小区，然后到外头的兰州拉面馆点了一碗牛肉面。老板都认识，招呼他里面坐。

苏泉丰找了一个角落的位置，一个人静静地等，面来了，一个人静静地吃完。付钱的时候有几个高个子男生进来吃面，迎头看见他赶紧恭敬地齐声喊：“苏老师好。”

“你们好。”苏泉丰脸上终于露出一点笑来。

他教了三十多年的书，整个学校里没有不认识他的，甚至有些新来的老师当年都是他和刘芸的学生。老伴年初的时候已经退休了，他没几年也要退了。都老了，等小儿子结了婚生了孩子，他和老伴的任务就算是完成了一大半。至于剩下的那一部分，哎，苏泉丰愁眉不展，叹了一口气。

初八这天下午，怀着有些忐忑的心情，苏墨带着丁竞元回家了。

两个多小时的路程，丁竞元开着车，一路上不停地对着前面的车尾灯飙脏话，因为一直被人超车。丁竞元哪里受过这个气，把车从里到外贬得一文不值，说它简直就是垃圾中的战斗机，恨不得立即停路边点火给烧了。

苏墨要和他换着开，丁竞元又不同意，真是自己找气受。好在被他这么一闹，苏墨心里倒是轻松了许多，后来想想，苏墨都怀疑丁竞元是故意在转移自己的注意力。

冬天天黑得早，四点进的乌市，在路边加油站加了一次油，开到教工小区的时候天都已经黑了。

苏墨从进了小区大门就把车窗打开了，冬天的冷风吹在脸上，冰冰凉凉的。好多年没有回来了，一切都似乎还是老样子。正对大门的一排路灯，苏墨记得以前里面总有一两个是坏掉的，修好了这头坏那头，现在倒是都很齐整了。

苏墨指挥着丁竞元把车停在了自家的楼下。刚才给苏正打电话，他去接周惠了，马上就回来。

苏墨的心慢慢绷了起来，还在犹豫是现在就上去，还是等苏正一起上去更好的时候，丁竞元已经熄了火，拔了钥匙下车了。“下来吧。”丁竞元说道。

“要不我们等等苏正他们一起吧。”苏墨跟丁竞元商量，慢腾腾地关上了车门。

丁竞元绕过来握紧苏墨的手鼓励道：“做什么事都要一鼓作气。”说完还轻轻拍了一下苏墨的脸。

“好。”苏墨轻轻呼出一口气，坚定地点了点头。既然已经回来了，就不要再拖了。

楼道口很窄，楼梯也窄，两个人牵着手，一前一后地上了三层楼梯。近家情怯，越往上走，苏墨心里越紧张，等到了家门口，看到有些锈迹的防盗门上贴着崭新的对联，旁边墙上那些不仔细看都看不出来的用铅笔画的小人，眼睛已经有点发热了。

丁竞元没有任何犹豫，抬手一指按在了门铃上。屋子里响起了门铃声，苏墨听到脚步声越来越近。

“谁啊？”伴随着母亲那熟悉的声音，里面的木门被打开了，于是六年没有见面的俩人隔着防盗门彼此对望。

母亲胖了，也老了好多。苏墨怔怔地还没有来得及喊一声“妈”，刘芸的眼泪已经滚下来了。她一边用手抹了一把眼泪，一边把门打开。

“妈……”苏墨喊出来的时候，眼泪不受控制地就掉下来了，苏墨伸手把母亲抱住了，趴在妈妈肩膀上哽咽道，“我回来了。”

“你还知道要回来啊。”刘芸大哭着，用力拍苏墨的背，打这个不孝的孩子，“你有本事就永远别回来。”

“我就当没有你这个孩子。”

“你家也不要了，妈也不要了……”

刘芸一边哭一边打，苏墨只是不停地喊“妈”。丁竞元看着苏墨哭得稀里哗啦的心里疼得慌，又听到对面门里有动静，于是两手一拥，将两个人拥进了门里，转身把门关上了。

刘芸早看见门外还站了一个人，苏正都说过了，她也知道他是苏墨什么人，只是见到了日思夜想的苏墨一时没顾上。此时便勉强收起伤心，转身客气有礼地让他进屋坐，一边明着仔细打量。

丁竞元要个头有个头，要样貌有样貌，自然是不怕丈母娘看的。他大大方方地介绍自己姓甚名谁：“伯母，您喊我竞元就行了。”

丁竞元看出来了，苏墨的母亲虽然不见得多喜欢自己，但是也应该是不反感自己。

“妈，爸呢？”苏墨搂着母亲的肩膀，话里还带着浓重的鼻音。苏墨话刚说完，防盗门就响了，接着是钥匙进孔的声音。很快木门就开了，屋子里三双眼睛一齐往门口看。

苏泉丰从隔壁楼的朱老师家下完棋回来，一进门看到客厅里的两个人，直接就愣了。

两道门都开着，过道里的穿堂风一阵阵吹进来，寒冷至极，但是却比不上苏泉丰的脸色冰冷。他指着门口让苏墨出去：“我说过和你再没关系，你还回来干什么？”苏正说苏墨要回来认错，苏泉丰当时听了就一肚子火，六年前不认错，现在带个男人回来，这叫什么认错？

苏墨眼圈发红地看着父亲，心里翻江倒海般难受。六年前的情景再现了，那年父亲也是这样撵自己出门，说不认错以后就再别回来。

“爸……”苏墨神情可怜，张开嘴轻轻喊了一句。丁竞元心疼得实在是看不下去了，过来握住了苏墨的手，默默地给予支撑的力量。

“我不让走。”刘芸抬手摸了摸苏墨的脸，红着眼睛转身吼老头子，“今天我说了算，苏墨这次回来说什么都不让走，要走你走，你走吧，我们娘仨少了你也能过。”刘芸说完，眼泪开始往下掉。

她这几天和苏泉丰也吵过、冷战过，分床睡、不给他饭吃，什么道理也都讲过了，苏泉丰就是油盐不进。她知道，他就是一辈子好面子，周围所有人都会在背地里议论他，议论他曾经引以为傲的孩子苏墨和别人乱搞，他受不了这个。

“伯父……”丁竞元刚想说话，就被苏泉丰一句话堵上了：“你闭嘴，我们家的事轮不上你个外人说话。”

“出去……你走不走？”

“老头子你别这样我求你……”

“爸……”

“伯父，我们坐下来好好谈谈……”

苏泉丰见苏墨躲在刘芸身后不动，就上来动手。丁竞元见他要打自己的心肝宝贝，哪里能愿意，他那个体格手只轻轻一推，苏泉丰就倒到沙发里了。

苏泉丰本身就气，这下是彻底火了，进屋拎了个鸡毛掸子出来。

丁竞元刚推了一下苏泉丰，惹毛了老丈人，就再不敢动武，只能把苏墨护在怀里，一边躲一边把背后晾着让苏泉丰随便抽，屋子里几个人一时乱成一团。

除了第一下抽在胳膊上，之后苏墨便再没有挨过一下，全抽在了丁竞元身上。苏墨被丁竞元抱在怀里，一边是父亲的狠心，一边是爱人的疼惜，心里一时控制不了地涌出无限的委屈，丁竞元把苏墨抱得紧紧的，苏墨想动都动不了，只能老实地靠在他怀里。

丁竞元的羊毛大衣被抽得啪啪直响，刘芸尽管拦着，但是她一个女人到底力气弱，哪里能拦住。

苏泉丰看着两个人当着他的面这么卿卿我我的，更是气得不轻，手上鸡毛掸子舞个不停，反正抽不到苏墨身上，又想到就是这个男的害得他和苏墨两个感情破裂，下手更是毫不留情，直到把丁竞元抽了个龇牙咧嘴，他自己累得气喘吁吁，鸡毛都飞了一地才住手。

丁竞元到底是赖着没走。

苏泉丰走了，累到手抽筋，晚饭也不吃了，离家出走去隔壁楼老朱那去了。

苏正和周惠回来的时候，早已经打完了。就剩了一地鸡毛，茶几上、沙发上、地板上、丁竞元的羊毛大衣上到处都是，可见当时战况之激烈。

丁竞元肠子都悔青了，他有三悔——第一悔，来的时候他为了漂亮，也知道乌市冬天不是太冷，非要穿大衣，早知道听老婆的话穿羽绒服了，羽绒服至少比大衣扛打；第二悔，早知道刚才就小心一点、手劲小一点，三根手指头就把老丈人放倒了，是个男人都受不了这样的耻辱啊；第三悔，当年苏墨被扫地出门的时候肯定也是受了莫大委屈，都是他当初太疯、太鲁莽，如果他能多一点耐心，母亲江心眉也许就不会从中捣乱，今天的局面也许就能轻松一点。

强忍着疼，丁竞元陪着苏墨同家里人一起吃了晚饭。饭桌上，刘芸给苏墨各种夹菜，各种询问这几年怎么样，时不时也招呼一下丁竞元，态度明显比刚开门那会儿好些了。

苏正和周惠对丁竞元就很亲切了，一口一个丁哥地叫，和丁竞元聊明天定亲的事情。

席间，刘芸又落了一回泪，小儿子儿媳妇又心疼地劝了一回。

苏墨以前的房间里，东西都还是整整齐齐的没有动，刘芸给换了新床单、新被子。丁竞元趴到床上的时候简直就是哀叫连连，背上、手臂上是火辣辣地疼。看苏墨拿着药酒进来，连连招手“疼死我了，快过来安慰安慰我”。

苏墨当然心疼，很小心地给他擦了药酒。

丁竞元抬手把要走的人手拉住，虚弱地歪着脑袋，说药酒味道难闻，他要补偿。

苏墨瞪他，白担心他了，顺手一巴掌就轻拍在他脑袋上，真是什么时候都忘不了要补偿。

吃完饭，苏正要开苏墨的车送周惠回去。刘芸担心儿子技术不行，苏正哎哎呀呀地叫了一通，说自己开慢点，一定小心。

苏正去年就拿驾照了，新学车的人多少都有点车瘾，见了车就想开。刘芸跟到门外，小声地又叮嘱了两句："天黑路上注意安全。慢慢开。这车是那个丁竞元的，别给人擦了碰了，到时候人家心里不高兴嘴上也不好说的。"

苏正一连声地答应了，道："放心吧，我一定慢。"然后拉着周惠的手下楼，走到楼道口又回头说了一句："万一真擦了也没事，丁哥人好着呢，您就别小心眼了。"

吃里扒外的东西，尽向着外人讲话，刘芸暗暗骂了一句。

等小儿子和儿媳妇走远了，刘芸才又猛然想起一件事来，家里头是三室的房子，晚上苏正要是还回来，那苏墨和丁竞元怎么睡呢。

虽然和丁竞元接触的时间不长，但是刘芸做了这么多年的老师，教过成百成千的学生，可以说是阅人无数。丁竞元一看就是那种不好相处的，而苏墨本身脾气温和，性子柔软，和丁竞元这样性格的在一块儿，唉，总感觉不能长远。

不过今天看丁竞元护着苏墨的那个心疼样，她倒也有点欣慰。反正她是想开了，什么面子里子都没有自己的孩子重要。苏墨现在想和谁在一起都可以，哪怕过几天就分手了，只要苏墨乐意，只要人能平平安安健健康康的就行。

等苏墨洗过澡了，刘芸把苏墨叫过来，从衣柜里找出一套手工做的衣服。

"这是按你衣服量的尺寸做的，你试试看合不合适。"

苏墨试了，稍微有点紧。

"把里头这件羊毛衫脱掉穿就正好了。"

其实不是衣服做小了，而是苏墨长胖了一点。刘芸摸摸苏墨的脸，又摸摸胳膊，笑着说是比以前胖了。

“哪有？”苏墨立即否认，苏墨现在对胖比较敏感，一是已经二十八了，到了容易发胖的年纪。二是丁竟元近来老爱说自己胖乎乎的，每每都感到羞耻不已。

“苏正说他是做生意的？”屋子里明明没有旁人，刘芸也刻意把声音压下来，拉着苏墨坐到床边上说。

“他爸是做汽车生意的。”苏墨不知道弟弟都说了些什么，但是现在也没有什么是不能跟妈说的了，“他自己和朋友一起做运动品牌代理。”

刘芸对丁竟元爸爸做什么不感兴趣：“那他家里人对你们两个是什么态度？”

“他爸妈都不怎么同意。”

听了这话，刘芸叹了一口气，感同身受，倒很能理解。

“不过，竟元从小独立惯了，什么事情全是自己做主。他以前是击剑队的，练了十来年的剑，长期没和父母在一起，彼此关系都不太好。”

“是吗？那他现在这个什么代理做得怎么样？”两个人在一起最起码要有经济基础。

苏墨就把丁竟元和以前的队友一起做运动品牌代理的事情说了。

刘芸听完这个，就放下一半的心了。但凡认真做事业的人，不管脾气好坏，总归是愿意上进的，这种人有追求也有责任心。娘俩后来聊了很长时间，说起苏正那头的亲家，又说到明天的酒席，聊了很多苏墨这几年的工作、生活，最后说到了苏泉丰，说着说着刘芸又红了一回眼。

苏正到十点多钟才回来。几个年轻人在外头说话，轮流着洗澡。刘芸坐在自己屋里听着，也没有一个人提怎么睡的问题。看来苏墨和那个丁竟元是早就睡在一块儿了。一想到这个，刘芸心里就不是个滋味，一声接一声地叹气，独自依着床头掉眼泪，最后愁眉不展地睡下了。

丁竟元脱下衣服趴在被子上，四肢伸展开来，等着苏墨给自己再上一遍药酒。虽然不喜欢这种味道，但是明天明显还有一场硬仗要打，不能负伤上阵。

“跟你妈说我什么了？”丁竟元捏住鼻子问。

“说你干过哪些坏事，哪一次把我气哭了，哪一次害得我醉得晕头转向的……”苏墨把药酒倒进手心里，往丁竞元背上一边涂一边按摩。今天哭多了，声音到现在还是沙哑的。

“嗞——轻点。”丁竞元疼得叫唤一声，说完又不相信地笑起来，苏墨肯定不会在丈母娘面前说他一个字的坏话，关于这一点他有十足的把握。

丁竞元叫唤了一声，苏墨手劲立即小了，沿着他背部结实的肌肉线条一点点地给他揉着。刚开始有些疼，后面揉热了就舒服了。

“不疼了吧？”

“嗯，好受多了。”

丁竞元动了动，把手臂往两边伸开，背上的肌肉跟着显出漂亮的线条。

苏墨枕在丁竞元手臂上，两个人小声说着话，假设了诸多关于明天可能出现的状况。

“我爸教了这么多年的书，一辈子受人尊敬，培养出那么多人才，到最后自己的孩子却要被人说闲话戳脊梁骨，他就是受不了这个。如果明天爸当着亲戚的面撵咱们，那咱们就走吧，以后再来，总不能毁了苏正的大事。”苏墨说完叹了一口气。

“既然你爸那么固执要面子，我想他应该不会干出这种事来吧，多丢人啊。”丁竞元分析得不无道理。

“那不一定，我爸平时脾气是挺好的，但是真的气狠了也能不管不顾地硬来，今晚不就直接动手了吗。”说起来苏墨也继承了父亲这一点，平时像兔子一样温和，真急了照样咬人。丁竞元就被咬过。

“我真倒霉，被老的用鸡毛掸子抽，被小的用牙齿咬。”丁竞元笑着把手臂收拢。

“你该！”苏墨言简意赅地吐出这两个字，说完就笑了。

早上，丁竞元醒的时候，就听到外头刘芸的声音在喊：“墨墨，还是买书店旁边那家的，别家的不要买。”刘芸趴在阳台上冲楼下的苏墨嚷嚷，丁竞元这边听得清清楚楚。

墨墨？丁竞元眯着眼，嘴角弯弯地在被子里翻了一个身，苏墨的小名和苏墨脸上的小酒窝一样都好可爱。

早饭刘芸煮了粥，炒了两个小菜，苏墨去买了油条，萝卜饼还有茶叶蛋。一家四口坐在一起吃饭，老头子到早上了也没回来。

九点多的时候，周惠的电话就打过来了，周母的电话也随后就到了，他们那边的亲戚有外地的，说马上也就到了。现在一切都没有问题，除了苏泉丰。

十点钟，苏墨的大姨小姨两家人都前后脚地来了，都是好多年没见着苏墨，一见面都热情得不得了。苏墨过年不回家，苏泉丰让刘芸跟亲戚统一口径，说是在外头忙。

小姨家的女儿冯蕾，今年二十岁了，身材高挑，性格活泼，进门头一眼就看见了在沙发上坐着的大帅哥。

“不错不错，买了房买了车，就差个对象了。”小姨笑眯眯地把脸一转，看着旁边坐着的高高大大的丁竞元，显然眼带疑惑。

“我是苏墨的男朋友。”丁竞元不用她问，自己主动介绍。

丁竞元向边上的苏墨伸出了手，苏墨微微低了头，深吸一口气，在两家亲戚震惊的注视里，坚定地将手伸进了丁竞元的手里，手指弯曲、握住。

当着亲戚的面公布两人的关系，丁竞元没有和苏墨商量，但是，事情就是不破不立，换作是苏墨可能会选择继续往后拖，但是既然丁竞元现在这么做了，苏墨也完全没有任何意见。

屋子里的人集体静默了一分钟。

亲戚们在震惊之余也有点了然，毕竟苏墨离开家这么久，找了对象也正常，只是之前从未听说过苏墨找对象这事，这才觉得有些奇怪。而且看苏泉丰这态度，来了半天了，都还没见着这一家之主的人影，看来他是不同意两人交往的。

之后大家转念一想，这男友该不会是当年和苏墨同居的那个吧？当年的事情，大家知道得也不是很清楚，只知道苏墨当年在外面和人同居，被苏泉丰知道后气个半死，再后来苏墨就出去再没回来过了。现在看来，苏墨肯定是被赶出去的。此时大家也终于领悟到了苏墨这么多年过年过节不回家的真正原因了。

镇定下来的长辈们虽然觉得苏墨又和丁竞元在一起有些难以置信，但是见刘芸如此镇定，想必早已想通，也不好当面说什么，最终的态度都是：事已至此，孩子都大了，就随孩子吧。

苏家和刘家两边的亲戚陆陆续续地都来了，是先过来集合然后再一起去饭店的。有一进门就问苏泉丰怎么不在家的；有五六年没见到苏墨的小辈，现在已经长成十来岁的大孩子了，见面还要苏墨抱的；也有刚坐下看到丁竞元就问是不是苏墨的对象的。于是一波一波的亲戚被丁竞元这道惊雷劈中了，纷纷经历了从震惊到镇定再到淡定的过程，然后就开始刨丁竞元的底了。

不管怎样，苏墨这个条件也必须得找个根基好的、为人可靠的、人品优秀的、模样配得上的。

于是一场多对一的相亲式盘问大会就这么轰轰烈烈地展开了。苏墨和丁竞元坐在沙发上，一屋子亲戚围着他们，你一句我一句地摸底，了解情况。

丁竞元倒特别淡定，始终将苏墨的手握在自己身侧。所有的问题也都是诚实回答，向苏墨的所有亲戚展示出了他最大的诚意。

苏墨耳里听着丁竞元的回答，手上回应他紧握的力量，抬头看一眼站在人群外的母亲，心里慢慢放松起来，原来说出来也不过如此，都知道了又怎么样？苏墨忽然真切地领悟到：生活是自己的，和丁竞元能开心地在一起才是最重要的，就算这些人回家以后会将自己的事情像笑话一样谈论、传播又怎么样呢，自己和丁竞元该怎么样还是怎么样，为别人的目光而活实在是太累了。

“做什么工作的？”

“现在是和朋友一起做一个品牌代理。”

“什么牌子？”

“ADDS。”亚洲最大的代理商，这个丁竞元保留了没有说，怕亲戚们说他吹牛。全亚洲最大的 ADDS 代理商就开门口那破车，骗谁呢？

“啊，这个我知道，这个牌子在国外一些地方是很受欢迎的。”冯蕾插进来一句，佐证。她笑眯眯地看着对面的两个人，对苏墨她是绝对支持的。

“家里还有兄弟姐妹吗？”

“没有，爸妈就我一个孩子。”丁竞元从来没有把丁慧燕当成姐姐看过。

“爸妈都是做什么的？”

“我爸身体不好，做汽车生意的，我妈是家庭主妇。”

“在S城有房子吗？”

“有。”

“蛮好蛮好。”大家纷纷点头表示认可。

又有人问苏泉丰，说人呢，大家都来了他跑哪儿去了。

苏墨的大伯掏出了手机给弟弟打电话，上来就问：“你跑哪儿去了？亲戚们都来了，马上就要去酒店了，待会儿开席了你不在像什么话？”

苏泉丰在那头不知道说了什么，大伯立即把眉头皱了起来：“行了你，多大的人了，要什么小孩子脾气。快回来吧，苏墨的事情我们都知道了……什么事？就是苏墨带男朋友回家的事！你赶快给我过来，还能少丢点脸。”

苏墨和丁竞元在去朱老师家的路上，在楼道里遇见了多年不见的刘岩。老同学见面分外亲热，互相喊着名字大笑，刘岩上来就和苏墨握手。丁竞元从后面拍拍苏墨的肩膀，示意可以分开了。

“这位是我男朋友。”面对一脸疑惑的刘岩，苏墨介绍了丁竞元。

“哦哦哦……”几年不见，苏墨都找了对象了。

“大三那年你老婆在医院那次，后来那八百块钱就是找他借的。”苏墨轻声解释。

“不用谢了。”丁竞元非常大方。

刘岩问苏墨在家准备住到什么时候：“一起吃个饭吧，我请客。这个你……你……你男朋友也一起来。”刘岩说完对着丁竞元伸出了手：“能见到就是有缘，一定让我表示一下，谢谢当年的救命之恩。”

又聊了几句有的没的，彼此都有事，约好了吃饭的时间，就在楼道口分开了。

两个人一前一后地上楼，按门铃。朱老师前来开门，见了苏墨，彼此自然又是一阵问候。

“怎么一回家就惹你爸生气啊，看昨晚把你爸给气得，都离家出走了……”朱老师以前也教过苏墨，即使苏墨现在长大了，但朱老师还把苏墨当自己的学生一样教训。

朱老师话未说完，屋里的苏泉丰已经出奇地愤怒了。在卧室里找趁手的工具，没找到，直接把自己的皮带扯下来，拎着皮带头子就出来了，对着门厅里站着的苏墨就要抽。

“哎哟！老苏，你这是干什么？”朱老师忙拦着。

“爸……”

“你别叫我，我没有你这个孩子，你想气死我……”

“老苏，行了，消消气，你还能真打啊。”老朱从后面把苏泉丰抱住，把人拖到沙发上坐着。

茶几上苏泉丰的手机又响了，又不知道是哪个亲戚打来的。一想到大家都知道了，都知道他以前说苏墨忙是死要面子说谎话，苏泉丰就觉得自己实在是失败、颜面无存。甚至对老朱，昨晚他也没有说实话。他就是这么死要面子，他做人真的很失败。

苏泉丰垂头丧气地坐着，觉得自己活得好累，好虚伪。作为一个老师，连自己的孩子都教不好真是最大的失败。自己的孩子不仅与人未婚同居，还被人母亲指责勾引闹到家里来，如今却又和那个人在一起，这算怎么回事啊。

丁竞元拉着眼圈发红的苏墨到沙发边跪下。

“伯父。”丁竞元开口喊苏泉丰，郑重道，“对不起。”

“没经过您的同意就把我和苏墨的事情告诉亲戚们了。”

“我以后会好好照顾苏墨的。”

“苏墨是一个重视家庭、重视亲人的人，没有您和伯母的同意，苏墨嘴上不说，心里会一直在意的，我们也不可能真正开心。”

“不管您同意不同意，认不认我们，您都是我和苏墨的爸。我以前做错了，如今也没有做对，但是我对苏墨的心是真的。我爱苏墨，苏墨也爱我。我们已经再也离不开彼此了。”

苏墨听着丁竞元说出的每一句话，流着眼泪道：“让您失望了，对不起。”

苏泉丰气红了眼睛，坐着不说话，苏墨和丁竞元也不再出声，一动不动地跪着。

朱老师也知道了是怎么一回事儿，坐在门口的凳子上抽烟。他心里确实是怪苏泉丰了，他们两个是几十年的老邻居、老同事、老朋友，昨晚苏泉丰不愿意回家、愁眉苦脸的，他那么问都不说实话，他又不是旁人，再说就苏墨这件事，他还能跟着别人一起看他笑话不成?

屋子里一时静得只有朱老师抽烟的声音，直到苏泉丰的大哥又打电话过来催，说酒席快开始了，周惠那边的亲戚都已经在酒店的小厅里坐着等了，苏泉丰才站了起来，走到朱老师这边，见老家伙也不愿理他，只能一言不发地背着两手走了。

朱老师见他出了门，回过头来跟苏墨说：“你爸没撵你，这就是差不多认了，还不跟过去。”

苏墨此时听了这话心里一松，拉上丁竞元，谢了朱老师，赶紧跟在苏泉丰后面走了。

刘芸在饭店门口着急地等着，远远就见三个人一前两后地来了。

两口子虽然昨晚还吵架，但是这会儿刘芸见着他立即就红了眼圈，她知道他现在心里有多难受。

“都知道了也好，早晚都得让人议论。”刘芸迎上来，握住了他的手。亲戚自然是有远有近，他们看着是不在意，但刘芸知道他们有的人面上不显，心里面肯定在笑话她的墨墨，“这事你瞒不了一辈子。”

苏泉丰反手握紧了老伴，用拇指揩她湿润的眼角。刘芸叹了一口气，伸头去看后面的两个孩子，对着落在后面的苏墨喊话：“快点，你们两个别磨蹭了。”说完又看向苏泉丰：“咱们都想开一点吧，嘴长在别人脸上，人活一辈子哪有不被人议论的。儿孙自有儿孙福，苏墨要怎样就怎样吧。以后幸福也好，后悔也罢，都是苏墨自己的选择，孩子已经这么大了，这次就让人自己做主吧。”

苏泉丰垂着眼皮没有说话，事已至此，已经无话可说了。待苏墨和丁竞元走到身边，一家四口一块儿进场。

再难的场面也都是能应付过去的。

一中的午后静悄悄的，吃完酒席的苏泉丰一个人绕着学校慢慢地转圈，从前面的初中部教学楼转到后面的高中部，再转到实验楼，又从多功能综合楼转到食堂，最后转到教办处。

几十年来一中的变化不可谓不巨大，特别是最近一次修缮，学区后面最后一片教师住的老房子也全部推倒建了新楼。

苏泉丰大学刚毕业就被分到了一中，二十几年来兢兢业业教出了一批又一批毕业生。一届三年，一晃就是这么多年过去了。老了，要退休了。

出了学校大门，过了马路，苏泉丰本来想到大操场上去走一圈的，谁知道刚过马路就看到了旁边小篮球场上的蒋老师，他正带着自家宝贝孙子在篮球架那边玩。

苏泉丰刚转身想走，就被看见了。

“苏爷爷！”小乐乐抓住了滚到脚边的皮球，小嗓子嘹亮得很，一边喊一边“嗒嗒嗒”地就跑过来了。苏泉丰一蹲身接住了跑过来的小家伙，嘴上对着软软的小脸蛋就亲了一口。虽然外头气温蛮低的，但是小乐乐玩了半天球了脸蛋热乎乎的，一点也不凉。

“今天不是苏正定亲吗？你怎么跑这来了？”蒋老师满脸笑容。

“酒席刚散，我没事过来学校转转。”

“走，我陪你到操场上转转吧。”

“好啊。”苏泉丰答应得勉强。

寒假期间，一中的大操场上几乎没有什么人，只有几个高年级的男孩子在最中间的场地上踢球。苏泉丰抱着小乐乐，和蒋学明一起绕着塑胶跑道边走边聊。都是高中部的老师，先是聊了一阵子上学期的期末考，然后蒋学明忽然问道：“哎，苏墨今年还没有回来啊？苏正订婚也不回来？这么忙啊？”

苏泉丰就知道他会问这个。蒋老师以前教过苏墨，又住得近，两家的孩子当时还在同一个班，都是班里的尖子生。两家孩子一直被大人们放在一起比，苏墨不管是成绩还是生活，各个方面都是领先的那一个。

不但领先蒋老师家的蒋峰，整个教工大院哪家不知道苏墨？哪家在饭桌上教育孩子的时候不提苏墨的大名？每每都有老师在苏泉丰面前夸奖苏墨，说苏墨不但成绩好，又听话又懂事。毫无疑问，苏墨一直是苏泉丰的骄傲。后来高考，苏墨不负众望，总成绩全校第一，全市前三，被S城交大录取了，还是热门的专业。苏墨在大学里也一如既往地用功，苏泉丰对自己的孩子是很放心的，对于苏墨做兼职、交朋友这些事情他也从来没有过问过，他相信苏墨做什么事情都是有分寸的。

结果呢……

蒋老师的儿子毕业以后进了市规划局，三年前和领导的女儿结了婚，两年前生了宝宝，去年升了副科，据说今年过了年就会转正科，年纪轻轻的已经算是家庭事业双丰收了。

而蒋老师经常喜欢在苏泉丰这儿问问苏墨的情况，特别是过年过节的时候。以前他儿子样样都比不过苏墨，现在蒋峰也算是出息了，就总想问问苏墨在外面混得怎么样了，总想知道现在自己的儿子能不能比得过苏墨，这也是人之常情吧。

“回来了。”苏泉丰有点不情不愿地回答，怕他会没完没了地再追问别的，之前蒋学明问的时候，他就一直含糊地说苏墨在外面和同学一起做生意，非常忙。被蒋学明进一步问，做什么生意这么忙，连节都不回来过的时候，他随口就说是做餐饮的。这样过年过节的时候不回来也绝对说得通。第一次说是餐饮，后来每一次苏泉丰就都说是餐饮。说得久了，连他自己都要信了。

“也该回来了，再忙再要赚钱，也不能过节的时候都不回来陪你们啊。”蒋学明非常感慨地说，“哎呀，这么多年了，你们家苏墨肯定是赚了大钱了，比我们家小峰强，机关里头都是死工资。虽然苏墨年纪不小了还没结婚，但是这个你别急啊，苏墨要人品有人品、要相貌有相貌，现在经济条件又这么好……”

蒋学明还在那说得津津有味，苏泉丰心里不是滋味，他什么时候在蒋学明面前说过他急了？

蒋学明眼睛盯住了操场入口处的一个人，他眼睛一眯，便看清了那人的脸，正是好多年没有见的苏墨。远远瞧着，他就觉得苏墨这孩子是真不错，浑身都透着一种独有的气质。

“是苏墨啊。”蒋学明扬手笑着招呼了一声。苏泉丰心下一凛，也侧了脸去看。

苏墨面上带了点笑，一路小跑着过来，到了跟前，还像学生时候一样，先鞠了一躬：“蒋老师好。”

“哎呀，好好，好多年没见了，真是越来越出息了。”蒋学明拍拍苏墨的胳膊，挺开心的，转身把苏泉丰怀里的乐乐抱了过来。

“这是蒋峰的儿子？”

“是啊。”

“都这么大了，真可爱。来，抱一下。”

苏泉丰几乎是面无表情的，他已经做好谎言随时被戳穿的准备了，就听前边两个人一直在说笑。

“不是老师说你，做生意再忙也不能总不回家。”

“是，以后不会了。”

“听说你酒店的生意很好啊？”

“还行吧，我朋友一直在做运动品牌代理，过完这两天我要和他一起去香港，在家也不能多待。”苏墨回得行云流水。苏泉丰听到这里顿时就愣了一下。

“哎呀，生意越做越大了，现在是大老板了。”原来苏泉丰说的都是真的，苏墨一直都很优秀，蒋学明不得不承认，苏墨现在还是要比他们家蒋峰强一点点。

关于这句话，苏墨笑笑没有回应，转身看了看苏泉丰，父亲也正在看自己。只一个眼神，对方现在心里在想什么彼此都清楚了。

“什么时候回来的啊？”

“昨天就回了，小正定亲我赶回来的。”

“应该的，回来有没有见过蒋峰啊？”

“还没呢，早上见过刘岩了。”

“刘岩老婆也有身孕了，前两天我见着都显怀了，你们三个现在就差你了。今天晚上有空吗？来我们家吃个饭，也和蒋峰聚聚。同学之间应该多联系的啊，特别你们几个，一个大院里长大的。不是蒋老师说你，你这么多年都不回家实在是不应该。”

“是，我知道错了，我晚上一定过去，把刘岩也叫上。”

“哎，这样才对，晚上过来陪我喝一杯，老苏！”蒋学明转身向落在后面的苏泉丰喊了一声：“晚上和苏墨到我们家来喝酒啊。”

苏泉丰闷闷不乐地落在了后面，此时他正站在塑胶跑道边上，看场内那几个男孩子踢球。听到呼唤声他转过脸来，扬声含糊应了一声，也没说好也没说不好。

苏墨抱着小乐乐颠着玩，陪着蒋学明绕着跑道边走边聊。绕了一圈，到了出口的地方，蒋学明带着小孙子走了。临走时还拍了拍苏墨的肩膀，他看出来了，苏墨和苏泉丰有话要说，苏泉丰明显是有些不高兴的。

苏墨双手插进羽绒服的口袋，慢慢踱着，走到父亲身边。

午后阳光很好，两个人并肩站着一起看人踢球。苏墨刚想开口，口袋里手机响了，是丁竞元打过来的，他和苏正送完姨奶奶一家回来了。

“回来了？”

“你在哪儿呢？”

“我在一中的操场上，和我爸在一块儿呢。”

“跟你爸没怎么样吧？我去接你。”他之前开车经过一中，知道一中离教工小区还是有一段距离的。

“没事，你来吧。”

苏墨的声音低低的，眼睛看着场地中间的几个人抢球，其实什么都没看进去：“我从小到大从来没有喜欢过别人，小的时候就是整天想着学习，到了高中想着要考个好大学，以后上个好专业，毕业能找个稳定的工作，千万不能让你和妈丢脸……直到后来认识了他，我觉出自己对他是有感觉的。”苏墨想到了当时的情景，丁竞元伤了一只手，自己给他脱衣服的时候，紧张得手脚都不知道要怎么放了，“后来出了事就分开了。也去相过亲，也试着和别人相处过，都没有感觉。”

除了丁竞元，苏墨对别人再没有过那种心动的感觉。只有在面对丁竞元的时候，苏墨才会害怕、害羞、紧张，会气到哭出来，会发怒，甚至会发狂到咬他、抓他、打他。曾经那么恨他，一被他抱住、吻住就会心慌意乱、头晕目眩。

“我觉得我这辈子就他了。”苏墨的声音充满了很多无奈，“爸，对不起，这么多年过去了，还是让你失望了……但是……我是真的很喜欢他。”苏墨说完长长地叹了一口气，“爸，晚上我想让他一起去蒋老师家吃饭。你看行吗？”苏墨不是想要急不可待地昭告全世界丁竞元和自己的关系，苏墨只是觉得既然已经决定了要和丁竞元走下去，就不能再让丁竞元躲躲藏藏见不得人了。

经过了昨晚和今早的那一跪，苏墨是真的不舍得再去委屈丁竞元了。自己去朋友家吃饭，把丁竞元藏在家里头，就丁竞元那个臭脾气，绝对会不高兴的。何况蒋老师这样近的关系，自己有男朋友这种事迟早会知道的。既然是早是晚都是一个结果，那么苏墨选择不委屈丁竞元。

苏泉丰目视前方，不说话。但是他心里知道苏墨是认定丁竞元了，不管怎么阻挡都挡不住了，从他把苏墨赶出家门的那一刻起，那个曾经听话乖巧，让他引以为傲的苏墨就不复存在了。到了这个份上，他已经无话可说了。

“你们都长大了，翅膀都硬了，以后任何事情都不要来问我了，你们自己解决吧。”他老了，早管不了了。说完，苏泉丰背着手，慢慢地沿着塑胶跑道头也不回地走了，那步伐和背影都是说不出的失望和无奈。

这算是见面以来，苏泉丰和苏墨平心静气说的第一句话，苏墨却因为这句话，心里一阵一阵地发闷。

丁竞元把车停到小操场上，从车里钻出来，看到穿着蓝色鸡心领毛衣的苏墨站在操场边看一群高中生打球。

丁竞元走到台阶上，想找个地方坐，可看来看去哪里都嫌脏，就站在苏墨身后不远处等苏墨看完。

忽然一个球飞过来，砸到了苏墨身上，苏墨直接被球砸得仰面倒地，摔了一个四脚朝天。

这一下摔得挺疼的，倒地的时候碰着了后脑勺，苏墨闭着眼睛“哦”了一声，一时躺在地上没动了，只皱着眉大口喘气。立即就有人围了过来，询问苏墨怎么样，有没有关系。耳朵里还听到一个沙哑的声音连声说对不起，正是那个不小心用球砸自己头的男生在道歉。

“没事的……”苏墨刚睁开眼话都没说完，上半身立即就腾了空，是拨开人群的丁竞元把苏墨上半身抱进了怀里。

“怎么样？”丁竞元紧张兮兮的。

“没事。”看把他紧张的，苏墨推了他一下，要自己起来。这么多人围着，丁竞元只能半搂半抱地把苏墨扶到场边上的台阶那儿坐着，用手给苏墨揉脑后勺。后面都有点肿起来了，丁竞元很心疼。

“你轻点。”苏墨抬眼见他一脸隐忍的火气，赶紧笑了一下，带着安抚的语气，“就刚才摔的时候有点晕，疼过去了就好了。”见那边场上的人还都一个劲地往这边看，苏墨冲着跟到眼前的两个男生说：“我没事，你们接着踢吧”。

不过显然丁竞元不会像苏墨一样这么好说话，一旦关系苏墨，说他是一个睚眦必报的人可算是一点都不为过。

“喂！你回来！”苏墨没拽住，也没喊住人，丁竞元已经跳下台阶，把大衣脱了扔给苏墨，两边毛衣袖子往上一捋，露出结实的小臂，扬着脑袋就跑进了球场。球赛丁竞元是看的，不过他的特长是击剑而不是足球。但是这一点也没妨碍，因为他可不是去进球的，他就是去报仇的。对，就像苏墨骂的那样，“幼稚！”他就是这么“幼稚”，见不了苏墨受别人一丁点欺负。

丁竞元跟一帮子年轻人打了招呼，说是玩一玩，嘴上挺和气，脸色却明显不善。

于是苏墨坐在场边，便看到穿着羊毛西裤和牛皮短靴的丁竞元骏马一样在场上飞奔起来，拿没拿着球另讲，仅是那奔跑的身形就格外迅捷矫健，轻易地就能把要上来截球的男生闪到一边去。他个子高，身体壮，混在一堆大男生里面格外显眼。

终于，丁竞元脚下带着了球，他完全不打门，只对着那个砸球的男生上去就一脚大力发射。“砰”一下，球直接就砸到了那男生的肩膀上了。

男生脸都黑了，但是丁竞元立马就抬手致歉，还一脸的诚恳模样，于是只能继续踢。直到十分钟以后，耐心陪跑的丁竞元又逮着机会一脚把球直往那男生脸上踢。一群大男孩终于为难地全停下来了，因为丁竞元的意图实在是太明显了，把人踢得拧眉直捂下巴。刚才他要不是机灵抬手挡了一下，估计这会儿鼻血早喷出来了。

“丁竞元！”苏墨坐在场边上大声喊了一声，像是很不高兴了，丁竞元这才说了句“抱歉”，眼神很硬地看了那挨踢的男生一眼，两手一甩不踢了，丢下一帮子愣眼的大男生转身颠颠地跑走了。

“头还疼吗？”坐进车里，丁竞元又伸手摸苏墨的后脑勺，随口问道，“跟你爸说什么了？”

苏墨回道：“……也没说什么。对了，刚才遇到我高中的化学老师了，姓蒋，就住我们家旁边楼，和我家关系很不错的。晚上我们一起过去吃饭吧，我跟他儿子是高中同学，以前在一起玩得很好的。”

“好啊，他知道咱们的事了吗？”丁竞元一口就答应了，随后整理了下衣服，把车子发动了。

“应该不知道吧。”

“怪不得你爸那么怕人知道。”丁竞元现在倒是很能理解苏泉丰固执的想法了。

“是啊，这么大一个院子，全是几十年的熟人同事。”而且当老师的在一起比较也是很正常的，特别是比较自家孩子，像苏墨这样的都是从小比到大的，加上苏泉丰本身又是那种很好面子的个性。

“我爸跟人说，我在外面这么多年不回来，是因为做酒店生意太忙了。咱们不是说要自己创业吗，就试着往这方面看看有什么好项目好不好？”

“这样你爸就能理直气壮一些。做什么我都无所谓啊，你喜欢就行了。”丁竞元是真的无所谓。

“谢谢。”苏墨忍不住叹了一口气。

丁竞元目视前方，腾出手来拉苏墨的手，用力一握：“傻子，都会好的，相信我。”

晚上，苏墨带着丁竞元一块儿去蒋老师家吃饭，刘岩、蒋峰都在。

苏墨跟他们介绍丁竞元，说是这次一起回来的朋友，刘岩立即上来握手，跟蒋峰笑言：“你不知道，我和他可有缘了。”

蒋峰追问什么缘分，前因后果，他又立即说：“哎呀丢脸的事不说了不说了。”蒋峰哪能放过他，两人一阵闹。

席间，几个好几年没见的朋友不可避免地聊到了以前的同学老师，聊到了现在的家庭生活、对象孩子。蒋老师问苏墨的酒店，苏墨不知道怎么答，丁竞元立马就把话头接过去了，说什么酒店有百十名员工，还准备开分店什么的，越说越让人着急，苏墨只能用手在桌子底下掐他大腿。

“哎哟，那真不简单，苏墨这几年难怪不回家，这是得忙啊，有出息了啊。”蒋师母听了丁竞元的话，忍不住夸道。

“那当然，想当初苏墨就是咱班上的头号种子。”刘岩还是大大咧咧的脾气，他跟苏墨以前是好朋友，一向是很信任苏墨的。

“但是苏墨你这么多年不跟咱们联系委实是伤我心了，你今天得罚酒。”说着他就给苏墨满上了。

苏墨在这件事上无话可说，认罪一样连喝三杯。喝完了刘岩的喝蒋峰的，要不是丁竞元要替自己喝，还有蒋学明在一旁拦着，晚上苏墨非喝到烂醉不可。

“实在是开心……”苏墨笑嘻嘻地靠在丁竞元身上，醉得路都要走不好了，“你今天晚上好帅，嘻嘻。”说着还要动手去摸丁竞元的脸，丁竞元高高大大的，说的做的都上台面，特给苏家人长脸，“你吹的牛也特好听。”

是呀，压在心上这么多年的石头终于拿开了。也不过如此，和丁竞元在一起怎么了？还不是该干吗就干吗。

“生活是我们自己的，不能为别人活着，像我爸那样，一辈子就太累了。”苏墨醉了，话多了起来，一路走一路说。嫌热，把衣服拉链拉开，丁竞元不动声色地又给苏墨拉上。

终于走到家门口，苏墨累得直喘，正拿脚去踹丁竞元呢，家里的防盗门忽然就开了，刘芸站在门口一脸意外地看着跟小孩似的正笑着闹腾的两个人。苏墨显然是喝多了，脸红得太不正常了，正歪着扒在扶手上。

“伯母。”丁竞元立刻把苏墨扶好，半搂半抱着往屋子里走。

“回来啦，我刚听到动静就猜估计是你们俩。”刘芸笑了一下，把人迎进屋。给两个人泡了蜂蜜水，送进房间去。

“伯母，您休息吧，我来照顾苏墨。”丁竞元把苏墨扶到床上，苏墨一挺腰又坐了起来。

“行吧。”刘芸有点不放心，心说看你也不像是那种会照顾人的，“墨墨，没事吧，有没有哪儿难受啊？”

“没事，妈，你去睡吧。太高兴了，和刘岩他们两个多喝了两杯。”

“行，有事叫我，蜂蜜水喝了再睡啊。”

“知道了。”苏墨眯着眼笑。

晚上，两人躺在床上，丁竞元搂住了苏墨，苏墨闭着眼睛，喃喃开口道：“你今天吹牛了。”

“我只是提前把计划说出来而已，等从香港回来，咱们就开酒店。”

“可是我什么都不会啊。”苏墨睁开眼看他。关于开酒店自己是一窍不通。

“不会就一点一点学好了，有我在呢，怕什么。”

“你本来是想做什么的？”

“我无所谓啊，你想做酒店就做酒店好了。”

虽然知道丁竞元疯了一样爱自己，对自己好，但是苏墨听了这话还是感动了。

“我还有些积蓄，可以把新城的房子卖掉，还能值个百八十万，算是我入股的钱，虽然不多，但已经是我全部的家当了……”

“丁竞元？”

“……”

“睡了？”

“……”

关灯了，丁竞元躺着半晌没动静。苏墨翻身趴到他肩上，轻轻摇他：“生气了？”

“谁生气了？”丁竞元暗爽，一翻身，把苏墨禁锢在自己怀里。心里美死了，苏墨现在紧张他紧张得不得了了。

“背后还疼吗？”

“你给我揉。”丁竞元其实不疼了，但他就想苏墨给他揉。

于是苏墨两手搂着他，在背后给他轻轻地揉。

“我还没问过你呢。”

“什么？”

“……你，喜欢我什么呀？”苏墨声音轻轻的。

“全部。”

呸！甜言蜜语。过了一会儿，苏墨又问：“你是从什么时候开始喜欢我的？”

这个问题丁竞元倒真得想一下，是从什么时候开始的呢？时间过得真快，都有六七年了。应该是从那次过春节的时候，收到苏墨的祝福短信，然后给苏墨打了一个电话开始的吧？听到电话那端微微喘的呼吸声，心里当时就动了一下，便临时决定要请客吃饭。然后他收到了苏墨的小鱼干，回到家，心情舒畅地一口气就吃掉了两包，觉得小鱼干简直就是无上的美味。后来，他就开始时不时地往苏墨宿舍那边跑，目的当然就是接近苏墨。

“什么？那次手上的伤口是你故意弄的？”苏墨想把灯拧开，看看丁竞元的手，虽然知道那伤口顶多就只剩下一道淡淡的疤。

丁竞元把人搂得紧紧的不放开：“我是想你能伺候我吃饭。”

“以后你不准这样了。”苏墨叹气，声音严肃，丁竞元在黑暗里无声地笑了。

两人都安静了一会儿。

丁竞元歪在枕上，闭上眼睛，抱着怀里的苏墨，心满意足。什么公司继承，什么门当户对，他统统不在意。

以后，不管遇到什么事情，他都要和苏墨在一起，他俩要在一起过完剩下的所有年月。

丁竞元小时候恨过自己的父亲，恨过自己的母亲，他们生他下来，却谁都不理他。十岁之前他没见过丁溪川长什么样，小小年纪就从来都是自己一个人，他的成长是孤独的、寂寞的、没有安全感的。他一度放荡生活，对一切都毫无兴趣。日复一日的枯燥训练，找漂亮的人交往，这些就是他生活的全部。

他很庆幸遇到了苏墨，让他体会到了心动的美妙，让他的生活变得充满动力，一切都变得有意义起来，连漫长的等待都是有期待的、可以忍受的。

苏墨说："作为父亲他是失职的，不过他保障了你的物质生活，这是无话可说的，否则你连泡吧的钱都没有。没钱你怎么借我八百块啊？我们也不会进一步牵扯在一起。没有他，你后来怎么会做丁总，我们也不会……"

丁竞元插嘴："没有他，我照样会认识你，照样去找你，缠着你，和你在一起。"

"我跟你好好讲话呢，你又不正经，我不理你了。"抱得太紧，苏墨在丁竞元怀里艰难地转了个身，看一眼床头的小钟已经过了零点，于是闭上眼睡觉了。丁竞元的臭脾气，不是一天两天就能劝得动的。

丁竞元当然知道苏墨的意图。苏墨就是那种人，挺务实的，也不爱记恨，只想踏踏实实过好自己的日子。两个人的关系现在公布了，手里也有积蓄，以后苏墨就希望丁竞元别再记恨什么了，多累，自己活得好就行了，这是今天喝醉的时候苏墨顿悟到的。

折腾到现在丁竞元也困了，搂着苏墨就闭上了眼睛。

早上，苏泉丰终于出现在了餐桌上，这不得不说是一种进步。这下一家子人除了还没过门的媳妇儿，加上丁竞元也算是齐全了。早餐丰盛，白水蛋，丁竞元和苏墨一起去书店旁边那家买来的油条，刘芸做的香香的小米粥，鸡蛋饼，自己家腌制的两碟子小咸菜。别人不知道，反正丁竞元坐在苏墨身边吃得挺香，把脆萝卜咬得嘎嘣嘎嘣的，像这样一大家子围在一起吃热气腾腾的早点，于丁竞元来说着实是难得的场面。

吃完早饭，苏墨收拾厨房，丁竞元也装模作样地帮着收拾碗筷，好歹做出了要帮忙的样子，让刘芸错误地认为平时两个人在一起他也会分担家务。苏墨看他一本正经的作势，连围裙都要围上了，便暗地里拿眼睛看他，把他手里的围裙扯过来系上，让他一边儿去。

两个人在厨房里磨叽了小半天，出来的时候，苏泉丰已经出门了，说是要出去转转，散散心，肯定是待在家里头见着这两个人闹心。

苏正笑嘻嘻地问丁竞元待会儿出去不，丁竞元知道他要干吗，揽着他的肩膀把人带进屋子里，两个人过了好一会儿才出来。苏正拿上车钥匙就出门了，说是找媳妇去。

刘芸在客厅沙发那儿打毛衣，苏墨陪在一边，转头问丁竞元跟苏正说了些什么。

丁竞元过来坐下，说："我说过两天咱俩就去香港了，车子就先留在这儿，正好给他练练手。"

去香港这件事，苏墨已经跟刘芸讲过了，之前丁竞元跟人说好的，过了初十就过去。刘芸知道是去见朋友，但还是问道："香港那的到底是什么朋友啊？"

丁竞元接话："是我以前的队友，认识十几年了。"

"什么队友啊？"

苏墨答："竞元以前不是击剑队的吗？"

刘芸问苏墨："你也认识啊？"

"认识。后来我不是搬校区了吗，就住隔壁楼，人挺好的。"就是风流了点，"人家现在小孩都好几岁了，前段日子在视频里看见了，比蒋峰家的乐乐还大点。"

刘芸听了这话，踏实了一点。

苏泉丰也不知道一个人在哪里逛了一个早上，到了午饭的时候一声不响地自己回家吃饭了。苏墨在厨房里做午饭，丁竞元系着围裙在打下手。苏正开车把媳妇带家里来吃饭了，周惠要进厨房帮忙，被刘芸叫住了："你别管，苏墨明天就走了，你就让人尽尽孝心，反正已经有人帮忙打下手了。”

说到“明天就走了”的时候，刘芸故意将声音放得大大的，明显是说给卧室里的老头子听的。

饭桌上，刘芸特别感慨，说小正工作稳定，大日子也定下了。又看着苏墨，说墨墨也回来了。说完，看着丁竞元笑了笑，又继续说道：“这么多年了，咱这一家人终于是聚齐了。”说完，刘芸眼圈红了，几个孩子齐齐地把酒杯都端起来。

刘芸端着斟满的小酒杯，用眼神示意一边没动静的老头子，想让他把酒杯端起来。苏泉丰不知道之前在房间里又被老太婆念叨了什么，此时竟也一声不响地从了命，跟孩子们碰了杯，然后仰脖子一口闷了下去。

这不得不说又是一个进步，苏墨松了一口气，和丁竞元相互望了一眼。回家之前，他们俩做了最坏的打算，和周转预说的是过了十号就过去，但是现在事情出现了转机，计划就临时做了调整，加上刘芸又一直留苏墨在家多住几天，所以最后两个人是过了十五才走的。

这期间，苏泉丰一直都是一声不响的，晚上被刘芸念叨也一言不发，最多就是叹气，没事就跑去朱老师家里下棋。苏墨的事，苏泉丰给老伙计道了歉。朱老师气了两天，后来当然是算了。这么多年的老朋友，苏泉丰的德行，他又不是头一天知道。

苏正和周惠的婚礼定在五月，刘芸让苏墨在这之前一定要再回家来，又对着丁竞元说道：“小丁也一起来。”丁竞元连忙答应了。

苏泉丰吃完中饭就约上老朱去钓鱼了，苏墨走的时候没有见着他人。飞机票早就定好了，苏正开着车，把两个人送去了机场。

落地的时候，周转预早在机场候着了。这么多年没见，苏墨觉得他变化好大，可能是做了爸爸的原因，整个人从里到外地稳重了，还是有以前那种风流的气质，笑的时候能从眼角流露出来，但是着实已经收敛了很多。

周转预的老婆不在香港。“带孩子去法国看时装展去了。”周转预歪着嘴角笑，“说得好听，其实就是去花钱买衣服。”

苏墨听丁竞元说过的，周转预为了杭思华，最终心甘情愿地抛弃了整个森林跪在了其石榴裙下。后来结了婚还生了儿子，从此以后周转预就像换了个人一样，生意做得有声有色，生活更是过得有滋有味。想当初，他和丁竞元两个人可是整天泡在夜店里，做着阅人无数的花心大萝卜。

“他这就叫一物降一物。”丁竞元呵呵一笑，跟个大爷一样手脚伸开仰靠在车后座上，抬胳膊搂住了苏墨。

“对，这话正好说你自己。”周转预笑得幸灾乐祸。

丁竞元伸手作势要打人，周转预笑骂：“太不像话了，打人了啊，苏墨你得管管啊。”

三个人忽然一起笑起来，是那种久违的老友之间才有的氛围。

苏墨有一点惊讶，很少能看到丁竞元和人这么开玩笑呢。也难怪，毕竟两个人以前在队里的时候关系就是最好的，又是少年时期的玩伴，所以关系自然很好。

之前在家里待了一个多星期，苏墨的心情从一开始的压抑到后面有所缓解，但是一直都是紧绷的。从这个时候起，苏墨才真正地从那种紧张感里解脱出来。

周转预从机场出来兜兜转转地开了一小时，先将两个人载去了自己的“豪宅”安置行李，然后又把人载去了公司。

公司在一栋办公楼的二十几层。周转预带着两个人到处转转看看，后来又驱车专门去看了大仓。

丁竞元说是查账，也只是口头上这么说说而已，公司全是周转预在打理，之前那么多年，周转预也从来都是按时把分红给他打进账户的。对于周转预，这么点信任，丁竞元还有的。

“还有一个人我也信。”私下里，丁竞元跟苏墨说真心话，苏墨追问是谁，丁竞元停了一下才说是文教练，“好多年没见了，倒是有点想他了。”

“什么时候咱们俩可以一块儿去看看他。”

“嗯。”丁竞元闭着眼睛枕到苏墨肩窝里，享受着苏墨一下一下地用手指摩挲他的头发。和苏墨在一起以后，丁竞元似乎慢慢地变得越来越有人情味了，这种感觉还真不赖呢。

第八章

家成业就

他们在香港前后一共待了两个星期，周转预尽职尽责地陪着他们到处玩了一遍，听说他俩要开酒店，他以丁竞元公司合伙人的名义也入了干股。

离开香港后，丁竞元和苏墨直接飞回了S城，准备收拾了必要的行李，开上车回新城去。江心眉打电话来让儿子回家吃饭，仿佛是早料到会被拒绝，在得到否定的答案以后，又立即退让一步说也可以带着苏墨一起回来，言语之间仿佛是丁溪川已经做出了一些让步。但是丁溪川是什么样的性格，丁竞元是知道的。丁溪川的退让，脚趾头也能想到是什么程度，无非是可以和苏墨在一起，但要和其他人结婚。可是在丁竞元心中，他这辈子就认定苏墨了，在这件事上他绝不可能妥协。

两个人没有耽搁，下午就返回了新城。当天晚上，丁竞元抱着苏墨聊了很多，酒店的事情便被两人提上了议程。

丁竞元平日里什么都要好的、贵的，特别挑剔。之前还担心他要开星级大酒店，没想到在赚钱这种事情上特别靠谱，在香港的这段时间就已经做了一些功课。

考虑到新城这边的消费能力，太好的酒店是没太大市场的。而餐饮部分一定要有自己的特色。

丁竞元说道："符石广场那家酒店就挺合适，和在南丫岛那天晚上我们住的那家就很像，定位不是特别清晰，商务和旅游都占一点，规模和运营模式我们都可以参考一下……"

苏墨接话道："新城靠近S城，饮食习惯也很接近，新城这边的旅客还是以周围省份的人为主的……"

丁竞元伸长了胳膊打开床头柜，单手翻出纸笔，趴回苏墨身边，在纸上写写画画，租金多少，装修多少，餐厅、大堂、客房、水电暖、所需人员多少，他俩是外行人，现在只是兴致勃勃地随便写写，真正的预算方案肯定还得找专业人员来做。

“我们启动资金就先弄个一千万好了。”丁竞元说。

“嗯，我这里还有一部分钱也全部入了，我问过了，我这间房可以贷款……”苏墨话还没说完，丁竞元就一脸不高兴地插嘴道：“别再说这种话，我不爱听。没什么你的我的，你是我的，我也是你的。”

“我的一切都属于你。”丁竞元说起这种情话来真的是认真极了，能肉麻死人，接着还握住苏墨的手按在自己的心窝上，“包括这里，我们不分彼此，谁也离不开谁。”

即使后来丁竞元是以苏墨的名义注册的公司，苏墨也没有再纠结。苏墨想就算以后两个人分开了又如何呢，还纠结什么呢？这份浓烈的爱已足够陪着自己走上十年八年，如此便够了。以后的事以后再去想，何必在应该爱的时候自寻烦恼。

两个人终于忙起来了，一个月内看遍了新城市区所有适合做酒店的出租楼房，经过一番比较，最后两个人商量，终于定下了地址。这处地方在市区偏向新城山的地方，离旅游区相对较近，附近也有规模不一的旅游酒店，之前楼下是一个两层楼的卖场，上下共十层。装修以后，正好楼下二层规划成餐饮部，上面做客房部。

苏墨跟对方磨了两个礼拜，最后顺利地将租赁合同签了下来。周转预的首期资金也很快就到账了，苏墨作为墨源大酒店的老板，在特助丁先生的从旁“协助”和二股东周转预夫妇的远程“指导”下，夜以继日地制订了一份简单的计划书。

苏墨作为领导，可以说责任重大。在制订计划的过程中，苏墨渐渐变得热情高涨，充满信心，和丁竞元两个人经常能就某个问题商议到深夜。

虽然是要面对筹备大酒店的艰巨任务，但是有丁竞元在，苏墨心里就多了一份安稳，相信自己能行。

在临时租赁的简易办公室里，苏墨面试了第一批应聘者——首先需要业务熟练的装修工程总监，经验丰富的酒店采购管理人员和财务人员。

临时办公室租在离酒店不远的一个住宅小区里，复式的上下两层。房子先前只是简易地装修过，苏墨在网上买了几套二手的办公桌椅，往客厅里一放，再摆上两排绿植，放上一台笔记本电脑便是办公室了。

早上，苏墨和丁竞元一个去见预约好的装修公司的设计负责人，一个来办公室给人面试。两个人约好了中午就在办公室后面的小厨房里吃饭，所以苏墨来的路上又绕到菜市场，买了菜，又买了几样厨房用品。

早上来面试的是应聘采购经理的，是一位在四星级酒店干了十多年，目前还在职的求职者。

看到年纪轻轻的苏墨掏出钥匙开门，陈钟鸣一时间都有些困惑了，对方手里还拎着菜呢，这什么情况啊？招聘信息说的是刚注册的公司，他是冲着大型酒店开业筹备中这个诱人的条件来的。筹备中的酒店，自己来了肯定就是领导，算是建国功臣。他目前的酒店好是好，但是上面总有人压着，施展不开，这是他想跳槽的主要原因。

“不好意思，我是从S城赶来的，怕迟到所以提前过来了。”陈钟鸣有礼解释。

“没有关系，你进来吧。随便坐，我把菜放一下，马上来。”苏墨开了门，招呼人坐，提着菜进了后面的小厨房。

难道是这个小年轻给自己面试？这人看着估计也就大学刚毕业吧。陈钟鸣四处打量了一下屋子，外面看着还不觉得有什么不妥，很多临时办公处都是租在住宅区里的，但是这里面也太简陋了吧。陈钟鸣心里隐隐地已经得出了结论，觉得自己应该是白来一趟了，这公司太不靠谱了，还在这生火做饭，这都什么跟什么啊，开酒店动辄几千万的投资，可不是过家家。

出于礼貌，陈钟鸣还是坐下来了，将不满恰到好处地遮掩起来。

两个人握手，互相介绍了一下。

“墨源的总经理苏墨，公司目前只有两个人，我的助理去谈装修方案去了。”

“陈钟鸣。”陈钟鸣拂了一下自己的西装前襟，重新坐下，非常奇怪，是什么样的助理竟然可以全权代表老板去谈如此重要的装修方案。

陈钟鸣在酒店做了好多年的采购，经验肯定是很丰富，正是苏墨想要的那种人，且苏墨对他的形象也挺满意，他给人的感觉就是足够稳重可靠。

“酒店评星的时候重新装修维护这些我都很熟悉，这方面其实也不比筹备一个开业酒店要轻松，各种检查，各种关系，方方面面都要顾全。”陈钟鸣虽然心里已经有了初步的结论，但是既然来了，还是决定要好好完成这一次面试。俗话说，行家一出手就知有没有。陈钟鸣侃侃而谈酒店几大相关行业的内部现况，苏墨听得是受益良多。

“酒店以后会考虑评星吗？”很自然地，他问到酒店的发展问题上，这是每一个有野心的面试者都会关心的问题。他是从四星出来的，当然想跳一个非常有实力的平台。

如果丁竞元在的话，估计会给他展望一幅宏图，以后要开连锁酒店，还会是全五星什么的。苏墨就保守很多了，将公司的现状给陈钟鸣说了一下，重点强调了公司的资金实力，电话里承诺的薪资也挑明了讲，这个应该是应聘者最关心的事情了。

说到薪资，陈钟鸣倒是开始重新思考这次的面试了，苏墨不但给他和原来公司同样的待遇，还承诺做够多少年可以让他入一部分股，这样年底可以按百分比分红，这真的是个让人心动不已的条件。苏墨说道：“这都可以写到合同里，请放心。”

“酒店就在离这里不远的地方，目前已经准备装修了，设计方案很快就能出来，我们是不想让对方全包，原因你一定也很清楚的，所以现在我们需要熟悉流程的采购负责人。如果你现在过来，住宿也不成问题，这别墅二楼就有房间。”

两个人都挺能聊，不知不觉都快十点了。丁竞元进门的时候，苏墨正给陈钟鸣看酒店的图片，两个人在聊关于装修的一些想法。

苏墨给两个人互相介绍。

“我的助理丁竞元，这位陈钟鸣。”

这助理西装笔挺、气宇轩昂的，怎么气场比总经理更像老板啊？陈钟鸣这么想着，向丁竞元伸出了手，以他的身高看这位丁先生也需要微微仰头。

苏墨面试陈钟鸣，两个人能像朋友一样聊天。但是等到这位助理坐到对面以后，气氛明显就变了，丁助理的问题比较犀利，陈钟鸣回话也变得严肃起来。然后他看到苏总经理非常自然地起身，去到厨房端出了一杯热水，递给了这位助理。总经理给自己的助理倒水，这倒新鲜，这位苏总经理真是没什么架子。

如果说之前陈钟鸣对墨源酒店的实力和苏墨承诺的薪资待遇还持有许多怀疑态度，那么在看到助理丁先生以后疑虑便立马消除了一大半。一个助理竟然开着台几百万的豪车，要是没点资本，谁敢这么烧钱？这省省都够重新筹备一家酒店了。而且看这位丁助理，完全就是自带大老板气场，别说开酒店，他走出去就算说是开核电站的说不定都会有人信。

人走了以后，苏墨问丁竞元觉得怎么样，两个人把陈钟鸣的履历和证书又看了一遍，一致认为他值得招揽。

陈钟鸣确实动心了，但是他为人谨慎，于是跟公司请了一个长假，就过来墨源上班了。一个星期以后，待他摸清了墨源的底细，也确认了墨源的实力，以及那台豪车也确实不是借来充门面的，才正式跟原公司提出了辞职。

公司很快扩招了人员，工程、采购、财务、行政几个部门全在别墅的客厅里办公，苏墨又给装上了几台新电脑。财务是位三十岁的本地姑娘，负责工程的王勤和陈钟鸣则暂时住在别墅二楼。

最忙的时候，苏墨和丁竞元来不及回家，或者是太累了，也会懒得开车，直接在别墅住下。最初让陈王二人感到奇怪的是，助理丁竞元会一直和苏总经理睡一间房。久了以后才慢慢看懂门道，原来两个人只是称呼不同，其实都是公司老板。至于两个人之间那种有点不分你我的亲昵氛围到底是怎么回事，几位员工嘴上从来不说，其实心里多多少少的也都有了数，墨源就是个夫妻店。

装修公司给出的报价以及工期和苏墨的预估进度表倒也相差不大，开满工全面赶，弄好最快也要到十月份，苏墨和丁竞元商量着准备在元旦的时候试营业几天。酒店的装修方案最后也是苏墨定的，丁竞元说了苏墨想怎么装就怎么装。

说到酒店装修，真的是一件异常耗时耗神的事情。整体风格方面还好说，很容易定。具体到细节，比如楼层是否设立员工休息间这种问题，就会影响到清洁设备的配置数量，甚至是工作车的大小这种问题也会受到影响，这些又都会直接涉及以后的相关采购问题，必须提前进行统筹规划。又比如客房部的一些设备用品的配置，也会与其组织结构和业务量相关。再比如餐厅包间内的设计，像豪华包厢就最好不要预留一般 KTV 设备的安置空间，容易降低品位和档次。这样种种的细节都需要各部门研究决定，然后再和设计团队的负责人沟通，然后再一步步有条不紊地按计划实施。

公司内部的会议有时候会因为讨论一个问题开到很晚，反正楼上有多余的房间可以睡觉。

至于施工现场，苏墨和丁竞元隔三岔五就会有一个人去监工，工程部的王勤则是每天都在现场。上下十层场子太大，事情太多忙不过来，苏墨很快又给工程部招了两个助理。

值得庆幸的是，苏墨最初招的几个负责人都挺能干，财务的刘姑娘简直就是个女汉子，在装修期间需要加班的时候，从来没有废话，从来没有借约会推诿这些乱七八糟的事情。另一方面，丁竞元也确实是难得大方的老板，除去高额的加班费，但凡哪天加班了忙晚了，必点星级酒店的夜宵慰劳大家，从不麻烦会计走账，都是掏自己钱包。几个年轻的小助理都是大学刚毕业，别说有加班费了，就冲那么多好吃的也都是愿意加班的。

到了六月，天气已经很热了，工程进展很顺利，酒店的地板、天花板、墙壁都贴得差不多了。

月初，人事新招了位助理。这位助理有过两年的人事经验，关键是人长得不错，口才也很好，给人很灵的感觉。宁晋刚进公司的时候，丁竞元因为江心眉谎报军情说丁溪川晕倒住院了，便匆忙赶回了 S 城。实际上住院是不假，然而只是血压高的老毛病。

丁竞元在 S 城待了两天回来，苏墨就已经带着采购经理和宁晋出差去了。

一个星期以后，苏墨才从 H 市回来。当天丁竞元因为下午去了施工现场，回公司以后还专门洗了澡换了衬衫、西裤，还不忘喷两下香水，然后帅气逼人地开着车去机场接人了。

宁晋是走在两位领导后面的，一出闸口便注意到了前面单手插兜的丁竞元，那身高、气质、颜值站在人群里是特别的出类拔萃。宁晋心里还在想着这男的可真像个电视明星呢，谁想下一秒就看见这人已经伸手搂住了他们苏总的肩膀了。一边的陈部长非常客气地先打招呼，称他丁助。

“差点忘记介绍了。”苏墨被揽着紧走了两步后，把丁竞元的胳膊拍掉，转身介绍宁晋，“刚来的宁晋，以后负责人事。宁晋，这位是公司的丁特助丁竞元。”

丁竞元眼光扫过来，宁晋被那目光一看，心里忽然就紧张了一下，忙点头致意。其实刚进公司的时候就听说丁竞元的大名了，原来丁助理是这样一个大帅哥啊。

宁晋在一个站台下了车，再把陈钟鸣送回公司，车上终于只剩下两个人了。

回到家，哄着苏墨睡着后，丁竞元看了一会儿这次签好的合同，然后又下楼，在附近溜达了一阵。看到小区里这会儿还有人牵着狗在遛弯呢，还一牵就是俩。狗主人年纪不大，二十几岁的小伙子，手里拿着手机在追着拍狗，嘴里还大叫狗狗的名字，玩得不亦乐乎。

丁竞元记得苏墨挺喜欢猫，以前也看到苏墨专门买鱼罐头喂过这附近出现的野猫。苏墨真是的，对一只野猫都那么好，他便想着等酒店开业忙完了，他们两个也养一只小动物好了，苏墨肯定喜欢。

早上，丁竞元独自开车去了公司，苏墨醒是醒了，但是实在太困，躺在床上不想睁眼。

苏墨这一觉睡到了大中午，刚醒就摸了手机给丁竞元打电话，心情颇好地约他中午一起吃饭。

“亲爱的，醒了？”

“嗯，早上怎么样啊？”

“给他们几个开了个小会，和王勤到二楼餐厅看现场，回办公室洗澡换衣服，又回来一直忙到现在。”丁竞元那边明显还能听到工人说话的杂音。

“这一个星期装得怎么样了？”苏墨一边说话一边下了床，穿上拖鞋往浴室去，心想：丁竞元有洁癖，能在施工现场那么杂乱的地方坚持工作就很不错了。

“楼上客房都在换门了，餐厅豪包的水电昨天也基本弄好了，今天下午可以先把包间的墙纸、灯具选出来，用什么样的等你来定。”

“挺快的。”

“才起来是不是？”丁竞元听到了水龙头出水的声音。

“嗯，刚进浴室。”

“先吃点点心垫垫，我等会儿开车去接你。”丁竞元叮嘱道。

“不用这么麻烦，我自己打车过去，挂了吧，一会儿就到。”

苏墨到酒店的时候都快十二点了，是在路上堵住了。王勤早饿了，跟丁特助打了个招呼，就自己跑到马路斜对面的一家港式快餐吃午饭去了，此时都已经吃完了。从套餐端上来他就看到丁特助站在酒店大门那里等着，大中午的也不嫌热，宽肩长腿地站在那儿，单手插兜站得笔直，直到苏总从出租车上下来，他也完全没有一丁点的不耐烦。王勤从一开始就觉得这两个人之间的关系挺诡异的，助理整天开着几百万的车上下班，总经理倒从来都是打车。并且丁特助看苏总那副眼神，和苏总讲话时的那种口气，总觉得透着一种说不出来的亲密。

不过苏总人倒是挺平易近人的，没什么架子。这是大家私下里的统一认识。对比而言，丁特助就有点让人敬而远之了，话少，气场很冷，经常就是面无表情的样子，当然苏总在的时候除外。

王勤吃完饭，独自坐了好长一会儿——午休时间，回办公室有些麻烦，天热，他累了一早上也懒得跑来跑去的。慢慢喝完一杯咖啡，临走时王勤顺手又叫了两份冰冻红茶，是给自己的两个小助理带的。两个助理都是刚毕业的大学生，挺不容易的。况且一开始做这种助理，工资也高不到哪里去，现在的年轻人眼高手低的太多了，都不愿意做钱少累人的工作。这两个男生倒挺能吃苦，王勤经常鼓励他们，现在累点，等酒店开业了就是功臣。

王勤带着红茶到餐厅装修现场的时候，苏总和丁助已经搬回来两纸箱子的冷饮了，所有工人都有份。

天热，装修的包间里也越来越闷热了，到下个月这包间里头会更热，到时候吊顶、铺地砖肯定更累人。苏墨走到电梯口对丁竞元说：“记得提醒我把饮水机换成那种有制冷功能的，楼上的几个也要换。”

“你不是整天说要省着点吗？”丁竞元单手携了一纸箱冷饮，一手搂着苏墨进了电梯。

“能一样吗？你那是乱花钱。”

“我给你买礼物怎么算乱花钱？”丁竞元说着便抓起苏墨的手

腕，对着那块刚买的新表看了看，满意道，“不是挺合适的吗？”

苏墨苦口婆心道：“咱们自己能省就省点呗，但是对员工大方一点准没错。再说了，饮水机以后也都能用到，可以放在员工宿舍里啊。”

“是是是，听媳妇的。”苏墨听他又老婆、媳妇地乱叫，瞪他一眼，把他脑袋推开。

电梯到了楼上的客房，两个人前后脚地出来，有工人正坐在楼道口通风的地方休息。丁竞元把拎着的冷饮递给一个负责的工人，立即有人笑着说“谢谢丁老板”。

两个人把客房的装修情况大致看了看，又从安全通道去六楼，楼道里有一个逃生指示灯坏掉了，六楼消防设备里的一个消防枪不见了，消防栓看着好像都锈住了。

“这以前不是一个什么服装公司吗？这都没人管的，万一着火了怎么办？”

“着了正好就一锅烩了。”丁竞元没个正经，搂着苏墨一步一步往楼上走，“对了，营业执照授权让刘会计去跑了。”

“别看她年纪不大，事做得倒稳当。”

“都三十多了，还年纪不大？”

“作为一个会计来说她不是年纪不大？”

“那倒是。我看陈钟鸣好像对她有那么点意思，男未婚女未嫁的，都到了适婚年龄，说不定两人能成。”丁竞元仍然是那种不正经的口气，却说得苏墨一愣，转脸看他：“真的假的？我怎么一点都没看出来。”

丁竞元眯着眼睛笑，有些得意，单手把人搂紧了些，说道：“陈钟鸣那么精明的人随便让你看出来了那还得了。”

丁竞元这话说对了，苏墨智商绝对不低，但是在感情上面的觉悟确实就不怎么高了，否则当初也不会都羊肉入了丁竞元这虎口了还无知无觉的。

“你怎么看出来的？”苏墨好奇地问。

“不告诉你。”丁竞元歪着脑袋嘚瑟。

“哼。”苏墨小声地哼哼，把嘴一撇。

“求我！”

“求你，求求你了，快告诉我。”苏墨特别乖地立即哀求，将耳朵贴过去听。丁竞元两手把人抱紧了，像小朋友分享秘密一样，煞有介事地对着苏墨的耳朵，嘴角弯着讲。苏墨听完后了然地点点头，然后转脸就呸了丁竞元一口，大笑着迅速跑走了。

“好啊你！”丁竞元在后面追。

两个人最后去了八楼，那里有另外一队人马在施工，设计公司和中央空调公司的人也都在，这一层豪华客房的进度明显比楼下的要快许多。

丁竞元忍着闷热和杂乱的环境，陪着苏墨忙到了三点，然后一起开车去了设计公司选灯。丁竞元让苏墨开车。

“你得多练练手，到时候酒店开业赚了钱，你给我换了新车，这辆就你开啊。”丁竞元说话间已经坐进副驾了，“别担心，我坐一边给你看着。”

苏墨没办法，只能拉开车门，坐进来。苏墨不是不会开，也偶尔开过几次，只是不熟练。新手上路人多就紧张，而且开得超级慢。

“我说过了要是赚了钱给你买豪车的。”

“行，你买什么我开什么。”

“真的啊？”

“我什么时候说话不算话了？”丁竞元还真敢说。

“滚吧。”够不要脸的，丁竞元说话不算话的例子苏墨能讲上一箩筐。

“我可不滚。”丁竞元心情颇好，歪在座椅上盯着苏墨看了一会儿。他掏出电话，打给陈钟鸣，人已经快到设计公司门口了。

光选灯就选了好几天，苏墨当天把实物的资料图片和报价单带回家，一直看到了午夜十二点，后来是丁竞元强行把人拖到床上睡觉的。苏墨早上睡足了，虽然忙了一天，这会儿也还有精力。陪着躺了一会儿，以为丁竞元睡着了，把他的手脚轻轻拿开，又坐起来开了灯看资料。怕影响丁竞元，苏墨把灯光调暗了点，又侧起身子把光挡住了一点。

全部灯具方案定下来已经是礼拜六了，杂七杂八的事情委实太多，全体人员都加了好几天班。

天气闷热，中午下过一阵雨。下午丁竞元开车载着苏墨一起到工厂看实物，忙完已经到了饭点。丁竞元给人事的宁晋打电话，通知大家下班，今天老板请客犒劳大家。

宁晋一帮子员工刚到饭店门口，就遇上了丁竞远和苏墨。有好几个西装笔挺的中年男人正站在大堂入口的地方跟丁竞元说话，看样子也是过来吃饭的。宁晋从下车开始就是走在大家前面的，这会儿看到人了更是走得带了小跑，想抢先一步跟苏墨、丁竞元打招呼，此时只听到为首的一个身材略发福的男人跟丁竞元说："丁总，那我们就先上去了。"那客气劲，带着一种很明显的巴结，听得宁晋脚下一停，心下顿时了然，怪不得总觉得丁特助气场太强，原来是隐藏大老板。

这几个人都是二汽厂的，是副总和几个科部级别的领导，曾经都在丁竞元手底下被训过。今天也来这边吃饭，刚巧在门口碰上了。

苏墨一转脸看到了宁晋，宁晋赶紧几步上前打招呼。

"大家都来了吗？"苏墨问。

"嗯。"宁晋应了一声，眼神却不由自主地往丁竞元身上瞟。

后面大部队来了，大家就一起上去了。

团建基本上就是一起吃吃喝喝玩玩，吃完大餐大家还一起去歌房续了摊。员工有点拘谨是在所难免的，虽然苏墨平易近人，可到底是老板，旁边还有一个随时随地保驾护航的冷场王丁特助。

工程部的两个年轻的小助理和宁晋在一块儿玩骰子，老输，被罚了不少酒，此时已经喝得上了脸，都有点东倒西歪的了。

刘会计住得好像有点远，此时人都已经喝断片了，问什么都不回话。

结果是丁竞元把几只"醉猫"塞进后座，一车给拉去了他在新城的别墅——好久没去的那个带大院子的欧式大别墅。

早上，几个"醉猫"陆续醒来，虽然对昨天晚上多少都还有一点印象，但是一觉醒来就身处大别墅，几个人都感到了惊讶。接着在有一点拘谨的氛围里，大家在丁特助家那特别长、特别富丽堂皇的欧式餐桌上陪着自家老板吃完了早饭。

到了九月，餐厅的装修工作基本到了收尾环节，大到桌椅餐具，小到绿植摆设，这些用什么款式、什么颜色全是苏墨过了目、点了头做的决定。因为员工慢慢变多了，公司的办公地址也换了地方，从原来临时租的小别墅换到了酒店附近的一个比较正规的办公楼里。职能部门又扩展了前厅部、餐饮部、客房部和后勤部，苏墨有了自己独立的总经理办公室，丁竞元在新进人员眼里则永远是职位特殊、权利不甚明朗的特别助理。

搬新办公室之后的不久，二老板周转预来了。

周转预像过来视察一样，将墨源办公室和装修现场里里外外都看了一遍，丁竞元和苏墨陪着他吃了两顿饭。彼此这一段时间都很忙，周转预只待了两天就回香港了，临走的时候笑着跟丁竞元说钱投在苏墨这儿他放心，让他别累着苏墨，苏墨这几个月都累瘦了。

说苏墨这段时间每天都忙得天昏地暗都不夸张，虽然有陈钟鸣、王勤这样进公司已经大半年、也算可靠的助手在把关，但是不管是采购部的采购清单，还是工程部的工程进度，事无巨细，苏墨都要亲自过目。丁竞元让苏墨放手给下面的人做，但是苏墨不放心。因为苏墨本身就是认真的性子，以前就不知道划水偷懒的，何况这次是自己的事业，丁竞元投了这么多钱在里面，事情是一定要都办妥帖的。

丁竞元觉得知人善用比自己累更有效率，做过长江那么大集团的董事长，有全局观，肯定比苏墨要看得宏大长远。关于这一点，苏墨也清楚，但是创业初期，加上经验欠缺，气势胆量还需要磨炼积累，现阶段亲力亲为，事事做到自己放心，累一点苏墨也乐意。何况苏墨是知道的，丁竞元想让自己把工作权力下放，其最终目的只是为了要自己有更多时间去陪他。

“如果像你说的只是出资金，什么事都花钱让别人来做，那当初咱们就干脆全包给装修公司好了，干吗还受这个累？”苏墨不服气地反驳。

丁竞元抱着靠在床头看采购申请文件的媳妇儿，非常不满意地皱眉头，恨不得将那些文件全撕了。苏墨忙，白天不是要跑现场，就是到处去工厂看货，飞来飞去签购买合同，这两天早上困得都有点睁不开眼了。丁竞元是心疼苏墨，想帮苏墨多分担一些。

丁竞元掐着苏墨的腰，果然是瘦了，以前都是软的，有点肉乎乎的，现在腰上的软肉都没了。丁竞元一把拿走了苏墨手里的文件，动作迅速地再一反手把文件往旁边的单人沙发上一扔。

“哎呀，还没看完呢。”苏墨叫了一声，有点生气了，“我按顺序放得好好的，你都给扔散了。”说着就要起身去拿文件，丁竞元强制苏墨闭上眼睛睡觉，苏墨无奈，只得先放下工作，拉过被子躺下了。

“明天早上一定要喊我。”苏墨嘱咐道。

丁竞元含糊答应了一声，又提了一嘴要不要搬去别墅住，苏墨不应他。那边比这边远不了几分钟，关键是有人伺候生活起居，按摩浴缸、健身房这些设备都齐全，累了还能随时放松一下。

“可是我在这里住惯了，你是不是嫌家里地方太小了？”苏墨睁开眼看他。

丁竞元心疼地说：“不是，我是怕你太辛苦，你看你都瘦了。”

“等酒店的事情上了正轨就轻松了，这个星期餐厅的备厨和冷菜间也全部都能弄好，等员工食堂和顶层的办公室那边也搞好就可以好好休息一下了。”苏墨搂住他的腰，心满意足地闭上眼准备睡了。丁竞元反手关了台灯，往下出溜了一段，搂着苏墨准备睡觉。

过了一分钟，苏墨忽然又出声：“周末要去大棚基地考察，倒是可以组织大家顺便来个一日游。”墨源搬新家本该是要庆祝一下的，结果当时太忙，又赶上周转预从香港过来，左忙右忙的就把一顿集体饭给拖了，周末倒是个机会。

丁竞元“嗯”了一声，说：“行啊，这段时间，陈钟鸣他们几个也累着了。”

“陈钟鸣人都晒黑了。”

“刘会计真是很不错，账做得干净漂亮，做事情也是一丝不苟的。”人可靠，性子稳妥。丁竞元轻易不夸人的，苏墨“嗯”一声也表示同意。

“宁晋你觉得怎么样？”丁竞元像是随口一问。

“嘴巴甜，性格活泼，最近招进来的几个毕业生都挺不错的，都能踏实做事，证明宁晋挺有眼光、很会识人。”

丁竞元暗自撇撇嘴角，要不是看宁晋真有实用，现在又是公司用人的关键时刻，他早把人开了。

周末，除了餐饮部的小王部长要回老家、一个工程部助理请病假，其余的二十五名员工全体出动，前往无琼大棚基地的农家乐。

巴士是开到公司楼下的，司机车子都要发动了，老板和丁特助却没有出现，这让宁晋有点郁闷。

秘书文晓莉早已经问开了，王部长转头笑着看她："你以为老板去是玩的？要谈生意的好吗？"

"我当然知道苏总是去干吗的。"她只是以为老板会和他们一起坐巴士过去，毕竟这种集体活动据说还是第一次。

"知道还问？"

文晓莉只敢在心里骂几句，王部长没事就爱笑话她，长得又不帅，真讨厌。

"大家都想玩什么啊？"王勤又问，"我听说好多人都想去抓鸡，你们都没见过鸡啊？抓鸡有什么好玩的。"

坐在王勤后面负责礼宾的那个高个子大眼姑娘探过来小声笑说："因为丁助说要抓鸡，后来好多人就都跟风想去抓鸡了。"

前面坐着的大堂刘副经理转过脸来道："天太热了，我听说好多人想要去游泳。"

文晓莉听了顿时乐了："已经包了一个露天泳池了，我们泳衣都带来了。"

"领导有没有说过要去游泳？"

"没有呀。不过丁助身材那么好，要是也来游的话，哈哈！那就有眼福了。"

文晓莉这话说得大家一阵笑，只有坐在前面的宁晋不高兴。欣赏归欣赏，帅哥谁都爱看，可是好歹你一个姑娘家家的要矜持一点啊，当初自己怎么就把这么一个人招进来了，真是看走眼了。宁晋当时是大力反对预定游泳项目的，无奈文晓莉太会煽动了，一个劲地鼓吹天热游泳有多爽，结果就多票通过了。

"唉……"王勤叹息了一声，这些想入非非的小姑娘啊，他往下坐了一点，摘了棒球帽扣到脸上，准备睡觉了。老板的八卦他当然是绝不会往外说的。

半个小时后，巴士出了市区上高速，又开了二十分钟，下高速就到了无琼大棚基地。农家乐就建在基地旁边，是有山有水占地很大的一个大农庄，天气炎热，游客不多。

工作人员把他们领到预定好的“饭庄”，就是普通的两层农家小白楼。像这种两层饭庄远看还有不少，彼此间隔着一些人工大水塘和小树林。楼里有休息的客房，干净清爽。厨房里是那种烧柴火的大土灶，也有备用的电磁炉和电水壶，饭可以自己做，也可以要求农庄提供厨师，不过食材都还在地里。

一群人到了地方，先前前后后到处看了看，然后女的戴上草帽摘蔬菜、摘西瓜，男的则到池塘里挖莲藕、菱角。水塘不深，工程部的两个男领导卷了裤脚从小木舟上跳下去抓鱼，两个人在水里乱游乱摸了一气，虽然一条鱼也没抓着，但是都玩得挺开心的。

苏墨和丁竞元过来的时候已经过了十一点了。见老板从车上下来了，大家都赶紧打招呼。走廊底下一个大水缸里泡着两个大西瓜，丁竞元捞出一个切了，大家分了吃。苏墨问其他人呢，说去鸡圈抓鸡了。

鸡圈在房后的一个树林里，有大网围着。离得老远都能听到鸡叫的声音。几个大小伙子追着受惊的母鸡们满圈里乱跑，引得围观的一群人笑个不停。

宁晋一直注意这边，第一个发现了丁竞元，连忙打招呼：“苏总来了。”文晓莉是第二个出声的，她大笑着喊：“丁助，你不是要抓鸡的吗？我们都等你呢。”

丁竞元说要抓只鸡炖汤给苏墨补补，他挽了衬衫袖子，拉开铁丝钩着的木门就进去了。丁竞元有洁癖苏墨是最清楚的，之前也没真的要丁竞元进鸡圈，可看人进去了，苏墨也只站在一边笑着看并不出声。

网拉得挺高的，最起码有一米多。母鸡们早惊了，一见有人要拉架子，就立刻逃得远远的。而农庄为了增加难度和趣味性，一个硕大的鸡圈里就放了十来只鸡。之前几个大小伙子费了半天劲就工程部的一个助理抓了一只。

丁竞元哪里抓过鸡，估计活鸡都是第一次离得这么近见。而且他一身干净笔挺的衬衫西裤站在那儿，在下属面前又是一贯以冷酷模样示人的，大家都挺难想象，丁助弯腰抻着两个膀子，老鹰抓小鸡一样地围着母鸡们在后面追着是什么模样，因而都还蛮期待，兴致勃勃地等着看。

就连苏墨都觉得丁竞元想完成任务绝对有困难的时候，丁竞元已经看准了那只最肥的，完全没有任何怕脏了衣服或者姿势难看的顾忌，直接猛扑上去，认准了就往死里追它，旁边吓飞的鸡离得再近都不管。

用文晓莉后来的夸张说法就是，丁助当时那爆发力简直就是帅成了一道闪电。母鸡刚跑了一圈就被逼到角落，连惊带吓一脑袋扑在了一棵小树苗上，它还在酝酿着想要翻身起飞，却被瞬间加速的男人连树苗一起压在了身下。母鸡还要挣扎着到处钻，丁竞元两腿夹着鸡脑袋，一把掐住翅膀根，把可怜的母鸡制住了。前后也就十几秒钟，快、狠、准。丁竞元抓着鸡站起来，身上衣服、裤子全脏了，连脸上都沾了一点泥。女下属们全都“哇”开了，丁助动起来原来这么猛，这么放得开。

丁竞元出来把鸡拎给苏墨看了一眼，见媳妇眼里笑意盈盈的，转手把鸡交给了旁边农家乐的工作人员。

午饭是后勤女部长掌勺，几个人轮流生火，炒土豆丝、糖醋藕片、番茄炒蛋。荤菜全是在农家乐大厨房点的，做好了工作人员会送过来。苏墨让大家想吃什么随便点。几个人抓的鸡也都交给了工作人员，丁竞元特别交代了，他抓的那只要整只单独和人参、枸杞一块炖。

送餐和炖药膳是在预定的行程里额外加的，需要单独签单，也可以结束以后再另外付。丁竞元吃着西瓜，回头交代文晓莉去楼上浴室把他钱包拿下来，他刚洗澡把钱包忘在洗脸池上面的架子上了。

文晓莉正笑着呢，宁晋倒伶俐地接了：“你笑傻了？我去吧。”说完一转身跑上楼去了。

有机会拿到老板的钱包，宁晋忍不住看了一下，结果看到里面的照片后，宁晋整个人就愣在了楼梯上。

照片正是丁竞元和苏墨去年过年在卧室门前拍的那张，当时两个人穿着情侣毛衣，苏墨套着围裙，丁竞元还吻着苏墨的脸。

宁晋彻底呆住，以为自己认错了人，伸手想将照片拿出来看，结果下面竟然还有一张，主角仍是丁助和苏总，只不过两个人都非常年轻，一个半搂着另一个，脸上都是笑，是那种由衷地发自内心的纯粹笑容。

宁晋此时心跳加快，自己完全没想到丁助和苏总竟是这种关系！宁晋把钱包一合，意识到自己耽误了不少时间，脚步匆忙地赶紧跑了出去。

中午吃饭，宁晋挑了个角落的位置坐了，因为还处于震惊当中，所以宁晋并没有像往常那样活跃，没有找领导敬酒，而是安安静静地在一旁吃饭。看到文晓莉正站起来向丁助敬酒，心里不再有之前的不爽，反而希望她能更活跃些。

下午，想游泳的人去游泳，懒一点的在房间里睡觉，楼上楼下总共有六七间房，装修得也很整洁干净，足够让所有人休息了。

苏墨和丁竞元正准备在房间休息一下，听到楼下文晓莉的声音在问“丁特助人呢，怎么没见，是不是也午睡了”。又听到王勤回她：“和苏总商量事呢，领导可都忙了一早上了，这会儿可不累了吗。”

文晓莉似乎挺失望，还大声地“哦”了一声。

“又吃醋了？”丁竞元抱着苏墨，贴在耳边说道。

“滚！”苏墨一脚狠踹过去，立马转身跑了。丁竞元被踢了一个措手不及，捂着腿眼睁睁看着人跑了。

苏墨到洗手间洗了把脸，跑到楼下跟人闲聊。正好坐在对着楼上窗户的位置，于是不时要抬头看看。窗帘一直是拉着的，丁竞元气到睡着了。

一行人在农家乐玩到了下午六点，走的时候，把摘的没吃完的水果全部带走了。文晓莉费了老大劲把一个超大个的西瓜搬到了领导车上：“我们拿不了，太重了，给丁助带回去吧。”说完对着两位领导笑眯眯地挥挥爪子。

苏墨点点头，招呼陈钟鸣、王勤几个领导坐顺风车。

几个领导都坐了上来，聊了一路的工作。

终于就只剩下两个人了，进了门，面对面站在玄关。

丁竞元问苏墨饿了没，他去做吃的。

“你会做什么啊？”苏墨听着他要去做饭顿时就乐了。

“不要小看你男人。”丁竞元对着苏墨的嘴巴用力亲了一口，让苏墨等着。

丁竞元以前都是被人伺候的，要么在家里让阿姨做饭，要么到外面饭店去吃。现在两个人在一起生活时间久了，慢慢地自然而然就顺着苏墨的日常习惯来了。苏墨说了正常过日子的哪有一天到晚买着吃的，再说了外面饭店的饭菜不但油腻，卫生更是不能让人放心。丁竞元觉得媳妇说得有理，他听媳妇的。

躺着吹了两分钟的空调，苏墨还是坐起来了，打算去看看丁竞元是怎么做饭的。

“你在做什么呢？”

“你别管了，乖乖等着，一会儿就有吃的了。”厨房那边传来丁竞元信心百倍的回答。

苏墨可不放心，之前丁竞元也做过牛肉面，结果做出来一锅面条都干得打结了，没把锅烧坏就是好的。

床头柜上丁竞元的手机响了，苏墨拿着进了厨房，看见丁竞元正站在水槽边洗上海青，心情好到吹口哨。

“你妈电话。”

“没空接。”

苏墨自作主张地接了，这种情况也不是第一次了。

“我是苏墨，竞元不在，您有什么事？”

“他现在在厨房，有事我可以转告，他在做晚饭。”那头江心眉执意要找儿子，追问丁竞元到底在干吗，要让儿子接电话，苏墨便说了实话，果然那边江心眉没声了。

“她挂了，什么都没说，声音挺大，看来精神不错，这回没教训我。”苏墨把电话塞进口袋，两手抱住了丁竞元。探头看了一眼，锅里烧的是农家乐带回来的鸡汤，电饭煲里米饭已经煮上了。

“做泡饭啊。”苏墨饶有兴致地说道。

泡饭是苏墨以前一个人的时候为图省事经常做的，久而久之做出了经验，后来见丁竞元还蛮喜欢吃，还专门研究过韩国泡饭的做法。

苏墨在丁竞元身旁一边指挥，一边时不时地帮忙从冰箱里拿个东西。两个人开着抽油烟机一块儿做了一顿中式泡饭。后来因为要手撕鸡肉丝、切牛肉片，苏墨以身上别弄到油为由，几次三番想让丁竞元把小蓝格子围裙套上。丁竞元不愿意戴，还要揍媳妇。

饭做好了，丁竞元让苏墨去坐着，自己盛了饭给端到餐桌上。苏墨嘴巴破了皮，一顿饭吃得慢慢腾腾的受了不少罪。吃完饭，苏墨收拾了厨房，忍不住表扬了丁竞元两句。

丁竞元靠坐在客厅的沙发上，苏墨说身上还是没劲，又说到刚才的电话，江心眉的意图无非是想让丁竞元回去。

“可能是我爸想见我。”

“你怎么想的？他身体还好吗？”

“我妈看着是恨他，可实际上把人照顾得好得不得了。别管他们，咱们先把酒店的事情弄好再说。”

第二天礼拜天，苏墨第一次睁眼的时候，天还没亮。再睁眼已经是六点了，丁竞元在客厅练健腹轮，已经练到出汗了。见苏墨开门出来了，转头对着苏墨隔空亲一口：“醒了。”苏墨绕过运动的男人去上厕所，回来则直接从男人背上跨了过去，往沙发上仰面一倒接着睡。

丁竞元移到沙发边上，把苏墨的两腿搁到自己背上，等于负重做健腹轮，加大难度。没办法，房子小，连跑步机都没地方放，别的大型器械就更不用说，只能做点单一的运动。

练完丁竞元去冲澡，苏墨起来洗漱，含着牙刷去开冰箱，回到浴室跟丁竞元说没菜了，就剩点牛肉和鸡汤了。

“出去吃吧。”丁竞元看着镜子里的人建议道。

“嗯，正好买菜。”说完苏墨转身出去了，然后回卧室把床上整理好，再把昨天丁竞元换下来随手扔在玄关的脏衣服放到了浴室。

苏墨把衣服扔到脏衣篮里，然后站到镜子前洗手，抬头问：“难得休息，要不要出去玩？”

丁竞元刮胡子的手顿了一下，笑了：“今天太阳打西边出来了。”

“我是怕你老在家待着憋坏了。”这大半年来丁竞元大部分时间就是家和公司两点一线，就他以前的不良历史记录，时间久了可能会感到厌烦。苏墨的担心都自己闷在心里，怕他忽然哪一天就腻了。

收拾妥当了，也才六点半。两个人一前一后地出了门。苏墨常去的菜市场有两站路，虽然走过去也就十几分钟，但商量了一下还是选择开车。

两人去了一家有名的老字号早点铺子吃咸骨粥、蛋抱馄饨，吃完出来逛完早市买了菜，苏墨临时起意又去逛了花鸟市场。

本来是想看看有没有好看的盆景，想买一个放阳台的，之前养了几年的仙人掌不是被某人给弄死了吗。结果车刚开到入口的地方，就看到有人抱着个小纸箱子在卖小狗崽子，周围围了一群大爷大妈。卖家说是自己家养的狗生下的，一窝七只，太多了养不了，希望能给小狗崽子们找个好人家。

丁竞元意外地很感兴趣，拖着苏墨围上去看。箱子里是三只睁眼没多久的阿拉斯加幼犬。主人是一个三十几岁的高个男人，正在给之前发出质疑的人讲解阿拉斯加和哈士奇在幼犬时期要怎么区分。

“会不会是狗贩子？”苏墨小声问丁竞元。几只小东西肥嘟嘟，翘着小卷尾憨态可掬地趴着，安安静静的，苏墨伸手摸了两下，毛软软的，格外可爱。

“想不想养一只？”丁竞元不答反问。苏墨没吱声，喜欢肯定是喜欢的，但是养小动物可不是一件简单的事情，一旦决定养了就要承担起它的一生，将它当作家庭中的一员，去爱护它。更重要的是还要有陪伴它的时间，有养它的空间和经济能力。

个头最小的那只十字脸小狗崽迟疑着往苏墨手边伸了伸脑袋，忽然伸出小舌头舔了舔苏墨的手指，嘴里哼哼几声，抬着眼睛看苏墨。主人立即说他家小七这是碰到有缘人了，想自己认主人呢。

苏墨听了这话立即笑了，跟小十字脸对视，被它的小豆豆眼瞪着，心里就涌出了一种十分柔软疼爱的情绪，一直将手指伸着，那小狗崽子就用小爪子挠挠苏墨的手指，还不时地伸舌头舔几口。

丁竞元看苏墨来回抚摸小狗崽，是真心喜欢的样子，便打算出手。本来是想等酒店开业再养的，但是现在撞见了就是跟狗狗有缘。事情很多时候就是这样的，一旦错过了十有八九要后悔，无意间遇见的反而是最好的。

丁竞元问这狗是不是纯种的，主人家便把手机里狗狗父母的视频放出来给大家看。

“买一只吧？”丁竞元跟苏墨商量，是诱惑的口吻。

“买也没时间陪着啊。而且这种狗长大了个头可不小，很占地方的呢。”苏墨有点可惜地说道。

“可以先放到别墅那边让人养着，等忙过这一段就好了。以后狗养大了，可以搬过去住。你要是住不惯那边，实在不喜欢，以后咱们再买房子，买你喜欢的，大一点的够养狗的。”丁竞元说完，苏墨又不吱声了。

“价钱呢？”丁竞元刚问完，一个也是站了老半天的年轻姑娘就说她要挑一只。苏墨看她的眼睛盯着小十字脸看，没有多想立即就伸手把小狗崽子给抱怀里了。

“我挺喜欢你手里这只的，能让我看看吗？”姑娘看着苏墨笑。主人家刚要说话，丁竞元已经声明小十字脸他们留着了。

“好吧。”姑娘有点失望，“我也挺喜欢十字脸的。”主人立即表示家里面还有一只十字脸的，可以留电话再联系。

本来以为只要给了钱就能把小狗崽子给抱走了，结果事情没那么简单。男人是非常负责的狗主人，不但把丁竞元和苏墨的收入、住址、工作时间问了一遍，还提出彼此留电话号码和亲自送小狗崽到新家，他这是怕他的小狗崽们所托非人。

“我之所以开那么高的价格，是因为我觉得人们大抵都是付出的代价越高，才越知道珍惜。”临走的时候，狗主人表明要是哪一天厌烦了、不想养小七了请一定给他打电话。苏墨给钱的时候，已经见证了丁竞元经济实力的男人只收了一部分钱，称剩下的算是他留给小七的零食钱，是他最后的礼物。

苏墨把丁竞元别墅的地址也发到了男人的手机上，说以后狗狗长大了，他们会搬过去住，请他放心。家里院子大，欢迎以后他带小七的爸妈过去玩。

“有不懂的地方随时打电话联系我。”男人摆摆手，带着剩下的两只狗崽子开车走了。

“真是个爱狗的好男人。”苏墨抱着这只叫小七的小十字脸感叹。

“可惜。”丁竞元叹气。

“什么？”

“就是长得丑了。”

苏墨撇嘴给了他一个白眼，抱着小七高高兴兴上楼了。

苏墨的事情太多，整天加班没时间陪丁竞元，周末休息还有狗崽子争宠，丁竞元真是要超级不爽了，以前连只锅的醋都要吃，就更别提一只活蹦乱跳的狗了。买狗的时候就想着要让苏墨开心，还可以顺利地把苏墨拐到别墅去住。真是失算，自己给自己找了个要来跟他分享苏墨的情敌。

小十字脸真的是认定了苏墨这个主人。有时候两个人忙得连着一个星期都没空去别墅那边看它，但是只要第一时间发现了苏墨的存在，小东西就会跟触了电似的，激动得浑身发抖地要往苏墨怀里爬，使劲往苏墨脸上舔，尾巴都要摇断了，连苏墨吃饭睡觉都要一直靠在脚边。

苏墨以前凡事提倡节俭，到了小狗崽这里就变了，什么都要买贵的、买好的。漂亮的小狗窝按尺寸买了好几个不同材质的，狗粮、玩具这些就更不用说了，必须都得是好的。

第一次养狗就跟头回做父母似的，苏墨非常用心，不懂的就给原来的狗主人打电话，狗主人传授经验自然是倾囊相授，两个人电话里一讲就是半天。单这一项就够让丁竞元喝一桶山西老陈醋的了。不但如此，苏墨往别墅的电话也打得勤，休息的时候只要想起来就打过去问问小狗崽怎么样了，会提醒打疫苗的时间，嘱咐管家好好看着，到院子里玩的时候别掉水池里了。好好的午饭时间就让苏墨打电话给打没了。

丁竞元刚开始还忍着，毕竟当初是自己主张要养的，总不能自打嘴巴。后来就有点忍不住了，还幼稚地管小狗崽叫“讨厌鬼”，想把狗崽子送走。苏墨哪里能愿意，严正警告他不许对小十字脸动歪脑筋。小狗似乎也感觉到了丁竞元浑身散发的恶意，从来都是对他不理不睬的，见到都绕着走。

“讨厌鬼”这个称呼丁竞元叫了一个星期，后来改叫“大脸喵”，后来又叫“水桶腰”，再后来“猪尾巴”叫得特别顺口，连叫了一个多月。

酒店开业筹备已经到了最后两个月，正是琐事最多、最忙的阶段，验收顺利，人事部已经开始大规模地招工培训，装修工作也进入了最后的收尾阶段，家具家电布草陆续进场，各种管理制度也在做最后的商讨确认。

值得一提的是，墨源客房浴室的各种浴巾、地巾用的都不是寻常的白色，而是和客房的布草相关的颜色——大方的淡紫或是让人放松的墨绿。床单、床尾垫、晚安巾、毛毯、床裙等，所有布品边角的地方都有一个小小的特殊的标志性设计，淡金色的圆里面是墨源两个漂亮的花体字。这是丁竞元的提案，意味着“墨”被“元”完整圈住。

会议桌上，讨论酒店标志的时候，最后进公司的IT部门经理曾对丁竞元的方案提出过反对意见。他觉得圆圈的设计不如换成敞开的花体字，漂亮大方，然后他建议了设计书上的另一种方案。结果丁竞元向他耐心解释了酒店为什么叫“墨源”。“墨”是苏墨，“源”则是元的同音字，“我觉得有意义比好看更重要”，丁竞元坚持道。

事后，IT经理请教好说话的王勤王部长，才得知特助只是一个叫法，丁竞元原来也是酒店的老板。

每天的大小会议开始前，秘书都会将会议日程先写在白板上，从上到下一条条列好。试营业倒计时一个月的时候，议题有客房部工作钥匙的使用和管理制度、突发事件处理方案讨论、遗失物品处理程序等；倒计时二十天时，会议内容则是关于清洁用品厂商的进一步联系情况、核定各级员工的薪资及福利待遇、确定前厅部和客房部的联系渠道、后台管理系统的进一步测试等。

倒计时一个礼拜的时候，江心眉打来电话，说丁溪川病了急需动手术，江心眉在电话里喊儿子回家：“你爸都病了好久了，你以为我为什么一直喊你回来。你让苏墨勾得魂都没了，家业也不要了，爹妈都不要了……也不知道他还能不能从手术台上下来……”在这个关键时刻，她让丁竞元一定要回去，说不定丁溪川真危险了，当场改遗嘱呢，她是坚信遗嘱已经立下了的。之前丁竞元的糟糕表现，让她非常担心。

苏墨力劝丁竞元回去，无论如何丁溪川都是他的亲生父亲：“真有个万一怎么办，我可不想你以后后悔。”苏墨劝道。

“我走了你怎么办？”酒店眼看着就要试营业了，正是关键时刻。丁竞元这无比自恋的口气让苏墨撇嘴瞪了他一眼。丁竞元笑着说道：“知道你能干，我是怕你太能干，再把自己给累出毛病了。”

丁竞元那句话其实是说对了，酒店的日常事务虽然都是苏墨在做决定，但是丁竞元在身边和不在身边，对于苏墨来说确实是不一样的。有丁竞元在，苏墨做什么决定都踏实。

“你想怎么做就怎么做，按照自己喜欢的来，自己做老板就是要让自己高兴，知道吗？”

“嗯。”苏墨点头。

“有实在拿不定主意的给我打电话。”

“嗯。”

“我尽快赶回来。”真的动心脏手术，前后怎么着也得好几天。

“嗯。”

“别往别墅那边去了，好好休息。”

“……”

“电话也少打，别老记挂着‘猪尾巴’，多想想我。”

“……”苏墨在丁竞元腰上掐了一把，狗的醋也吃，还一吃吃不停，“老和狗过不去，你有意思吗？”

丁竞元疼得“哎哟”一声，把苏墨使劲抱在怀里，狠狠腻歪。

丁竞元第二天早上载着犯困的苏墨上班，九点钟陪着苏墨开会，中午陪着苏墨去员工食堂吃饭。员工食堂和员工宿舍在一个小区里，是一个倒闭了的老年活动中心重新装修的。从酒店过去，步行过一个大十字路口，只几分钟的路程。饭点人多，很多人到现在还不认识老板，也没人给让个位置。

苏墨进到后厨，负责人吓了一跳。苏墨笑着说：“我过来看看情况，你忙你的，别管我。”

苏墨端着饭菜出来的时候，看到丁竞元交握着双手，站在两个年轻姑娘桌子前等位置。人家姑娘脸都红了，匆匆吃完收拾盘子让了位置。

“不关我的事。”丁竞元怕媳妇吃醋，说完就看着面前的饭、盘子、筷子，一脸嫌弃。

“盘子是刚从消毒柜里取出来的。”苏墨知道他又犯臭毛病了，从裤子口袋里掏出了一个精致的木筷盒子递给他，“卫生过关，我看过了。将就一下吧，等你回来我给你做好吃的。”

“谢谢亲爱的。”丁竞元取出筷子，低声耳语，收到苏墨瞪眼一枚。

下午，丁竞元和苏墨分两组，分别和客房部、餐饮部的几个领导一块儿，按列好的清单检验布置好客房和餐厅，这一忙就忙了一下午。

丁竞元开车把苏墨送回家，这才拿了简单的行李准备回S城。苏墨想送送丁竞元，坐上副驾驶，又给送到了小区门口才下车。丁竞元还不走，降下车窗，又叮嘱苏墨明早去公司别瞎着急，打车过去。又说要不然还是把车留给苏墨开，他自己包车回去。苏墨挥手让他快点走："再耽搁要开夜车了。"又不是不回来了。

"撵我？明早没司机你就知道我的好了。"

苏墨拿他没办法，瞪了他一眼。丁竞元叹了一口气，十分不舍地开走了。

不用到明天早上，才进家门，苏墨就知道丁竞元的好了。丁竞元一走，苏墨就觉得浑身都没了劲，根本提不起精神做饭，忙了一天了，就觉得此时累得要命，想随便吃一口算了。洗完澡，明明身体很累，却怎么也无法踏实睡觉。在床上翻来翻去翻到九点，终于等到了丁竞元的电话，他人现在已经在医院了，丁溪川的心脏手术定在明早八点。

"怕你在路上分心，没敢给你打电话。情况严重吗？"

"有点，不过手术请的都是有名的心外科权威专家，还是有把握的。说是从去年晕倒的那次开始，心脏就有毛病了。"

"……别担心，会好的。"

"我没担心。公司里事多，你别累着自己。"

"嗯，别操心我了。"

"这边手术结束，只要病情稳定了我就立刻赶回去，随时给我打电话。"

"嗯。你晚上要在医院守着吗？"

"看情况今天肯定要守着，他的四大心腹全在这守着呢，我要是敢再刺激丁溪川，估计他们能一起跳起来揍我。"

"……那你注意休息，别太担心了。"

"说了没担心。"

苏墨知道一点没担心是不可能的，丁竞元表面冷漠，内心深处对丁溪川的父爱还是有所期待的。从某种程度上来说，他是一个十分渴望家庭的男人。

苏墨一晚上睡得都不是很好，早餐是赶去员工食堂吃的。酒店开始营业以后，一百多个员工分班吃饭，食堂不算大，但也够用。不过此刻是饭点，人员又集中，用餐就显得有点拥挤了。

吃完饭，苏墨坐了后勤部长的电动车回酒店。早上三个会一直开到了中午十二点半，苏墨要求每个部门经理都要把自己负责的地方做好。“做好加薪，做不好立刻走人。”苏墨说这句话的时候，口气里、神态上不自觉地就带了几分丁竞元的影子。

昨晚苏墨没睡好，秘书送餐进来的时候，看到老板已经趴在办公桌上睡着了。

国庆节试营业。

说是试营业，其实和正式开业完全没有区别，只是对外界宣传时的一种说法，内含对酒店管理做进一步完善的自谦，是一种对市场试探的自留余地的商业态度。

当天的嘉宾邀请函确认无误，宁晋请示了苏墨后一一给发了出去，其中包括各个部门的领导、苏墨的父母和几位长辈。苏墨自己拿主意，给江心眉和丁溪川也发了邀请函。这件事自然是要跟丁竞元先斩后奏了。苏墨组织了一下语言，午休的时候给江心眉打了电话，说了酒店试营业的日期，并说道：“知道你们可能没办法过来，只是想表示一下我们的尊敬。”

“哼，你倒是聪明。”丁溪川要真的能出席营业典礼，媒体的关注度立马就能提高一个等级，墨源的营业额肯定也能上一个台阶。

“邀请函已经发过去了，这是竞元的意思。希望伯父身体能赶紧好起来。”苏墨的好听话刚说完，江心眉便哼了一句“有心了”就挂了电话。江心眉没教训苏墨，苏墨就觉得已经是一种很大的进步了。

江心眉想必也是十分渴望儿子的爱。果然是母子，性格也遗传。

丁竞元刚走头一天，苏墨就接到了母亲的电话，说是想提前几天过来看看。

“你这忙得都不回家，妈想你了。”其实刘芸早就想过来看看了，想看看苏墨这些年在新城都是怎么过的、住在哪里、吃得好不好、邻居和睦不和睦，这些做妈的统统想了解了解。问过苏正，但是耳朵听的总没眼睛看过的放心。这回苏墨开酒店请他们做长辈的过去，刘芸就更想提前来新城看看了。

“是不是不方便啊？我们到时候住酒店不碍事的。”知道苏墨家里是一居室，地方不大。

“没有不方便，妈，真的，他那儿地方大，住得过来，只不过平时我们两个都住在我这里，他将就我，我是住习惯了不想挪窝。就是最近事太多了，你来了恐怕我也没办法陪着你。”

“不用你，有你爸陪着我呢。”

“爸也来？”

“咦？你请帖上不是写的苏泉丰吗？”

苏墨笑了，连连点头说“是”。父亲只要能在营业那天过来看一眼，苏墨就很满足了，现在这种情况，简直是意外惊喜，这是不是就代表父亲已经原谅自己了？

跟老妈打完了电话，苏墨又跟弟弟通气，问家里是个什么情况，老头是怎么同意过来的。

“想开了呗。咱爸还背着咱妈把邀请函拿给朱老师看呢。我看啊，他还想邀请院里邻居一块儿去住总统套房呢。”

苏墨发笑，父亲才不是那么爱显摆的人。

“臭小子，你日子定下来了没啊？周惠她妈没催吗？”本来订婚的时候是说定在五一结婚，后来两家人商量着又给改到了年底。

“她妈现在对咱们家的态度好得不得了，房产证上写着周惠的名字，是跑不掉的喽。不是我说，她妈真是……整天给周惠洗脑男人靠不住……”

苏墨笑着陪弟弟吐槽了几句他的丈母娘。

“我的事，咱们院里……”

“早过去了，本来我也以为会传得沸沸扬扬，没想到根本没有。妈说是因为大家都知道爸太好面子了，谁敢在爸面前说啊，不怕他要绝交，还怕他会羞愤而死呢。”

“呸呸呸！怎么说话呢，想挨揍啊？”

“哈哈，是妈说的，她的原话。反正有知道内幕的也都装不知道，该怎么着还怎么着呗。”

后来听说刘芸曾这样教训苏泉丰：“人啊，总是自己预设立场，自己给自己设一道又一道的坎。很多事情其实是人自己输给了自己。你说我讲的是不是真理？怎么没反应，哎！那边那个姓苏的老头我说你呢！日子都是自己的，谁还能指着别人的笑话过一辈子？你自己怎么着也就算了，反正一辈子也快过完了，还连累苏墨辛苦。”

苏泉丰面对言语犀利的老太婆无言以对。他总是说不过她，他这一辈子也没说赢过她几回。

“苏苏，我申请休了一天假，明早就开车送爸妈过去。”

“你路上注意点，别图快。”

“你就放心吧。”

苏家四口是第二天午饭前在新城团聚的。上午中、西餐厅的服务员模拟训练，苏墨没有看完，把现场交给了餐厅经理，急匆匆地赶回家去了。没有司机确实是不太方便，苏墨觉得再买一辆车这件事应该要赶紧提上日程了。

半路上跟苏正打电话，说是已经到菜市场那个路口了，苏正问苏墨家里有菜吗，要不要顺便买点菜。“朱伯伯也来了”苏正正说着，苏墨听到了那边副驾上母亲的声音：“你爸非拉来的。”

“妈要我跟你说朱伯伯是爸非拉着来的，哎哟！”苏正叫了一声，是被后面朱老师笑着一巴掌拍在了脑袋上，把他耳机都拍掉了。刘芸哈哈笑起来：“再说你爸要翻脸了。”苏泉丰面无表情地看着车窗外，懒得理前边的娘俩。

苏墨握着手机也笑了，一瞬间心情变得特别轻松。挂了电话，就想跟丁竞元联系。想想还是没打，一早上公事私事已经通过七八通电话了。丁溪川那边手术应该差不多了，说不定正忙呢，待会儿再打。

苏墨到小区的时候，车子早到了。苏正坐在驾驶座上玩手机游戏，三位长辈无聊地在楼底下转悠。

刘芸老远就看到一辆出租车直直地往这边开来，果然下来的是苏墨。苏泉丰还是一副扑克脸，苏墨叫他，他就爱答不理地哼哼一声。刘芸也不理他，拉着苏墨上楼。

房子确实不大，平时两个人住还好，现在一下进来五个人就显得空间不够了。刘芸里外看了一遍，然后卷起袖子给大家做饭。

“客厅都不装空调，你夏天都怎么过的？不嫌热啊。没有空调那也得装个吊扇吧。”刘芸心疼苏墨，两手熟练地弄鱼肉片，苏墨要帮忙洗菜，刘芸让苏墨一边儿待着去。

“有空调，我昨天刚收到阳台去了。”苏墨靠在料理台上，从袋子里拿出一个番茄，用水冲两下就要生吃。

刘芸看见了，对着苏墨的手背连扇了两下，打得啪啪响，边打边念叨："现在全是喷农药的，这么大个人了还不注意卫生。这些东西吃到肚里积少成多，都是致癌的。超市里有专门洗水果的洗涤剂，回头我去给你买。"苏墨只好重新洗、仔细地洗。

"再忙还是要自己做着吃，健康又卫生。你们就两个人，能麻烦到哪儿去？"

"姓丁的脾气怎么样？"

"阿正不是说你们有车的吗？车呢？他开走了？"

"你堂堂一个总经理没车怎么行？让阿正的车给你留下，他一个小公务员开什么车？瞎显摆。"

"心脏动手术啊，听着挺严重，你赶紧打电话再问问……"

一中午，刘芸把自己想问的全问了个遍，又亲自给丁竞元打电话，表达了关心之情。她想着好歹也是家庭的一分子了，关心一下也是应该的。

下午苏墨还得回酒店。吃完饭，开着车就把几个人载去了别墅。半道上，苏墨就给父母打了预防针，说丁竞元那边是一个大别墅，养了一只叫多多的阿拉斯加，还住着两个看房子的管家。"院子太大了，没人不行。"苏墨解释道。丁竞元又有洁癖，家里没人打扫更是不行的。

多多看到有汽车进门，从远处的草坪上一路狂奔过来，见到下车的果然是主人，便摇着小屁股绕着主人的腿转圈，嘴里小声哼哼，抬头看主人想要抱抱，既热情又不失矜持。苏墨一抄手，把又长胖了的小十字脸抱了起来，摸它的狗头。

车子从开进院子开始，车上就没人说话了。虽然已经打了预防针，但是见到那么大的院子，显然还是有点没想到。

"你脾气好，可不能老惯着他，时间长能惯出毛病来，两个人相处这可不是长久之道。"当天晚上睡觉前刘芸这么跟苏墨说，嘱咐苏墨早点睡觉。刘芸转身回了自己房间，又对着苏泉丰说，丁竞元太有钱了，这可不是好事。

"小墨一直住在自己那个小一居室里，姓丁的也能一直陪着小墨住那边，这就已经说明问题了。"已经闭了眼的苏泉丰半晌忽然出声，苏墨能做到贫贱不移让他引以为傲。

"这倒是，哼，这点钱咱们小墨还看不上眼。"刘芸拍拍毛毯躺下睡觉。

苏墨洗完澡躺在床上和丁竞元打电话。丁溪川目前躺在监护室里，身上多出来几根管子，苏墨可以想象他看上去会有多可怜。

“旁边多出来的血管是切掉了的，但是以后到底有没有其他影响还要看恢复的情况。”丁竞元声音听着有点疲惫，“内部如果已经形成瘘管的话，情况会比较糟糕。”

第二天，刘芸早起给苏墨做早饭。苏墨起来的时候，苏泉丰和朱老师正在草坪上遛狗。苏墨出去站在门前的台阶上叫父亲吃饭，苏泉丰手里牵着多多，远远地答应了一句。

第三天，丁竞元还没有回来。下午苏墨在装修一新的一楼大堂里召开动员大会，一百多号人穿着墨源制服戴着工号牌站得整整齐齐，没有丁竞元陪着，又有父母、师长在下面看着，苏墨竟有些紧张。已经做了大半年的总经理，大大小小的会不知道开了多少，此刻还是紧张了。

“今天我很高兴能和大家一起，召开我们墨源酒店第一次全体员工大会和开业动员大会。”

“我们现在有员工一百五十人，队伍以后会不断壮大。前段时间有人跟我反映说有传言，脏活累活干完了，开业了后会不断换人，换成有经验、有资历的。的确有很多酒店这么干，不过我们可以保证墨源……”

“我们墨源有多漂亮大家也都看到了，评星不在话下……”

“后面两天模拟开业，之后正式营业，我希望大家能把墨源当成自己的一份事业，我们现在一步步从无到有，克服困难，迎接挑战，共同努力，让墨源整体运转起来，你们的努力一定会在我这里得到回报……”

刘芸挽着苏泉丰的手臂站在大厅的角落里，看人群前面握着话筒的苏墨，忍不住夸口：“咱墨墨真棒。”苏泉丰轻轻点头。

第四天，周转预带着老婆杭思华和儿子周杭到了，作为合伙人和客人，他们一家三口成了墨源高级套房的第一批客人。杭思华并没有很显老，留着披肩长发，衣着简单大方，浑身散发出一种利落、精明的气场。周转预和她站在一起，有一点像是被宠爱的弟弟的感觉。

丁竞元不在，苏墨和酒店的第一位客人——小周杭在大堂里拍了纪念照片。

杭思华第一时间就发现了墨源酒店无处不在的那个标志，直感叹酒店名字取得好，丁竟元真是个浪漫的男人，倒很想尽快见一见。

开业前入住有折扣，墨源的广告宣传做得还挺到位。还没到国庆节假期，很多提前出行的游人已经开始入住墨源酒店，西餐厅开始有客人点餐了，墨源终于顺利运转起来。

正式营业前的模拟试运行是最乱、最容易出错的时候，一些没有考虑到的问题会随着客人的要求纷纷浮出水面。第一天还算顺利，第二天晚上就出了事，有一对年轻的小情侣在酒店洗完澡后，女孩子过敏，浑身起了一层吓人的红疹子。苏墨当时还没到家，半路上接到客房部夜班经理的电话，不放心，让司机调头去医院。

苏墨还是第一次碰到这种情况，还好女孩没什么生命危险。做了一个检测，挂了几瓶抗过敏素，点滴打完身上的红疹子就消下去了。苏墨道了歉后还给垫了一点医药费。

眼看着天亮了，也不用回家了，苏墨直接打车回酒店。从丁竟元走后苏墨就没睡好，再加上又熬了一夜，这会儿在出租车上就睡着了。

出租车开到酒店门口，还没到五点。苏墨迷迷糊糊地就觉得有人把自己抱在了怀里，猛一下睁开眼，晨光微曦里见到了几天没见的丁竟元的脸。

“我困得睡着了。”苏墨抬手摸他的脸，又一头歪进他的怀里，闭上眼，“你爸怎么样了？是不是稳定下来了？”

“睡醒再说，黑眼圈能赶上熊猫了。”

“车钱给了吗？”

“给了。”

“一会儿布置会场的人就到了。”

“有我呢，睡吧。”

苏墨再睁眼天已经大亮了，床头手机一直在叫，是采购部的陈钟鸣。

接完电话，苏墨坐起来，发现自己是在自家豪华套房的床上。床头的床踏上放着两套崭新的衣服。浴室里好像有人，由于隔音效果很好，几乎听不到水声。窗帘没拉，从窗户往外看，彩球、彩条已经挂起来了。

“竞元。”苏墨拉开浴室门叫了一声，睡醒了，整个人都神清气爽。

“在呢。”淋浴间里面传出丁竞元的声音，磨砂玻璃上能隐约看出丁竞元健壮的身形。

大堂里红毯已经铺好，墨源酒店开业庆典的木架牌子在酒店门前的空地上也竖了起来。

请的客人陆续到了，丁溪川派了心腹郑成忠过来，长江集团董事长送了几十个大花篮把酒店门前都摆满了，这成了个有爆点的新闻，让记者们围着花篮上带着“丁溪川”几个字的辐条拍个不停。

九点钟剪彩仪式开始。工商、税务的几位领导，苏泉丰、郑成忠、苏墨、丁竞元、周转预几个人一块儿上台。周转预故意捣乱，错了一步，自然而然插到苏墨和丁竞元中间。丁竞元一愣，上去假装和周转预握手，借机交换位置把他推到旁边。

丁竞元和苏墨并肩站在一起，从盘子里操起剪刀，剪之前互相看了看，相视一笑。忙了这大半年，终于开业了。丁竞元昨晚开夜车赶回来也是累得不得了，这会儿看到媳妇笑得脸颊上的酒窝都凹进去了，顿时觉得再累都值了。

苏泉丰上台剪彩是苏墨后来要求加上的，这些事丁竞元当然都没意见，苏墨尽管拿主意。

苏墨本以为父亲怎么着也要想想，没想到他那天郑重其事地提了，父亲在饭桌上正吃着饭，就说：“你不嫌弃我没权没势的话，我就去剪一剪子。”

饭后散步时，苏泉丰就此事遭到了朱老师的吐槽：明明就想去得不得了，还装，你呀，一辈子都累死了。

剪彩完了，还有中午的会餐。苏墨酒量是有的，但是在这种场合，不知不觉就喝多了。丁竞元让厨房单独给苏墨煮了一份醒酒汤，他没工夫去取，随便抓了一个人去厨房给端过来。宁晋被老板叫住的时候心里一跳，规规矩矩地答应一声，跑去厨房取了。

一直到下午四点多才算全部忙完，丁竞元总算得了空，能和媳妇单独待着了。苏墨说自己中午也没吃什么，肚子有点饿了。

丁竞元开着车带着苏墨约会去了。先吃饭，然后两个人逛街，进珠宝行看了，但是什么都没买。丁竞元想选戒指，苏墨没看到喜欢的。好久没一起看电影了，买票进去看了半场，丁竞元嫌没意思拉着苏墨出来。又买了冰咖啡一起去逛商场的服装店，逛了一圈，衣服没买，每人鼻梁上架着一副墨镜出来了。

苏墨感觉逛得有点累了，站在街边打老妈的电话，丁竞元在外卖窗口排队给苏墨买冰激凌。那么高大的个头排在几个小姑娘的队伍里，惹得前后都看了他一眼。丁竞元面无表情，转头看苏墨，运动员一样单手插袋站得笔直。

回去的路上，丁竞元开车去常去的汽车生活馆洗车。外头洗得热闹，车窗玻璃上全是水纹，下暴雨一样。车里两个人坐着听音乐，丁竞元车里的音乐用的多是外国乐队的专辑，苏墨则是喜欢听比较舒缓的轻音乐，但是两个人在一起，像现在这样需要一点音乐的时候，听得最多的是一些关于爱情的老歌。

“你哪里是蝴蝶，然而飞不飞一样美。”丁竞元趴在方向盘上，歪着头看着苏墨，跟着音乐小声哼唱。

苏墨闭着眼靠在座位上听，累得迷迷糊糊地有点想睡觉。耳里听丁竞元唱得越发有感情了。这是发挥上了，苏墨弯着嘴角笑了。

“过两天跟我回去看看我爸吧。”

“嗯。”

苏墨也没问去探病是谁的意思，反正长辈们看样子是都让步了，真好。

“今天剪彩的时候我特别想跟你说三个字。”

“什么？”丁竞元满是期待，心都跳了起来。

“谢谢你。”苏墨轻轻地耳语，一字一句慢慢地说。

“……”丁竞元白高兴了，还以为苏墨要说“我爱你”呢。苏墨抿着嘴笑，看他一脸不高兴的样子，明明是装的。苏墨偏了偏头对着他，咳嗽了一声，有点不好意思，但还是义无反顾地说了，声音有点小，但是很坚定：“丁竞元，我爱你。”

说完丁竞元也没反应，苏墨把他的脸使劲扳过来，眼神一对上，就知道他又在装，看他那样，眼里全是笑意，嘴也立即咧到了耳后。

番外一

二多篇

酒店开业最初最忙的那段时间过去以后，丁竞元和苏墨就搬去了别墅，从此以后两人一狗就开始了崭新的没有烦恼的幸福生活——这，当然是不可能的。狗主人丁竞元和宠物丁二多之间的“苏墨争夺大战”从此时正式拉开了序幕。丁二多是小七的新名字。

宠物的性格随主人，但是当两个狗主人的性格差别比较大的时候，性格比较外露霸道的那一方就很容易被宠物学习，而另一方则比较容易变成宠物性格的隐性基因。从这一方面来说，丁二多是有些不幸的，丁竞元搬家过去和它住在一起的时候，它才四个月大，性格根本还没成型，相当于一个才七八岁的小孩子，正是最调皮、最喜欢模仿的年纪。虽然丁二多不喜欢亲近对它充满着恶意的丁爸爸，但是聪明如它，知道这个总是和主人一起出现的坏蛋也是它的主人。

成年的阿拉斯加被一致认为是敦厚、稳重的，它们忠诚且执行能力很强，不过少年时期的幼犬就另当别论了。小二多现在就很皮，不但特别喜欢跟脚，而且对任何属于自己的东西都有很强的占有欲，比如它的饭盆、玩具、狗床、零食，当然也包括它的主人。小二多知道主人很忙，每天早早就要出去赚钱养家，晚上要到天黑了才回来，有时候甚至周末都不能休息。它每天能和主人相处的时间并不多，因而每天的早上、晚上都是格外值得珍惜的时光。

晚上十点半了，小二多已经蹲在门前等了两小时了。天气寒冷，它的毛已经多到可以保暖，不会怕冷的程度了，卷翘的尾巴，标准的十字脸，两只炯炯有神的眼睛上方一对漂亮的白额，感觉很是威风，可以预见成年以后的二多必是一只威武雄壮的帅汪。

忽然正对大门的远处亮起了两道车灯，小二多立即翻身蹿了出去，是主人回来了。

小二多一路欢快地围在苏墨脚边进了门，苏墨摸它的狗头，鼻子冻得凉凉的了。苏墨给它擦脚，小二多配合地轮流伸爪子，使劲摇尾巴，伸出大舌头舔苏墨的手背。

阿姨一边关门一边说小多从八点多就在门口等着，拿牛肉干都哄不进来，都等了两个多小时了。她一转身见丁竞元没进去，还在边上站着，一脸的不高兴，就赶紧住了嘴。在丁先生面前不能夸小多，这是默认的规矩，丁先生脾气不太好，而且有洁癖，现在最讨厌的就是狗毛。她现在每天必须做两次清洁工作，早晚各一次，首要任务就是用吸尘器到处吸狗毛。

今天回来晚，是因为月底了跟酒店的部门经理们一起吃了个饭，吃完饭又去续了一摊，就这还是他们两个做老板的提前撤了。

二多无视坏主人的目光，欢欢喜喜地跟在苏墨脚边上了楼，主人进浴室洗手，它摇着尾巴跟进去，用脸来回蹭主人的裤子，主人换衣服，它跟着进衣帽间转了一圈，出来熟练地往床上一跳，用前腿扒拉主人的睡裤。忽然卧室门响了，二多警觉地跐溜一下跳下了床，老老实实地蹲坐在地板上。丁竞元走进来不满地看了它几眼，二多吐出舌头舔了舔鼻子，眼睛盯着地上看，十分敷衍地冲他扫了几下尾巴。

丁竞元不喜欢二多进卧室，更不能容忍它跳到床上蹦跶。二多第一次被丁竞元抓现行的时候还小，才刚能蹦上床，结果当天就被丁竞元狠狠地惩罚了——丁竞元当着它的面拆开了一小包它最爱的牛肉条独自吃完，不顾它急得伤心，又从它的零食柜里拿出它的一杯酸奶当着它的面喝完，看狗狗急得仰着脑袋直冲他嚷。

丁竞元指着床教训它："以后再让我看见你上来我就阉了你。"最后丁竞元又下楼去厨房拿了芒果，当着它的面慢条斯理地吃完。

二多趴在地上一动不动地看着坏主人吃，被打击得心如死灰，小声哼泣。

坏主人问："记住了？"

倒霉宠物："呜呜……"

楼下，苏墨做好了饭喊丁竞元，丁竞元抬手一指卧室门，二多麻溜地爬起来跑去找主人寻安慰了。当天晚饭桌上，丁竞元又跟苏墨提要给二多绝育的事。苏墨还是不同意，认为这是对二多身体的一种摧残。

苏墨在这一点上十分坚持，丁竞元也只好暂且放二多一马。

此时背着换衣服的媳妇，丁竞元无声地对着地板上蹲着的二多指了指卧室的门。二多眼睛垂着晃了晃脑袋，爬起来往外蹭了两步却不想出去，嘴里特别惹人怜爱地呜咽了两声，像小可怜一样，这招果然立刻引起了主人的注意："多多怎么了？又被欺负了？"苏墨换好睡衣，瞪一眼丁竞元，走过去揉二多的脑袋，浑身上下给摸了一遍，二多仰高了脖子舒服地呜了两声。

苏墨笑着，摸着它的一对可爱的耳朵说："叫得跟小狼一样，握手。"二多熟练地伸爪子。苏墨让它坐下、起立、叫，它都能完成指令完美地讨好主人，再歪着脑袋装可爱似的讨要奖励。然后苏墨就带着踢着前腿走路的小二多下楼去吃牛肉条了。

苏墨是不主张给二多吃太多零食的，多数是在训练它的时候给些奖励。苏墨打电话问过二多原来的主人，狗狗能吃什么不能吃什么心里也都有数。喂零食的时候，苏墨会和二多说话，会抚摸它的狗头，会夸奖二多。二多喜欢吃牛肉条和水果，苏墨早晚都会想着给一点。

有时候周末天气晴朗，苏墨会开车带着二多出去社交，到市中心的大广场上去见见别的狗。一旦遇到带着阿拉斯加犬的，苏墨就会主动和狗主人攀谈，询问人家狗的性别和身体情况，还会交换手机号码，为给二多找媳妇做准备。

二多长到六个月大的时候，已经是一只十分英俊的青年汪了，从身架已经能看出魁梧的趋势了，肩厚腿粗，胆子特别大，十分喜欢挑衅大型汪，仗着有主人撑腰，专拣那种牵着绳的公汪，冲人家龇牙咧嘴地叫唤，可要是遇上像蝴蝶犬这样的小美人那又是另一番情景了。

有时候坏主人也会跟着出来"社交"，当然不是为了它，是为了要跟主人黏在一起，这种时候，坏主人就会和自己抢副驾驶的位置。二多为了自己的零食只能忍了，对坏主人做出一些让步。二多越长大越能明白这一点，和坏主人作对是没有好果子吃的。它的零食、它的玩具这些都需要它来保护，甚至它的主人都会因为它的不听话而受到牵连。

坏主人无数次背着主人警告它，不准用大舌头舔主人的手和脸，不准上床，不准再试图钻进主人怀里。坏主人心情不好的时候会指责它瓜分了主人的注意力和时间，它一旦违抗被抓包，坏主人就会对它进行惩罚。

二多如此和丁爸爸斗智斗勇地长到了九个月，已经长成了一只威风凛凛的十字脸大汪。肩高八十加，体重一百加，大尾巴又卷又漂亮。主人可喜欢它了，每天都要夸它是只帅汪。二多还是每天都雷打不动地早上送主人上班，晚上在门口等主人回家，主人每天再忙也会抽一点时间陪它。主人甚至带着它出过一次远门，去参加弟弟的婚礼。坏爸爸还是看它不怎么顺眼，时不时地要吃它的零食。主人们的酒店开业快一年了，早已经开始盈利，一切都挺圆满。直到它开始发情才打破了这种平静。

丁二多算晚熟的了，到了九个月的时候才开始发情。

周末，苏墨带着它又去了广场，回来以后它就有点茶不思饭不想的了，整个狗都没什么精神。丁竞元让二多躺下，摸了摸它的狗毛，然后断言它思春了："春暖花开，正是发情的好时候。"

苏墨一想，可能真是这么回事，之前在广场准备回来的时候，它意外地十分不配合，赖在一只小美汪身边恋恋不舍地不愿意走。

苏墨立即给一只叫桃心的阿拉斯加女狗的主人打电话，约了人家第二天带来家里见面。这只桃心是苏墨给二多找的媳妇，桃心主人很喜欢威武的二多，希望能下一窝十字脸小狗仔。

第二天一大早，精心装扮过的桃心主人就带着桃心来了。可是事情并没有往预期的方向发展。二多喜欢的是那只眼神温柔，有着和它一样蓬松大尾巴的金毛小美汪，而不是浑身黑乎乎的桃心脸阿拉斯加。而且桃心鼻子上方有一个地方掉了一点毛，好像还涂过碘伏，味道不好闻，它不喜欢。

桃心追着二多在草地上绕圈子，看到桃心的女主人站在主人身边谈笑风生，二多生气地冲桃心汪汪叫，桃心委委屈屈地追在后面跑。

二多不高兴，到底没谈成。两位主人只能约着过两天再让两只汪见面。

丁竞元把一人一狗送走，回来刚推开门，看到媳妇歪在沙发上正哈哈大笑，二多扑在苏墨身上到处乱拱。苏墨曲起腿一个"滚"

字还没笑骂出来，看到丁竞元已经变了脸色。

二多不知道被丁竞元用什么东西砸中了，“啊呜”一声绕着沙发跑了一圈直接窜了出去。丁竞元黑着一张脸，紧跟在后面风一样追了出去。

“丁竞元！”苏墨叫不住人，哭笑不得地只能跟出去看。

一人一狗在绕着院子玩命地跑，跑了十分钟，都累得气喘吁吁。二多边跑边回头，它这是跑疯了豁出去了，不时地回头汪一声，反正他两条腿追不上它。

番外二

雨伞篇

丁竞元刚进周转预的寝室，就遭到了调侃：“这礼拜你都来看我三次了，我真感动。我要感动哭了。”

丁竞元懒得理他，让他快点收拾。丁竞元越催，周转预越是慢条斯理的，在浴室里一边洗脸、照镜子、换衣服，一边表达了晚上想吃日本料理的强烈意愿。

丁竞元站在阳台上往下看，心不在焉地反驳：“一个礼拜连着吃三回，就算你不嫌腻，至少也要考虑一下请客的人的感受吧。”

周转预从浴室走出来笑道：“我友情出演全力助攻，就提这么一点点要求不算过分吧。”说着话对着丁竞元还举起了小指，用拇指掐出指尖上一点地方，他还想接着说，却被丁竞元走过来一巴掌把手给拍飞了。

两个人没有再耽搁，双双下楼，很快到了苏墨的寝室楼下。

“你也不打电话确认一下，人要是不在怎么办？”周转预担心自己的日本料理吃不上，“不过真打电话的话又显得太刻意了，别再吓到人家。”

丁竞元转脸瞪他，用嘴型让他滚蛋，一转头却看到苏墨正在寝室楼门口和人聊天。

苏墨身边站着一个大个子，名叫姜新波，是体育系的，上次打架他是头一个冲进来的，当时看到苏墨鼻子出血了，他问都没问上去就跟丁竞元开干了，一拳精准地打在丁竞元的嘴角上，立即就把他的嘴角打裂了，因此丁竞元对他可说是印象深刻。

姜新波似笑非笑地打招呼：“稀客啊。”

“你们两个要出去？”丁竞元只要来学校就会过来串门，苏墨对此已经习惯了。

周转预笑眯眯地回话，和苏墨亲热地聊起来了。

丁竞元在一旁开口问："要不要一起吃个饭？"

苏墨没有答应，因为晚上还有公选课。

离开以后，周转预又把话题转回到了姜新波身上。丁竞元单手插袋走在前面没接话。周转预慢悠悠地跟在后面，两人又在校门口遇到队里的两个哥们，几个人站着聊了几句，都饿了，于是约在学校外面的火锅楼一起吃晚饭。

单纯吃饭，特别是吃火锅，当然是人越多越好。丁竞元掏出手机，一会儿工夫就叫了一大桌子人。虽然丁竞元有洁癖，吃火锅规矩多，但是每次他请客都是随便点、敞开吃，大家还是可以忍耐一下的。

一群人一顿饭吃了好几个小时，一边吃一边吹牛抬杠。全是能喝的，十一个人喝了七箱啤酒，周转预一人就吹了一箱，丁竞元嫌啤酒撑肚子，另开了两瓶红葡萄酒。外面从七点钟就开始下雨了，吃完火锅后还在下，越下越大。

"怎么办啊？走不了了。"周转预喝得有点大舌头，站起来准备再去一趟厕所，"你们几个准备怎么回啊？"

"我老婆马上来接我。"一姓邢的哥们张开四肢歪在椅子上，漫不经心地答话。

"什么！你才回来上几天课啊，又有老婆了？"旁边有人踢他椅子骂。

"你个烂人吃饱喝足了还有人来接你，真是没天理。"丁竞元用纸巾擦完嘴，揉成一团扔到对面邢哥的脸上。

邢哥大声道："你这是乌鸦站在煤堆上……你往哪儿扔呢？扔我嘴里了。"

丁竞元瞧他那样儿，又朝他扔了一团纸。

邢哥又骂了丁竞元一句，虽然都喝多了，有酒盖脸，但是丁竞元这么不给他面子，他也有点火了。

丁竞元脾气暴躁，立马又回骂了一句。

一屋子喝高了的大高个们听这两个人对骂都一起大笑。眼看两个人又要掐上了，旁人赶紧打岔把话题岔开。

苏墨接到周转预电话的时候已经上完了两节公选课，刚回到宿舍。

"周转预你是不是喝多了？你们被困在哪里了？哦，我这里有伞啊。行，好，你们那边没事吧，我听丁竞元怎么声音那么大，好像在和人吵架。你们喝了多少啊？好的。没关系，不用谢的。嗯，好的。我马上过来。挂了吧，不讲了。你少讲点吧，我挂了。哎呀我不讲了，和你讲不清……”

苏墨挂电话的时候，人已经走出宿舍楼了。寝室里就两把伞，苏墨都带着了。外头雨还在猛下，晚上的气温还是有点低，大风一吹，苏墨脸上一凉，抬手就将外套帽子罩到了头上。

十分钟后，苏墨到了火锅楼。楼底下大门台阶上站了一排人，全是吃完饭被雨困着走不了的，男生女生都有，三三两两站在一起聊天，看着倒挺热闹。

苏墨沿着台阶往上走，一抬伞从雨帘里就看到了丁竞元几个人，除了周转预、正哥两个人趴在丁竞元肩膀上，其余几个人个个都站得肩挺背直的。真不愧是运动员出身，一点都看不出来是喝多了。

周转预搭在丁竞元左肩上的手举起来摇了一下，笑着大声喊苏墨。雨大，苏墨有点没听清他后面一句又说了什么，他右手边一个男生接了一句什么。丁竞元听了以后却立即黑了脸，转头去看那个男生，嘴里骂了一句，对方毫不迟疑地骂了回来，随着周转预大声的一句“哎！”丁竞元一拳过去，两边毫无预兆地忽然就动起手来了。旁边的几个女生受惊地叫了两声，立即躲到了一边。

丁竞元和邢峰没能打起来，两个人扭着撞到玻璃门上以后，就立即被周转预几个及时拉开了。都喝了酒，何况丁竞元和邢峰一贯是喜欢对掐的，队友们对这种状态下这种程度的摩擦都不太当回事，把两个人抱住拉开了也不觉得会怎么样。

“周转预你赶紧把人弄走吧，睡一觉明天脑子就清醒了。”

丁竞元用力一挣，把周转预的胳膊挣开，走两步一低头钻进了苏墨的伞底下。

“走。”丁竞元估计喝了不少，声音都有点哑了。

“等下等下，把伞给周转预。”苏墨想转身把伞递给周转预，丁竞元一手接过回头一甩，把伞准准地掷进了周转预怀里。

周转预这会儿也不头晕了，撑伞就走，和他同寝室的一个队友也不用招呼，扔下众人迅速地钻进了他伞底。

队友比周转预高，此时便搂着周转预的肩膀一手撑伞，闲闲地问他："这人谁啊？"

"隔壁英语系的苏墨，我们刚认识的。"

"刚邢峰到底说了人家什么坏话了？搞得丁竞元又发疯。"

丁竞元暗恋苏墨这件事并没有在队里公开，周转预今晚虽然喝多了，但是他酒品好得很，话是绝对不会乱说的，只说了一句："他挨揍活该，他骂人家来着，现在骂苏墨就等于是骂丁竞元。"不，周转预心里又补了一句：骂苏墨比骂丁竞元严重多了。

邢峰和丁竞元一向不对付，对丁竞元乱七八糟的私生活也大概知道一些，毕竟大家在一个队里都那么多年了。当时雨大，送伞的苏墨头顶着衣帽，身形瘦削，一张脸在路灯底下看着也是个好看白皙的轮廓。

邢峰还因为之前酒桌上的三言两语不开心，此时便十分不怀好意地议论了苏墨一句，看他这个欠揍的模样，丁竞元没忍住到底还是动手了。

丁竞元和苏墨撑着伞回了寝室，两个人一路上也没怎么说话。苏墨看到丁竞元的脸一直都是绷着的，便猜想他应该是还在为刚才那男生生气。丁竞元本身就是个坏脾气的人。

丁竞元个子高，伞自然是被他接过去撑在手里了。

"往你那边撑点吧。"苏墨提醒他，伞都罩在自己头上了。

"伞太小了。"丁竞元语气里带了点无所谓的抱怨，想凑近点，又怕做得太明显苏墨会敏感地有所察觉。

"谢谢你给我们送伞。"过了一会儿，走到校门口的时候，丁竞元忽然又开口。苏墨偏脸笑了笑，雨夜的路灯下，丁竞元看到了苏墨脸颊上的那只让人心动的小酒窝。

回到寝室，苏墨才发现丁竞元的半边外套已经全被雨淋得湿透了，苏墨心底立即就涌出了一阵细微的暖流，想着这个大高个儿人真的不错。

番外三

比赛篇

自从出现了一个苏墨，丁竞元就不陪着周转预出来鬼混了，周转预顿觉十分寂寞，毕竟能一起出来猎艳的默契搭档可不是那么容易培养的。曾经他以为丁竞元和他一样，都觉得爱情是虚幻的，是劳财伤体、害人害己的，必须敬而远之。没想到丁竞元这回来真的了，周转预甚至感到自己生出了一种兔死狐悲的伤感。

周转预虽然孤身一人，有点郁闷，不过他照样还是要隔三差五地到各种酒吧夜店寻找合适的对象。

一个礼拜以后，周转预在酒吧玩的时候遇上了一个人，正是那个姜新波。他立即给丁竞元打了电话：“猜我看见谁了？”

“你们两个品位倒是挺像，都喜欢白嫩干净的大眼小美人。他这会儿身边这个就是，说不定你以前还见过呢。”苏墨也是白嫩的酒窝美人，温暖、干净、吸引人。这么看来姜新波对苏墨多少是有想法的。

姜新波各方面条件都很优秀，身材也很好，这种类型的男生应该是很受欢迎的。但是丁竞元这么爱玩的，却从来没有遇见过他，甚至没有听过这个人。而且丁竞元找人打听了，也说都不知道这个人，后来还是朋友在一个做了多年的资深调酒师那里了解了情况，说是知道一个叫这个名字的人。姜新波不怎么在酒吧混，他有一个自己的圈子，圈子里都是玩得很开的人，姜新波自己也玩得很开。

一想到姜新波私生活混乱，还一个劲地接近苏墨，丁竞元就浑身不爽。同为男人，他知道姜新波的龌龊想法。

丁竞元再去找苏墨的时候，苏墨没在寝室，而是和姜新波在一起，体育生很多都是提前就实习了，姜新波也是，过几天也要走。今天苏墨给他践行，要请客吃饭，几个人正要出去，却看见丁竞元正站在校门口，一脸不悦。

苏墨有点奇怪，明明刚才在电话里已经说了要请姜新波吃饭，怎么丁竞元还要过来。虽然丁竞元平时就不爱说话的样子，但是现在明显是有心事，一脸的郁闷和不高兴。苏墨又想到丁竞元一个人住在外面，那天还亲眼看见他和队友动手了，估计平时关系也不是很和谐。

“是不是有事啊？”苏墨有点担心地问。丁竞元信口胡说：“来找周转预吃饭，结果人没在。”其实他就是故意在这里堵苏墨的。

“哦。”苏墨犹豫着应了一声。丁竞元的意思是他也正要去吃饭？要一起？

“这么巧，你们也要出去吃饭？”丁竞元明知故问。先走几步的姜新波这个时候闻言转过身来，对着丁竞元掀了掀嘴角，了然一笑。丁竞元面无表情地与他对视一眼，转过头来看着苏墨。

“要不要和我们一起？”苏墨开口邀请，丁竞元的意思已经很明显了吧。

“好。”丁竞元欣然答应，但是苏墨的下一句话又让他心里不舒服了。

“大波，丁竞元和咱们一块儿吃火锅。”苏墨告知前面的人，今天虽然是自己请客，但是主角是姜新波嘛。吃顿饭而已，多一个少一个人其实都无所谓啦。

姜新波没回头，无所谓地大声应了一句：“来呗。”

姜新波和室友本来就走在前面，加上丁竞元故意慢悠悠的，苏墨就只能陪着他落在后面了。梁彬打电话过来，说人已经到了火锅楼了，苏墨就让他先点菜。

“今天你请客？”丁竞元等苏墨挂了电话问道。

“之前不是和你说过了吗？”苏墨笑。

“我还以为就你和姜新波两个人呢。”

丁竞元这句话，苏墨听到的时候心里其实是觉得有点怪的，但是就只是当时一瞬间的感觉，并没有多想。

走到大马路那儿，前面两个人停了下来。路上也没什么车，或者是姜新波故意要等一等苏墨，四个人这才汇合了，一起往火锅楼走去。

比起丁竞元，姜新波显然是健谈的，和苏墨聊实习都能聊一路，人也幽默，把苏墨逗得直乐。

“大波你太对不起你们辅导员了。”苏墨笑得酒窝若隐若现的，转头问一直不说话的丁竞元：“你们要实习吗？”

丁竞元摆了下脑袋：“不用。”

“他们课都不上的，肯定不用实习。”姜新波接了一句。

“不上课是因为我们训练强度太大，根本就没时间在课堂上学习。”丁竞元半天没说话，忽然就言语犀利起来。言下之意，体育系的训练完全不够。

“呵呵。”姜新波好脾气地笑笑，“上礼拜，市队的和我们打球，他们几个输得裤子都脱给我们了。”

“半个小时不到，咱们赢了二十多分。”走在最后面的那个大个子室友接了一句：“你可别说什么训练强度了，市队的几个最后都喘得要断气了。”他当然是有点夸张，想要压丁竞元的话。当时几个人就是在体育馆遇见了打着玩的，知道比分结果的人并不多，而且那几个都是市田径队的，打球本来就不行。

“我跟你比，就单比体能。敢比吗？”

“呵呵，这有什么不敢的。输的人要在宿舍楼下大喊‘我输了’。”

两个人眼神对视，一瞬间都变得格外认真，像有嗞嗞的电流对撞。

“我输了我裸奔，你输了我另有条件。”

“行。”姜新波非常自信，一副我都了解的表情，聪明人不用多说。

丁竞元面无表情地下了战帖，姜新波扬着嘴角笑，笑里带着点兴奋，欣然应战。

“你们是在开玩笑吗？”苏墨笑着问，怎么这两个人之间的气氛莫名其妙就不对了？苏墨想试图缓解一下，但是后来丁竞元和姜新波一起看着自己毫无芥蒂地笑，吃饭的时候两个人更是心平气和，还互相交换了电话号码，后来也再没提什么体能比赛了，苏墨就以为刚才两个人真的只是在开玩笑，因而完全没在意了。

隔了一天，周六晚上苏墨在外面吃饭的时候接到了梁彬的电话，梁彬问苏墨怎么没来看比赛，苏墨一脸蒙。

“什么比赛？”

“大波和那个丁竞元的体能比赛，你不知道啊？两个寝室的人都在这儿等着了，他们市队的也来了好几个人。谁输了谁认怂哈哈哈。”梁彬发出一阵等着看丁竞元好戏的大笑。他还记着和丁竞元打架那件事，当时丁竞元被姜新波一拳打裂了嘴角，不管是要支持好友还是纯粹记仇心理，反正他认为丁竞元肯定要输。

“啊？我以为他俩说着玩的。”两人之前应该也不熟啊，怎么莫名其妙地就要比赛啊。

“你快来。”

“来不了，我和老同学吃饭呢。”

苏墨一大早就出门了，和高中老同学刘岩见面吃饭。没想到刘岩女朋友还带了一个朋友过来，看样子倒像是有意要介绍给苏墨的。于是下午四个人一起逛了街，看了场爱情电影，出来又接着吃晚饭。

“这大晚上的，又是一群大个子站这儿，刚才保安还以为我们要打群架呢，哈哈。”苏墨走不了，梁彬便开始用手机现场直播，还不时地传照片过来。

周六晚上学校最边上的南操场有些空旷，灯光昏暗，远处跑道上只有零星几个人在锻炼。镜头边角的地方还拍到了旁边网球场的绿色拦网，十来个大长腿站在入口的地方显得有些突兀。苏墨看到了穿着大红色运动鞋的周转预，他身后的一个人几乎被他挡实了，只看到了手，苏墨知道那是丁竞元，丁竞元只和自己喜欢的人挨得近。

丁竞元和姜新波，一个是市击剑队的，一个是交大体育系运动训练专业的；一个从小练剑，各种训练练了十来年，一个每天上各种运动课程。个头上丁竞元稍微高一点，身材看着相近，实力似乎都不容小觑。

因为没有器材，只能进行最简单的体能比试。又因为两个人平日里训练的侧重点不同，为了公平起见，每人出两个项目。丁竞元选了一百米和半个小时俯卧撑，这两个一个是比反应和爆发力，一个是比耐力和力量。姜新波则选的是一分钟引体向上和一小时匀速跑。

梁彬继续发来消息：裁判是临时请的，你猜是谁？是咱们体院散打专业的那个超猛的高教练。已经热身运动了，可惜你看不着。

高教练是出了名的公正严厉，敢挑衅或者出言不逊的人全都被他以训练的名义揍过。

苏墨被他说得心痒痒，已经有点后悔今天出来玩了。旁边刘岩问苏墨说什么呢，倾身过来小声提醒苏墨专心点，别老刷手机。

“不是我喜欢的类型，没感觉。”苏墨把手机举起来，对着刘岩打了这么几个字。刘岩用眼神问苏墨真的没感觉？苏墨点头，刘岩只能放弃。他知道，苏墨没谈过恋爱。他真的是一片好心，但是苏墨不喜欢，那也只能算了。

那边操场上的比赛，第一项一百米早已经比完了，第一局丁竞元胜。用梁彬的话说这人反应太快了，他刚听到发令枪的声音，人就已经飞到终点了。梁彬这说法当然是夸张了，他主要是想表达自己内心的不平，他还满怀希望地等着看丁竞元认㞞呢。

费时的项目自然是留到最后才比，第二项是单手引体向上。一群人浩浩荡荡地穿过大操场，走到西南拐角的高低杠那儿。周转预在装模作样地给丁竞元按摩肩膀，笑着要他放松，旁边有几个哥们手机摄像头都一直开着呢。

丁竞元和姜新波分别站到了高低杠底下，都伸手试了试。

“你输了的话，换个赌注。”姜新波笑着和丁竞元说，人并没有看他。输了第一局让他忽然对丁竞元生出了一点兴趣。

“你想太多。”丁竞元声音平淡，说出的话却狂得能气死人，“四项，你只要能从我手里赢一局，我随便你改条件。”

姜新波听得心里一动，忍不住转头看向丁竞元。他自认为是一个内心很狂、很强大的人，没想到今天遇到了一个旗鼓相当的对手。丁竞元穿着宽松的黑色运动服，袖口被他撸到了手肘上，此刻露出了他肌肉紧实的小臂。如果能把这么强的人打败应该会很有成就感，姜新波只是这么想着，就已经兴奋起来。

高教练讲了规则，正手引体向上，一分钟内个数多者为胜。

教练一声准备，两人同时握杆，周转预和体育系的一个男生从后面分别用力抱住了两个人的腰，将人在半空稳住，只待裁判一声令下再松手。

计时，开始——

苏墨陪着刘岩他们吃完晚饭的时候已经是晚上八点半了，几个人又说了会儿话，交换了联系方式，苏墨才得以解脱，走的时候都快十点了。

回去路上跟梁彬联系，说是姜新波赢了。“丁竞元这个人真没信用，什么人啊。早知道我不来了，激动一晚上什么都没看着。”梁彬失望地说道。

“他为什么不守约？”苏墨不解地问。

“因为姜新波改条件了，说什么都不用，就直接散了。”

挂了电话，苏墨困死了，靠在出租车后座上闭上眼想睡。想着两个人看来就是闹着玩的，也许人家早认识了，是好朋友呢，人家交朋友凭什么都要让你知道啊。这么一想，苏墨就不再琢磨这事儿了，开始专心打盹。

几天以后，姜新波提前实习走了，苏墨再见到他的时候已经是五月底，姜新波回来毕业答辩。说来也巧，才和他约了那天中午要一起吃饭，丁竞元又打来电话约饭。苏墨才说和大波约好了，丁竞元很明显地立即就不高兴了，真是个坏脾气的大男生。

那顿散伙饭之后，姜新波再没有主动联系过苏墨。

后来，也没有人再提过当年那个比赛的事情。直到多年以后，苏墨极其偶然地从周转预的移动硬盘里看到了当年那段比赛的视频，这才知道了事情的真相——当年两个人比赛竟然是因为自己！原来当年丁竞元在俯卧撑和引体向上的比赛里，曾在最后的关键时刻两次用了单手跟姜新波比，最后虽然姜新波在数量上胜出了一个半个，但是实力的差距已经显而易见了，但裁判根据规则还是判了姜新波胜。

最后的一小时匀速跑，因为没有仪器，灯光又暗，两个人几乎就是前后脚到达终点的。本来姜新波选这一项就是因为这是他的强项，但是因为在前面几项里受到了丁竞元的侮辱，最后发挥稍有瑕疵，和丁竞元战成平手。最后裁判判姜新波胜，因为丁竞元在跑的过程中屡次犯规，他先后用过了加速跑、慢跑和高抬腿跑，有明知故犯的嫌疑。

表面是 3 比 1，实际上姜新波可算是一局没赢。姜新波不用丁竞元认𡱁，还打电话约他吃夜宵。丁竞元回道：“你想太多，我不想看见你。你输了，以后给我离苏墨远一点。”

“你当时就是这么说的？”苏墨后来有点花痴地这么问丁竞元。看完了视频，苏墨已经完全被丁竞元那强大的力量和惊人的速度所折服，单手对抗时的丁竞元真的帅出了天际，又猛又霸道，看得人心口乱跳。当年要是能早点看到这视频，可能就不会跟丁竞元经历后来的那些吧，因为自己一定会动心的。

“嗯。我还跟他说苏墨只能是我的，谁也别想动一下，想都不准想。”

“滚！”苏墨笑着骂他，然后抱住他。苏墨想，哎，他可真爱我，那么早就爱我了。

番外四

日常篇

一、生病

晚上，苏墨的肚子有点疼，特别是肚脐眼那个地方，一阵一阵的。不过也不是很厉害的那种，所以苏墨没在意，以为是自己喝多了、吃多了的原因。谁知道，睡到半夜，忽然就疼醒了，额上发烫，像是发烧了。

“怎么了？”丁竞元已经醒了，闭着眼睛抱住苏墨的腰，嘴巴贴上去含糊着问。

苏墨呻吟一声推开他撑着半坐起来，丁竞元一睁眼看见苏墨泛白的脸，立即清醒了，翻身一咕噜就爬了起来：“怎么了？”手往苏墨额头上一贴：“发烧了，还有哪难受？”

苏墨皱紧眉头说肚子疼，疼得厉害。眼看着脸上冷汗都下来了，丁竞元紧张了起来，下床飞快套上衣服，拉开门就敞开嗓门冲下面喊人：“张师傅！把大门打开！”喊完回来给苏墨把衣服一件件穿上，外面再用自己的大羽绒服裹了，抱起来就下楼。

“半夜三更的你把人都吵起来了。”苏墨无力地靠在他怀里，呼出的气跟喷火似的热，又教他，“发烧了不能包这么厚的，只有感冒了这一招才有用呢，我明显不是啊。”

“知道了，别说话了。”丁竞元忙里偷闲地亲了亲苏墨发白的嘴唇，又把人搂紧了一点，羽绒服被他直接丢到了地上。

司机大叔穿着睡衣跑出来，看到苏墨被抱着下来，脸色惨白，忙问是怎么回事。听说是肚子疼，又见老板心急火燎的，忙安慰说不是盲肠炎就是阑尾炎，小手术，不碍事的。说这句话的时候，他已经捡起地上的羽绒服套到了自己身上，跟在匆忙的丁竞元后面就出了门。

到了医院挂急诊，苏墨很快被确诊为急性盲肠炎，立即动手术。

两小时的手术时间，办好住院手续，丁竞元就一直坐在手术室外面等着。之前一直都是紧张兮兮的，现在总算静下来了，只是盲肠炎而已，微创手术，甚至都不会留下什么疤痕。

已经过了午夜十二点，走廊里非常安静。丁竞元一个人坐着，知道苏墨没有大问题，心里镇定了下来。坐了一会儿，以为已经过去很长时间了，看看手机原来十分钟都没到。有一点无聊，便想玩个游戏消磨下时间，打开界面，却发现完全没有玩的心情。

“睡了吗？”

“这么晚打电话过来？出什么事了？”到底是多年好友，周转预很了解丁竞元。

“苏墨急性盲肠炎，正动手术呢。”

“无聊啊，我陪你聊一会儿？”

“就是忽然觉得时间变慢了。”丁竞元向后靠着椅背。

周转预在那边笑：“担心呗。”

丁竞元也轻笑，长舒一口气：“不怕告诉你，刚才慌得我手心里一直冒汗，还从来没这样过呢。”

苏墨刚才脸色白得瘆人，浑身发热，又不停冒冷汗。丁竞元看到苏墨闭眼忍耐的模样，心里一阵阵针刺一样的疼。一路飞车过来，挂了号，内科急诊却还要等好几个人，丁竞元当时就要骂人了。

“哎，可急坏我了，我心疼死了。”苏墨要真有个什么三长两短，丁竞元想，估计自己就要发疯了。

周转预尽职尽责地陪着聊了半个小时，丁竞元明显情绪回升，最后两个人互相调侃着挂了电话。

凌晨一点钟，手术终于结束。技术成熟的小手术，一切都很顺利。

丁竞元开始医院、家、酒店三头跑，头两天不能进食，丁竞元甚至将二多带到医院让苏墨开心。

恢复进食以后，丁竞元下厨给苏墨煮面、熬白粥。苏墨怕他弄不好，就躺在病床上全程电话指挥。下午，除非酒店有事需要处理，一般丁竞元都待在医院陪苏墨，怕苏墨一个人太无聊。晚上，丁竞元给苏墨洗漱，在医院陪床。

虽然很多事情丁竞元都做得不好，比如他熬了几天的白粥还是做得很难吃，他晚上睡觉常压到病号的腿，但是苏墨完全不介意，只要有他在身边陪着就行了。

十天以后，丁竞元打扮得十分帅气，买了一大束鲜嫩的十样锦接苏墨出院回家。

二、习惯

恋爱是一回事，生活是另一回事。两个人再相爱，要想在一起长长久久地生活不是一件容易的事。生活太琐碎，重复又重复，最初的激情都会慢慢退却，生活最终会变得平淡无奇。

相守是互相磨合，互相爱护，互相忍让。丁竞元脾气不好，性格霸道，但是和温润谦和的苏墨在一起生活久了，也逐渐变得内敛、成熟很多。

丁竞元喜欢健身，别墅里有专门的健身房，丁竞元锻炼的时候苏墨也会陪着练。丁竞元还根据经验给苏墨制订了一个循序渐进的健身计划。丁竞元跑半个小时，苏墨只能跑十分钟；丁竞元俯卧撑能连着做半个小时，最后还能单手，苏墨最多做一分钟，第二天起床手臂肌肉都能疼上大半天。然而坚持不懈地跟着丁竞元练了半年，苏墨也小有成绩。

不知道是从什么时候开始，丁竞元和刘芸打电话的时候改口喊“妈”了，当时苏墨在旁边听到这一声整个人都愣了一下，有点别扭又有些甜蜜。如今，就算丁竞元喊苏泉丰“爸”，跟苏正在电话里互相调侃，苏墨都习以为常了。

春节两个人也是回乌市过的，刘芸提前一个月就打电话来催，说：“再忙也得过节啊，要是嫌累，我让小正开车去接你们俩。”

苏墨也会有生气的时候，比如丁竞元一声不响地就把某个职员开了，一声不响地就把某个助理调到下面办公室去了。

丁竞元也有生气的时候，比如苏墨一声不响地就跟某个网友交换照片了，还被人约了。

“我们在网上认识好几年了，只是单纯的朋友关系，人家有对象的。”苏墨这样解释，有个能说得上几句话的网友也很正常吧。

“以后不准偷偷摸摸地故意背着我跟人聊天。”丁竞元是十分霸道的命令口气。

“我这不是怕你吃醋吗？”苏墨耐心十足。太知道丁竞元了，这时候完全不能跟他反着来，否则待会儿受罪的就是自己。

丁竞元查看了苏墨和这个网友的所有聊天记录，发现没有问题才作罢。他这种行为让苏墨很不开心，但是想想丁竞元就是这种德行，也就只能随便他了。

酒店开业的第二年春天，丁溪川打电话过来让丁竞元回家一趟，称有事商量。丁竞元也没问什么事，老头都亲自来电话了，可见已经是要做出让步了。苏墨有点开心，又有点不开心，丁竞元要是回长江集团了，以后两个人岂不是就要分居两地了。

两个人在一起生活两年了，苏墨现在已经舍不得离开他了，完全离不开。

丁竞元让苏墨这趟一起回去，苏墨也正有此意，不管丁溪川和江心眉那边是什么情况吧，好的坏的，两个人都一起面对。

不管以后需不需要分开，只要彼此相爱，总有办法解决的。只要心靠在一起，就不会觉得远。